voodoo
BERLIN

Dieses Buch ist ein Roman. Handlungen und Personen sind frei erfunden. Ähnlichkeiten mit lebenden oder toten Personen sind nicht gewollt und rein zufällig.

PETER GALLERT
JÖRG REITER

# voodoo
# BERLIN

KRIMINALROMAN

emons:

 Lust auf mehr? Laden Sie sich die »LChoice«-App runter, scannen Sie den QR-Code und bestellen Sie weitere Bücher direkt in Ihrer Buchhandlung.

**Bibliografische Information der Deutschen Nationalbibliothek**
Die Deutsche Nationalbibliothek verzeichnet diese Publikation in der Deutschen Nationalbibliografie; detaillierte bibliografische Daten sind im Internet über http://dnb.d-nb.de abrufbar.

© Emons Verlag GmbH
Alle Rechte vorbehalten
Umschlagmotiv: Benjamin Harte/Arcangel Images
Umschlaggestaltung: Nina Schäfer
Gestaltung Innenteil: César Satz & Grafik GmbH, Köln
Lektorat: Carlos Westerkamp
Druck und Bindung: CPI – Clausen & Bosse, Leck
Printed in Germany 2019
ISBN 978-3-7408-0507-4
Originalausgabe

Unser Newsletter informiert Sie
regelmäßig über Neues von emons:
Kostenlos bestellen unter
www.emons-verlag.de

# PROLOG

Der Savannenstaub, der zwischen den Zähnen knirscht wie gemahlenes Glas, blendend helles Sonnenlicht, flirrend zwischen den Blättern des Affenbrotbaums, das Stück kalter blauer Himmel, in dem die Geier ihre Kreise ziehen, der stechende Geruch von Ziegen und altem Männerschweiß und plötzlich – alles ausgelöscht von einem weiß glühenden Schmerz wie von einer Blendgranate.

Trübes Weiß in seinen Augen, blutrot an den Rändern, das aufgedunsene Gesicht des Mannes mit der rostigen Rasierklinge in der Hand, das getrocknete Blut früherer Opfer noch an der stumpf gewordenen Schneide.

Sie kämpft, windet sich, versucht sich loszureißen. Schweißtropfen laufen in ihre Augen. Die Frauen halten sie an Armen und Beinen fest, eine hat ihren Kopf gepackt. Sie ist zu schwach, nur ein Kind, und die Frauen sind stark vom Wasserholen und der Arbeit auf den Feldern.

Sie zerren an ihren Beinen, spreizen sie, bis sie glaubt, sie würden sie auseinanderreißen.

Sie ist unten nackt. Sie schämt sich. Die Sporthose mit den drei schwarzen Streifen. Ihr Vater hat sie ihr mitgebracht. Sie ist weiß, sie hat sie jeden Tag gewaschen. Sie haben sie ihr hinuntergerissen und in den Dreck geworfen.

Der Mann knurrt etwas. Die Frauen packen fester zu.

Sie kann nicht glauben, dass ihr Vater den Mann hergerufen hat. Frau Nummer zwei, die jetzt Nummer eins ist, sie hat es getan. Sie nennt den Mann »Doktor«. Aber er ist kein Arzt – sie hat schon mal einen Arzt gesehen.

Zwischen den schwitzenden, verzerrten Gesichtern, die sich über sie beugen, sieht sie den Himmel. Er schimmert fahl, und der staubbedeckte Affenbrotbaum wirkt leblos.

Warum haben die Frauen sie ausgerechnet hierhin gebracht?

Sie kennt diesen Baum, sie liebt ihn. Hier geht sie hin, wenn sie traurig ist, folgt dem Pfad fort vom Dorf in den Busch. Der Baum ist alt. Seine Äste sind dick und schartig. Die Rinde hat Risse, sie kann daran hinaufklettern. Von oben sind die schiefen Lehmhütten mit den Gras- und Wellblechdächern weit weg und winzig klein. Wenn sie sich umdreht, schaut sie über die Savanne, flach bis zum Horizont, grün in der Regenzeit, gelb und staubig in der Trockenzeit. Dann träumt sie von dem anderen Leben, das irgendwo auf sie wartet. Sie muss nur immer in die Schule gehen, acht Kilometer hin und acht zurück, und fleißig lernen. Sie ist fleißig.

Die Frauen haben ihr den Mund zugehalten und sie hierhergeschleppt. Am Wegrand lag immer noch das Gerippe von Afolabis Kuh, der Leopard hatte sie gerissen. Die gleißende Sonne bleicht die Knochen aus. Niemand macht sich die Mühe, sie zu vergraben. Sie findet das falsch.

Sie würden sie ebenfalls töten, hatte sie gedacht, und vielleicht würden ihre Knochen bald auch von der Sonne ausgebleicht. Aber sie haben sie vor dem Baum auf den harten Boden geworfen, direkt neben die Grube, die sie gegraben hatten.

Für einen Moment hat sie geglaubt, die Grube sei für sie, die Frauen würden sie hineinwerfen und lebendig begraben. Aber die Grube ist zu klein.

Sie kennt die Frauen nicht, nur ihre Anführerin, Frau Nummer zwei. Sie war plötzlich da. Ihr Vater hat sie von einer Geschäftsreise mitgebracht. Sie ist keine Yoruba. Sie ist anders.

Er hat gesagt, sie müsse ihr gehorchen wie ihrer eigenen Mutter. Sie gehorcht ihr. Trotzdem sieht die neue Frau sie immer böse an und zischt, sie sei schmutzig, schmutzig, selbst wenn sie sich gerade gewaschen hat und ihre saubere Schuluniform trägt.

Ihr Vater geht nachts nicht mehr zu ihrer Mutter, nur noch zu der neuen Frau.

Die anderen Frauen müssen ihre Verwandten sein. Sie versteht sie nicht, wenn sie miteinander sprechen.

Warum ist ihre Mutter nicht hier, warum ist sie im Krankenhaus in Shaki? Ihr treten Tränen in die Augen.

Sie sieht nicht, was da unten geschieht. Plötzlich drückt ihr jemand etwas zwischen die Zähne.

»Beiß drauf«, raunt ihr Frau Nummer zwei ins Ohr.

Es ist eine Kolanuss. Sie versucht, sie auszuspucken, aber eine schmutzige Hand, die nach kalter Asche riecht, presst sich auf ihren Mund.

Der Kopf des Mannes ist zwischen ihren Beinen verschwunden ... Wie ekelhaft! Die Frauen packen ihre Gelenke, als wollten sie sie durchbrechen. Sie zerren ihre Beine noch weiter auseinander, es fühlt sich an, als würden die Sehnen gleich reißen.

Das knirschende Geräusch kommt zuerst in ihrem Kopf an. Dann rast der glühende Schmerz hinterher, durch jede Faser ihres Körpers. Sie presst ihre Zähne so fest in die Kolanuss, dass sie glaubt, sie brächen gleich ab. Ein roter Schleier senkt sich über sie, und sie stürzt in ein Meer aus Schmerzen.

Sie zwingt sich, ihre Augen zu öffnen.

Das Gesicht des Mannes ist schweißnass. Er hebt die Rasierklinge. Frisches helles Blut tropft davon herunter. Sie weiß, dass es ihres ist. Mit Daumen und Zeigefinger der anderen Hand hält er einen Fleischfetzen hoch. Er wirft einen gleichgültigen Blick darauf, dann lässt er ihn in die Grube fallen. Er beugt sich wieder zwischen ihre Beine. Die blutige Klinge verschwindet aus ihrem Blickfeld. Es ist noch nicht vorbei.

Diesmal kommen der Schmerz und das fürchterliche Geräusch gleichzeitig an. Diesmal ist es, als stoße man ihr ein glühendes Eisen zwischen die Beine. Die rote Flut schlägt erneut über ihr zusammen.

Als sie daraus wieder auftaucht, hält der Mann statt der Rasierklinge etwas Spitzes in der Hand. Sie erkennt den langen Dorn eines Akazienbaums. Zum dritten Mal beugt er sich hinunter. Sie bäumt sich auf. Die Wachsamkeit der Frauen hat nachgelassen, für den Bruchteil einer Sekunde sieht sie das rohe, blutige Fleisch zwischen ihren Beinen, ihr eigenes blutiges Fleisch, dann bohrt sich der Dorn hindurch wie durch einen wertlosen Fetzen Stoff. Sie stürzt zurück in den Abgrund und weiß, dass von nun an nichts mehr so sein wird wie vorher.

# HITZEWELLE

Der Schrei riss sie aus dem Schlaf. Sie fuhr hoch.
Außer ihr war niemand im Zimmer. Die Terrassentür stand weit offen. Aber draußen trippelte nur die räudige Stadttaube kopfnickend auf der Balustrade hin und her.
Die Sonne stand noch tief, brannte aber schon jetzt auf die Stadt herunter. Zehra kniff die Augen zusammen. Sie hatte Fenster und Tür geöffnet, doch die Luft bewegte sich keinen Millimeter. Seit zwei Wochen sank die Temperatur auch nachts kaum unter dreißig Grad. Ihr Handywecker sprang an und quetschte die ersten Takte von »Summer in the City« aus den winzigen Lautsprechern.
Sie stand auf.
Fünf Minuten nach dem Duschen würde sie sich wieder verschwitzt und klebrig fühlen. Sie schälte sich das schweißnasse, übergroße »Ghostbusters«-T-Shirt vom Körper. Ihr kleiner Bruder hatte es ihr zum ersten Tag bei der Kripo geschenkt. Sie griff mechanisch nach Zahnbürste und Zahnpasta. Die Tube war bis zum oberen Ende aufgerollt. Sie drückte den letzten Rest heraus. Sie musste einkaufen. Und Wäsche waschen.
Der Kühlschrank war leer bis auf zwei vergessene Fertigsalate, die bereits säuerlich rochen. Milch für ihren Kaffee war auch nicht da. So streifte sie die leichte Windjacke mit den vielen Taschen über und verließ die Wohnung.
Als sie die Tür des Mini Coopers öffnete, schlug ihr stickige Luft entgegen. Es roch süßlich. Vielleicht war die Banane doch unter den Sitz gerutscht.
Sie drehte die Klimaanlage auf Maximum, aber gegen die Hitze kam das Aggregat nicht an. Die Fußgänger schienen sich in Zeitlupe zu bewegen, die Autofahrer dagegen waren noch aggressiver unterwegs als sonst. Zehra entschied sich antizyklisch für einen defensiven Fahrstil.

Sie fuhr auf den Parkplatz der Polizeidirektion 3. Sie war froh, als sie aussteigen konnte. Um die verschimmelte Banane würde sie sich später kümmern.

Der schwergewichtige Polizeiobermeister Berg, Herr über den Fuhrpark, hockte reglos auf seinem aus Blattfedern zusammengeschweißten Stuhl. Es sah aus, als hätte er das Atmen eingestellt. Erleichtert registrierte sie sein kaum merkliches Kopfnicken.

»Alles klar, Herr Berg?«

»Solang ich mich nicht bewege.«

»Kann ich irgendwas für Sie tun? Bier? Cola?«

»Eiskaffee.« Es war nicht ernst gemeint.

»Mal sehen, ob ich einen bekomme.«

»Was macht die Rennfahrerkarriere?« Er meinte ihren dynamischen Fahrstil, der selbst gestandenen Kollegen die Tränen in die Augen trieb.

Sie grinste.

»Nicht viel Gelegenheit in letzter Zeit, oder?«

Es klang wie eine Frotzelei, aber sie spürte das Mitgefühl. Berg mochte sie. Sie ihn auch.

Sie zuckte mit den Achseln. »Wir sehen uns. Schmelzen Sie nicht.«

Auf der ersten Etage stieg Kriminaldirektor Börning, der Chef der Direktion 3, in den Aufzug.

»Hallo, Frau Erbay. Geht's gut?« Er stellte sich neben sie und schaute nach vorn.

Börning war nicht Zehras Chef. Das SD Fremdkultur gehörte nicht zur Direktion, sondern zum Landeskriminalamt. Genau genommen war es in beiden Polizeibehörden ein Fremdkörper.

»Alles bestens, Herr Kriminaldirektor.«

Börning wippte auf den Zehenspitzen. »Schön. Sehr schön.«

Zwei Stockwerke peinliches Schweigen. Der Aufzug stoppte auf der Drei.

»Gute Arbeit. Machen Sie weiter so.« Er nickt ihr zu und stieg aus.

Gute Arbeit? Machen Sie weiter so? Was zum Teufel war das? Ironie? Sarkasmus?

Bis zur fünften Etage stieg niemand mehr zu.

»Morgen zusammen.« Zehra nickte allen zu. Das Großraumbüro von Abschnitt 33 war kaum besetzt. »Hitzefrei?«

Oberkommissar Schöller nahm den Blick vom Bildschirm. »Das Sechsunddreißig brauchte Unterstützung.«

»Sechsunddreißig« war Abschnitt 36: Wedding.

»Schießerei. Drei Verletzte, ein Toter – ein Rentner, der gerade in einer Mülltonne nach Flaschen gesucht hat.«

»Komisch, wo die seit der letzten Rentenerhöhung drei Euro mehr im Portemonnaie haben«, knurrte Bandow, ohne von seiner Zeitung aufzusehen.

»Wer hat geschossen?«, fragte Zehra.

»Tschetschenen.«

»Die haben neuerdings eine Art Rockergang. Sie ziehen sich jedenfalls so an. Total dämlich.« Hauptkommissar Bandow fuhr auf seinem quietschenden Drehstuhl herum. Die Kollegen hatten ihn vor ein paar Wochen gezwungen, die Lager zu ölen, aber anscheinend hatte es nicht lange vorgehalten.

Hauptkommissar Löhring knallte den Block, auf dem er sich gerade Notizen zu einer Fallakte machte, auf seinen Schreibtisch und verzog das Gesicht. »Scheiße, Walter, schmeiß den Stuhl endlich auf den Müll!«

»Der ist echt bequem.«

Schöller grinste Zehra säuerlich an. »Wir lieben unser Großraumbüro.« Er kam zum Thema zurück. »Sie haben das Café von dem Albaner zusammengeschossen. Nennen sich ›Guerilla Nation Vaynakh‹.«

Bandow kehrte quietschend in seine Ausgangsposition zurück. »Als ob uns deutsche und türkische Rocker nicht schon reichten. Zum Kotzen. Die Typen haben noch nicht mal Motorräder.«

»Und wir nicht mal Ventilatoren«, fügte Löhring nicht ganz zwingend hinzu.

Zehra öffnete die Tür zum Terrarium. »Das übernimmt doch sowieso das LKA 4.«

Organisierte Kriminalität, Banden- und qualifizierte Eigentumskriminalität gingen direkt ans LKA.

»Schönen Saunatag«, rief Schöller ihr nach.

Sie schloss die Tür hinter sich.

Schöller hatte recht. Das provisorische Büro des Sonderdezernats hatte keine Fenster, der Tag würde höllisch werden. Dass das Terrarium überhaupt noch da war, wunderte Zehra immer wieder. Wie alle Kollegen in Abschnitt 33. Sie rechnete jeden Morgen damit, dass die drei in eine Ecke des Raums gezimmerten, halbhoch verglasten Trockenbauwände über Nacht verschwunden waren.

Beinah hoffte sie darauf. Unter den gegenwärtigen Bedingungen wäre es eine Erlösung. Wie eine Versetzung zum Streifendienst. Als Brandt ihr gesagt hatte, dass es mit dem Dezernat weiterging, und von ihr wissen wollte, ob sie dabeibliebe, hatte sie Ja gesagt. Allerdings hatte sie sich die Arbeit anders vorgestellt. Brandt auch.

Auf den ersten Blick wirkte das Terrarium fast unbenutzt. An der Pinnwand hing kein einziges Tatortfoto, kein Stadtplan, keins der leeren weißen Blätter, die Brandt brauchte, um nachzudenken. Sein Schreibtisch war bis auf das Telefon und den Computermonitor ebenfalls leer. Dass ihr Schreibtisch aufgeräumt war, war normal. Jetzt lag darauf nur der Folder mit den handschriftlichen Notizen zu ihrer Recherche über Verwandtschaftsbeziehungen und Erbrecht bei Tadschiken in Afghanistan. Informationen, die Brandt für sein Gutachten brauchte. Gutachten waren seit Monaten das Einzige, womit sich das Dezernat beschäftigte.

In diesem Fall ging es um ein Tötungsdelikt, in dem die MK 3 ermittelte, möglicherweise ein Ehrenmord unter Tadschiken. Brandt sollte eine Expertise zu den Nebenaspekten des Falls liefern. Vielleicht trug sie dazu bei, den Fall aufzuklären, vielleicht wanderte sie auch direkt in den Papierkorb.

Eigentlich war die Sache klar: Das Sonderdezernat für Tötungsdelikte mit fremdkulturellem Hintergrund war von oben gezielt kaltgestellt worden.

Zehra hängte ihre Jacke über die Stuhllehne und setzte sich. Sie schaltete ihren Rechner an und griff nach dem Folder. Es hatte keine Eile, aber sie konnte ihre Notizen auch genauso gut jetzt eingeben. Unter dem Folder war etwas, das sie dort nicht hingelegt hatte: ein polizeiinternes Antragsformular. Im ersten Moment glaubte sie, es sei ein Urlaubsantrag, den Brandt versehentlich auf ihrem Tisch vergessen hatte. Aber es war kein Urlaubs-, sondern ein Versetzungsantrag. Ihr Name und ihre Personalnummer waren bereits eingetragen. In Brandts Handschrift.

Konsterniert starrte sie auf das Blatt in ihrer Hand. Ihr Chef wollte sie loswerden.

Das Summen ihres Handys schreckte sie auf. »Ja?«

Der Name, den der Anrufer nannte, sagte ihr nichts. Die arrogante Stimme suggerierte ein Versagen ihrerseits.

»Dr. Harald Antes, persönlicher Referent des Innensenators. Der Herr Innensenator würde gern mit Ihnen sprechen.«

Siegrist wollte sie sprechen? Was ging hier vor? Antes nannte eine Uhrzeit. In fünfzig Minuten.

»Soll ich zu Ihnen ins –« Sie wurde unterbrochen.

»Es ist ein informelles Gespräch.« Antes gab ihr eine Adresse. »Seien Sie pünktlich.«

Die Leitung war tot.

Das konnte nichts Gutes bedeuten.

# LKA 2.0

Zehra war froh, dass es nicht der Pavianfelsen war. Siegrist verbrachte seine Mittagspause oft auf einer Bank im Zoologischen Garten vor dem künstlichen Miniaturgebirge. Das wusste sie von Brandt. Untergebene oder Bittsteller ließ er gern dort antanzen. Aber wahrscheinlich war das in seiner neuen Position nicht mehr opportun.

Sie fuhr die Seitenscheibe nach unten. Stickige Luft strömte herein und blies die ein paar Grad kühlere Luft der Klimaanlage aus dem Wagen. Schnell fuhr Zehra die Scheibe wieder hoch.

Sie war nervös. Und misstrauisch. Wie auch nicht, wenn sich der Innensenator von Berlin mit ihr treffen wollte? Sie hatte Siegrist während eines Falls vor einem guten halben Jahr persönlich kennengelernt. Damals war er noch Oberstaatsanwalt gewesen. Die Begegnung war für sie nicht angenehm verlaufen. Sie hatten gerade einen Verdächtigen befragen wollen. Siegrist hatte sie aus dem Verhörraum geworfen. Er hatte aus politischen Gründen versucht, die Ermittlungen in eine bestimmte Richtung zu drängen, und hatte sie vermutlich nicht als Zeugin dabeihaben wollen. Aber Brandt hatte sich nicht unter Druck setzen lassen. Der Fall war Siegrist um die Ohren geflogen. Es konnte nicht leicht gewesen sein, ihn doch noch ohne viel Aufsehen zu beerdigen. Anscheinend hatte er sich dabei geschickt angestellt und bei den richtigen Leuten so verdient gemacht, dass er sich kurz darauf auf dem Sessel des Innensenators wiederfand. Damit war er oberster Dienstherr der Berliner Polizeibehörden.

»In vierhundert Metern haben Sie Ihr Ziel erreicht.« Langsam rollte sie an einem Gitterzaun vorbei. Gräber sah sie keine. Mit seinen gepflegten Rasenflächen und den alten Bäumen erinnerte der Dreifaltigkeitsfriedhof eher an eine Parkanlage.

Vor dem Haupteingang, einem aus roten Ziegeln gemauerten Torbogen, stand ein etwa dreißigjähriger Mann neben einer

schwarzen Mercedes-Limousine. Trotz der Hitze trug er einen dunkelblauen Anzug mit weißem Hemd und Krawatte. Das konnte nur Siegrists persönlicher Referent sein. Als er Zehra sah, hörte er auf, mit dem Fuß zu wippen, und kam auf sie zu.
»Sie sind zu spät.«
Zehra sah auf ihre Uhr. Drei Minuten drüber.
Statt sich vorzustellen, musterte er Zehra abschätzig von oben bis unten. Schlagartig wurde sie sich der Schweißflecken bewusst, die sich unter ihren Achseln gebildet hatten. Der Referent machte auf dem Absatz kehrt und steuerte mit langen Schritten auf den Torbogen zu. Zehra griff nach ihrer Jacke und zog sie an, während sie hinter ihm herhastete.
Sie traten in den Schatten einer von riesigen Platanen gesäumten Friedhofsallee.
Zehras Nervosität wuchs.
Sie bogen in einen Nebenweg. Hier waren sie, die Gräber, Seite an Seite ordentlich aufgereiht. Innensenator Gunnar Siegrist stand leicht gebeugt vor einem Grab und schien die Inschrift auf dem Grabstein zu studieren. Anders als sein Adlatus hatte er sein Anzugjackett ausgezogen und die Krawatte gelockert. Dennoch strahlte der hagere, hoch aufgeschossene Mann Strenge aus. Er erinnerte Zehra immer an einen Insektensammler, der Nadeln in Käfer und Schmetterlinge stach.
Er wandte sich um und sah sie an. Da war er wieder, der inquisitorische Blick, mit dem er versuchte, sein Gegenüber bis in die geheimsten Ecken auszuloten.
»Hallo, Frau Erbay. Wir hätten uns vielleicht besser in einem Freibad getroffen.«
Er streckte seine Hand aus, sie nahm sie. An seinem falschen Lächeln musste er noch arbeiten. Oder vielleicht auch nicht. So war es viel einschüchternder.
»Guten Tag, Herr Innensenator.«
Er hielt ihre feuchte Hand einen Moment länger als nötig. Seine eigene war völlig trocken. Wie machte er das?
»Ich bin ab und zu hier.« Er deutete auf den Grabstein.

Zehra las die Inschrift: »ulrike marie meinhof 7.10.1934–9.5.1976«.

»Sie wissen, wer das ist?«

»Natürlich.«

Eine Terroristin, Rote Armee Fraktion. Über vierzig Jahre war das her. Auf der Polizeischule hatten sie in Modul FG III.3, LV 5 »Politisch motivierte Kriminalität, Terrorismus, Anschläge und Gefahr von Anschlägen« einen Vortrag dazu gehört.

»Sie fragen sich wahrscheinlich, warum Sie hier sind.«

Zehra zuckte mit den Achseln.

Siegrist sprach weiter. »Bisweilen stehen wir vor Entscheidungen, bei denen unsere ethischen Prinzipien mit pragmatischen Erwägungen kollidieren. Intuitiv würde man am liebsten seinen Überzeugungen folgen. Aber das ist nicht immer richtig.«

Der Innensenator machte eine Kunstpause. Zehra fragte sich, worauf er hinauswollte.

»Darum komme ich ab und zu hierher. Um mich zu erinnern, wohin ethischer Rigorismus und falsch verstandene Loyalitäten führen können.« Er deutete auf das Grab. »Bei dieser Frau zu Brandstiftung, Entführung, Mord und schließlich zu Selbstmord. Sie war keine gewöhnliche Kriminelle. Sie hatte höchste moralische Ansprüche, sie litt an der Ungerechtigkeit in der Welt. Sie wollte das Gute, davon bin ich überzeugt. Gehen wir.«

Sie folgte den Männern zurück zu den Autos.

Siegrist nickte ihr zu. »Fahren Sie einfach hinter uns her.«

Nach anderthalb Kilometern endete die Fahrt auf einer Großbaustelle mit drei Etagen hoch gestapelten Bürocontainern und einem Dutzend haushoher Baukräne. Lastwagen donnerten über das Gelände und wirbelten Staub auf.

Sie hielten vor einer stählernen Aussichtsplattform. Der Referent riss die Tür auf, der Innensenator schraubte sich ins Freie. Sie stiegen die Stufen hinauf.

Von oben überblickte man die Baustelle, bisher vor allem ein riesiges Loch mit einem Irrgarten frisch gegossener Betonwände, aus denen rostbraune Armierungseisen ragten. Überall wuselten Arbeiter mit gelben Helmen und nackten Oberkörpern herum, während am Rand der Grube Raupenbagger, Kipplader und Betonmischer rangierten.

»Wissen Sie, was das hier wird?«

Natürlich wusste sie es. »Die Erweiterung des LKA in Tempelhof.«

»Richtig. Allerdings trifft ›Erweiterung‹ es nicht ganz.« Siegrists leicht nasale Stimme bekam einen beinah enthusiastischen Ton. »Hier entsteht das LKA 2.0, Frau Erbay.«

Er wartete auf ihre Reaktion. Zehra tat ihm den Gefallen nicht und sah ihn nur fragend an.

»Unsere Ermittlungsbehörden müssen dringend modernisiert werden, um der Entwicklung der Kriminalität und ihren neuen Formen gerecht zu werden – vor allem im Bereich der Schwerstkriminalität.«

Es hätte klingen können, als hielte er eine Rede, tat es aber nicht. Jedes Wort schien direkt an Zehra gerichtet zu sein, als sei sie die einzige Person, die diese Ziele Wirklichkeit werden lassen konnte.

»Modernste Technologie, flache Hierarchien, optimierte Kommunikationswege. Weg von Beamtenroutine und Beförderungsorientierung. Leistung statt Dienstjahre.«

Er machte eine weitere Kunstpause, um zu sehen, ob seine Zuhörerin angemessen beeindruckt war. Sie war es, aber sie war auch skeptisch.

»Sie glauben nicht daran, stimmt's? An Ihrer Stelle würde ich das auch nicht. Die Politik hat der Polizei schon oft Versprechungen gemacht und nur die wenigsten davon erfüllt.« Mit einer knappen Geste umriss er das Baustellenareal. »Es wird passieren, und wenn es so weit ist, will ich, dass Sie dabei sind. Wir brauchen eine neue Sorte Polizeibeamte. Intelligent, flexibel, kreativ. Ich bin davon überzeugt, dass eine Einheit aus solchen Ermittlern die RAF erheblich früher außer Gefecht gesetzt hätte.«

»Und Sie denken, ich bin dafür geeignet?«
»Ja. Ich kenne Ihre Bewerbung, Ihre Personalakte. Der Aufsatz, den Sie in Berufsethik geschrieben haben, hat mich fasziniert.«
»Ich war damals noch –«
Siegrist legte seine Hand auf ihren Arm. »Vielleicht habe ich einen Fehler gemacht, als ich Sie für das Sonderdezernat empfohlen habe.«
Was sollte das nun wieder heißen?
»Sie wollten unbedingt zum LKA. Das Sonderdezernat war eine neue Sache, eine Herausforderung. Es brauchte geistige Beweglichkeit.« Er sah sie direkt an. »Sie sind mit Leib und Seele Polizistin. Bei Ihrem Chef ist das anders. Er hat wichtige, ich würde sogar sagen, unersetzliche Fähigkeiten, aber im Polizeiapparat wird er immer ein Fremdkörper bleiben.«
Zehra spürte den Impuls, Brandt zu verteidigen. »Er ist ein ausgezeichneter Kriminalist.«
Siegrists Lächeln war das Äquivalent eines Kopftätschelns. »Loyalität ist eine lobenswerte Eigenschaft, wie gesagt.«
Der persönliche Referent straffte sich, als versuche er, sich in ein Standbild der Loyalität zu verwandeln.
»Ich bedauere die derzeitige Situation des Dezernats sehr. Aber nach dem Presserummel hielt der Regierende Bürgermeister es für klüger, das SD Fremdkultur eine Zeit lang aus der Schusslinie zu nehmen. Gegen meinen Rat.«
Zehra glaubte ihm kein Wort. Siegrist selbst hatte das Dezernat liquidieren wollen, Brandt hatte ihn nur durch Erpressung daran hindern können.
»Ich halte Ihre momentane Situation für eine Verschwendung Ihres Talents und Potenzials.«
Ob sie wollte oder nicht, Zehra musste zugeben, dass es exakt das war, was sie selbst dachte. Siegrists Blick ließ sie nicht los.
»Sie können es weit bringen, vorausgesetzt, Sie verrennen sich nicht aus falscher Loyalität. Ich würde Ihnen gern helfen. Ich frage Sie jetzt nicht, ob Sie weiter im Sonderdezernat arbei-

ten wollen. Aber wenn Sie die freie Wahl hätten – was würden Sie in der Polizei am liebsten tun? Seien Sie ehrlich.«

»Mordermittlung.«

Sie hatte gesprochen, ohne nachzudenken. Ohne zu überlegen, ob das wirklich ihre Wahl war, ob sie Brandt damit in den Rücken fiel, ob sie die Frage überhaupt beantworten wollte, ob Siegrist ihr eine Falle stellte. Es war einfach so herausgekommen.

»Gut.« Siegrist legte ihr die Hand auf die Schulter. »Wir sprechen uns.«

Er nickte seinem Referenten zu. Die beiden stiegen die Metallstufen wieder hinunter.

Zehra war schwindelig. Sie hatte sagen wollen, dass sie gern mit Brandt arbeitete, dass sie viel von ihm lernte, dass sie die Arbeit des Dezernats für wichtig hielt. Gesagt hatte sie nur: Mordermittlung. Wie war das mit der Loyalität gewesen?

Der Versetzungsantrag fiel ihr ein. Wieso hatte Brandt ihn ausgerechnet heute auf ihren Schreibtisch gelegt? Hatten er und Siegrist sich abgesprochen?

Sie schälte sich aus der schweißfeuchten Jacke. Die Zigarettenpackung fiel aus der Tasche. Sie hob sie auf, zündete eine Zigarette an und nahm einen tiefen Zug.

Sollte sie Brandts im Packeis festsitzendes Schiff verlassen? Mit Siegrists Unterstützung? Welche Gegenleistung würde er erwarten? Denn das würde er. Sie musste mit Brandt reden.

Der Kies spritzte, als sie zurück auf die Straße schoss. Sie hatte genug vom antizyklischen Fahrstil.

## TOTE FISCHE

Er zog das Ruderblatt durchs Wasser.
Das Paddeln machte heute keinen Spaß. Er fand seinen Rhythmus einfach nicht, die Einheit zwischen Körper und flüssigem Element wollte sich nicht einstellen. Das Rauschen des sechsspurigen Verkehrs am Reichpietschufer verschwamm nicht wie sonst zum beruhigenden Hintergrundgeräusch. Das ohnehin grelle Licht der Sonnenstrahlen wurde von der reflektierenden Wasseroberfläche verdoppelt und zwang ihn, die Augen zusammenzukneifen. Der faulige Geruch des aufgeheizten Kanals stach in die Nase. Am Vortag hatte ein schweres Gewitter die marode Kanalisation mal wieder überfordert. Eine ungeklärte Brühe aus Fäkalien, Chemie, Wasch- und Arzneimitteln und wer weiß was noch allem war in Spree und Landwehrkanal geschossen.
Das Paddel drückte einen glänzenden Fisch an die Wasseroberfläche. Er war tot. Vermutlich erstickt. Es war schon der fünfte. Die Hitze nahm allen die Luft.
Dann, ganz plötzlich, war er im Flow. Der Körper bewegte sich wie von selbst, das Paddel schnitt sauber durch die Oberfläche, der Widerstand des Wassers und der Krafteinsatz seiner Muskeln waren perfekt ausbalanciert.
Nach hundert Schlägen war der Spaß vorbei. Er musste vier Halbwüchsigen ausweichen, die grölend versuchten, in einem billigen Schlauchboot einen geraden Kurs zu steuern.
Er spürte wieder den Zorn in sich aufsteigen. Lenhardts Schadenfreude hatte ihn getroffen, ob er wollte oder nicht. Der Hauptkommissar aus der Direktion 4, Abschnitt 43 war ihm in der Kantine über den Weg gelaufen. Brandt hatte zuerst nicht bemerkt, wer da vor ihm ungeduldig auf den Tasten des Kaffeeautomaten herumdrückte.
»Die Maschine ist etwas empfindlich«, hatte er gesagt.

»Ach nee.« Lenhardt hatte gegen das Gehäuse geschlagen.
»Fingerspitzengefühl hilft eher.«
Lenhardt fuhr wütend herum. »Ich brauch keine Ratschläge von irgendwelchen Klugsch…« Er verstummte. Dann grinste er. »Ah, der Kollege Brandt von der Fremdkultur. Hätte ich mir eigentlich denken können. Wie läuft's denn so? Viel zu tun?«
Die Stimme troff vor Sarkasmus.
Brandt ließ sich nicht provozieren. »Und selbst?«
»Ihr kommt ja nicht mehr oft vor die Tür, wie man hört.«
Brandt suchte nach der passenden Antwort. Zum Glück begann in diesem Moment der Kaffee zu laufen. »Ich würde eine Tasse drunterstellen.«
Die dampfende Flüssigkeit spritzte von der Abstellfläche auf Lenhardts Hose. Der Kaffee schmeckte zwar furchtbar, aber wenigstens war er heiß. Lenhardt fluchte.
»Verdammte Scheiße!«
Er schob den Becher, den er in der Hand hielt, unter den Strahl. Als er sich wieder umdrehte, war sein Gesicht rot. Lenhardt gab ihm die Schuld an dem Malheur. Klar, was sonst.
»Du bist kein Polizist, Brandt! Du bist nur ein Klugscheißer! Und jetzt hat dich dein Beschützer auf Eis gelegt.«
Ein weiterer Paddelschlag. Das Boot glitt lautlos am Amtsgericht Tempelhof-Kreuzberg vorbei. Keine Bäume, nirgendwo Schatten.
Vielleicht hatte Lenhardt recht. In seinem ersten Leben war Brandt Wissenschaftler, Ethnologe und Kulturrelativist gewesen, vielleicht hatte die Polizeisozialisation ihn nie wirklich erreicht. Typen wie Lenhardt spürten das. Sie glaubten, Brandt hielte sich für etwas Besseres. Das tat er nicht. Sein Vater war Polizeibeamter gewesen. Dennoch hatte Lenhardt in einem vielleicht recht – dass er am richtigen Platz war und Brandt am falschen?
Mehr tote Fische. Alle mit dem Bauch nach oben. Er kniff die Augen zusammen und fuhr blind.
Vielleicht war er wirklich nur mit halbem Herzen Polizist. Und vielleicht reichte das nicht. Bei Zehra war das anders. Sie

hatte von Anfang an mit ihm und dem Sonderdezernat gefremdelt. War zuerst enttäuscht gewesen, als sie bei ihm gelandet war und nicht im LKA-Gebäude. Aber die erste Ermittlung hatte sie reingezogen. Sie konnte nicht anders, sie war zu hundert Prozent Polizistin.

Der Landwehrkanal lief jetzt neben der Gleistrasse der oberirdischen U-Bahn entlang. Brandt hob das Paddel aus dem Wasser und ließ das Boot gleiten.

Er bereute nicht, den Versetzungsantrag auf ihren Tisch gelegt zu haben. Wahrscheinlich würde sie es falsch verstehen. Aber das war gut. Das würde es ihr erleichtern, sich von der Loyalität ihm gegenüber zu lösen.

In Höhe des Klinikums verbreiterte sich der Kanal zu einem lang gezogenen Becken. Hier befand sich ein Bootsverleih, der Kanutouren organisierte. Brandt suchte sich eine Route durch ein Labyrinth bunter Plastikboote, die von Leuten gesteuert wurden, die nicht mal wussten, wie man ein Paddel hielt.

Auf dem Türkenmarkt am Maybachufer war trotz der mörderischen Hitze eine Menge los. Vor ein paar Wochen war er mit Saada hier gewesen. Sie kannte jeden zweiten Händler. Sie hatten Oliven, Kräuter, Hummus, Meze und Baklava gekauft. Einen Teil davon hatten sie sofort bei einem Picknick an der Spree vertilgt.

Siegrist hatte das Dezernat nicht liquidiert. Das konnte er nicht. Sie hatten einen Deal. Obwohl es Brandt den Magen umdrehte, hatte er darauf verzichtet, die politisch brisante Wahrheit über den Mord an einer philippinischen Putzfrau öffentlich zu machen. Seine Rolle bei der Vertuschung des Skandals hatte den Oberstaatsanwalt auf den Sessel des Innensenators befördert. Der Regierende Bürgermeister konnte so einen Mann gut gebrauchen.

Brandt spürte wieder den Druck im Magen. Er fühlte ihn, seit er Siegrist die Hand geschüttelt und damit ihren Deal besiegelt hatte.

Durch das Kajak ging ein Ruck, es kippte zur Seite. Mit einer blitzschnellen Gewichtsverlagerung und einem Konterschlag stabilisierte Brandt das Boot. Anscheinend hatte er das Paddel im falschen Winkel angestellt, es war unter das Boot geraten, ein sicheres Rezept fürs Kentern. Das war ihm seit zehn Jahren nicht mehr passiert.

Ein toter Aal trieb vorbei.

Siegrist hatte ihn ausgetrickst, hatte dem Dezernat den Sauerstoff abgedreht. Jetzt trieb es mit dem Bauch nach oben auf der trüben Oberfläche.

Es reichte.

Brandt tauchte das Paddel senkrecht ein, stellte das Blatt quer zur Strömung und legte sich nach links. Das Boot wendete auf der Stelle.

## VOR DER LAWINE

Brandt hielt direkt vor dem »Phu Duc«. Er stellte den Motor ab, stieg aber nicht aus. Er würde reingehen, später. Er würde eine von Thiéns authentischen vietnamesischen Spezialitäten essen, irgendetwas sehr Scharfes, dann würde er sich hinter der Tiefkühltruhe auf der Matratze ausstrecken, auf der Thiéns Neffe schlief, wenn er nicht kochte oder auf dem Großmarkt nach erstklassigem Fisch und asiatischem Gemüse suchte. Brandt würde schlafen, bis Thién die Plastikdecken von den Spieltischen zog, dann würde er spielen und trinken, bis die Lawine, die er losgetreten hatte, Fahrt aufnahm.

Aber vorher musste er noch etwas erledigen.

An seiner üblichen Einsatzstelle, fünfzig Meter von einem Biergarten entfernt, hatte er sein Boot an Land gehoben, sein Handy aus dem wasserdichten Bootssack geholt und Saadas Kurzwahltaste gedrückt. Sie war nicht rangegangen. Das tat sie nie, wenn sie an den Plätzen unterwegs war, wo ihre Straßenkinder abhingen, und sie ihnen Duschen, Schlafplätze, Waschmaschinen und die Kleiderkammer der »Arche« anbot, die sie leitete.

Er war nach Hause gefahren, hatte geduscht und noch mal versucht, sie zu erreichen. Wieder ohne Erfolg.

Der Kühlschrank war praktisch leer, er hatte seit einer Woche nicht eingekauft. Eigentlich kaufte er nur ein, wenn er Saadas Besuch erwartete. Aber sie war seit zwei Wochen nicht da gewesen. Er war immer zu ihr gefahren. Ihre Wohnung hatte einen Balkon. Sie hatten die Matratze ins Freie geschoben und draußen geschlafen.

Er stellte einen Plastikeimer unter das Abflussrohr der Küchenspüle, dann schraubte er das Knie ab. Schmutzwasser ergoss sich in den Eimer. Es dauerte eine Weile, bis er die zylinderförmige Schraubdose von der Öse gelöst hatte, die er im Rohr befestigt hatte. Die Dose stammte aus einem Survival-Laden und sollte eigentlich Streichhölzer trocken halten. Er schraubte sie auf und schüttelte den USB-Stick mit der Tondatei heraus. Eine weitere Kopie verwahrte er in einem Schließfach. Das Original hatte er Siegrist übergeben, als sie ihren Deal gemacht hatten. Er hatte dem Oberstaatsanwalt versichert, dass keine Kopie existierte. Siegrist hatte so getan, als glaube er ihm.

Er hatte Saada immer noch nicht erreicht. Vielleicht ein Notfall. Aber alle ihre Kids waren Notfälle.

Er drückte die Kurzwahltaste.

»So große Sehnsucht?« Die Wärme und das Lachen in ihrer Stimme taten ihm gut.

»Du hast doch ein paar Journalisten in deinem Adressbuch.« Saada besaß tatsächlich noch so ein Buch, aus rotem Leder und von unzähligen eingeklebten Zetteln dick angeschwollen. »Ist jemand dabei, der an einem Skandal interessiert wäre?«

»Welcher Journalist ist das nicht? Was hast du vor?« Ihre Stimme klang jetzt wachsam.

»Jemand, der seine Quelle schützt?« Eigentlich war es egal. Siegrist würde sofort wissen, woher das Material stammte.

»Wen willst du hochgehen lassen?«

Als er nicht antwortete, nannte sie ihm einen Namen, die Telefonnummer würde sie ihm schicken. Sie kannte ihn inzwischen gut genug. Sie wusste, dass es sinnlos war, ihn zu bedrängen. Er bedankte sich, sie beendeten das Gespräch, dann fuhr er seinen Rechner hoch. Er wollte wissen, mit wem er es zu tun haben würde.

Er hatte ein Dutzend neue Mails, die von Saada war noch nicht da. Dafür eine Mail vom Nationalen Zentralbüro Interpols beim BKA in Wiesbaden. Das hatte ihm gerade noch gefehlt.

Vor einem Jahr war der erste Brief eingetroffen. Das BKA hatte Interpol im Rahmen einer sogenannten »Diffusion« Hilfe geleistet. Als Diffusion bezeichnete Interpol die Weiterleitung der Bitte eines fremden Staates um Unterstützung im Zusammenhang mit polizeilichen Ermittlungen. Die Bitte war von der Major Crime Unit Baguios gekommen, dem politischen und wirtschaftlichen Zentrum der gebirgigen Nordprovinzen der Philippinen. Die dortige Polizei hatte um »Informationen zur Identität oder den Aktivitäten einer Person mit Bezug zu einem Verbrechen« ersucht. Diese Person war er selbst gewesen.

Ein alter Fall aus den zwei Jahren, die Brandt während seiner Promotionsforschung bei einem Bergstamm gelebt hatte, war wieder aufgenommen worden. Es handelte sich um einen dreifachen Mord. Über Interpol war das BKA in Wiesbaden ersucht worden, einen »Mister Heiko Brandt« ausfindig zu machen, der sich zur Tatzeit in der Mountain Province aufgehalten habe. Die Kollegen wurden gebeten, von genannter Person eine Speichelprobe zwecks DNA-Analyse zu beschaffen. In Wiesbaden hatte man Brandt als die gesuchte Person identifiziert und ihn um Zusendung der gewünschten Probe zur Weiterleitung an die philippinischen Kollegen gebeten. Er hatte die DNA-Probe eines Verdächtigen aus dem Fall, den er gerade bearbeitete, eingetütet und abgeschickt. Jetzt waren die philippinischen Kollegen darauf gekommen, dass sie die falsche DNA hatten – wie, war ihm ein Rätsel. Er konnte sich natürlich damit herausreden, dass die Proben versehentlich vertauscht worden waren, wer wollte das nach der langen Zeit überprüfen? Aber das Ganze war trotzdem nicht gut.

Ein heller Ton signalisierte das Eintreffen einer neuen Mail. Sie kam von Saada. Er beschloss, das Philippinen-Problem zu vertagen, und wählte die Handynummer, die Saada ihm geschickt hatte.

Der Mann klang müde und skeptisch. »Bei dieser Hitze setze ich keinen Fuß vor die Tür, außer Sie haben einen echten Knaller.«

Brandt erklärte ihm, worum es ging. Der Mann war schlagartig hellwach. Er beschrieb Brandt sein Auto und schlug einen Treffpunkt vor. Der Ort kam Brandt etwas konspirativ vor, aber vielleicht war man als Enthüllungsjournalist von Berufs wegen paranoid.

Als Brandt am Müggelsee eintraf, stand der dunkelblaue Corolla mit dem verbeulten Kotflügel schon da.

# IM WALD

Tarek Gencerler bog in die Bulgarische Straße ein. Jede Menge Parkplätze auf beiden Seiten. Ein Grund, warum er zum Joggen meistens hierher kam. Er hasste es, wenn er dreimal um den Block fahren musste, um eine Parklücke zu finden. So was machte einem den ganzen *energy flow* kaputt.

Er ließ den Wagen auf der asphaltierten Fläche am Spreeufer langsam ausrollen. Dann hatten die heißen Joggerinnen, die da gewöhnlich ihre Dehnübungen machten, genügend Zeit, einen Blick auf den limettengrünen Audi TT RS Coupé zu werfen und natürlich auf seinen ultracoolen Besitzer.

Heute waren keine heißen Joggerinnen da. Normalerweise war hier einiges los, die Laufstrecke um den ehemaligen Vergnügungspark am Spreeufer war beliebt. Aber er hatte wieder ewig an der Buchhaltung gesessen. Nur die wenigen nicht kaputt geschmissenen Straßenlaternen und das Licht aus den Fenstern des Schiffsrestaurants am Anleger erhellten noch die Parkfläche.

Die Parkplätze direkt am Spreeufer waren belegt. Er entdeckte eine Lücke am Waldrand. Er stellte seinen Wagen nicht gern unter Bäumen ab, aber er hatte keinen Bock zurückzufahren.

Er stieg aus und ließ die Hand über den Lack gleiten, eine Sonderlackierung, dreitausend Euro extra. Er hatte es wirklich geschafft. Er hatte einen Handyladen, das Auto, und die Eigentumswohnung war fast bezahlt.

Er öffnete den Kofferraum und nahm die neuen Laufschuhe aus der Sporttasche. Porsche Design Bounce SL. Habib hatte irgendwo einen ganzen Lieferwagen davon abgegriffen. Im Laden kostete das Paar vierhundertfünfzig, Habib hatte hundertfünfzig gewollt. Der Preis war okay, trotzdem hätte Tarek am liebsten Nein gesagt. Er wollte kein geklautes Zeug mehr kaufen oder bei irgendwelchen krummen Touren mitmachen. Habib war sein

Kumpel, sie hatten jahrelang am Hermannplatz zusammen abgehangen, und ohne seine Kumpels, ohne seine Familie – was würde er da sein? Gar nichts. Er hatte die Scheine rübergeschoben.

Er wusste, dass viele von ihnen neidisch auf ihn waren. Sie dachten, es sei leicht, so etwas auf die Beine zu stellen. War es aber nicht. Ein Türke aus Neukölln, der sich selbstständig machen wollte? Auf den Ämtern und bei den Banken war er sich vorgekommen wie ein Aussätziger. Also hatte er sich das Startkapital von einem Onkel geliehen. Er hatte das Auto und die Wohnung sofort angezahlt.

Er zog die neuen Laufschuhe an. Es fühlte sich an, als habe er Sprungfedern unter den Füßen.

In letzter Zeit lief es etwas holprig. Die Konjunktur, Ärger mit den Lieferanten, dem Finanzamt. Es war alles so kompliziert.

Er hatte sich noch mal Geld leihen müssen, nur zur Überbrückung. Ceylan hatte einen Gemüseladen, aber jeder wusste, dass er Geldverleiher war. Er stammte aus einem Dorf bei Erzurum und hatte viele Brüder und Cousins. Sie sorgten dafür, dass niemand vergaß, seine Schulden zu bezahlen. Die Zinsen waren hoch, aber ohne Ceylans Geld hätte er den Laden dichtmachen müssen.

Einer von Ceylans Cousins war schon bei ihm gewesen. Er hatte ihm nahegelegt, Ware, die Ceylan liefern würde, im Laden zu verkaufen. Wahrscheinlich geklaut oder gefälscht. Er wollte das nicht. Er wollte sich sein legales Geschäft nicht kaputtmachen.

Aber wenn er seine Schulden nicht bezahlte, würde er alles verlieren. Ceylan würde sich das Auto und die Eigentumswohnung nehmen.

Er beneidete die Deutschen. Ihre Geschäfte funktionierten ohne das Geld von Kredithaien, die Kontakte, die Kunden aus dem eigenen Milieu.

Plötzlich fühlte er sich müde, sehr müde. Hatte er zu hart trainiert? Er ging regelmäßig ins Gym, um mehr Muskeln aufzubauen, für die Ausdauer kam er hierher. Gestern hatte er das

Training im Gym sausen lassen. Hatte er sich da auch schon so schlapp gefühlt? Vielleicht war es falsch gewesen, mit den Steroiden aufzuhören.

Mehrere Sekunden lang stand er reglos da.

Scheiße, wo kam das jetzt her? Er gab sich einen Ruck. Er brauchte nur einen kleinen Booster. Er holte ein Plastiktütchen aus dem Handschuhfach, schüttete etwas von dem weißen Pulver auf seinen Handrücken und zog es durch sein rechtes Nasenloch. Dann legte er das Tütchen zurück zu den anderen.

Er berührte das Display seiner Smartwatch, die Lauf-App ging auf. In diesem Moment bemerkte er die Limousine. Sie stand auf dem äußersten rechten Parkplatz am Spreeufer. Eine nagelneue S-Klasse. Mindestens hundertfünfzigtausend Euro. Zwei Männer saßen drin, einer auf dem Fahrersitz, der andere auf der Rückbank. Etwas an der Art, wie sie dasaßen, irritierte ihn. Ihre Gesichter lagen im Schatten, aber er war sicher, dass sie in seine Richtung schauten.

Die Wirkung des Crystal setzte ein, der Energiestoß ging durch seinen ganzen Körper. Plötzlich fühlte er sich wieder stark und zuversichtlich. Er würde das mit Ceylan schon hinkriegen.

Er tippte auf das Display, dann lief er los.

Die Männer in der Limousine beobachteten, wie der junge Mann in der Dunkelheit zwischen den Bäumen verschwand.

Der Fahrer war nervös. Über das Internet eine Joggingstrecke zu finden, die an einem fließenden Gewässer lag, war nicht schwer gewesen. Davon gab es viele, und die Menschen in dieser Stadt liebten es, im Kreis zu laufen, egal, wie heiß es draußen war. Dabei hatten sie die Klimaanlagen erfunden.

Der Weg führte am Wasser vorbei, auf der anderen Seite lag ein kleiner Wald. Das war gut, aber es machte ihm auch Angst. Er kannte den Wald nicht. Alles darin war ihm fremd, die Bäume, die Pflanzen, er wusste nichts über die Tiere, die hier lebten. Und über die fremden Geister.

Sie hatten fast eine Stunde lang die Menschen beobachtet.

Einige waren in dem Schiffsrestaurant verschwunden, andere hatten Hunde an der Leine, große Hunde. Bei ihm zu Hause gab es auch viele Hunde, aber sie liefen frei herum und gehörten niemandem. Er hatte beobachtet, wie die Leute den Dreck ihrer Hunde aufgehoben und in Plastiktüten mitgenommen hatten. Vielleicht benutzten sie ihn als Dünger.

Einige waren aus ihren Autos gestiegen, hatten sich gedehnt und mit den Armen gerudert, dann waren sie losgerannt. Das waren die, die sie interessierten, aber es waren nie die richtigen gewesen. Dann war der Mann in dem grünen Sportwagen gekommen. Er war muskulös, strahlte Energie und Lebenskraft aus.

Die Machete lag im Kofferraum. Er hatte sie in ein Tuch gewickelt. Sie war noch unbenutzt. Er hatte sie kurz vor der Abreise gekauft. Sie kam aus China. Tangshan Industry Trade Co. Ltd. Heutzutage kam fast alles aus China. Der Stahl war gut und sehr scharf. Die Klinge war so lang wie sein Unterarm. Sie hatte keine Spitze, sondern war am Ende rechtwinklig gekappt. Man benutzte sie nicht zum Stechen, sondern zum Hacken.

Er schob sie mit dem Tuch unter sein T-Shirt. Die Plastiktüte aus dem Kaufhaus, in dem er die Geschenke für seine kleine Tochter gekauft hatte, steckte er in die Jackentasche. Er schloss den Kofferraumdeckel und rannte los.

Es hatte wehgetan.

Es war schlimmer gewesen, als es bei Tina geklungen hatte.

Es war vorbei.

Sie lag noch immer auf dem Rücken, so wie sie dagelegen hatte, als Leon von ihr heruntergerollt war.

Sie öffnete die Augen. Bäume und Sträucher waren dunkle Massen, die sich kaum gegen den schwachen Schimmer des Mondlichts und der Laternen am Uferweg abhoben. Sie hatte gemeint, sie seien zu nah am Weg, aber er hatte gesagt, kein Mensch würde sie hier sehen, und hatte die karierte Decke auf den Boden geworfen.

In der Schwärze konnte sie sein Gesicht gerade noch erahnen. Er war sofort eingeschlafen. Jetzt, mit halb offenem Mund und leise schnarchend, wirkte er gar nicht mehr so cool. Eigentlich eher ... dumpf.

Er hatte die Flasche halb ausgetrunken. Sie hatte nur zwei Schlucke genommen. Sie mochte keinen Wodka, eigentlich gar keinen Alkohol. Aber er hatte sie gedrängt, das gehöre dazu, zum Entspannen. Doch es hatte sie nicht entspannt. Sein Atem war nur etwas weniger ekelig gewesen, als er ihr die Zunge in den Mund geschoben hatte.

Ein Zittern lief durch die Baumkronen, Äste knarrten. Wenn man genau hinhörte, knisterte und knackte es auch im Unterholz. Bestimmt waren das kleine Tiere. Vielleicht aber auch nur das Holz, das sich zusammenzog. In der Datsche ihrer Oma knarrte und knackte es nachts auch immer. Früher war sie dann zu ihr ins Bett gekrochen.

Er hatte gewollt, dass sie ihn in den Mund nahm. Es hatte komisch gerochen, sie musste ihren Brechreiz unterdrücken. Bevor er eingeschlafen war, hatte er noch gebrummt, dass es cool gewesen wäre.

Sie schob die Hand zwischen ihre Beine. Es fühlte sich feucht an. Etwas war an den Fingern, sie konnte es nicht erkennen, aber sie wusste, dass es Blut war, ihr Blut.

Okay, das war erledigt. Alle ihre Freundinnen hatten schon und gaben mit ihren sexuellen Erfahrungen an. Jetzt musste sie nicht mehr nur so tun, als ob.

Er hustete im Schlaf und wälzte sich auf die andere Seite. So bald würde sie es bestimmt nicht wiederholen.

Ihren Freundinnen konnte sie das nicht erzählen, sie würde als die totale Loserin dastehen. Alle schwärmten davon, wie geil Sex war. Sie würde lügen. Vielleicht logen die anderen ja auch.

Vorsichtig angelte sie nach ihrem Slip. Sie wollte nicht, dass er aufwachte. Bestimmt würde er dann noch mal wollen.

Ihr nackter Fuß berührte etwas, es fühlte sich klebrig an. Das Präservativ. Gott sei Dank hatte sie sich nicht überreden lassen, es ohne zu machen. Sie ertastete den Slip und zog ihn vorsichtig hoch.

Sie richtete sich auf und lauschte in die Dunkelheit. Was war dieses Rauschen? Es hörte sich an wie in den Ferien. Sie waren in Südfrankreich gewesen. Sie hatte ans Meer gewollt, ihre Mutter aber nur an diesen blöden Fluss. Da war ein Wehr gewesen, und es hatte die ganze Nacht gerauscht. Eigentlich ganz schön. Hier war kein Fluss, bloß der Verkehr. Dass man den bis hierhin hören konnte. Vielleicht hatte sie besonders gute Ohren. Wenigstens etwas.

Sollte sie warten, bis er aufwachte? Am liebsten wäre sie einfach gegangen.

Ein lautes Knacken ließ sie hochfahren. Oh Gott! Da war jemand. Jemand schlich zwischen den Bäumen herum.

Sie riss die Augen auf, um die Dunkelheit zu durchdringen. Dann sah sie es. Es war ein Mann, sie erkannte es an dem Schatten. Er schleifte etwas Schweres zwischen die Bäume. Plötzlich stoppte er, schien in ihre Richtung zu lauschen. Sie hielt den Atem an. Sie wollte Leon anstoßen, aber sie war starr vor Angst.

Der Schatten richtete sich auf. Ein Arm fuhr in die Höhe, etwas blitzte, der Arm sauste nach unten. Sie presste ihr Gesicht gegen den Boden.

Irgendwann hob sie vorsichtig den Kopf. Der Schatten war noch da. Was tat er jetzt? Er hob etwas auf und steckte es in eine Plastiktüte.

»Noch Wodka da?«

Sie fuhr herum. Leon starrte sie glasig an.

Sie sah wieder zu dem Schatten. Er stand jetzt still. Sie konnte nicht erkennen, ob er seinen Kopf in ihre Richtung gedreht hatte.

»Wo ist der Wodka?«, kam es krächzend von Leon.

Der Schatten wurde schmal, dann verschwand er zwischen den Bäumen, als wäre er nie da gewesen.

# LOST PLACE

Zehra checkte ihr Postfach. Es war fast leer. Selbst wenn sie alle dienstlichen Mails beantwortete, würde sie dafür keine zehn Minuten brauchen.

Sie lehnte sich zurück. Auf Brandts Schreibtisch lag unberührt die Aktenmappe mit dem Computerausdruck ihrer Recherchen zu Verwandtschaftsbeziehungen und Erbrecht bei den Tadschiken in Afghanistan. Sie hatte ihre handschriftlichen Notizen gleich nach dem Treffen mit dem Innensenator abgetippt. Brandt war den ganzen Tag nicht mehr im Büro aufgetaucht. Er hatte sich weder krankgemeldet noch Urlaub eingereicht. Er konnte auch keine Überstunden abfeiern. Davon türmten die Berliner Polizisten zwar alljährlich einen gigantischen Berg auf, jedoch ging in diesem Jahr noch keine einzige auf Brandts oder Zehras Konto. Sie waren vermutlich die einzigen Kripobeamten Berlins, die nur die Regelarbeitszeit ableisteten. In jedem anderen Dezernat wurden während der heißen Phase einer Ermittlung Nächte, Wochenenden und Feiertage durchgearbeitet. Im SD Fremdkultur gab es statt heißer Phasen feste Bürozeiten. Es war zum Kotzen.

Warum war Brandt noch nicht da? Eine irrationale Angst befiel Zehra. War sie womöglich vergessen worden? Hatte man das Sonderdezernat aufgelöst und es nur versäumt, sie zu informieren? War der Versetzungsantrag, der ausgefüllt auf ihrem Tisch gelegen hatte, Brandts Art, sich zu verabschieden?

Sie musste wissen, wo ihr Chef steckte! Sie griff zum Telefon. Noch bevor ihre Hand den Hörer erreichte, begann das Handy in ihrer Hosentasche zu klingeln. Das Display zeigte die Nummer der Einsatzzentrale an. Sie meldete sich. Ein unfreundlicher Kollege beorderte sie zum Tatort eines mutmaßlichen Tötungsdelikts. Perplex notierte sie die Adresse. Als sie aufgelegt hatte, fragte sie sich, warum Brandt sie nicht persönlich angerufen hatte. Im nächsten Moment wischte sie die Frage beiseite und sprang auf.

Sie waren wieder im Geschäft.

Das vierzig Meter hohe Riesenrad stand still. Es war einmal die Hauptattraktion im Plänterwald, dem einzigen Vergnügungspark der DDR, gewesen. Nach der Wende war der VEB Kulturpark abgewickelt, von einem westdeutschen Schausteller übernommen, als Spreepark wiedereröffnet und zehn Jahre später in die Pleite manövriert worden. Der Schausteller hatte sich nach Peru abgesetzt, drei Zentner Kokain in einem seiner Fahrgeschäfte versteckt, war damit zurückgekehrt, erwischt worden und in den Knast gewandert.

Zehra fuhr ein kurzes Stück an dem Zaun entlang, der erst kürzlich wieder erhöht worden war. Die verwilderte Anlage mit den Ruinen der Fahrgeschäfte hatte es als »Lost Place« zu einer Erwähnung im »Lonely Planet« gebracht. Seither griff der patrouillierende Wachschutz regelmäßig Rucksacktouristen aus aller Welt auf, die versuchten, das Riesenrad zu erklimmen.

Sie bog zur Spree hin ab. Die schmale Straße endete am Eierhäuschen, einem Ausflugslokal aus dem 19. Jahrhundert, das ebenfalls dem drogenschmuggelnden Schausteller gehört hatte. Von der verfallenen Backsteinvilla war nicht viel zu sehen, sie war eingerüstet und mit Planen verhängt.

Ein Streifenwagen blockierte den Zugang zur Uferpromenade. Er war leer. Zehra parkte daneben und stieg aus. Die Streifenbeamten saßen auf der Ufermauer im Schatten der Bäume. Über den Weg entlang der Spree war ein rot-weißes Absperrband gespannt.

Einer der beiden Beamten erhob sich, als er Zehra kommen sah. »Sie können hier nicht durch.«

»Doch.« Sie zückte ihren Dienstausweis.

Nach knapp hundert Metern kam sie an den Einsatzfahrzeugen von Kripo, Kriminaltechnik und Gerichtsmedizin vorbei, die auf dem Fußweg parkten. Ein paar Schritte weiter war die

Uferbefestigung weggebrochen und eine kleine, flache Bucht entstanden. Ein Kriminaltechniker stand im seichten Wasser und fotografierte etwas auf dem Grund des Flusses. Auf der anderen Seite des Weges schimmerten die weißen Schutzanzüge seiner Kollegen durch das Unterholz. Mit Absperrband war eine drei Meter breite Bahn abgesteckt. Sie führte in den Wald hinein. Alle paar Schritte standen Nummerntafeln auf dem Boden. Sie markierten eine Schleifspur. Nach ungefähr dreißig Metern endete die auf einer Lichtung. Dort wimmelte es von Beamten in Schutzkleidung. Niemand beachtete Zehra. Sie erkannte den Leiter der forensischen Abteilung des LKA. Herzfeld kniete vor einem Körper, der auf dem Boden lag. Zehra sah Laufschuhe an muskulösen Männerbeinen – das Opfer war offenbar ein Jogger.

Sie blickte sich nach Brandt um und entdeckte eine einzelne Gestalt hinter einem Gebüsch. Der Mann war nicht Brandt. Er suchte den Boden ab.

»Oberkommissarin Erbay«, stellte Zehra sich vor.

Er sah sie überrascht an. »Haben Sie einen Hubschrauber?«

»Ich hatte Glück mit den Ampelphasen.«

»Ist klar.« Er grinste und streckte ihr seine Hand entgegen. »Dirkes, LKA, Dezernat 11. Freut mich, Sie kennenzulernen.«

Sein Händedruck war angenehm fest, seine Freundlichkeit wirkte ehrlich. Offenbar betrachtete er das SD Fremdkultur nicht als Konkurrenz. Das war nicht bei allen Kollegen so.

»Mich ebenfalls«, sagte Zehra.

»Den Jogger schon gesehen?«

»Von Weitem. Ich wollte den Fundort nicht kontaminieren.«

»Ich besorge Ihnen gleich einen Schutzanzug. Aber erst müssen Sie mir helfen. Was hat sich hier abgespielt?«

Er deutete auf den Boden. Gräser und kleinere Pflanzen waren auf einer Fläche von zwei mal anderthalb Metern geknickt und niedergedrückt. Im Gebüsch entdeckte Zehra eine leere Wodkaflasche. An einem abgebrochenen Ast klebte ein benutztes Kondom. Der Inhalt war noch nicht getrocknet.

»Hier lag eine Decke«, vermutete Zehra, »ein Pärchen hatte Sex.«

»Wann?«

»Ich glaube, sie haben die ganze Nacht hier verbracht.«

»Wie kommen Sie darauf?«

»Ein Dreiviertelliter Wodka. Und das Gras ist immer noch platt gedrückt.«

Er nickte zufrieden. Offenbar hatte sie den Test bestanden.

»Gibt es schon eine Todeszeit?«, fragte Zehra.

»Das Opfer ist um zweiundzwanzig Uhr sieben losgejoggt. Auf seiner Smartwatch läuft noch die Stoppuhr.«

»Wenn er eine Running-App benutzt hat, können wir auf die Sekunde genau sehen, wann er hier angehalten hat.«

»Angehalten wurde«, berichtigte Dirkes. »Wir haben einen Ast mit Hautfetzen und Haaren gefunden. Jemand hat ihn auf der Uferpromenade niedergeschlagen.«

»War das die Todesursache?«

»Nein. Ihm wurde die Kehle aufgeschlitzt.«

Zehra hatte auf der Promenade keine Blutlache bemerkt.

»Der Täter hat das Opfer erst betäubt, dann in den Wald geschleppt und dort getötet?«

»Ja. Aber wieso nur ein Täter, warum nicht zwei?«

»Die Schleifspuren. Zwei Täter hätten das Opfer tragen können.«

»Aber nicht müssen.«

»Richtig«, pflichtete Zehra ihm bei. »Ich will auch gar nicht weiter spekulieren.«

»Kommen Sie!«

Zwei Minuten später stand Zehra in einem Schutzanzug mit Dirkes neben Herzfeld und blickte auf die Leiche. Im Hals klaffte ein tiefer Schnitt. Das meiste Blut war im ausgetrockneten Erdreich versickert.

»Keine Kampf- oder Abwehrspuren«, erklärte Herzfeld. »Das Opfer war vermutlich bewusstlos, als die Halsschlagader durchtrennt wurde. Ein schmerzfreier Tod.«

»Und die Hände?« Zehra deutete auf die Armstümpfe.
»Post mortem mit einer schweren Klinge abgetrennt.«
»So etwas wie ein Fleischerbeil?«
»Oder ein anderes scharfes Hack-, Schneid- oder Hauwerkzeug. Die Zunge wurde auch entfernt.«
»Hat der Täter sie mitgenommen?«
»Jedenfalls haben wir sie bisher nicht gefunden. Nachdem er hier fertig war, ist der Täter zum Ufer zurück und hat sich dort die Hände gewaschen«, sagte Dirkes. »Es gibt Fußspuren am Wasser, wahrscheinlich von einem Mann.«
»Oder einer Frau mit Schuhgröße 46«, ergänzte Herzfeld ohne jede Ironie.
Zehra überlegte. Das war keine spontane Tat gewesen, der Ort war gut gewählt worden. »Wer hat die Leiche entdeckt?«
»Heute früh um sechs Uhr dreiundzwanzig ging in der Notrufzentrale ein anonymer Anruf ein«, erklärte Dirkes. »Ein Streifenwagen vom Abschnitt 65 wurde in Marsch gesetzt. Die Ortsbeschreibung war ziemlich genau, die Kollegen mussten nicht lange suchen.«
»Wissen wir schon etwas über das Opfer?«
»Kein Portemonnaie, keine Papiere. Aber ein Autoschlüssel.«
»Das ist fast genauso gut.«
»Meine Leute klappern schon die Parkplätze ab.« Er wandte sich an Herzfeld. »Wie lange sind Sie noch mit der Leiche beschäftigt?«
»Ich bin fast fertig.«
»Gut. Dann nehmen Sie sich das Liebeslager vor. Ist vielleicht die heißere Spur.«
Zehra gab Dirkes recht. Vielleicht hatte das Pärchen die Tat beobachtet. Vielleicht hatte einer von beiden am Morgen die Polizei angerufen.
Dirkes' Handy klingelte. »Ja?« Er hörte kurz zu. »Okay.« Er legte auf. »Wir haben den Wagen. Kommen Sie?«
Zehra zögerte. »Ich warte lieber auf meinen Chef.«
Dirkes lächelte irritiert. »Ich leite die Ermittlungen.«

»Das habe ich schon verstanden. Aber wenn Sie uns anfordern, macht Sie das nicht zu meinem Vorgesetzten.«

»Wen meinen Sie mit ›uns‹?«

»Hauptkommissar Brandt und mich.«

»Da haben Sie wohl etwas missverstanden. Sie arbeiten nicht mehr für Brandt. Ab heute spielen Sie in meinem Team. Ich bin Ihr neuer Chef.«

## Q3A

Sie hatte ihr Ziel erreicht. Der wuchtige Bau in der Keithstraße, vor hundert Jahren als preußische Behörde errichtet, strahlte Ernst und Unnachgiebigkeit aus. Er beherbergte die Abteilung 1 des Landeskriminalamts Berlin. Zweihundertsechzig Beamte in drei Dezernaten, zuständig für »Delikte am Menschen«. Vergewaltigung, Misshandlung, Entführung, Kinderpornografie, Brand- und Sprengstoffanschläge. Die Mordermittler arbeiteten im Dezernat 11. Seit heute Morgen gehörte Zehra dazu. Sie konnte sich nicht darüber freuen.

Die Schuld daran hätte sie gern dem Innensenator gegeben. Siegrist hatte zwar gefragt, welche Polizeiarbeit sie am liebsten machen würde. Aber entschieden hatte er über ihren Kopf hinweg. Er hatte sie wie eine Spielfigur auf ein neues Feld geschoben. Sie hatte den Versetzungsantrag nicht gestellt, das Formular lag noch immer unbearbeitet auf ihrem Schreibtisch. Halt, es war ja nicht mehr ihr Schreibtisch. Und Brandt war nicht mehr ihr Chef.

Auf der Fahrt vom Plänterwald hierher hatte sie versucht, sich einzureden, dass er ihren Wechsel zusammen mit Siegrist eingefädelt hatte. Es war ihr nicht gelungen. Sie fühlte sich, als hätte sie ihn allein auf einem sinkenden Schiff zurückgelassen. Ob er es überhaupt schon wusste? Sie musste schnellstens mit ihm reden.

Sie zeigte dem Beamten in der hölzernen Pförtnerloge ihren Dienstausweis und nahm die Treppe hinauf in den vierten Stock. Die Kommissare der 6. ständigen Mordkommission arbeiteten bei offenen Türen. Zehra hatte sich bemüht, langsam zu fahren, um nicht vor Dirkes anzukommen. Doch es war wie verhext gewesen, jede Ampel war auf Grün gesprungen, sobald sie sich genähert hatte. Sie hatte vor dem Gebäude in ihrem Mini gewartet, bis sein Dienstwagen in ihrem Rückspiegel aufgetaucht war. Nachdem Dirkes im Gebäude verschwunden war, war sie noch einige Minuten sitzen geblieben, dann war sie ihm gefolgt.

Das Büro des Dienstgruppenleiters lag am Ende des Gangs. Auch seine Tür stand offen. Er saß schon an seinem Computer. Sie klopfte an den Türrahmen.

Er blickte auf. »Ich hätte gewettet, dass Sie vor mir ankommen.«

»Diesmal hatte ich nicht so viel Glück mit den Ampeln.« Das war nicht gelogen. Die grüne Welle hatte sie sich ja nicht gewünscht, im Gegenteil.

Sein Lächeln verriet ihr, dass er sie durchschaute. »Es tut mir leid, dass die Versetzung für Sie offenbar ein bisschen plötzlich kommt. Ich kann nur sagen, dass ich sehr froh bin, Sie nun in meinem Team zu haben. Sie haben hervorragende Qualifikationen. Ich habe Ihre Personalakte gelesen.«

»Wann?«

»Ich hatte gestern Nachmittag eine Mail in meinem Postfach, direkt aus der Klosterstraße, mit Ihren kompletten Personalunterlagen und dem Vermerk, dass Sie ab sofort zur Verfügung stünden.«

In der Klosterstraße lag das Alte Stadthaus. Dort residierte der Senator für Inneres. Siegrist hatte nach ihrem Treffen offenbar keine Zeit verloren.

»Als heute Morgen der Fall reinkam, dachte ich, das ist genau der passende Einstieg für Sie«, fuhr Dirkes fort. »Wir können gleich von Ihrer Erfahrung profitieren.«

»Was genau meinen Sie?«

»Tötungsdelikte, bei denen die Täter Körperteile abtrennen und mitnehmen.«

»Es gab nur einen solchen Fall, und er liegt fast ein Jahr zurück.« Zehra merkte, wie barsch sie klang. Sie ärgerte sich über Siegrist, aber mehr noch über sich selbst. Sie hatte sich von ihm ausmanövrieren lassen. Nein, schlimmer, sie hatte die Vorlage geliefert, mit der er das SD Fremdkultur nun endgültig ins Aus schoss. Ihre Stelle würde garantiert nicht neu besetzt werden, und Siegrist konnte zu Recht behaupten, dass er ihr nur ihren größten Karrierewunsch erfüllt hatte. Sie war so naiv gewesen. Aber das war nicht Dirkes' Schuld. »Verzeihung. Ist nicht so ganz mein Tag heute.«

»Dann wird er's noch.« Seine gute Laune war nicht zu erschüttern. »Kommen Sie, ich zeige Ihnen Ihr Büro und stelle Sie den Kollegen vor.«

Eine Viertelstunde später saß sie an einem Tisch mit Wachstuchdecke im viel zu kleinen Besprechungsraum, der auch als Kaffeeküche diente. Die Mordkommission bestand aus sechs Beamten, vier Männern, drei Frauen, sie selbst eingerechnet. Ein eingespieltes Team, Zehra war die Jüngste, doch niemand ließ sie das spüren. Es herrschte ein lockerer, aber professioneller Ton. Die Beamten präsentierten ihre ersten Ergebnisse, um alle auf denselben Stand zu bringen.

Mittels einer Fahrzeughalterermittlung und anschließender Personendatenabfrage war die Identität des Opfers geklärt worden: Tarek Gencerler, fünfundzwanzig Jahre alt, ledig, von Beruf Kaufmann, zwei Verurteilungen nach dem Jugendstrafrecht wegen Diebstahls und einfacher Körperverletzung. Der auf ihn zugelassene Audi TT hatte auf einem öffentlichen Parkplatz vor einem Restaurantschiff am Rand der Joggingstrecke gestanden.

Im Handschuhfach hatte die Spurensicherung vierundsechzig Plastiktütchen mit insgesamt zweiunddreißig Gramm Crystal Meth gefunden. Hatte Gencerler sich einen Vorrat für den Eigenbedarf zugelegt, oder handelte er mit der Droge? Beides war bei dieser Menge denkbar. Die vom Bundesgerichtshof für Methamphetamin festgelegte »nicht geringe Menge« begann bei fünf Gramm. Falls er dealte, lagen die Gründe für seine Ermordung womöglich im Drogenmilieu.

»Er hat seinen Großhändler beschissen«, schnaufte Faber, ein rundlicher Endvierziger, und wischte sich mit einem karierten Stofftaschentuch über die Halbglatze. Die Hitze machte ihm zu schaffen. »Die abgetrennten Hände und die Zunge sind 'ne Art Strafaktion.«

»Warum knockt man ihn dann vorher aus und tötet ihn schmerzfrei?«, wandte eine der beiden weiblichen Kolleginnen ein.

Zehra hatte sich nur ihren Vornamen gemerkt: Kim. Sie hatte die Ausstrahlung einer Sozialarbeiterin und kleidete sich auch so.

»Ich würde diese Aktion höchstens der Russenmafia zutrauen«, ergänzte Klose, der Älteste und vermutlich Fitteste im Team. Auf der Fensterbank in seinem Büro stand eine Reihe von Pokalen, die er regelmäßig bei Volksläufen in der Ü-55-Altersklasse abräumte. »Nur ist die auf dem Crystal-Markt bisher nie groß aufgetaucht.«

»Die vietnamesische Zigarettenmafia schon«, sagte Behrmann dröhnend. Er sprach zu laut, schien das aber nicht zu bemerken. Vielleicht war er schwerhörig. An seinem Alter konnte das nicht liegen, Zehra schätzte ihn auf höchstens vierzig Jahre. »Die verticken das Zeug zusammen mit ihren geschmuggelten Kippen. Beim Vietnamesen bei mir um die Ecke benutzen die solche asiatischen Haumesser, mit denen man prima Hände abhacken könnte.«

»Das kriegt auch ein ganz normaler deutscher Psychopath hin«, hielt Klose dagegen, »mit 'nem Fleischerbeil aus Solingen.«

So ging es weiter. Keiner scheute sich, eine Idee zu äußern, wie abwegig sie auch sein mochte. Dirkes ließ die Diskussion laufen, er sammelte nur, gab keine Richtung vor. Zu Anfang fand Zehra das sympathisch, doch je länger die Besprechung dauerte, umso ineffizienter erschien ihr diese Arbeitsweise, und sie wurde ungeduldig. Vielleicht lag es auch an der Enge des Raums, der Hitze – und der Lautstärke. Brandt hatte in dieser Phase leere weiße Blätter Papier an die Wand geheftet, und sie hatten sich davorgestellt, um in der Stille ihre Gedanken zu fokussieren und zu sortieren, jeder für sich, bevor sie sie aussprachen. Hier wurde laut, vielstimmig und durcheinander gedacht.

Als Dirkes endlich eingriff, hatte Zehra längst ihre Konzentration verloren. Der Leiter der Mordkommission dagegen filterte zielsicher die tragfähigen Ermittlungsansätze heraus und vergab die sich daraus ergebenden Aufgaben. Zehra fragte sich, warum er das nicht schon viel früher getan hatte. Alle relevanten Informationen waren in den ersten zehn Minuten der Besprechung genannt worden.

Schließlich wandte er sich auch an sie: »Und Sie kümmern sich um den anonymen Anruf.« Sie musste ihn so überrascht angesehen haben, dass er nachhakte: »Das ist doch okay für Sie?«

»Natürlich«, antwortete sie eilig. Sie hatte fest damit gerechnet, zur Recherche von Gencerlers Umfeld eingeteilt zu werden. Das Opfer war Türke, sie Türkin. Doch das schien für Dirkes keine Rolle zu spielen. Sie konnte noch nicht viel über seine Fähigkeiten als Kriminalist sagen, aber in Sachen Personalführung machte er bisher alles richtig.

»Notruf Polizei Berlin.«

»Ich möchte eine Leiche melden.« Eine Frauenstimme. Jung. Und sehr nervös.

»Eine Leiche?«, wiederholte der Beamte und klang so neutral, als fragte er nach der Uhrzeit. »Mit wem spreche ich?«

»Das sage ich nicht. Im Plänterwald liegt ein Toter. In der Nähe vom Eierhäuschen, wo die kleine Bucht ist. Sie müssen nur ein paar Schritte vom Ufer weg in den Wald rein, da liegt er.«

»Sind Sie noch vor Ort?«

»Ganz sicher nicht! Ich lege jetzt auf.«

»Moment, nennen Sie mir bitte Ihren Namen!«

Es klickte in der Leitung, und Zehra stoppte den Medienplayer. Sie hatte sich die Audiodatei aus der Leitzentrale mailen lassen. Eingehende Notrufe wurden automatisch mitgeschnitten. Das Telefonat war von einem Handy mit aktivierter Rufnummernunterdrückung aus geführt worden. Offenbar glaubte die Anruferin, dass man so ihren Anruf nicht zurückverfolgen konnte. Ein Irrtum, denn die Telefonsysteme in den Leitzentralen von Polizei und Feuerwehr setzten diese Funktion außer Kraft.

Zehra hatte mehrfach die Nummer der »anonymen« Anruferin gewählt, doch jedes Mal war sofort die Mailbox angesprungen: »Hallo Leute. Sagt mir was Nettes!« Auch die Ansage ließ auf eine junge Frau schließen.

Als die Oberkommissarin die Aufzeichnung aus der Notrufzentrale zum dritten Mal abspielte, meldete sich der Telefonanbieter, den sie kontaktiert hatte, mit den Daten der Handybesitzerin. Sie hieß Karin Schultze. Zehra gab den im Mobilfunkvertrag angegebenen Wohnort in Google Maps ein. Er lag nur einen Kilometer vierunddreißig vom Tatort entfernt.

»Baume« nannten die Anwohner ihr Stadtviertel. Offiziell hieß der Ortsteil des neunten Berliner Verwaltungsbezirks Baumschulenweg. Der Name ging auf eine Baumschule zurück, die hier vor dreihundert Jahren gegründet worden war. Es gab sie immer noch.

Der Mini holperte über eine schmale Panzerstraße. Die Hitze drückte das Dichtungsmaterial aus den Fugen zwischen den alten Betonplatten. Die viergeschossigen Miethäuser entlang der Straße sahen alle gleich aus. Q3A-Bauten aus dem Plattenbaukasten der DDR. Das Buchstaben- und Zahlenkürzel stand für »Querwandtyp Nr. 3 Variante A« und bezeichnete den Typenbau, der als Erster in Großserie errichtet worden war. Die Häuser hier hatte man vor ein paar Jahren saniert und bunt gestrichen. Für Zehra betonten die verschiedenen Farben der Gebäude eher noch ihre Gleichförmigkeit.

Zehra fand einen Parkplatz im Schatten. Das war nicht schwer. Die Bäume, die hier vor sechzig Jahren gepflanzt worden waren, vermutlich von der ortsansässigen Baumschule, hatten die weiten Freiflächen zwischen den eintönigen Gebäuden in kleine Wälder verwandelt.

»K. Schultze«, stand auf einem Klingelschild in der obersten Reihe. Eine junge Frau, die allein lebte? Zehra klingelte. Nichts geschah. Nachdem sie den Knopf noch dreimal gedrückt hatte, wollte sie aufgeben.

Es knackte in der Gegensprechanlage. »Hallo?«

»Oberkommissarin Erbay, Kripo Berlin. Frau Karin Schultze?«

»Ja?« Die Verunsicherung in der Stimme war nicht zu überhören.

»Ich würde mich gern mit Ihnen unterhalten.«

»Worum geht es denn?«

»Das möchte ich Ihnen persönlich sagen. Machen Sie mir bitte auf?«

»Natürlich«, kam es zurück. »Oberste Etage.«

Im nächsten Moment ertönte der Türsummer. Es gab keinen Aufzug. Schnaufend kam Zehra im vierten Stock an. Wann war sie eigentlich das letzte Mal beim Training gewesen? Der monatelange Stillstand im SD Fremdkultur hatte sie träge werden lassen. Und fett. Sie machte sich schon seit ihrer Pubertät keine Illusionen mehr über ihre Figur. Sie war immer rundlich gewesen. Aber nie wabbelig. Straffe Muskeln hatten ihre Rundungen in Form gehalten. Wenn sie sich heute vor den Spiegel stellte, sah sie nur noch einen erschlafften Fleischklops. Sie musste wieder regelmäßig trainieren, wie früher, mindestens dreimal pro Woche, bis sich ihr Körper wieder fest und stark anfühlte. Der neue Job würde ihr neuen Antrieb geben. Ihr fiel ein, dass sie Brandt immer noch nicht angerufen hatte. Sie drängte das aufkeimende Schuldgefühl zurück. Dafür war jetzt keine Zeit.

Karin Schultze wartete in der offenen Wohnungstür. Auch bei wohlwollender Schätzung war die Frau mindestens vierzig Jahre alt. Sie trug etwas, das in Damenabteilungen von Kaufhäusern als Hausanzug gehandelt wurde. Ihre Haut war so grau wie der verschlissene Nickistoff, die Müdigkeit vieler Jahre hatte Falten in ihre Gesichtszüge gegraben.

»Guten Tag –« Weiter kam Zehra nicht.

»Geht's um meine Tochter? Ist ihr etwas passiert?«

»Nein, keine Sorge. Darf ich reinkommen?«

Sie zögerte. »Haben Sie einen Ausweis?«
»Natürlich.« Zehra zückte ihren Dienstausweis.
Karin Schultze sah ihn sich an und lächelte unsicher. »Ich weiß nicht mal, ob der echt ist. Ich habe noch nie einen gesehen.«
»Sie können bei der nächsten Polizeidienststelle anrufen und mich überprüfen. Oberkommissarin Zehra Erbay.«
Sie winkte ab und ließ Zehra in die Wohnung. Darin war es stickig und dunkel.
»Ich hatte Nachtdienst«, erklärte sie, während sie im Wohnzimmer die Rollos hochzog. Sie öffnete die Balkontür. Warme Luft quoll herein.
»Bis wann ging Ihre Schicht?«
»Ungefähr halb sieben. Das heißt, offiziell nur bis sechs. Aber wir quatschen immer bei der Übergabe.«
»Wo arbeiten Sie?«
»Im Seniorenpflegeheim Baumschulenweg.«
»Das ist hier im Viertel?«
Sie nickte. »Drei Minuten mit dem Rad.«
»Haben Sie heute Morgen die Polizei angerufen? Von Ihrem Handy aus?«
»Ich? Nein. Wie kommen Sie darauf?«
»Aber Sie hatten es bei sich.«
»Ja.«
»Wie alt ist Ihre Tochter?«
»Fünfzehn.«
»Hat Sie auch ein Handy?«
»Sie könnte gar nicht leben ohne das verdammte Ding.«
»Ist es auf Ihren Namen angemeldet?«
»Ja. Ich habe so einen Vertrag mit Partnerkarte, das ist billiger. Warum wollen Sie das alles wissen?«
Zehra ignorierte die Frage. »Wo ist Ihre Tochter jetzt?«
»In der Schule – hoffe ich jedenfalls. Aber bitte sagen Sie mir doch, worum es eigentlich geht!«

Der Pausenhof der Kepler-Oberschule grenzte an die Planetenstraße. Zehra machte sich nicht die Mühe, den Haupteingang in den efeubewachsenen Gebäudekomplex zu suchen, sondern steuerte das niedrige Hoftor an. Es war verschlossen, und der aufsichtführende Lehrer wandte ihr den Rücken zu. Keine Chance, gegen den vielstimmigen Kinderlärm anzukommen.

Sie schwang sich über das Tor, hinter dem eine Vierergruppe Mädchen untergehakt und kichernd an einer Jungenclique vorbeistolzierte. Die Mädchen stoppten abrupt und sahen Zehra groß an. Dann rannte eines von ihnen zum Lehrer, einem untersetzten Glatzkopf in einem schreiend bunten Hemd, der Zehra im nächsten Moment entgegeneilte. Sie präsentierte ihren Ausweis und erklärte ihr Anliegen. Er wirkte nicht besonders überrascht. Vielleicht war es an Neuköllner Sekundarschulen nicht ungewöhnlich, dass die Polizei einen Schüler sprechen wollte.

Kurz darauf saß Zehra mit der fünfzehnjährigen Angelina Schultze allein in der Schulbibliothek. Haare, Nägel, Kleidung – alles an dem gertenschlanken Mädchen war durchgestylt. Ihr Make-up wirkte, als hätte es ein Profi aufgetragen. Ein makelloses Puppengesicht. Nur die Angst in den Augen passte nicht dazu.

»Muss ich mit Ihnen reden?«

Zehra schüttelte den Kopf. »Nein. Zumindest nicht, bis der Staatsanwalt deine Befragung als Zeugin anordnet.«

»Aber das hat er noch nicht.«

»Richtig.«

»Dann will ich nicht.«

»Gut. Dann erzähle ich dir, wo du letzte Nacht gewesen bist und was du dort gemacht hast.«

»Das können Sie überhaupt nicht wissen«, erwiderte Angelina herausfordernd, hielt Zehras Blick aber nur wenige Sekunden stand.

»Du hattest ein Date mit einem Jungen. Deine Mutter wusste nichts davon. Du bist erst los, nachdem sie zur Nachtschicht aufgebrochen war. Ihr habt euch am Eierhäuschen im Plänterwald getroffen. Er hatte eine Flasche Wodka dabei, du eine

Picknickdecke. Ihr seid bis zu der kleinen Bucht gegangen. Dort habt ihr ein bisschen rumgeknutscht und Wodka getrunken.«

Das Mädchen starrte sie an.

Zehra fuhr fort. »Dann seid ihr in den Wald. Du wärst gern noch weiter vom Ufer weggegangen, aber er wollte nicht. Du hast eine weiche Stelle für die Decke gesucht. Ihr habt noch mehr Wodka getrunken. Dann hattet ihr Sex. Danach ist er eingeschlafen. Hattest du die Kondome besorgt?«

Sie nickte überrumpelt und stammelte: »Er wollte lieber ohne.«

»Aber du hast dich nicht überreden lassen. Das war gut!«

»Es war scheiße.« Angelina sank auf ihrem Stuhl in sich zusammen. »Voll der Horror. Alles!«

Plötzlich begriff Zehra. »Es war dein erstes Mal.«

Das Mädchen schwieg. Ein perfekt geschminktes Häufchen Elend. Zehra hatte Mitleid. Schon ihre eigene Entjungferung war alles andere als eine schöne Erinnerung, und sie war nicht mit einer verstümmelten Leiche verknüpft. Aber Mitleid löste keine Mordfälle.

»Erzähl mir, was danach passiert ist!«

Als Zehra die Schule wieder verließ, hatte sie einen Horrorfilm im Kopf. Angelinas Aussage hatte geklungen wie die Nacherzählung eines billigen Splattermovies. Sie hatte den Mörder tatsächlich gesehen. Aber er war kein Mensch, sondern ein schwarzer Geist. Er hatte ein leuchtendes Schwert und eine Plastiktüte. Er hatte mehrmals zugeschlagen, etwas in die Tüte gesteckt, war mit der Dunkelheit verschmolzen und verschwunden.

Zehra stieg in ihren Mini, zog die Tür zu und lehnte sich im Sitz zurück. Ein schwarzer Geist mit Schwert, der mit der Dunkelheit verschmolz? Eine alkoholverzerrte Phantasie. Doch was hatte die Plastiktüte darin verloren? Sie war ein realistisches Detail.

Es passte nicht zusammen. Es sei denn, der schwarze Geist war ebenfalls real.

## MENTALER KATER

Brandts Kopf fühlte sich an wie eine Wassermelone, die aus dem dritten Stock gefallen war. Er warf sich eine Handvoll Wasser ins Gesicht und sah in den Spiegel. Das war also das Gesicht, mit dem er in den neuen Lebensabschnitt starten würde. Es kam ihm fremd vor, es war ihm nicht mal besonders sympathisch.
Er ging in die Küche. Die Dose mit dem gemahlenen Kaffee war leer. Im Küchenschrank fand er ein halbes Glas Nescafé. Saada trank ihn, wenn sie morgens in Eile war. Er füllte den Wasserkocher und schaltete ihn ein.
Nach dem Treffen mit dem Journalisten hatte er sich merkwürdig desorientiert gefühlt. Vielleicht war das normal, wenn man gerade eine Brücke hinter sich gesprengt hatte. Er war zu Thién gefahren. Da war er bis zum frühen Morgen geblieben. Er hatte gespielt wie in Trance. Die meisten Mitspieler kannten ihn und seinen Stil. Dass er sich in jede Hand gestürzt hatte wie ein Kamikaze-Pilot, hatte sie völlig aus dem Konzept gebracht. Er hatte gewonnen. Die Beweise lagen auf dem Küchentisch, ein Haufen zerknitterter Geldscheine und eine Panzerkette aus achtzehnkarätigem Gold, Wert dreitausend Euro.
Die Kette hatte dem neuen Spieler gehört, einem jungen Kerl, der auf Gangster-Rapper gemacht hatte. Vielleicht war er ja sogar einer. Die schwarze Basecap mit der Aufschrift »Compton«, das fünf Nummern zu große Dodgers-Trikot, die Goldringe, die Klappe über dem rechten Auge – alles sollte suggerieren, dass er ein tougher Typ aus dem Ghetto war. Leider machte ein Rest von schwäbischem Dialekt, den er offensichtlich einfach nicht loswurde, das Image wieder kaputt.
Er hatte grauenhaft gespielt, konnte es sich aber offensichtlich leisten. Als sein Bargeld alle war, hatte er, ohne mit der Wimper zu zucken, die massiv goldene Panzerkette in den Pott geworfen. Brandt hatte die Hand gewonnen. Der Möch-

tegern-Gangster war aufgestanden, hatte genickt und das Restaurant wortlos verlassen.

Brandt würde die Kette Saada schenken. Hundert Gramm Gold, die sie für ihre Straßenkinder zu Geld machen würde. Besser konnte man den Gewinn nicht anlegen.

Er schaufelte zwei Zentimeter Nescafé in einen Trinkbecher und goss das kochende Wasser über die Körnchen. Sofort stieg der unangenehme Geruch auf, der nichts, aber auch gar nichts mit Kaffee zu tun hatte. Er nahm einen Schluck, spuckte ihn zurück in die Tasse, schlüpfte in seine alte Trekkinghose, streifte ein T-Shirt über und verließ die Wohnung.

Im Parterre blieb er stehen. Er erinnerte sich, dass er geträumt hatte. Etwas hatte ihn bedroht. Ein Mensch? Ein Tier? Etwas Drittes? Er erinnerte sich nicht. Doch: an Wölfe, die ihn umringt hatten. Aber sie hatten ihn beschützt, unter ihnen hatte er sich sicher gefühlt.

Bei seinem letzten Ayahuasca-Ritual war ihm ein Wolf begegnet. Das Tier hatte in einer Ecke der Hütte gesessen und ihn aus glühenden Augen angesehen. Später hatte ihm René erklärt, das Tier sei wahrscheinlich sein Schutzgeist. Es war ein Jahr her. Seitdem hatte er keine »Reise« mehr gemacht.

Brandt trat ins Freie. Die Straße war wie ausgestorben, die Hitze trieb die Menschen zurück in die Häuser.

Er vertraute René. Ob er deshalb auch an Schutzgeister glauben sollte, wusste er nicht. Die Schamanen vieler südamerikanischer Indianerstämme verwendeten den psychoaktiven Sud aus der Ayahuasca-Liane, um Trancen und Visionen hervorzurufen. René war mehrere Jahre lang bei so einem Schamanen in die Lehre gegangen. Unter seiner Führung hatte Brandt mehr als ein Dutzend solcher innerer Reisen unternommen.

Vor ein paar Tagen hatten sie miteinander telefoniert. Das war vermutlich der Grund für den Traum. René hatte ihm von irgendwelchem Ärger erzählt, den er mit Neonazis hatte. Davon gab es in seiner Gegend mittlerweile jede Menge. National befreite Zone. Die AfD hatte bei der letzten Bundestagswahl in Mittelsachsen über dreißig Prozent geholt.

Er machte sich keine Sorgen um René. Eher um die Typen, die sich mit ihm anlegen wollten. Bevor er Schamane geworden war, hatte René in einer Kommandoeinheit der französischen Fremdenlegion gekämpft.

Als Brandt mit einem doppelten Caffè Latte im Pappbecher wieder die Wohnung betrat, läutete sein Telefon. Nur eine Person benutzte noch seine Festnetznummer.

»Saada. Wie geht's bei dir?« Er konnte hören, wie sie am anderen Ende der Leitung die Luft einsog. Das bedeutete nie etwas Gutes. »Was gibt's?«

»Ich hab den Artikel gelesen. Er steht in der Online-Ausgabe.«

Der Journalist war schnell gewesen. In die Print-Ausgabe hatte er es nicht mehr geschafft, aber er hatte nicht warten wollen.

»Ach, das.«

»Ja – das.«

Wenn Saada sarkastisch wurde, musste sie wirklich sauer sein.

Sie sprach weiter. »Geht es dir jetzt besser?«

Er überlegte, was er antworten sollte. Aber sie hatte schon wieder aufgelegt.

Er fuhr seinen Rechner hoch. Der Artikel hatte es nicht zum Aufmacher gebracht. Ein weiterer Amoklauf in einer amerikanischen Highschool hatte ihm den Rang abgelaufen. Der Skandal in der Berliner Staatsanwaltschaft, der nach Ansicht des Autors bis ins Außenministerium reichte, kam danach. Der Autor schien sich noch an die Story heranzutasten. Brandt hatte ihm die Tonbandaufzeichnung nur einmal vorgespielt, in der der Botschafter eines arabischen Emirats seine Beteiligung an der Vergewaltigung und dem anschließenden Tod einer philippinischen Putzfrau gestand. Auch die Rolle der von Siegrist geleiteten Staatsanwaltschaft bei der Vertuschung kam zur

Sprache. Der Autor hatte offenbar noch keine Zeit für weitere Recherchen gehabt. Daher arbeitete er mit Annahmen und Vermutungen und verwendete häufig den Konjunktiv. Namen wurden nicht genannt, aber der Text war mit Begriffen wie Vertuschung, Strafvereitelung und politische Rücksichtnahme gepfeffert.

Die Kugel rollte und war nicht mehr aufzuhalten. Der Innensenator würde Brandt suspendieren, versetzen, ihn jedenfalls juristisch wasserdicht aus dem Weg räumen. Also wozu warten?

Eine Stunde später stellte er seinen Wagen auf dem Parkplatz der Polizeidirektion 3 ab. Auf dem Weg zum Eingang kamen ihm zwei Kollegen aus der 2. Inspektion, Kommissariat 22, Operative Sachfahndung, entgegen. Er studierte ihre Mienen. Ein Skandal bei der Staatsanwaltschaft betraf automatisch auch die Polizei. Die Sache würde schnell die Runde machen, und natürlich würde man rätseln, wo die undichte Stelle war. Wie lange würde es dauern, bis man auf ihn kam?

Brandt nickte den Kollegen zu, sie nickten zurück und gingen weiter. Anscheinend war es noch nicht so weit.

Polizeiobermeister Berg saß wie immer auf seinem Stuhl und studierte den Sportteil seiner Zeitung. Mit einem Körpergewicht von gut drei Zentnern machte Berg seinem Namen alle Ehre. Brandt winkte ihm zu.

Berg schickte ihm halblaut einen Satz hinterher: »Ich werde Sie vermissen.«

Da war mal jemand, der zwei und zwei zusammenzählen konnte.

Das Großraumbüro war bis auf Schöller unbesetzt. Der Oberkommissar versuchte gerade, mit einem Brieföffner das klemmende A seiner Tastatur zu lösen. Er wirkte überrascht, als er Brandt sah. Offensichtlich hatte man sich an seine Abwesenheit schon gewöhnt.

»Morgen, Kollege«, sagte Brandt. »Immer noch keine neue Tastatur?«

Jeder wusste, wie es um das Sonderdezernat stand. Aber

Schöller hatte es Brandt nie spüren lassen. Er war gleichbleibend freundlich gewesen. Ob er den Online-Artikel gelesen hatte, war schwer zu sagen.

»Die kriegt man erst, wenn die Umlaute klemmen.« Zwanzig Prozent klemmende Tasten. Der pure Sarkasmus, was eigentlich nicht Schöllers Art war. »Deine Kollegin ist nicht da. Wurde an die MK 6 ausgeliehen.«

Brandt gelang es, seine Überraschung zu verbergen. Anders als Schöller war er darin ziemlich gut.

Fünf Minuten später stellte er den Karton mit seinen Tee-Utensilien auf seinem Schreibtisch ab. Er ließ den Blick durch den Raum wandern. Das Terrarium. Eigentlich hatte er sich hier ganz wohlgefühlt. Die gläserne vierte Wand hatte ihm eine Art von Zugehörigkeitsgefühl gegeben, ungeachtet der Tatsache, dass er und das Dezernat bei den Kollegen mehrheitlich unerwünscht gewesen waren.

Seine Teeschale. Er hatte alles im Karton verstaut – bis auf das Wichtigste. Wo war die Schale? Wenn er die von einem japanischen Meister geschaffene Keramik in der Kaffeeküche vergessen hatte, hatten inzwischen mindestens ein Dutzend Kollegen Kaffee oder Cola daraus getrunken. Das wäre nicht weiter schlimm, aber in der Abteilung hatte bisher kein Trinkgefäß länger als eine Woche unbeschädigt überstanden.

Brandt machte sich auf den Weg zur Kaffeeküche.

Zehn Minuten später verließ er sie wieder – ohne die Teeschale gefunden zu haben. Dafür hatte er geduldig Schöllers Ausführungen über seine komplizierten Urlaubspläne, die quälende Sommerhitze und den unbefriedigenden Ausgang der letzten Tarifverhandlungen gelauscht. Wer wusste schon, ob er je wieder die Gelegenheit haben würde, an solch harmlosen sozialen Ritualen teilzuhaben.

Im Terrarium saß nun Zehra an ihrem Rechner und studierte etwas auf dem Bildschirm. Für einen Moment glaubte er, der Pappkarton auf ihrem Schreibtisch sei seiner. Dann sah er, dass der noch an seinem Platz stand und daneben, in einer gepolsterten Schachtel mit geöffnetem Deckel, die gesuchte Teeschale.

Er nahm sie behutsam aus der Schachtel. »Wo haben Sie die gefunden?«

Zehra schaute auf. Ihre Miene verriet nicht, ob sie sich freute, ihn zu sehen, oder sauer war. Beides war möglich. Er hatte keine Ahnung, wie sie den Versetzungsantrag aufgenommen hatte.

»Ich habe sie in Sicherheit gebracht.«

»Als Andenken?« Ein Scherz, aber Zehras Gesicht ließ nicht mal den Ansatz eines Lächelns erkennen.

»Ich weiß, wie Sie an dem Ding hängen.«

Er drehte die Schale in der Hand und betrachtete die ineinander verlaufenden Braun- und Ockertöne. Der japanische Töpfermeister hatte versucht, ein Objekt zu schaffen, das frei von Spuren seines Egos war. Die Schale sollte einem von der Natur hervorgebrachten Gegenstand so nah wie möglich kommen.

Zehra hatte recht. Er deutete auf ihren Karton. »Was soll das werden?«

Sie nickte in Richtung seines eigenen Kartons. »Das Gleiche wie bei Ihnen, nehme ich an.«

»Nicht ganz. Ich ziehe aus – Sie nur um.«

Sie schwieg, dann sagte sie: »Ich war gerade auf der Website vom Tagesanzeiger. Was bezwecken Sie damit?«

»Das fragen Sie noch? Siegrist hat mich reingelegt. Oder wollen Sie weiter hier sitzen und Gutachten verfassen, die niemand liest?«

Sie antwortete nicht.

»Dachte ich mir.«

»Deshalb der Versetzungsantrag auf meinem Tisch?«

Er zuckte mit den Achseln.

»Ich habe ihn nicht eingereicht.«

Diesmal gelang es ihm nicht, seine Überraschung zu verbergen. »Aber Sie sind jetzt bei der Mordkommission.«

Ihre Gesichtszüge verhärteten sich. »Dank Ihres alten Freundes. Der Herr Innensenator will mich anscheinend fördern.«

Sie kannte Siegrist, der Satz konnte nur sarkastisch gemeint sein. Ein Schachzug, schoss es Brandt durch den Kopf. Siegrists Reaktion auf den Online-Artikel.

Sie schien seinen Gedanken gelesen zu haben. »Das war vor dem Artikel.«

Er atmete auf.

»Er hat mich auf einen Ausflug mitgenommen – zur Baustelle.«

Siegrists Baustelle. Mit dem LKA 2.0 würde er sich selbst ein Denkmal setzen. »Seine Vision. Dafür braucht er kompetente und kreative Leute. Sie sind beides.«

Er hatte das Gefühl, gegen eine Mauer zu sprechen. Er verstand das. Die Oberkommissarin hatte bei ihrem letzten Fall miterlebt, wie Siegrist die Fäden gezogen hatte, um das Ergebnis der Ermittlung zu vertuschen.

»Ich habe noch nicht zugesagt. Ich bin vorerst nur ausgeliehen.«

»Sie sollten zusagen. Hier verschwenden Sie doch nur Ihre Zeit.«

»Sie selbst Ihrer Ansicht nach anscheinend auch. Oder warum begehen Sie gerade beruflichen Selbstmord?« Sie war wütend auf ihn, jetzt sah er es. »Warum haben Sie Ihren Deal mit Siegrist gebrochen?«

»Er hat ihn gebrochen. Er hat das Dezernat kaltgestellt. Er hat uns lebendig begraben.«

»Sie wollen es ihm heimzahlen.«

»Darum geht es nicht. Ich habe es einfach nicht mehr ausgehalten.«

Sie nickte.

Natürlich, er hätte sich versetzen lassen können. Aber damit hätte er seine Niederlage eingestanden. Sein Motiv war nicht Rache, aber möglicherweise Eitelkeit.

»Sie wollten doch immer zur Mordkommission. Und wenn Sie es am Anfang nicht zu sehr übertreiben, werden Sie schnell vorankommen. Irgendwann leiten Sie Ihre eigene MK, dann bestimmen Sie den Stil der Ermittlungen. Etwas Besseres könnte der Berliner Polizei gar nicht passieren.«

»Und Sie?« In ihre Augen kam etwas Weicheres.

»Das wird sich finden.«

Sie überlegte einen Moment, dann sagte sie: »Sie haben recht, ich wollte immer zu den Tötungsdelikten. Deswegen bin ich Polizistin geworden. Aber ehrlich gesagt würde ich lieber mit Ihnen ermitteln. In Fällen, die das Sonderdezernat bearbeiten sollte. Wie dem Mord, den jetzt die MK 6 übernommen hat.« Sie nickte in Richtung des Bildschirms. »Die Kollegen haben gerade die Tatortfotos reingestellt.«

Er begriff, was sie bezweckte. »Lassen Sie es gut sein. Erinnern Sie sich an unsere erste Begegnung. Sie waren enttäuscht, bei mir gelandet zu sein. Sie wollten unbedingt zum richtigen LKA. Jetzt sind Sie da. Nutzen Sie Ihre Chance.«

Er sah, dass sie etwas anderes von ihm erwartet hatte, aber wozu ihr den Wechsel unnötig schwer machen?

Sie drückte auf die Tastatur, stand auf und klemmte sich ihren Pappkarton unter den Arm. »Na schön, dann alles Gute.«

»Ihnen auch.«

Sie ging. Er sah ihr nach, bis sie das Großraumbüro verlassen hatte.

Er betrachtete die Teeschale in seiner Hand. Sie wirkte unfertig, und ebendas machte sie perfekt. Der japanische Meister hatte dem Material genau die richtigen Impulse gegeben. Er hoffte, dass es ihm bei Zehra auch gelungen war. Sie würde nicht mit ihm zusammen untergehen. Die Motive des Innensenators mochten egoistisch sein, aber er hatte Zehra einen Gefallen getan. Er mochte glauben, er habe jemand gefunden, den er manipulieren konnte, aber er würde feststellen, dass er sich geirrt hatte.

Vorsichtig legte er die Schale zurück in die Schachtel und stellte die Schachtel in den Karton. Die leere Pinnwand schien ihn zu fragen, was er hier noch wollte. Er war gerade im Begriff zu gehen, als ihm das kleine rote Licht an Zehras Monitor auffiel. Sie hatte ihren Rechner nicht ausgeschaltet. Seine Hand wanderte zu dem altmodischen Kippschalter auf der Rückseite des Tischgeräts. Dann hielt er inne. Er drückte eine Taste auf Zehras Tastatur. Das Schwarz des Bildschirms verschwand, ein Foto erschien. Es zeigte einen jungen Mann in Joggingkleidung. Er lag auf dem Rücken im Unterholz. Er starrte den Betrachter aus toten Augen an.

Es war das erste einer Reihe hochauflösender Fotografien. Sie zeigten den Toten sowie den Tatort und die nähere Umgebung aus unterschiedlichen Blickwinkeln. Brandt klickte sich durch die Bilder. Was hatte Zehra gemeint, als sie gesagt hatte, dass sie in diesem Fall lieber mit ihm ermittelt hätte?

Als er das nächste Foto anklickte, sah er es.

# TEAMWORK

»Wo sind deine Sachen?« Die neue Kollegin, mit der Zehra sich in Zukunft das Büro teilen würde, lächelte sie fragend an. Zehra verharrte im Türrahmen. Sie hatte den verdammten Karton vergessen! Dabei hatte sie ihn erst vor gut fünf Minuten in den Kofferraum ihres Mini gepfeffert.
Die Fahrt in die Keithstraße war ihr länger vorgekommen. Vielleicht lag das an dem Gefühl der Endgültigkeit, das sie begleitete, seit sie das Terrarium verlassen hatte. Es war ein merkwürdiger Abschied gewesen. Sie und Brandt hatten einander nicht einmal die Hand gegeben. Nachdem sie den Online-Artikel gelesen hatte, hatte sie erwartet, wütend zu werden. Doch statt Wut empfand sie nur Resignation und eine Einsamkeit, die sie nicht zuordnen konnte. War es ihre eigene oder die von Brandt?
Kim lächelte immer noch. »Oder haben wir dich schon so genervt, dass du es dir wieder anders überlegt hast?«
Zehra hätte am liebsten auf dem Absatz kehrtgemacht. »Ich hole meinen Kram erst morgen. Ich will zur Teamsitzung das Protokoll über die Befragung der Zeugin fertig haben.«
»Das kannst du auch später noch schreiben. Dirkes sieht das nicht so eng.«
»Merke ich mir«, behauptete Zehra und setzte sich an ihren noch leeren Schreibtisch. Kims Tisch dagegen quoll über von Akten. An der Wand hinter ihr hingen, ebenfalls ohne erkennbare Ordnung, Kinderzeichnungen und Familienfotos. Eins zeigte ein kleines Schlauchboot auf einem azurblauen Meer. Darin saßen ein braun gebrannter Mann mit Strohhut und zwei Kinder mit Schwimmflügeln.
»Unser letzter Urlaub«, erläuterte Kim. Offenbar war sie Zehras Blick gefolgt. »Kroatien, eine kleine Insel vor Split. In vier Wochen fahren wir wieder hin.«

»Wie schön«, sagte Zehra und startete ihren Computer. Noch bevor sie den Ordner mit den Dokumentvorlagen gefunden hatte, wusste sie mehr über Kim und ihre Familie, als sie in einem ganzen Jahr über Brandts Privatleben erfahren hatte. Sie musste den Redefluss stoppen.
»Sorry, aber ich würde wirklich gern noch den Bericht schreiben.«
»Klar, hau rein.« Kim klang kein bisschen beleidigt. »Ich hole mir einen Kaffee. Willst du auch einen?«
»Gern. Mit Milch, wenn ihr welche habt.«
»Wir.«
»Bitte?«
»Wenn *wir* welche haben. Du gehörst doch jetzt dazu.« Wieder ein Lächeln. Dann ging Kim, ohne auch nur einen der drei benutzten Kaffeebecher, die auf ihrem Schreibtisch standen, mitzunehmen.

Zehra holte ihren Notizblock aus der Tasche. Sie übertrug den Namen der Zeugin sowie Datum, Uhrzeit und Ort der Befragung in das Textverarbeitungsformular. Dann ging sie Stichwort für Stichwort ihre Notizen durch. Es wäre nicht nötig gewesen, sie verfügte über ein ausgezeichnetes Gedächtnis, besonders für scheinbar nebensächliche Details. Aber die Routine half ihr, störende Gedanken aus ihrem Kopf zu drängen. Wie zum Beispiel den, ein Jahr in einem Sonderdezernat verschwendet zu haben, das es nun nicht mehr gab.

Kim kam zurück, stellte den Kaffee auf Zehras Tisch und setzte sich wieder an ihren Rechner. Für eine Weile hörte man nur das Klackern der Tastaturen.

Sachlich schilderte Zehra in ihrem Bericht, wann und wie die Zeugin zum Tatort gekommen war und was sie dort gemacht hatte, und fügte den Namen und die Adresse des Jungen bei, samt der Anmerkung, dass er noch zu befragen sei. Leon Dabrowski wohnte im selben Viertel wie Angelina Schultze. Zehra hatte vergeblich an der Wohnungstür geklingelt. Unter seiner Handynummer, die das Mädchen ihr ebenfalls gegeben hatte, war er nicht zu erreichen gewesen. Zehra hatte ihm eine Nachricht hinterlassen.

Bei der Beschreibung des Täters zitierte sie die Zeugin: »ein schwarzer Geist mit leuchtendem Schwert«. Während sie die Wörter in den Computer hackte, kam Zehra ein Gedanke. Sie verließ das Dokument und öffnete den Webbrowser, um die meteorologischen Daten zum Tatzeitpunkt zu recherchieren. Der Mond war an diesem Abend um neunzehn Uhr einundvierzig aufgegangen, der Himmel über Berlin wolkenlos gewesen. Zwei Tage vor Vollmond musste es eine helle Nacht gewesen sein. Das »Leuchten« der Hiebwaffe, das die Zeugin beschrieben hatte, ließ sich als Reflexion des Mondlichts auf der Klinge erklären. Wenn jedoch die Lichtverhältnisse einigermaßen gut gewesen waren und man die Beobachtungen des Mädchens nicht dem Alkohol zuschrieb, wieso hatte es den Täter dann nur als »schwarzen Geist« wahrgenommen, der »mit der Dunkelheit verschmolz«? Hatte er dunkle Kleidung getragen und sein Gesicht geschwärzt, wie ein Soldat im Kampfeinsatz?

Dirkes steckte seinen Kopf zur Tür herein. »Team in fünf Minuten!«

Zum zweiten Mal an diesem Tag versammelte sich die 6. Mordkommission in der Kaffeeküche. Diesmal dauerte es fast zwanzig Minuten, alle bisherigen Ermittlungsergebnisse zu präsentieren. Der Bericht aus der Rechtsmedizin würde erst am nächsten Tag eintreffen, aber die Obduktion war bereits durchgeführt worden. Kollege Faber hatte ihr beigewohnt. Wie vermutet war das Opfer verblutet, ursächlich dafür war der Schnitt in den Hals, der die rechte Arteria carotis durchtrennt hatte. Ebenso bestätigte die Untersuchung die Annahme, dass Hände und Zunge post mortem entfernt worden waren. Außer der Platzwunde am Hinterkopf wies der Leichnam frische Abschürfungen an den Unterschenkeln auf. Sie mussten entstanden sein, als der Täter sein bewusstloses Opfer durch das Unterholz in das Wäldchen geschleift hatte. Serologische und toxikologische Untersuchungen standen noch aus.

Oberkommissar Behrmann hatte sich mit dem Umfeld des Opfers beschäftigt. Tarek Gencerler hatte vor drei Jahren einen Handyladen in Neukölln eröffnet. Er lebte allein in einer kleinen, mit Hypotheken belasteten Eigentumswohnung im selben Stadtteil. Auch der auf ihn zugelassene Audi TT war finanziert. Im laufenden Jahr war Gencerler sowohl mit den Raten für die Wohnung als auch für das Auto mehrfach im Rückstand geblieben. Beim Finanzamt Neukölln hatte er eine aktuelle Steuerschuld im hohen fünfstelligen Bereich.

Zehras Kollegin Kim hatte die LKA-Abteilung 43 am Tempelhofer Damm kontaktiert. Den Drogenfahndern war ein Tarek Gencerler bisher nicht aufgefallen. Allerdings verdächtigten sie einen Mann gleichen Nachnamens, Göktan Gencerler, in geringem Umfang mit Crystal Meth zu handeln. Ob die Männer miteinander verwandt waren, hatte Kim noch nicht klären können. Jedoch wohnten beide im Neuköllner Reuterkiez.

Zum Täter hatten sie wesentlich weniger. Die KTU ging davon aus, dass er Rechtshänder war und Nike-Sportschuhe der Größe 45 oder 46 getragen hatte – falls die Fußspuren am Ufer tatsächlich von ihm stammten. Zurzeit untersuchten die Kriminaltechniker den Ast, mit dem er sein Opfer vor dem Mord niedergeschlagen hatte, auf DNA-Spuren. Kollege Klose hatte in der Umgebung des Tatorts vergeblich nach Zeugen gesucht.

Zehra sprach als Letzte. Aus dem Gedächtnis spulte sie fast wörtlich ihren Bericht über die Befragung der Augenzeugin Angelina Schultze ab. Als sie endete, herrschte einen Moment Stille. Sie kam sich vor wie auf der Polizeiakademie, wenn sie ein Referat gehalten hatte. Dirkes gratulierte seinem Team scherzhaft zu dem »kompetenten Neuzugang«. Doch die Bemerkung verstärkte bei Zehra nur das altbekannte Gefühl, für eine Streberin gehalten zu werden.

Die folgende Stunde saß sie stumm in der Runde. Eine Stunde, in der die Kollegen das weitere Vorgehen erörterten und die Zehra wieder als Zeitverschwendung empfand. Die Aussage des Mädchens wurde vom gesamten Team für unbrauchbar erachtet, seine Beobachtungen wurden ihrem Alkoholrausch zugeschrieben. Alle einigten sich schließlich darauf, Täter und Tatmotiv im Drogenmilieu zu suchen.

»Vielleicht wird Crystal Meth neuerdings auch von Türken in Handyläden vertickt«, mutmaßte Dirkes abschließend.

Zurück an ihrem Schreibtisch fragte Zehra sich, wieso sie geschwiegen hatte. Natürlich hatten die Kollegen recht. Es lag nahe, dass der Wodka die Wahrnehmung des Mädchens beeinträchtigt hatte. Trotzdem konnte ein wahrer Kern in seiner Aussage stecken. Die nächste Frage, die Zehra in den Sinn kam, traf sie völlig unerwartet. War es möglich, dass Teamwork sie gar nicht interessierte? Dass sie sich überhaupt nicht dafür eignete? Bisher hatte sie immer geglaubt, aufgrund ihrer Herkunft, ihrer überdurchschnittlichen Fähigkeiten und ihres Geschlechts von den Kollegen in die Außenseiterrolle gedrängt worden zu sein. Was, wenn es gar keine Rolle war? Hatte sie deshalb so gut mit Brandt zusammengearbeitet – weil auch er ein Einzelgänger war?

Ihr Handy klingelte. »Oberkommissarin Erbay.«

»Yo, Leon hier.« Die aufgesetzte Coolness übertönte die Nervosität in der jungen Stimme nur schwach. »Sie haben mir auf die Mailbox gequatscht.«

Das Gespräch dauerte keine fünf Minuten. Leon hatte weder Tat noch Täter beobachtet, er konnte der Aussage des Mädchens nichts hinzufügen.

»'nen Geist? Die Alte muss ja noch besoffener gewesen sein als ich!«

»Leider immer noch nicht besoffen genug«, sagte Zehra. »Sonst hätte sie nicht mitgekriegt, dass du ein beschissener Lover bist.«

Dann legte sie auf.

# DAS ANGEBOT

Brandt war mit dem Aufzug nach unten gefahren, ohne jemandem zu begegnen. Auch jetzt, als er den Parkplatz mit dem Karton unter dem Arm überquerte, war niemand zu sehen. Selbst Polizeiobermeister Berg war nicht an seinem Platz. Ein Zufall, aber für Brandt fühlte es sich an, als habe der Apparat ihn bereits ausgestoßen.

Er deponierte den Karton auf dem Rücksitz und schob sich hinter das Lenkrad des Omega. Er steckte den Schlüssel ins Zündschloss. Dann hielt er inne.

Wie sollte es weitergehen? Bis zu diesem Augenblick hatte er sich die Frage noch nicht gestellt. Jetzt bekam sie eine beinah physische Präsenz. Wollte er Polizist bleiben? Oder war er damit vielleicht von Anfang an auf einen falschen Weg geraten? Hatte er sich von Siegrist in eine Falle locken lassen? Er hatte Brandt zu dem Karrierewechsel geraten, nachdem Brandt seine Feldforschung auf den Philippinen von einem Tag auf den anderen abgebrochen und der Ethnologie den Rücken gekehrt hatte. War er neun Jahre lang auf einem falschen Weg gewesen und musste in seinem Leben zum zweiten Mal einen radikalen Schnitt vollziehen?

Er hätte gern mit Saada darüber gesprochen, aber sie war mit ihren Straßenkindern beschäftigt.

Kurz darauf fuhr er auf der A 13 nach Süden. Nach zwei Stunden überquerte er die Grenze des Freistaats Sachsen. Von hier war es nicht mehr weit bis zu René.

Stehling war eine trostlose, nach der Wende aufwendig restaurierte Ansiedlung mit freiwilliger Feuerwehr, sinkenden Einwohnerzahlen und überdurchschnittlich vielen rechten Wählern. Nach Ansicht der zuständigen Behörden der ideale Ort für die Unterbringung von einem Dutzend afrikanischer Flüchtlinge.

Was das bedeutete, sah er, als er an der Bushaltestelle gegenüber der Dorfkneipe vorbeikam. Zuerst bemerkte er nur die drei jungen Männer mit den rasierten Schädeln in Jeans und T-Shirts. Sie standen vor dem Wartehäuschen. Für einen Moment glaubte er, dort säßen ein paar Mädchen, mit denen die Männer redeten. Dann registrierte er die »Nordic Performance«-Logos auf ihren T-Shirts, ihre drohende Körperhaltung und die beiden afrikanischen Frauen, die sich auf der Sitzbank eingeschüchtert aneinanderdrückten.

Er trat auf die Bremse, sprang aus dem Wagen. »Hey!«

Die Männer fuhren herum, sahen ihn überrascht an. Dann fiel ihnen ein, dass sie knallharte Neonazis waren.

»Was ist, Alter? Verpiss dich!«, sächselte es Brandt entgegen.

»Lasst die Frauen in Ruhe und verzieht euch.«

Der Junge mit den Pickeln und dem beginnenden Bierbauch schaltete am schnellsten. »Das ist 'n Bulle.«

Die drei pumpten sich auf. Sie hatten keine Angst vor der Polizei.

Brandt zückte seinen Dienstausweis. »LKA. Sonderdezernat.« Welches, behielt er für sich. »Also, wie sieht's aus?«

Die drei wechselten verunsicherte Blicke. Einer trug ein amateurhaftes Tattoo am Hals: »88«. Zweimal der achte Buchstabe des Alphabets: HH – Heil Hitler. Er nickte zum Gasthof hinüber. »Lohnt sich nicht.«

Er schlenderte betont langsam über die Straße, die andern folgten ihm. Die jungen Frauen warfen Brandt einen dankbaren Blick zu und stiegen schnell in den Bus.

Brandt fuhr weiter.

Er sah das Hakenkreuz schon von Weitem. Jemand hatte es auf das Schild »Gülleverwertungszentrum Ost« gesprayt, das René an der Abzweigung aufgestellt hatte, um unerwünschte Besucher abzuschrecken. Brandt holperte ein paar Meter über einen zerfurchten Feldweg. Dann fand er die zwischen Büschen verborgene eigentliche Zufahrt zur ehemaligen LPG Klein-Stehling.

Die halb verfallenen Gebäude lagen versteckt hinter zwanzig Hektar Brachland und Wald. René stand vor dem Eingang der ehemaligen Melkstation. Von außen war nicht zu erkennen, dass sie bewohnt war. Überall wuchs Unkraut, und von der Fassade blätterte der Rauputz. Nur wenn man genau hinsah, erkannte man die dreifachverglasten Fenster in den verwitterten Holzrahmen.

René, in abgeschnittenen Jeans und Arbeitsstiefeln, war braun gebrannt, sein kurzes Haar von der Arbeit in der Sonne ausgebleicht. Der prüfende Blick und die lässig-wachsame Körperhaltung erinnerten Brandt mehr denn je an den jungen Steve McQueen.

Sie umarmten sich. Dann sah Brandt den Haufen verkohlter Bretter und Balken, wo die Hütte gestanden hatte, in der René seine alte Norton unterstellte und seine Ayahuasca-Rituale abhielt.

»Die Neonazis?«

René nickte.

»Warum?«

René zuckte mit den Achseln. »Ärger im Ort. Da sind jetzt Flüchtlinge untergebracht, und diese Typen machen ihnen das Leben schwer.«

René hatte sich eingemischt, natürlich.

Brandt berichtete von seinem Erlebnis an der Bushaltestelle. Er deutete auf den Haufen verkohlter Bretter. »Hast du die Polizei gerufen?« Eine rhetorische Frage. René war nicht scharf darauf, die Polizei auf seinem Gelände zu haben. Ayahuasca fiel unter das Betäubungsmittelgesetz. Außerdem konnte René solche Probleme sehr gut selbst lösen, daran hatte Brandt nicht den geringsten Zweifel.

»Ich habe ein paar Freunde angerufen.«

Ein paar Freunde – das waren seine ehemaligen Kameraden. Viele von ihnen waren Asiaten und Afrikaner. Sie hatten nichts für Rassisten übrig. Die sächsischen Neonazis konnten einem fast leidtun. Nach einer Begegnung mit René und seinen

Freunden würden sie an Aufmärschen nur noch im Rollstuhl oder auf Krücken teilnehmen können.

René wechselte das Thema. »Wieso bist du hier? Bist du bereit?«

Renés Blick war das Äquivalent eines Ganzkörperscans. Dann sagte er: »Du bist noch nicht so weit. Das ist okay. Vielleicht wirst du es nie sein.«

René ging ins Haus und kam mit zwei Bügelflaschen zurück. Sie setzten sich auf die Getränkekisten neben der Tür. René drehte sich eine Zigarette und zündete sie an. Er fragte Brandt, wie es in Berlin lief. Brandt brachte ihn auf den neusten Stand.

Als er fertig war, schwieg René. Schließlich sagte er: »Hast du weise gehandelt? Das ist die Frage. Ein Wolf muss seinen Platz im Rudel finden – den richtigen Platz. Ich denke, den hast du mit deinem Dezernat gefunden. Nichts spricht dagegen – außer deinen Zweifeln. Du bist der Einzige, der tun kann, was du tust.«

»Siegrist lässt mich nicht! Er hat mich kaltgestellt.«

René antwortete nicht direkt. »Auf lange Sicht gibt es natürlich kein Richtig oder Falsch. Dazu ist die universelle Matrix zu komplex.«

»Du redest wie ein durchgeknallter Guru.«

René lachte. »Sorry. Aber wenn du eins von Ayahuasca lernen kannst, dann dass die Wirklichkeit fließt. Sie verändert sich ständig. Und wir fließen mit, manchmal indem wir handeln, manchmal indem wir ausharren.«

Brandt schüttelte den Kopf. »Es war Zeit zu handeln.«

»Weise oder impulsiv?«

Brandt kam nicht mehr dazu, zu antworten. Ein Geländewagen mit französischem Kennzeichen holperte über den zerfurchten Feldweg heran. Vier Männer stiegen aus. Ein Weißer mit einem Schädel wie ein Rammbock, zwei Afrikaner, der eine tiefschwarz, der andere hell, vielleicht aus dem Maghreb. Der Vierte war Asiat, Brandt tippte auf Vietnam. Mit geübten Blicken scannten die Männer die Umgebung. Soldaten an einem neuen Einsatzort, schoss es Brandt durch den Kopf.

»Es kommen noch mehr«, sagte René. »Du ziehst dich jetzt besser zurück.« Er stand auf und begrüßte die Ankömmlinge. Brandt sah, dass diese Männer etwas Spezielles verband. Und dass er nicht dazugehörte. Er nahm einen letzten Schluck aus seiner Flasche, dann ging er zum Wagen.

Als er die Stadtgrenze von Berlin erreichte, glitt der Nachmittag in den Abend. Er hatte gar nicht erst versucht, René auszureden, was er vorhatte.

Er wählte erneut Saadas Nummer, bekam aber nur die Mailbox.

Vor seiner Haustür stand eine teure Mercedes-Limousine, die eigentlich nicht in diesen Kiez passte. Also fuhr er weiter und fand eine Parklücke ein Stück die Straße hinunter. Er stieg aus. Aus der Styroporbox stieg der exotische Duft von Sa Ton Sin Ngua auf, das Tante Mi Mi ihm eingepackt hatte.

Neben der Limousine wartete ein Mann. Er war etwa dreißig Jahre alt und trug seinen zugeknöpften dunklen Anzug mit Weste, das blütenweiße Hemd und die dunkle Krawatte wie eine Rüstung. Bei den herrschenden Temperaturen kam das einem Fakirtrick gleich. Er wippte auf seinen polierten schwarzen Schuhen und sah ihm missbilligend entgegen. Brandt tippte auf Jurist.

»Hauptkommissar Brandt? Dr. Harald Antes, persönlicher Referent des Herrn Innensenators.«

Es ging los. Siegrist kam nicht selbst.

»Warten Sie schon lange?«

Die Miene des Mannes kam direkt aus dem Gefrierschrank. »Sie sind weder an Ihrem Arbeitsplatz anzutreffen noch telefonisch erreichbar.«

Brandt hatte sein Handy ausgestellt, als er auf die A 13 gefahren war. »Sie hätten es mit einer E-Mail versuchen können.«

Der persönliche Referent verzog keine Miene. »Der Herr

Innensenator möchte die Angelegenheit schnellstmöglich geklärt wissen.«

»Um welche Angelegenheit handelt es sich denn?«

»Das sollten Sie wissen.«

»Dass mein Sonderdezernat seit fast einem Jahr auf dem Abstellgleis steht? Ist es das, worüber der Herr Innensenator mit mir sprechen will?«

»Er will nicht mit Ihnen sprechen, er will nur, dass die Sache geklärt wird. Durch diesen Online-Artikel haben Sie eine äußerst problematische Situation heraufbeschworen. Vor allem außenpolitisch.«

»Ich verfasse keine Online-Artikel. Aber ich lese sie ab und zu.«

»Sie sind die Quelle der Fehlinformationen und Unwahrheiten.«

»Alles Fake News, was? Die Informationen, auf die Sie anspielen, besitzt auch der Herr Innensenator. Vielleicht hat jemand aus seinem engeren Umfeld geplaudert. Vielleicht sogar Sie selbst. Aber zum Glück schützen Journalisten ihre Quellen.«

Nicht mal Entrüstung gehörte zur emotionalen Ausstattung des Referenten. »Ist das Ihre Verteidigungslinie?«

»Brauche ich eine? Wollen Sie mich vor Gericht zerren? Ich glaube kaum, dass der Herr Innensenator schon zum karrieremäßigen Harakiri bereit ist.«

»Und was ist mit Ihnen?«

»Ich wette, Sie kennen meine Akte. Dann wissen Sie, dass der Einsatz Ihres Chefs um einiges höher ist als meiner. Also worum geht es hier? Meine Entlassung?«

»Die wäre leider schwer zu begründen.«

»Was dann? Freiwilliges Ausscheiden? Versetzung ans Ende der Welt?«

»Letzteres hatte ich vorgeschlagen.«

Eine Pause entstand. Aber Brandt spürte, dass da noch etwas kam.

»Der Herr Innensenator macht Ihnen ein Angebot. Sie stellen

in einer offiziellen Erklärung richtig, dass die in dem Online-Artikel erhobenen Behauptungen jeder Grundlage entbehren und auf Zitaten basieren, die aus dem Zusammenhang gerissen wurden. Im Gegenzug wird das Sonderdezernat unter Ihrer Leitung seine gewohnte Ermittlungsarbeit wieder aufnehmen.«

Brandt war baff. Damit hatte er nicht gerechnet. Er wollte Siegrist hochgehen lassen, nicht mit ihm pokern.

Der Referent wurde ungeduldig. »Könnten Sie sich dazu äußern?«

Eigentlich nicht. »Wir ermitteln wieder? Keine nutzlosen Gutachten mehr?«

»Das habe ich gerade gesagt, oder? Und Sie können in die Keithstraße umziehen. Bessere Räumlichkeiten und Ausstattung.«

Er dachte an Saada, an Zehra, an den Journalisten. An Feigheit, an Verrat, an das, was René ihm gesagt hatte.

»Hier.« Der Referent zog eine Klarsichthülle mit einem Computerausdruck aus dem Jackett und hielt sie Brandt entgegen. »Ist alles schon formuliert, Sie müssen nur unterschreiben.«

Brandt machte keine Anstalten, das Dokument entgegenzunehmen. Siegrists Referent sprach weiter. »Als kleine Entscheidungshilfe lässt Ihnen der Innensenator ausrichten, dass Ihre Wahl sich natürlich auch auf Ihre Kollegin, Oberkommissarin Erbay, auswirken wird.«

Die beiläufig platzierte Bemerkung versetzte ihm einen Schock. Er packte den Mann am Revers. »Was haben Sie gesagt?«

»Lassen Sie mich los!«

Der Angegriffene versuchte zurückzuweichen, aber Brandt hielt ihn fest. »Wo ist er?«

»Ich bin befugt, alles mit Ihnen zu regeln«, presste Antes hervor.

»Wo ist er?« Brandts Gesicht berührte das seines Gegenübers fast.

»Die Feier zur Instandsetzung der Deutschen Oper ist ein öffentlicher Anlass ...«

Brandt ließ ihn los, riss ihm die Klarsichtfolie aus der Hand. Er rannte zurück zu seinem Wagen.

»Da können Sie jetzt nicht ...!«, rief ihm der persönliche Referent hinterher.

# PREMIERE

Die defekte Sprinkleranlage hatte die Hauptbühne im vorigen Jahr komplett unter Wasser gesetzt. Jetzt war der Schaden endlich behoben, ein Ereignis, das mit der Premiere einer Neuinszenierung von Verdis »Otello« gefeiert werden sollte. Eine Gelegenheit für Politiker und Honoratioren, pressewirksam zu zeigen, dass sie nicht nur an Macht und Geld interessiert waren. Ein passendes Werk für die Wiedereröffnung, fand Brandt. Zwar konnte er sich den Regierenden Bürgermeister nicht als afrikanischen Feldherrn vorstellen, aber Innensenator Siegrist ohne Weiteres in der Rolle des intriganten Manipulators Jago.

Vor der fensterlosen Waschbetonfront des Nachkriegsbaus, der er den Spitznamen »SingSing« verdankte, warteten die Besatzungen von einem halben Dutzend Mannschaftswagen der Polizei auf ihren Einsatz. Brandt parkte direkt dahinter. Ein Beamter in voller Straßenkampfmontur stürzte auf ihn zu. Brandt stoppte ihn mit seinem LKA-Ausweis. »Ist irgendwas los?«

Es habe Warnungen gegeben, eine Demo des Schwarzen Blocks, bisher habe sich aber keiner der Chaoten sehen lassen. Der Mann klang enttäuscht.

Seinen Dienstausweis in der Hand, marschierte Brandt an vierschrötigen Sicherheitsleuten in schwarzen Anzügen und an ein paar Zivilbeamten vorbei ins Foyer. Durch geschlossene Türen drangen aus dem Zuschauerraum gedämpfte Klänge einer Verdi-Arie. Davor reihten junge Frauen in kurzen schwarzen Röcken und strahlend weißen Blusen polierte Champagnerkelche auf, platzierten die dazugehörigen Flaschen in Kühlern und bereiteten die Bar für den bevorstehenden Ansturm vor. Brandt wandte sich an die, die gerade Flaschen mit schwedischem Sanddorn-Likör und französischem Chambord öffnete und neben mehreren Kartons mit Prosecco bereitstellte.

»Hugo und Spritz sind out?«

Die junge Frau schaute auf und erwiderte fast schon angewidert: »Aber so was von.«
»Wann geht's los?«
Sie schaute auf die Wanduhr. »In zwölf Minuten.«
Brandt suchte sich einen Platz an der Wand direkt gegenüber den Zugängen zu den besten Plätzen. Draußen, vor der gläsernen Seitenfront des Opernhauses, packte die gelangweilte Besatzung eines Mannschaftswagens gerade Schokoriegel aus. Der letzte Takt verklang. Frenetischer Beifall. Die Flügeltüren öffneten sich, und die Besucher strömten heraus, vom überwältigenden Kunstgenuss noch ganz benommen. Siegrist schien unberührt, wie immer. Sein schwarzer Dreiteiler hing an seinem dünnen, langen Körper wie an einer geschrumpften Kleiderpuppe. Die ältliche Frau an seinem Arm wirkte fast wie eine Fortsetzung des kraftlosen schwarzen Stoffs. Elisabeth Siegrist war fast zwei Köpfe kleiner als ihr Mann. Brandt wusste, dass sie mindestens zweimal im Jahr an schweren Depressionen litt. Er ging auf die beiden zu. Auf ihrem Gesicht erschien die Andeutung eines Lächelns. Sie kannte ihn, seit er ein Teenager und Siegrist mit seinem Vater befreundet gewesen war. Im Leben ihres Mannes hatte die blasse Frau nie mehr als den Hintergrund abgegeben. Brandt gegenüber hatte sie sich immer nett verhalten.
Sie begrüßten sich.
Offensichtlich wusste der Innensenator bereits, dass Brandt auf ihn wartete. Anscheinend schaltete er sein Handy nicht mal in der Oper aus. Er musste seiner Frau ein nonverbales Signal gegeben haben, denn sie ließ seinen Arm los wie eine Schiffbrüchige den Rand eines überfüllten Rettungsboots und trat einen Schritt zurück. Ohne ein Wort ließ Siegrist sie stehen und steuerte mit seinen langen, vogelgleichen Schritten eine entfernte Ecke des Foyers an. Brandt nickte ihr bedauernd zu und folgte ihm.
Siegrist wandte sich um. Er wollte etwas sagen, aber Brandt war schneller. »Wieso ziehst du meine Kollegin da mit rein?« Er musste sich beherrschen, damit seine Stimme nicht zitterte.

Siegrists Ton war eisig, mit seinem Blick schien er Brandt an die Wand nageln zu wollen. »Um meinem Angebot Nachdruck zu verleihen.«

Siegrist wartete auf eine Reaktion, aber da Brandt den Berliner Innensenator nicht vor tausendachthundert Menschen ins Gesicht schlagen konnte, blieb sie aus.

»Nimmst du das Angebot an?«

»Hast du geglaubt, ich lasse mich versetzen, wenn du das Dezernat austrocknest?«

Siegrist zuckte mit den Achseln. »Einen Versuch war es wert. Aber du hattest ja schon immer dieses Selbstzerstörerische an dir. Ich hatte das unterschätzt.«

»Warum?«

Siegrist verstand, was er meinte. »Dachtest du, mir war nicht klar, dass du eine Kopie behalten würdest?«

»Ich musste mich absichern. Sollte ich dir etwa trauen? Ich frage mich, ob du wirklich jemals der Freund meines Vaters warst. Oder musste auch er für dich Ermittlungen zurechtbiegen?«

Ein massiger älterer Mann mit cholerischer Gesichtsfarbe, der aussah, als gehöre ihm die Southfork Ranch, war durch die Flügeltür getreten und sah sich suchend um.

»Der US-Botschafter. Wir müssen hier fertig werden. Haben wir einen Deal oder nicht?«

»Dein unmoralisches Angebot?«

Auf dem Gesicht des Innensenators zeigte sich zum ersten Mal so etwas wie ein Gefühl – eine Mischung aus Wut und Verachtung. »Unmoralisch? Darum geht's dir also? Warum bist du dann nicht damals schon an die Öffentlichkeit gegangen? Komm mal von deinem hohen Ross runter und sei endlich ehrlich zu dir selbst! Ich habe deine Eitelkeit gekränkt, und deshalb bist du einfach nur sauer.«

An dem Punkt war Brandt selbst schon gewesen. »Lass Oberkommissarin Erbay da raus.« Die emotionale Temperatur seines Gegenübers sank wieder auf null.

»Ich schätze Frau Erbay sehr. Sie wäre genau richtig für unser neues LKA. Und die Erfahrung in einer regulären Mordkommission wird ihr bestimmt zugutekommen. Aber wenn wir uns nicht einigen können, bleibt mir keine Wahl. Dann wird sie versetzt. Sehr weit weg.«

Schlagartig wurde ihm klar, dass Siegrists Angebot an Zehra, Teil des LKA 2.0 zu werden, und ihr Wechsel zur Mordkommission nur die Fallhöhe für ihre drohende Versetzung nach Vorpommern oder in die Lausitz vergrößern sollten.

»Du bist und bleibst ein Schwein.«

»Ach ja? Du hast keine Skrupel, mich zu erpressen, um dein Dezernat zu retten. Wer mitspielen will, darf nicht zimperlich sein.« Seine Frau winkte ihm zu. Er straffte sich. »Ich brauche die schriftliche Erklärung unterschrieben vor Redaktionsschluss der Print-Ausgabe dieses Schmierblattes. Mein Referent nimmt sie persönlich entgegen.«

Siegrist zauberte die wenig überzeugende Imitation eines Lächelns auf sein Gesicht und schob sich an ihm vorbei. Der US-Botschafter machte sich bereit zum Händeschütteln.

»Einen Moment noch«, sagte Brandt.

## ALLES AUF ANFANG

Brandt war von der Oper direkt nach Hause gefahren. Siegrists Referent war ihm gefolgt, Brandt hatte ihn im Rückspiegel gesehen. Der Mann hatte nicht mal versucht, unsichtbar zu bleiben. Brandt fand direkt vor seinem Haus eine Parklücke. Der Referent hielt ein paar Meter weiter in zweiter Reihe, stieg aber nicht aus. Anscheinend war er zuversichtlich, von Brandt zu bekommen, was sein Chef wollte.

Brandt ging im Dunkeln nach oben. Er schaltete in der Wohnung kein Licht an. Er setzte sich an den Küchentisch und starrte durch das offene Fenster hinaus in die Nacht. In dem besetzten Haus auf der anderen Straßenseite brannte in fast allen Wohnungen Licht. Vorhänge gab es keine. Er sah Menschen hin und her laufen. Aus einer Wohnung tönte Musik, Ton Steine Scherben, »Schritt für Schritt ins Paradies« – »Ich bin aufgewacht und hab gesehen, woher wir kommen und wohin wir gehen«. Brandts Blick blieb an dem schwarzen Tuch hängen, das die Besetzer zwischen zwei Fenstern aufgespannt hatten. In scharfkantigen weißen Buchstaben stand darauf: »Ihr habt die ganze Welt verkauft!«

Sein Smartphone gab den SMS-Ton von sich. Die Nachricht war kurz: »Redaktionsschluss in zwanzig Minuten«. Brandt fragte sich, ob der Referent seine Krawatte inzwischen gelockert hatte. Wahrscheinlich nicht.

Er zog die Erklärung, die Siegrist formuliert hatte, zerknittert aus der Tasche und unterschrieb auf der gepunkteten Linie. Dann wählte er die Nummer, die auf der Visitenkarte stand.

»Kommen Sie rauf.«

Eine Minute später stand der Referent vor der Tür und nahm das Papier entgegen. Brandt konnte in seinem Gesicht keine Spur von Erleichterung erkennen. Wahrscheinlich war es nicht der einzige Job dieser Art, den er für Siegrist erledigen musste.

Brandt fand im Vorratsschrank die Flasche Mezcal, die er irgendwann aus Mexiko mitgebracht hatte. »Oro de Oaxaca«, ein Mezcal mit Wurm. Eigentlich war es eine Schmetterlingsraupe, die man in dem Agavenschnaps eingelegt hatte. Viele Leute hielten es für eine uralte, coole mexikanische Tradition, dabei handelte es sich nur um einen Marketinggag aus den Fünfzigern. Aber mit oder ohne Wurm, das Gebräu hatte vierzig Prozent Alkohol, genau das, was er jetzt brauchte. Er hatte nicht vor, sich ins Koma zu saufen, er wollte nur dem Gefühl von Schuld und Versagen die Kanten nehmen.

Er saß noch da, als sich zwei Stunden später ein Schlüssel im Türschloss drehte und Saada hereinkam. Sie warf ihre Tasche auf den Tisch. Er sah die Müdigkeit in ihrem Gesicht, aber da war noch etwas anderes, Dunkleres. Ihr Blick fiel auf die Flasche, die er zu einem Drittel geleert hatte. Sie fragte nichts, sie sagte nichts. Sie zog ihn hinter sich her aus der Küche und zum Sofa. Ohne Licht zu machen, drückte sie ihn in die Kissen.

»Warte.«

Sie verschwand und kam kurz darauf mit der Flasche, seinem Glas und einem für sich selbst zurück. Sie goss beide Gläser voll, setzte sich neben ihn, zog die Beine an und ließ sich gegen ihn sinken. Es tat gut, ihren Körper zu spüren, er war etwas Physisches, Reales. Sie trank einen großen Schluck.

»Harter Tag?«, fragte er.

Sie schwieg, setzte ihr Glas ab, nahm ihm seins aus der Hand und stellte es daneben. Sie küsste ihn, zog ihm das T-Shirt über den Kopf, dann zog sie sich selbst ganz aus.

Sie liebte ihn zwischen den Sofakissen mit einer Verzweiflung, die er bei ihr noch nie gespürt hatte. Irgendwann lagen sie still.

»Ich war in der Pathologie.« Ihre Stimme klang spröde. Sie hatte einen ihrer Schützlinge identifizieren müssen. Sascha, ein Fünfzehnjähriger, der sich aus einer dysfunktionalen pfälzischen Familie nach Berlin geflüchtet hatte. Seine Freunde hatten ihn in einer Toreinfahrt gefunden, mit Schaum vor dem Mund, gestorben an der Überdosis irgendeiner gepanschten Droge. Nach der Pathologie hatte sie die Freunde des Jungen gesucht, mit denen er herumgezogen war und nachts auf der Straße geschlafen hatte. Sie war bei ihnen geblieben, hatte mit ihnen in der Toreinfahrt Kerzen angezündet.

Später, als sie im Bett lagen, hatte er ihr von seinem Tag erzählt. Sie hatte geschwiegen und sich an ihn geschmiegt. Dann waren sie eingeschlafen.

Als er aufwachte, hatte sich die Sonne am Himmel schon ein gutes Stück hochgearbeitet. Der Platz neben ihm war leer. Er tastete nach Saadas Körperwärme. Er liebte diese Spur ihrer Anwesenheit. Aber im Hochsommer war das schwer, alles war gleich warm.

Er fand sie in der Küche, geduscht und angezogen. Sie stand am Tisch und rührte Instantkaffee in ihren Isolierbecher. Sie hatte es eilig.

»Ich muss die Beerdigung organisieren«, sagte sie traurig.

Er nickte. Sie nahm einen Schluck. Dann sagte sie: »Du hättest es Siegrist gern gezeigt, ich weiß, und dich dann in dein Schwert gestürzt. Aber manchmal ist Einknicken heroischer.«

»Fühlt sich nicht so an.«

»Ist es aber. Pragmatische Ethik statt moralischer Absolutismus.« Seit einiger Zeit belegte sie Philosophiekurse an der Volkshochschule. »Du hast es richtig gemacht. Zehra kann dir dankbar sein.«

Er schwieg. Sie musterte ihn prüfend. »Du sagst es ihr nicht, oder?« Sie schraubte ihren Becher zu, gab ihm einen Kuss und ging.

Sie kannte ihn schon verdammt gut. Es gefiel ihm. In seiner Ehe war das anders gelaufen. Da hatten die Eigenarten und Schwächen des jeweils anderen nur die Munition für das nächste Scharmützel geliefert.

Er stellte den Instantkaffee zurück in den Schrank, kochte einen schwarzen Tee und trank ihn am Computer. Er überflog den Zeitungsartikel, in dem auf der Basis seiner unterzeichneten »Richtigstellung« das im Online-Artikel ausgegrabene Skandalmaterial wieder beerdigt wurde.

Er duschte. Dann zog er den federleichten Leinenanzug an, den er sich vor zwanzig Jahren in Singapur hatte schneidern lassen. Ein einzigartiges Kleidungsstück, in dem sich die Sommerhitze aushalten ließ.

Der Karton mit seiner Teeschale und den übrigen Utensilien stand noch auf dem Beifahrersitz. Gut, dass er ihn nicht hochgetragen hatte. Er schaltete den Rechner aus, suchte und fand seine Schlüssel und wollte gerade die Wohnung verlassen, als sein Handy klingelte. Die angezeigte Nummer kam ihm bekannt vor, aber er konnte sie nicht zuordnen.

»Ja?«

»Sie Arschloch! Was soll das? Wollen Sie mich verarschen?«

Zweimal Arsch. Es dauerte einen Moment, bis Brandt die Stimme erkannte. Der Journalist, mit dem er sich am Müggelsee getroffen hatte, schäumte vor Wut.

»Was für eine miese Tour ist das denn? Sie setzen mich auf Ihre Story an, dann dementieren Sie öffentlich und lassen mich als Lügner dastehen! Ruinieren Sie meine Karriere nur zum Spaß?«

»Es tut mir leid …«

»Vergessen Sie's! Hauptsache, Sie haben gekriegt, was Sie wollten. Gratuliere!« In der Stimme des Mannes hielten sich Hass und Verachtung die Waage.

»So ist das nicht …«

»Sie sind genauso ein verlogenes, manipulatives Arschloch wie Ihr alter Kumpel Siegrist.«

»Ich hatte keine Wahl …«, versuchte Brandt resigniert dagegenzuhalten.

»Lecken Sie mich! Und damit das klar ist: Sie stehen auf meiner Liste! Ich behalte Sie im Auge! Ein einziger Ausrutscher, und ich nagele Sie ans Kreuz!«

Brandt wollte noch etwas sagen, aber die Leitung war tot.

Doch was hätte er sagen können? Mit dem Motiv, das der Journalist ihm unterstellte, lag der Mann falsch, was die Konsequenzen betraf, hatte er recht.

Er saß an seinem Schreibtisch und hatte sich im Intranet gerade zur 6. Mordkommission durchgeklickt, als Oberkommissarin Zehra Erbay die Tür aufstieß und hereinstürmte.

Brandt war vor einer halben Stunde auf dem Parkplatz der Direktion eingetroffen. Polizeiobermeister Berg hatte von seiner Sportzeitung aufgeschaut und erstaunt die Augen aufgerissen, als er den Karton unter seinem Arm gesehen hatte. Brandt hatte ihm freundlich zugenickt.

Auch die Kollegen in der Direktion waren überrascht, ihn zu sehen. Seit Brandt und seine Assistentin mit ihren Kartons im Aufzug verschwunden waren, hatten sie das Sonderdezernat endgültig abgeschrieben. Jetzt kam Brandt mit seinem Karton zurück.

Niemand hatte etwas gesagt oder gefragt. Er hatte allen zugenickt und war ins Terrarium eingerückt. Er hatte seine Tee-Utensilien aus dem Karton genommen, um sie zurück an ihren Platz zu stellen, es sich dann aber anders überlegt und den Rechner hochgefahren.

Jetzt stand Zehra vor seinem Schreibtisch und starrte ihn wütend an.

»Das ist ein schlechter Scherz, oder?«

»Was meinen Sie?«

Zehra schnaufte. »Erst legen Sie mir den Versetzungsantrag auf den Tisch, dann schieben Sie mich rüber zur MK, und jetzt soll ich wieder hier auflaufen?«

»Zuerst mal, ich habe Sie nicht zur MK versetzt.«

»Nein, aber Ihr alter Kumpel Siegrist!«

»Ich denke, Sie wissen, dass er mich nicht mehr in sein Herz geschlossen hat.«

Zehras Augen sprühten Feuer. »Woher soll ich wissen, was zwischen Ihnen läuft? Gestern sah es noch aus, als hätten Sie sich selbst erledigt, und heute hocken Sie wieder hinter Ihrem Schreibtisch, als wäre nichts gewesen.« Sie deutete auf Brandts Teekanne.

»Haben Sie heute schon die Zeitung gelesen? Klar haben Sie. Ich bin eingeknickt. Das hier ist die Belohnung.« Der Sarkasmus war so fein, dass er nicht sicher war, ob er bei ihr ankam.

»Und warum?«

Er dachte nach. »Sagen wir, es ist besser für alle Beteiligten.« Mit Ausnahme des Journalisten.

Zehra ließ die kryptische Antwort sacken, dann erwiderte sie schon etwas ruhiger: »Hauptkommissar Dirkes hat mich hergeschickt. Er leitet die MK. Er hat einen Anruf gekriegt und sollte mir sagen, ich solle hier mit Ihnen reden. Warum, wusste er nicht. Aber bei allem, was mit dem SD Fremdkultur zu tun hat, fragt schon längst keiner mehr nach.«

Brandt nickte. »Okay, wie auch immer. Wir arbeiten wieder – richtig. Keine Gutachten mehr.«

»Ach ja? Dann beende ich meinen Gastauftritt bei der MK natürlich umgehend und packe sofort meinen Karton«, erklärte sie sarkastisch.

»Den haben Sie doch noch gar nicht ausgepackt«, erwiderte er mit leichtem Grinsen. Er sah, dass er recht hatte. »Hören Sie, wir bearbeiten denselben Fall wie die MK, parallel. Darauf habe ich bestanden. Das wollten Sie doch.«

Ihr Zorn war verraucht. Sie sah ihn verunsichert an.

»Ich will Sie nicht unter Druck setzen. Sie können es sich noch überlegen. Sagen wir drei Tage. Dann brauche ich jemanden. Allein kann ich das hier nicht. Aber ganz ehrlich: Am liebsten arbeite ich mit Ihnen.«

Sie sah ihn schweigend an.

»Ich hatte meinen Karton noch im Wagen«, sagte er. »Sie auch?«

Zehra ließ ihren Blick durch das Terrarium wandern. Dann sagte sie: »Ich hole ihn.«

## ADEOLA RADELT

Adeola schob ihre Füße in die Pedalhaken und drückte sich aus dem Sattel. Das Rennrad verharrte auf der Stelle. Itchy war zuletzt im schwersten Gang gefahren. Adeola hielt die Balance, bis ihre fünfzig Kilo den Widerstand überwanden und sich das Rad langsam in Bewegung setzte. Für einen Moment hatte sie das Gefühl, die Kontrolle über ihr Leben zu haben.

Sie schaltete mehrere Gänge zurück. Geschmeidig wanderte die Kette von einem Ritzel zum nächsten. Adeola gab Druck auf die Pedale. Das acht Kilo leichte Rad schoss vorwärts. Sie wich einer Frau mit Kinderwagen aus und rollte vom Gehweg auf die Straße. Sie schob die Kamera, die sie sich über Kopf und Schulter gehängt hatte, auf den Rücken. Eine Boeing 747 im Landeanflug donnerte über sie hinweg. Jeden Monat starteten und landeten zehntausend Flugzeuge auf dem mitten in der Stadt gelegenen Flughafen, alle vier Minuten eines. Das wusste sie von Itchy. Itchy kämpfte gegen den Fluglärm. Itchy kämpfte gegen vieles. Itchy hatte ihr das Rad geliehen.

Bei den Spandau Arcaden überquerte sie auf der Dischingerbrücke die Havel. Vom Autoverkehr unbehelligt, flog das Rennrad förmlich über den Fahrradweg. Wege für Fahrräder gab es überall in der Stadt, manchmal auf gleicher Höhe mit den Gehwegen, oft nur mit weißen Linien auf die Fahrbahn gezeichnet und zugeparkt. Trotzdem war sie immer noch begeistert.

Die Straße führte jetzt an dem Areal mit den vielen Häuschen vorbei. Es erinnerte sie an die Hütten der Armen in Nigeria. Nur dass sie hier Elektrizität und fließendes Wasser hatten. Itchy hatte ihr erklärt, dass die Besitzer zumeist nicht in diesen Hütten lebten, sondern woanders Wohnungen oder Häuser hatten.

Sie drängte die Bilder zurück ins Dunkel. Sie wollte diese

Erinnerungen nicht, aber sie lauerten immer im Hintergrund. An manchen Tagen kamen sie hervor. Heute war so ein Tag. Darum war sie aufs Rad gestiegen. Wenn sie spürte, dass die Erinnerungen nach oben drängten, fuhr sie auf Itchys Rennrad kreuz und quer durch die Stadt. Es half nur, wenn sie schnell fuhr. Sie trat so lange in die Pedale, bis ihr Kopf ganz leer war.

Sie verließ den Radweg und bog in eine schmale zweispurige Straße ab, die durch ein Stück Wald führte. Zwischen den Bäumen war es etwas kühler, und es gab kaum Verkehr. Sie beugte sich tiefer über den Lenker. Die Straßenmarkierungen glitten so schnell unter ihr hindurch, dass sie zu einem durchgehenden weißen Band verschmolzen. Schweißtropfen rannen ihr unter dem Fahrradhelm hervor in die Augen. Das Einzige, was sie hörte, war das Geräusch des Fahrtwinds und das Surren der Reifen auf dem Asphalt.

Ein Lieferwagen überholte sie mit überhöhter Geschwindigkeit. Etwas prallte gegen ihren Helm, ein Steinchen. Ein kurzer Schreck, und eine weitere Erinnerung blitzte auf. Steine, die gegen das rostige Blech schlugen, auf einer namenlosen Schotterpiste irgendwo hinter Agadez, zusammengepfercht mit zwanzig anderen Flüchtlingen auf der Ladefläche des altersschwachen Lastwagens, überall Staub, in Mund, Nase, Augen, Ohren.

Der Moment war vorbei.

Die Schweißtropfen liefen über ihre Lippen. Sie schmeckten salzig. Wie Tränen.

Itchy fragte sie nie nach ihrer Flucht. Sie ließ sie in Ruhe, aber wenn sie gefragt hätte, hätte Adeola ihr alles erzählt. Manchmal erinnerte Itchy sie sogar ein bisschen an ihre große Heldin.

Plötzlich spürte sie von der Seite einen Luftzug. Sie riss den Kopf hoch. Direkt neben ihr fuhr ein Auto. Viel zu nah. Die Scheibe auf der Beifahrerseite war heruntergelassen, und ein Gesicht mit einem rasierten Schädel darüber grinste sie höhnisch an.

»He, Niggerschlampe!«

Alles geschah im Bruchteil einer Sekunde.
Der Wagen zog nach rechts. Sie konnte nicht ausweichen, ohne im Unterholz zu landen. Aus dem Augenwinkel sah sie, dass der Mann etwas in der Hand hatte. Er holte aus.
»Hier, für dich!«
Der Kaffeebecher flog auf sie zu. Sie zog beide Bremsgriffe. Das Wurfgeschoss verfehlte sie um wenige Zentimeter, aber heißer Kaffee traf sie im Gesicht. Sie hörte wieherndes Lachen, dann schoss der Wagen davon. Auf der Heckscheibe erkannte sie einen Aufkleber mit rot-weiß gestreiftem Schlagbaum und der Aufschrift »Asylflut stoppen«.
Schwer atmend kam sie zum Stehen.
Sie wusste, was der Aufkleber bedeutete. Itchy hatte es ihr erklärt. Diese Leute hassten Fremde. Sie wollten keine Flüchtlinge in ihrem Land. Adeola kannte das. Wo sie herkam, flammte der Hass zwischen verschiedenen Völkern und Stämmen immer wieder auf, Menschen gingen aufeinander los und brachten sich gegenseitig um. Es war nicht das erste Mal, dass sie angepöbelt wurde, seit sie in diesem Land lebte, aber es war ihr noch nie passiert, während sie mit dem Rad unterwegs war. Auf Itchys Rad hatte sie sich immer sicher gefühlt.
Sie spürte, wie sich die Muskeln in ihren Oberschenkeln verspannten. Sie stieg wieder in den Sattel und fuhr weiter. Die beste Art, einen Krampf zu vermeiden. Wenn sie Itchy erzählte, was geschehen war, würde sie sehr wütend werden.
Itchy war nicht ihr richtiger Name. Auf dem Schild neben ihrer Klingel stand »Erika Sander«. Adeola hatte sie bei einem Foto-Workshop kennengelernt, den Itchy für unbegleitete minderjährige Flüchtlinge gegeben hatte, einfach so, ohne Geld dafür zu bekommen. Aus Adeolas WG hatten noch Thién und Suhrab mitgemacht. Itchy hatte jedem von ihnen eine Kamera gegeben. Sie sollten fotografieren, was sie in ihrer neuen Umgebung am meisten beeindruckte, überraschte oder erschreckte. Thién war Vietnamese. Ihn hatten vor allem die Hochhäuser interessiert. Wo Suhrab herkam, verdurstete jedes Jahr das Vieh,

und die Ernte verdorrte auf den Feldern. Er hatte die Spree, die Havel, Seen und Kanäle fotografiert.

Sie selbst hatte die Mülleimer in den Parks und an den Straßenecken fotografiert, aber nur, wenn kurz vorher jemand darin nach Essen oder leeren Flaschen gesucht hatte. Sie hatte ein rotes Kreuz aus Pappe an dem Mülleimer befestigt und ihn dann fotografiert. Das Kreuz hatte sie wieder mitgenommen.

Itchy war von ihren Fotos begeistert gewesen. Sie hatte wissen wollen, was die Idee dahinter war. Idee? Adeola hatte ihr nicht viel sagen können, nur dass sie es unfassbar fand, wie viele Menschen in einem der reichsten Länder der Welt den Abfall durchwühlten.

Itchy hatte sie zu sich eingeladen. Sie hatten gegessen. Überall an den Wänden hingen Fotos. Auf einigen davon war Itchy selbst zu sehen, mit schwarzem Motorradhelm und einem schwarzen Tuch vor dem Gesicht. Adeola hatte sie nur an ihrem »Itchy & Scratchy«-Tattoo erkannt. Auf einem besonders großen Schwarz-Weiß-Foto rüttelte sie zusammen mit anderen an einem hohen, mit Stacheldraht bewehrten Zaun. Von der anderen Seite schossen zwei gepanzerte Fahrzeuge mit Wasserkanonen auf sie, während ein Dutzend martialisch ausstaffierter Polizisten sie erwartete wie eine Armee außerirdischer Kampfroboter.

Seitdem hatte sie Itchy immer wieder besucht. Itchy hatte ihr eine Kamera geliehen, und sie durfte sich ihr Rennrad leihen, wenn sie es selbst nicht brauchte. Über tausend Kilometer war Adeola schon gefahren, kreuz und quer durch die Stadt, und hatte dabei unzählige Fotos gemacht. Wie viele es genau waren, wusste sie nicht, die Fotos wurden von der Kamera automatisch in Itchys Cloud-Account hochgeladen. Die Bilder würden irgendwann die anderen Bilder in ihrem Kopf ersetzen, hatte Itchy gesagt.

Vielleicht würden sie das wirklich. Vorausgesetzt, sie wurde nicht nach Nigeria zurückgeschickt. Es war die ständige Angst aller Bewohner der betreuten Wohngemeinschaft, dass ihr Asylantrag abgelehnt würde und man sie in ein Flugzeug setzte. Sie hatten von Asylbewerbern gehört, die schon mehr als fünf Jahre mit dieser Furcht lebten.

Das Stechen im Unterleib kam ohne Vorwarnung. War es schon wieder so weit? Natürlich wusste sie fast auf den Tag genau, wann es kommen würde, aber meistens gelang es ihr, dieses Wissen zu verdrängen. Heute würde sie noch mit dem Rad fahren können, aber morgen schon nicht mehr. Der Schmerz würde zu stark sein. Es war ihre monatliche Tortur und doch nur der Höhepunkt der Qualen, die sie täglich durchlebte. Sie würde sich nie daran gewöhnen, egal, was die Frauen in ihrem Land behauptet hatten.

Der Schmerz ebbte ab.

Zur Rechten schimmerte der See zwischen den Bäumen hindurch. Sie fuhr langsamer. Sie wollte die kleinen Boote sehen, die Seite an Seite an den Stegen festgemacht waren. Ein friedlicher Anblick. Ein warmes Gefühl breitete sich in ihrem Körper aus.

Ein anderes Bild schob sich darüber. Wasser, anderes Wasser, nicht hell und schimmernd, sondern glatt und kalt wie schwarzes Glas, dann das Bild des halb verrotteten Schlauchboots, grau und von Flicken übersät. Die Bilder fluteten aus den Zellen ihres Körpers empor in ihr Bewusstsein und schwemmten die Wärme hinaus. Wieder sah sie die Menschen, frierend, verängstigt, aneinandergepresst, Männer, Kinder, junge und alte Frauen, die sich an die schmierige, mürbe Leine klammerten, die einmal um den wulstigen Bootskörper herumführte. Sie wusste, was als Nächstes kommen würde. Sie kämpfte dagegen an, aber es war zu spät, das schwarze Wasser reichte ihr bereits bis zum Kinn.

Sie merkte, dass sie hyperventilierte. Sie bremste, sprang vom Rad, hob es hoch, stolperte damit zwischen den Bäumen hindurch, bis sie vom Weg aus nicht mehr gesehen werden konnte, dann ließ sie sich auf den Boden fallen.

Ihr Atem beruhigte sich. Die Erinnerungsbilder verloren an Kraft, lösten sich auf, verschwanden. Durch die Blätter schimmerte das Wasser des Sees, ein weißes Segelboot zog vorüber.

Es war vorbei.

Jetzt war sie in Sicherheit. Kaffeebecher, die man nach ihr warf, konnten ihr nichts anhaben. Alles würde gut werden. Sie zog das Foto, das sie während ihrer Flucht immer bei sich getragen hatte, aus ihrem Portemonnaie. Sie hatte es aus der Hülle einer Videokassette geschnitten. Es war zerknittert und fleckig. Aber das war egal. Es hatte ihr geholfen, wenn sie kurz davor gewesen war, aufzugeben, und lieber sterben wollte, als weiterzukämpfen. Die Buchstaben unter dem Foto der schlanken jungen Frau mit dem dunklen Zopf waren kaum noch zu entziffern: »LARA CROFT«.

Sie schob das Bild wieder in die rissige Schutzhülle und stand auf. Eine halbe Stunde später umrundete sie die Siegessäule, dann fuhr sie auf demselben Weg zurück, auf dem sie gekommen war.

## DAS AMULETT

Das Foto auf dem Monitor zeigte den Fußweg am Spreeufer. Brandt, der vor seinem Computer saß, sah fragend zu ihr hoch.

»Da wurde Gencerler niedergeschlagen«, sagte Zehra. »Ist eine beliebte Joggingstrecke.«

Brandt nickte nachdenklich und klickte weiter. Ein dunkler Fleck auf dem bröckeligen Rest der eingestürzten Ufermauer aus verschiedenen Perspektiven.

»Blut«, erläuterte Zehra. »Es stammt vom Opfer. Dort aufgebracht wurde es jedoch vom Täter. Er hat sich abgestützt. Vielleicht ist er gestolpert.«

»Dann ist das sein Handabdruck?«

Sie nickte. »Daktyloskopisch leider unbrauchbar. Die Mauerstruktur ist zu grob.«

Wären die Steine glatter gewesen, wäre der Fleck ein wichtiges Indiz gewesen. Die Papillarlinien in der Haut bildeten nicht nur an den Fingerkuppen ein einzigartiges Muster. Der Abdruck eines Handballens war genauso unverwechselbar.

Das nächste Bild: ein Fußabdruck im schlammigen Ufergrund.

»Der Täter hat sich seine Hände im Fluss gewaschen«, erläuterte Zehra abermals. »Er trägt sehr wahrscheinlich Schuhgröße 45.«

Abermals drückte Brandt auf die Maustaste. Dann lehnte er sich zurück. »Das brauchen wir!«

Auf dem Monitor war ein kleiner, fremdländisch wirkender Gegenstand zu sehen. Er lag im Gras am Ufer. Der Referenzskala nach, die der Polizeifotograf neben dem Objekt platziert hatte, war es knapp drei Zentimeter lang.

»Was ist das?«, fragte Zehra.

»Unser Ermittlungsansatz. Ich nehme an, es ist noch in der KTU?«

»Davon gehe ich aus.«
»Holen Sie es!«

Brandt hatte ihr keine weitere Erklärung gegeben. Das Kriminaltechnische Institut des LKA war im Hauptgebäude am Tempelhofer Damm untergebracht. Trotz seiner futuristischen Architektur wirkte der Bau angejahrt. Herzfelds Labors dagegen waren auf dem neusten Stand der Technik.
»Sie wollen dieses seltsame Objekt?«, fragte er verwundert. Zehra nickte. »Haben Sie es schon untersucht?«
»Auf DNA-Spuren und Fasern. Wir haben nichts gefunden, das auf einen Zusammenhang mit dem Mordfall schließen lässt. Kann auch ein Spaziergänger verloren haben oder jemand, der am Ufer gepicknickt hat.«
»Wissen Sie etwas über das Objekt selbst? Was es ist, woher es stammt?«
»Das haben wir noch nicht recherchiert. Ich nehme an, es ist eine Art Amulett. Ich würde ja sagen, fragen Sie den Experten …«
»Er wollte es mir nicht sagen.«
»Wo sitzt Brandt denn jetzt?«
»Immer noch im Terrarium.«
Herzfeld sah sie überrascht an. »Ich dachte, es gibt kein Sonderdezernat mehr. Sie arbeiten doch jetzt für Dirkes.«
»Das war gestern. Seit heute Morgen unterstehe ich wieder Hauptkommissar Brandt. Wir ermitteln in diesem Fall parallel. Ganz offiziell.«
Der Leiter der Kriminaltechnik schwieg einen Moment. Dann wandte er sich kopfschüttelnd ab. Er öffnete eine der Schubladen des stählernen Laborschranks, nahm einen Beweisbeutel heraus und reichte ihn Zehra.
Zehra öffnete den Beutel und holte das Objekt hervor. Die Hölzchen waren mit Garn umwickelt und wurden davon zusammengehalten. Auch die aufgesetzten kleinen Kaurimuscheln waren so befestigt. Die Form des Objekts erinnerte Zehra an

einen Hühnerfuß. Es war in irgendeiner Flüssigkeit getränkt worden.

»Ist das Blut?«

»Nein. Sie sollten sich auch die Rückseite ansehen.«

Zehra drehte den Anhänger um. Ein halb abgerissenes, handgeschriebenes Preisschild, die Reste einer Zahl und ein Eurozeichen.

»Ich kann Ihnen nicht sagen, woher es stammt«, sagte Herzfeld, »aber verkauft wurde es in Europa.«

Eine Viertelstunde später war Zehra zurück im Terrarium. Brandt betrachtete das Objekt eingehend.

»Machen Sie eine Liste mit afrikanischen Geschäften in Berlin. Afro-Shops, Friseurläden, Restaurants ... alles, was Sie finden.«

»Und was tun Sie?«

»Ich koche uns Tee.« Er griff nach dem Wasserkocher und verließ das Büro.

Zehra setzte sich an ihren Computer. Sie gab die Begriffe »Afrika«, »Afro«, »Shop«, und »Berlin« in eine Suchmaschine ein. Null Komma einundneunzig Sekunden später hatte sie sechshundertsechsundsiebzigtausend Ergebnisse.

Das Mädchen hatte den Täter als schwarzen Geist beschrieben. Zehra hatte ihn sich als Soldaten im Nachteinsatz vorgestellt.

Aber vielleicht hatte er sein Gesicht ja gar nicht schwärzen müssen.

# AFRIKA-BERLIN

»Ist das Ihr Ernst?«
Der dunkelhäutige Mann starrte auf das Amulett, das ihm Brandt in die Hand gelegt hatte. Er sah den Hauptkommissar an, dann wieder das Amulett. Seine Miene wechselte von Fassungslosigkeit zu Entrüstung zu Wut.
»Ist das Ihr Ernst?«, wiederholte er. Die Wut wich aus der Stimme. Was blieb, waren Enttäuschung und Resignation.
»Dann wissen Sie, was das ist?«, fragte Brandt.
»Natürlich weiß ich das«, stieß der Mann hervor. Die Wut kehrte zurück. »Ich stamme aus Togo, aber ich lebe seit dreißig Jahren in Deutschland. Ich spreche besser Deutsch als viele Deutsche. Ich habe hier studiert, ich bin Maschinenbauingenieur, doch ich kriege keinen Job, weil ich schwarz bin, darum verkaufe ich Yams und Kochbananen und Haarteile und Kakaobutter!«
Mit einer wegwerfenden Geste schien er seinen Laden und sein ganzes Warensortiment abtun zu wollen. Zehra verstand ihn. Sie hatte ihren Traum verwirklicht und es bis zur Oberkommissarin gebracht. Wie würde sie sich fühlen, wenn ihr dieser Weg wegen ihrer Herkunft verschlossen geblieben wäre und sie jetzt in einem Laden türkische Brautmoden verkaufen müsste? Aber der Afro-Shop gefiel ihr. Es war ein kleiner, chaotischer, aber sauberer Supermarkt, vollgestellt mit Regalen, Kühltruhen und Getränkekästen, mit Kisten voller exotischer Obst- und Gemüsesorten, von denen Zehra die Hälfte nicht kannte, ebenso wenig wie die abgepackten Lebensmittel und Konserven in den Regalen mit fremden Namen wie Fufu, Banku, Gari, Attiéké und Kokonte-Lafu. Außerdem gab es afrikanische Hygiene- und Kosmetikartikel, an Ständern hingen knallbunte Hängekleider mit afrikanischen Mustern und wo an den Wänden noch Platz war, Plakate mit den Bildern afrikanischer Fußballspieler.

In einer Vitrine lagen geschnitzte Masken, farbige Halsketten, Ringe und afrikanisches Kunsthandwerk.

»Ich sehe jeden Abend ›Tagesthemen‹, und Sie kommen mir mit diesem Voodoo-Scheiß! Wir leben nicht mehr auf Bäumen, verdammt noch mal!« Der Mann warf das kleine Kreuz aus zusammengebundenen Hölzern mit den daran befestigten Kaurimuscheln auf den Tresen.

»Das ist ein Mami-Wata-Amulett«, sagte Brandt ruhig.

»Ich weiß! Aber ich habe mit Voodoo oder Juju nichts am Hut! Für mich ist das Folklore!«

Sie hatten sich bedankt und waren gegangen. Draußen war Zehra der große braune Fleck aufgefallen, wo eine Farbbombe die Fassade des Afro-Shops getroffen hatte.

Jetzt standen sie vor einem türkischen Kiosk an einem Stehtisch und nippten an zweifelhaften Cappuccinos. Drei Stunden lang hatten sie afrikanische Friseurläden, Afro-Shops, Restaurants und Bars abgeklappert. Überall hatte man den Kopf geschüttelt. Niemand wollte etwas mit dem Schutzamulett einer Voodoo-Gottheit zu tun gehabt haben, niemand verkaufte so etwas in seinem Geschäft.

Der Kiosk, »Akin's Spätkauf«, gehörte einem Deutschtürken, hinter dem Fenster arbeitete eine junge afrikanische Frau mit Cornrows. So nannte man die pflegeleichten Frisuren aus dicht an der Kopfhaut geflochtenen Zopfreihen. Das wusste Zehra, seit sie die Friseurläden abgeklappert hatten.

Vor der Trinkhalle hockten ein Dutzend Deutsche, Afrikaner und Türken auf Plastikstühlen und diskutierten in unterschiedlich gebrochenem Deutsch lautstark die Bundesligaaussichten der Hertha. Vom gegenüberliegenden Fußballplatz klangen Schreie und Flüche afrikanischer und türkischer Jugendlicher herüber, die gegeneinander spielten.

Es war unglaublich. Dieser Kiez mitten in Wedding hieß tatsächlich Afrikanisches Viertel. Es gab die Kameruner Straße, Guineastraße, Sambesistraße und Usambarastraße. Alle Namen hatten mit der deutschen Kolonialgeschichte zu tun. Die erste

Straße hatte 1899 ihren Namen erhalten, die letzte 1958. Das Verrückte daran war, dass sich in den letzten zwanzig Jahren immer mehr Afrikaner hier angesiedelt hatten, in erster Linie weil die Mieten niedrig waren. Inzwischen lebten über zweitausend der etwa fünfundzwanzigtausend Afrikaner Berlins in diesem Viertel. Brandt hatte gemeint, in zwanzig Jahren würde man glauben, die Straßen trügen ihre Namen wegen ihrer heutigen Bewohner.

Fünfundzwanzigtausend Afrikaner in einer Stadt mit dreieinhalb Millionen Einwohnern. Nicht gerade viel, dachte Zehra. Dank der Dealer im Görlitzer Park war ihre Medienpräsenz eindeutig überproportional.

Hier im Afrikanischen Viertel gab es keine Dealer. Überhaupt hatte es trotz der vierzig Prozent Türken noch immer ein kleinbürgerliches Flair, auch wenn die Kleingartenanlagen »Togo e. V.« und »Klein-Afrika« hießen. Die tristen Siedlungsblöcke und Wohnanlagen aus den zwanziger und dreißiger Jahren, die damals als fortschrittlich gegolten hatten, standen jetzt unter Denkmalschutz und waren erst zum Teil saniert. Die Haupteinkaufsstraße, die das Viertel nach Osten hin begrenzte, glänzte mit Spielotheken, Billigläden, Imbissbuden und Geschäften für türkische Brautmoden.

»Der Mann hat recht und auch wieder nicht«, sagte Brandt, der bisher vor sich hin gegrübelt hatte. »Er gehört zu einer Generation afrikanischer Migranten, die gut gebildet nach Deutschland gekommen sind oder hier gut ausgebildet wurden, entweder als Student in Westdeutschland oder als Vertragsarbeiter in der DDR. Aber die traditionellen religiösen Vorstellungen und Praktiken sind in ihren Heimatländern nicht einfach verschwunden. Politiker bei uns wollen das immer gern glauben. Und mit den neuen Migranten kommen diese religiösen Praktiken jetzt zu uns.«

»Was meinen Sie? Voodoo? Beschneidung?«, fragte Zehra. »Ich kenne Voodoo eigentlich nur aus Filmen, die mein Bruder zu Hause angeschleppt hat. Aber da ging es immer um Zombies.«

»Voodoo ist eine synkretistische Religion.« Brandt dozierte mal wieder. »Das bedeutet, dass sich in ihr Einflüsse aus unterschiedlichen Religionen vermischen. Das Wort ›Voodoo‹ kommt von dem westafrikanischen Fon-Wort für Geist. In Afrika wird Voodoo heute hauptsächlich in Benin, Ghana und Togo praktiziert.«

»Was ist mit Haiti? Oder New Orleans?«

»Die afrikanischen Sklaven haben es dorthin gebracht – und verändert. In Brasilien heißt es Candomblé oder Macumba.«

»Und was ist mit dem Amulett?«

»Mami Wata? Über den Ursprung gibt es verschiedene Theorien. Aber sie ist eine Art Wassergottheit mit Fischschwanz, die Menschen hilft und sie schützt, sie kann ihnen aber auch schaden.«

Zehra drückte die Zigarette in einem von der Bild-Zeitung gestifteten Aschenbecher aus, knüllte die leere Schachtel zusammen und kaufte am Kiosk neue Marlboro Gold. Sie machte der jungen Frau hinter dem Tresen ein Kompliment für ihre Frisur, warf die leere Schachtel in den Mülleimer und riss die neue auf. Auf dem Weg zurück zum Stehtisch zündete sie sich die nächste Zigarette an.

»Schon mal dran gedacht, wieder aufzuhören? Man muss aufpassen, dass Selbstbestrafung nicht außer Kontrolle gerät.«

Es war Brandts erster Kommentar, seit sie vor einem Jahr ihre erste Zigarette geraucht hatte.

»Sprechen Sie aus Erfahrung?« Sie wusste selbst nicht, warum sie das gesagt hatte.

Brandt starrte sie an. Hatte sie da etwa einen Nerv getroffen? Schließlich sagte er nur: »Ja.« Er sah auf seine Uhr. »Okay. Zeit, dass wir uns Neukölln vorknöpfen.«

Vom Afrikanischen Viertel brauchte man normalerweise dreißig Minuten bis zum Hermannplatz. Zehra schaffte es in dreiundzwanzig. Sie sah, dass Brandt sich nicht mehr am Haltegriff festklammerte oder mitbremste. Er hatte sich an ihren Fahrstil gewöhnt.

Sie parkte den Wagen vor dem »Teppich-Paradies«. Sie stiegen aus und waren mittendrin im wahr gewordenen Traum eines jeden Multikulti-Fans. Vierzig Prozent der Einwohner des ehemaligen Arbeiterbezirks hatten einen Migrationshintergrund, vor rassistischen Übergriffen war man hier also relativ sicher. Hier lebten die meisten afrikanischen Migranten, überwiegend im Norden zwischen Hermannplatz und Silbersteinstraße. Abschnitt 55. Vor der Versetzung zum Sonderdezernat war das ihr Revier gewesen. Sie kannte die guten und die dunklen Seiten des Viertels.

Ihr erstes Ziel lag nur ein paar Meter entfernt, ein Afro-Shop mit dem Namen »Africa Paradiso«. Der Laden war geschlossen. Die Rollläden waren schon lange nicht mehr oben gewesen.

Auf den nächsten paar hundert Metern schien es an der vierspurigen Straße nur Wettbüros zu geben, dazwischen eine Fahrschule, die auf Deutsch und Chinesisch um Kunden warb. Brandt deutete auf die andere Straßenseite.

»Sehen Sie das?« Er las das Schild über einem kleinen Ladenlokal vor. »›Casa de Oxum‹. Oxum ist eine Yoruba-Flussgöttin. Sie wird auch im brasilianischen Candomblé verehrt. Kommen Sie.«

Sie überquerten die Straße, standen aber wieder vor einer verschlossenen Tür.

Hinter der U-Bahn-Station Boddinstraße veränderte sich der Charakter der Einkaufsstraße. Ab hier hatten Filialen der üblichen Verkaufsketten und Handyläden die Oberhand. Die gesuchten Afro-Shops fanden sich in den Seitenstraßen.

Nach zwei Stunden konnte Zehra das meiste auf ihrer Liste abhaken. Sie hatten mit Ladeninhabern aus Ghana, Kamerun, dem Kongo, Sierra Leone, Togo, Guinea und Burkina Faso gesprochen. Als Brandt ihnen das Amulett zeigte, wussten einige, womit sie es zu tun hatten. Aber keiner wollte so etwas verkauft haben.

Ihr Smartphone läutete. Dirkes. Er war sauer. »Wenn Sie

sich Asservate aus der Forensik holen, sagen Sie wenigstens Bescheid.«

Er hatte recht, sie entschuldigte sich.

»Ihr Chef steckt dahinter, stimmt's? Geben Sie ihn mir mal.« Woher wusste er, dass sie zusammen unterwegs waren?, fragte sie sich und reichte das Handy weiter.

»Ich stelle auf Lautsprecher, dann kann Frau Erbay mithören«, sagte Brandt.

»Sehr kollegial«, tönte es aus dem winzigen Lautsprecher des Smartphones. Dirkes hielt sich nicht lange mit Small Talk auf. »Was haben Sie damit vor?«

»Erst mal rauskriegen, was es überhaupt ist. Es kam mir – wie soll ich sagen – ›fremdkulturell‹ vor.«

Erst mal rauskriegen, was es ist? Warum belog er den Kollegen von der MK?

»Glauben Sie, es gehört dem Täter? Könnte genauso gut ein Spaziergänger verloren haben.«

»Vielleicht lässt sich das beantworten, wenn wir wissen, was es ist.« Brandt wechselte die Spur. »Gibt es bei Ihnen was Neues?«

Am anderen Ende der Leitung herrschte zwei Sekunden lang Stille. Dann sprach Dirkes wieder: »Wir konzentrieren uns weiter auf den Hintergrund des Opfers. Kontakte in die Drogenszene und so weiter. Der andere Gencerler ist übrigens sein Cousin.«

Sie folgten noch immer ihrem ersten Ermittlungsansatz, dachte Zehra. Wieso auch nicht?

»Mord im Drogenmilieu bleibt vorerst unser Ermittlungsansatz«, sagte Dirkes, als habe er Zehras Gedanken gelesen. »Aber vielleicht kommen Sie ja mit was Besserem. Wenn Sie was haben, lassen Sie es uns wissen.«

Sie beendeten das Gespräch. Brandt gab Zehra das Handy zurück.

»Warum haben Sie ihm nicht gesagt, welche Spur wir verfolgen? Dirkes ist in Ordnung.«

Brandt nickte. »Ich weiß. Aber wozu das jetzt schon in großer Runde durchkauen? Wir warten, bis wir Ergebnisse haben.«
Zehra steckte ihr Handy ein. Brandt hatte recht.
»Wie geht's weiter?«
»Um die Ecke gibt's einen afrikanischen Friseur.«
Der Laden hieß »Afro-Shop & Hair« und nahm die unterste Etage eines schmalbrüstigen Nachkriegsmietshauses ein, das bisher allen Sanierungsversuchen entgangen war. Die Scheibe des Schaufensters war seit Ewigkeiten nicht geputzt worden. Drei verblasste Plakate mit Cornrow-Frisuren und afrikanischen Männerhaarschnitten verdeckten die oberen zwei Drittel des Fensters. Auf der Ablage darunter stand ein halbes Dutzend Köpfe von Schaufensterpuppen mit schwarzen und blonden Langhaarperücken. Dazwischen lagen wahllos Flipflops, Rehgeweihe, drei ausgestopfte Rehköpfe, Dosen mit Erfrischungsgetränken, einige auf dünne Lederbänder gezogene Kaurimuscheln, jede Menge tote Fliegen und der Staub der letzten fünf Jahre.

Brandt deutete auf die Kaurimuscheln. »Kaurimuscheln spielen eine große Rolle in der Schwangerschaft. Sie schützen vor bösen Kräften.«

Auf einem Blechschild am Fuß der Tür stand der Name des Inhabers: »Babatunde Dawodu«. Die Tür klemmte, gab aber schließlich doch nach.

Der Verkaufsraum war klein und dunkel. Die Einrichtung wirkte zusammengewürfelt und abgenutzt. Vor einer Vitrine, die als Tresen fungierte, standen mehrere unbequem aussehende Metallhocker und ein durchgesessener Friseurstuhl mit Waschbecken, im Regal dahinter afrikanische Kosmetik- und Haarpflegeprodukte, außerdem Flaschen mit billigem Gin. An einer Wand hingen die verschiedenfarbigen Haarteile, die sich Afrikanerinnen in die Cornrows flechten ließen. Ein Displaykühlschrank enthielt deutsche und afrikanische Biersorten. Mehr Bier gab es in Kästen, die neben einem Regal mit afrikanischen Lebensmitteln zwei Meter hoch gestapelt waren. Unter der Decke hingen verschossene Kleider und Hosen aus afrikanischen Stoffen, die wahrscheinlich schon ewig nicht mehr heruntergeholt worden waren. Eine halbherzig gestrichene Metalltür führte in weitere, hinter dem Ladenlokal gelegene Räume.

Durch diese Tür trat jetzt ein dunkelhäutiger Mann in einem weißen Dashiki, der traditionellen Männerkleidung Westafrikas, wie Zehra mittlerweile wusste. Der Mann war schmal und nicht sehr groß, aber seine kraftvolle Ausstrahlung war deutlich spürbar. Er hielt sich kerzengerade. Das hagere Gesicht schimmerte wie geöltes Eichenparkett. Zehra hätte nicht sagen können, wie alt er war. Der durchdringende Blick aus den dunklen Augen kam von weit her. Er machte ihr Angst.

»Was kann ich für Sie tun?«

Brandt zeigte ihm seinen Ausweis. »Hauptkommissar Brandt, und das ist meine Kollegin, Oberkommissarin Erbay.«

Der Mann studierte beide Ausweise aufmerksam, dann unterzog er ihre Gesichter einen Moment lang der gleichen Prüfung.

»Sie sind Herr Dawodu, der Inhaber?«, fragte Brandt schließlich.

»Babatunde Dawodu. Meine Papiere sind in Ordnung.«

Sein Deutsch klang guttural und gebrochen, aber seine Stimme war ruhig und bestimmt. Er griff in eine Schublade unter dem Tresen und zog eine Klarsichthülle heraus, die mit Papieren vollgestopft war.

»Asylanerkennung, Aufenthaltserlaubnis, Gewerbeschein ...«

Brandt hob beschwichtigend die Hände. »Schon gut, Herr Dawodu, wir sind nicht von der Ausländerbehörde.« Er legte das Amulett auf den Tresen. »Haben Sie so etwas schon mal gesehen?«

Babatunde Dawodu nahm das Amulett auf und betrachtete es von allen Seiten. »Ein Amulett. Mami Wata. Wahrscheinlich aus Benin oder Togo. Ich stamme aus Nigeria.«

Während er sprach, sah Zehra sich in dem kleinen Raum um.

»Sie kennen sich damit aus?«, fragte Brandt.

»Ich bin früher viel gereist.«
»Verkaufen Sie so etwas?«
»Nein. Vielleicht, wenn es echt wäre und alt. Aber das ist Touristenkunst.«
Brandt wechselte abrupt das Thema. »Sind Sie Friseur?«
Der Nigerianer lächelte zum ersten Mal. »Um zu überleben, muss man vieles tun. Aber dafür habe ich jemand.«
Brandt deutete auf das Amulett. »Wüssten Sie, wo man so etwas kaufen könnte?«
Dawodu schüttelte den Kopf. »Tut mir leid. Aber warum wollen Sie das wissen? Worum geht es überhaupt?«
Brandt ignorierte die Frage. Stattdessen verabschiedete er sich. »Haben Sie vielen Dank.«
Er nickte Zehra zu. Beim Hinausgehen warf sie einen letzten Blick auf die Auslage im Schaufenster und stutzte.
»Warten Sie.« Sie ging zurück in den Laden.
Babatunde Dawodu stand noch am Tresen. Vor ihm lag eine aufgeschlagene Tageszeitung. Als sie hereinkam, blätterte er um.
»Haben Sie etwas vergessen?«
»Darf ich?« Sie nahm eins der Lederbändchen mit den Kaurimuscheln aus dem Schaufenster. »Das gefällt mir.« Sie zog ihr Portemonnaie aus der Tasche.
Dawodu nahm ihr das Armband aus der Hand und steckte es in ein Papiertütchen. »Für Sie zwanzig Euro.«
Zehra gab ihm den Schein, bedankte sich und verließ das Geschäft.
Brandt war ein paar Schritte weitergegangen. Er schaute sie fragend an. Sie öffnete das Tütchen und holte ihren Einkauf heraus.
Brandt lächelte. »Sie wissen hoffentlich, wo das endet? Bei Cornrows und Haarverlängerung.«
Sie ignorierte seine Frotzelei. »Sehen Sie mal.«
Auf einer der Kaurimuscheln klebte ein verblichenes Preisschildchen. Jemand hatte von Hand den Preis daraufgeschrieben – vierundzwanzig Euro neunzig. Das Schildchen ähnelte

dem Rest, den sie auf dem Amulett gefunden hatten. Die beiden noch lesbaren Zahlen waren ebenfalls von Hand geschrieben.

»Die Preisschilder auf den anderen Produkten stammen von einer Auszeichnungsmaschine«, sagte Zehra. »Wir sollten das vergleichen.«

Brandt nickte. »Sehr gut. Machen Sie das morgen als Erstes. Dann statten wir Herrn Dawodu einen zweiten Besuch ab. Hunger?«

»Wir haben nur noch zwei Läden.«

Brandt warf ihr den Autoschlüssel zu. »Dann sehen Sie zu, dass wir in Rekordzeit hinkommen. Manche von uns müssen ab und zu auch mal was essen.«

# MAKSYM

Itchy hatte ihr zum ersten Mal erlaubt, das Rad über Nacht zu behalten, vorausgesetzt, sie stellte es nicht draußen auf der Straße ab. Adeola hob das Rad auf ihre Schulter. Die Wohnung lag im vierten Stock, aber das Rennrad war leicht, und sie hatte sich heute ausnahmsweise nicht völlig ausgepowert.

Die betreute Wohngemeinschaft für unbegleitete minderjährige Flüchtlinge belegte eine ganze Etage des Mietshauses. Mehrere Wohnungen waren durch nachträglich angelegte Durchgänge miteinander verbunden worden. Anders hätte man die sieben Zimmer für die Bewohner, die für Jungen und Mädchen getrennten Badezimmer und Toiletten und die gemütliche Küche nicht unterbringen können. Außerdem gab es ein großes Wohnzimmer, einen Raum, in dem sie lesen und ihre Hausaufgaben erledigen konnten, den Raum mit dem Billardtisch und dem Kicker, eine kleine Kammer für die beiden Waschmaschinen und den Trockner sowie ein Büro für die Betreuer.

Adeola steckte den Schlüssel ins Schloss. Sie hatte drei, einen für die Haustür, einen für die Wohnung und einen für ihr Zimmer. Es waren die ersten Schlüssel, die sie jemals besessen hatte. Sie hatte sie an einem Karabinerhaken befestigt und trug sie an einer Gürtelschlaufe immer bei sich.

Sie drückte die Tür auf. Thién, Faaiso und Suhrab saßen an dem großen Holztisch in der Diele. Thién zeichnete gerade mit Filzstift eins seiner Manga, Faaiso blätterte in einer Modezeitschrift, Suhrab quälte sich mit kompliziert aussehenden Mathematikformeln ab. In der Küche klapperte Geschirr, aus Lamines Zimmer tönte westafrikanische Musik und aus dem Spielzimmer das Knallen hart geschossener Kickerbälle.

Sie schob das Rad durch die Tür. Ein Kickerball hüpfte in die Diele, und Jalil kam hinterhergerannt. Er starrte staunend das Rad an.

»Geiles Teil.«
Die drei am Tisch schauten auf. Im nächsten Moment umringten sie das Rennrad.
»Hey, cool!«
»Woher hast du?«
»Bestimmt viel Geld.«
Der letzte Satz kam von Faaiso. Sie klang neidisch. Faaiso stammte aus Somalia und war erst seit vier Monaten in Deutschland. Sie schien sich nur für ihre Modemagazine zu interessieren und machte pro Tag mindestens zehn Selfies. Sie wurde schnell aggressiv, wenn sie sich angegriffen fühlte. Einmal hatte sie einen Teller nach Thién geworfen. Er wohnte von allen am längsten in der WG. Er war ruhig und hilfsbereit, aber man wusste nie, was wirklich in ihm vorging. Er hatte Faaiso nur schweigend angesehen und war dann in sein Zimmer gegangen. Den Betreuern und Betreuerinnen gegenüber hatte er den Vorfall mit keinem Wort erwähnt.

Eine von ihnen kam jetzt aus dem Büro. Elfi war Praktikantin und erst vor einer Woche zum Team gestoßen. Ihr Lächeln wirkte gezwungen.

»Tolles Rennrad, Ola. Woher hast du das?«
Es sollte neugierig klingen, aber der Unterton entging Adeola nicht. Elfi befürchtete, dass sie es gestohlen hatte. Adeola erklärte es ihr. Elfi nickte und verschwand wieder im Büro. Sie würde ihre Kollegen nach Itchy fragen und Adeolas Angaben überprüfen.

Thién, Faaiso und Suhrab kehrten zum Tisch zurück.
Jalil legte seine Hand auf den Sattel und streichelte über das Leder. Er sprach kaum. Er war erst vierzehn und aus Syrien geflohen. Niemand wusste genau, was ihm unterwegs passiert war.

Am besten verstand sie sich mit Nassima. Nassima stammte wie Jalil aus Syrien, aber er war sunnitischer Araber und sie armenische Christin. Fast ihre ganze Familie war bei einem Bombenanschlag ausgelöscht worden. Sie und ein Cousin waren zusammen geflohen. Das Schlauchboot, in dem sie das Mittelmeer überquert hatten, war kurz vor der griechischen Küste gekentert. Nassimas Cousin konnte nicht schwimmen, er war vor ihren Augen ertrunken. Nassima war an einem Fluss aufgewachsen und hatte sich das Schwimmen heimlich selbst beigebracht. Sie hatte es gerade so bis ans Ufer geschafft.

Manchmal fuhren sie zusammen mit der U-Bahn zum Tiergarten und tranken Cola oder aßen Eis. Sie sprachen nicht über ihre Flucht oder den Stand ihrer Asylverfahren. Für ein paar Stunden überließen sie sich der Illusion, einfach nur zwei junge Mädchen zu sein wie alle andern. Obwohl beide etwas Englisch konnten, zwangen sie sich, miteinander Deutsch zu sprechen.

Jetzt kam auch Lamine aus seinem Zimmer. Sofort zog sich Jalil zurück. Er hatte Angst vor Lamine. Er war groß und muskulös und mindestens siebzehn oder achtzehn Jahre alt und nicht erst fünfzehn, wie er behauptete. Bevor er über die deutsche Grenze gegangen war, hatte er seinen Pass weggeworfen, das wusste jeder.

Bei Lamine hatte sie das Gefühl, er sei ständig wütend. Er klang immer irgendwie aggressiv. Aber vielleicht lag es ja auch an seiner Muttersprache. Lamine stammte aus Gambia und sprach Mandinka, das sich für sie unangenehm rau anhörte. Als er seine Heimat verlassen hatte, war er Analphabet gewesen. Wie er es bis nach Deutschland geschafft hatte, war ihr unbegreiflich. Jetzt besuchte er eine Willkommensklasse und erhielt zusätzlich Unterricht in Lesen und Schreiben.

Sie selbst durfte nicht zur Schule gehen. Ein paar Tage bevor sie den Asylantrag gestellt hatte, war sie sechzehn geworden. Vielleicht hätte sie ihren Pass ebenfalls wegwerfen sollen.

Lamine fragte, ob er auch mit dem Rad fahren dürfe. Adeola verneinte, Itchy hatte das Rad nur ihr geliehen.

Warum das? Der Klang von Lamines Stimme war aggressiver als gewöhnlich. Er hatte auch bei der Fotosache mitgemacht, wieso lieh Itchy das Rad nur ihr und nicht auch ihm? Er begann,

Adeola in seiner Muttersprache zu beschimpfen, so klang es in ihren Ohren jedenfalls.

Die Türglocke ging. Lamine verstummte. Thién öffnete. Adeola merkte, wie ihr Herz schneller schlug. Thién nickte dem Besucher zu und gab den Weg frei. Maksym trat in die Diele.

»Hallo, alles klar bei euch?«

Ihre Blicke trafen sich, hielten für eine halbe Sekunde aneinander fest.

»Hallo.« Adeolas Stimme war so leise, bestimmt hatte er sie gar nicht gehört, doch er antwortete mit einem kurzen Nicken. Dann schauten beide weg.

Maksym stammte aus der Ukraine, war aber Armenier. Er lebte in einer betreuten WG in Lichtenberg und machte eine Ausbildung zum Bauschlosser. Er und Suhrab waren befreundet, sie besuchten sich gegenseitig und spielten Billard. Seine Blicke sagten ihr aber, dass es nicht der einzige Grund war, aus dem er ihre WG besuchte, auch wenn sie bisher kaum mehr als ein paar Sätze gewechselt hatten.

Maksym kniete sich neben dem Rad auf den Boden. »Super Schaltung. Fährt es gut?«

Sie nickte. »Sehr schnell. Und leicht.«

Maksym kam wieder hoch. »Lässt du mich mal fahren?« Er lächelte.

Lamine wartete lauernd auf ihre Antwort.

»Es gehört mir nicht.«

»Maksym, komm, wir spielen!« Suhrab tauchte in der Tür des Spielzimmers auf, er hatte einen Queue in der Hand.

Maksym zuckte bedauernd mit den Achseln. »Schade.«

Er folgte Suhrab zum Billardtisch.

Sie schob das Rad in ihr Zimmer, lehnte es an die Wand und schloss die Tür. Als sie sich vorbeugte, um die Schnürsenkel ihrer Sneaker zu lösen, war das Stechen im Unterleib plötzlich wieder da. Sie ließ sich aufs Bett fallen und legte die Hände auf den Bauch. Der Schmerz ließ nach. Sie stellte sich vor, wie sie mit Maksym auf einer Bank in einem Park saß ... wie er seinen Arm um sie legte ... sie küsste ... Dann waren sie in ihrem Zimmer ... er knöpfte ihre Bluse auf ...

Sie richtete sich abrupt auf. Das würde nie passieren. Sie würde in seiner Gegenwart niemals nackt sein. Bei keinem Mann.

Ihre Mutter hatte geweint, als sie es gesehen hatte. Sie war gerade aus dem Krankenhaus gekommen. Sie hatte Adeolas Vater angeschrien. Er hatte sie einfach beiseitegeschoben. Sie hatte nicht aufgehört zu schreien, er hatte sie geschlagen. In den Wochen danach war ihre Mutter immer schwächer geworden. Sie hatte Adeola nicht mehr beschützt, wenn die neue Frau sie geschlagen hatte. Dann war sie gestorben. Adeola war sicher, dass sie von der neuen Frau vergiftet worden war. Oder verhext, auch wenn Adeolas Lehrerin behauptete, so etwas gebe es nicht.

Sie stemmte sich hoch. Genug. Sie würde das Rad zurück zu Itchy bringen und fragen, ob sie wieder auf ihrem Sofa übernachten durfte.

## DER POSTLER

Es stank. Nicht nur nach Kloake, daran waren die Anwohner des Kanals im Hochsommer vermutlich gewöhnt. Aber inzwischen hatten auch noch die toten Fische im brackigen Wasser zu faulen begonnen. Nach dem letzten Starkregen waren sie massenhaft verendet. Der Klimawandel war längst auch in der Bundeshauptstadt angekommen. Hier, an der Grenze zwischen Neukölln und Kreuzberg, konnte man ihn sogar riechen.

Zehra hatte direkt am Landwehrkanal geparkt. Auf der Hobrechtbrücke läutete das Kreuzköllner Hipstervolk schon den Feierabend ein, musikalisch untermalt von Klampfen- und Klaviermusik. Es stand tatsächlich ein Klavier auf der Brücke, und ein junger bärtiger Mann mit rasiertem Schädel und Vollbart spielte jazzige Akkorde. Seine Zuhörer lagerten entspannt in der späten Nachmittagssonne auf dem Gehsteig und tranken Bier aus Flaschen. Auf Nachfrage würden sich vermutlich drei Viertel von ihnen selbst als Musiker, Schriftsteller oder Performancekünstler bezeichnen. Der Rest machte garantiert irgendwas mit Medien. Weder der Gestank noch die Hitze schienen sie beim Schausitzen zu stören.

Die letzte Adresse auf Zehras Liste lag nur ein paar Schritte vom Kanal entfernt in einer Seitenstraße. Das kleine Geschäft stand im krassen Gegensatz zu den Shops, die sie den ganzen Tag abgeklappert hatten. Ein schon von außen aufgeräumt wirkendes Ladenlokal zwischen einer coolen Weinbar und einem hippen Café. Über das Schaufenster schwang sich in freundlichen Buchstaben der Schriftzug »Bondieu«. Die Auslage war nicht vollgestopft mit Haarteilen oder afrikanischen Lebensmitteln, sondern karg bestückt mit einigen Voodoo-Accessoires, zwischen denen, statt toter Fliegen, ein Dackel lag, der Brandt und Zehra aus wachen Augen musterte. Zehra hatte irgendwo gelesen, dass diese Hunderasse den Mops als Modehund abgelöst hatte.

Als sie die Eingangstür aufdrückten, meldeten die Bose-Lautsprecher, die in den Ecken des Raumes hingen, Brandts und Zehras Eintreten mit einem rasselnden Geräusch. Vermutlich die Aufnahme einer Ritualrassel. Der Dackel sprang von seinem Platz und schnüffelte an ihren Beinen.

Auch innen erinnerte der Laden eher an einen Interior-Design-Shop als an ein Geschäft für magische Bedarfsartikel. Das Ziegelmauerwerk war säuberlich vom Putz befreit worden, die Eisenträger über Tür- und Fensterstürzen rosteten dekorativ vor sich hin. Die unsichtbar und in großzügigen Abständen an den rohen Wänden befestigten Regale glänzten in polierten Pastellfarben. Darauf wurden die Waren wie Kunstgegenstände präsentiert. Gris-Gris-Bags, die »Mo' Money«, »Back For Good« oder »Get Lucky« hießen, Voodoo-Puppen in verschiedenen Größen, Nadeln mit bunten Federköpfen, magische Öle, Kräutermischungen, Ritualkerzen. Von jedem Artikel gab es nur ein Ausstellungsstück. Das Verkaufssortiment lagerte wohl im Hinterzimmer, aus dem nun ein junger Mann herauskam. Er trug eng geschnittene mintfarbene Bermudashorts und ein T-Shirt, auf dem ein bunter Totenkopf mit Vollbart prangte. Der Mann selbst hatte sich für einen schmalen Oberlippenbart entschieden.

»Luise! Auf deinen Platz«, forderte er den Dackel auf.

Der Hund ignorierte sein Herrchen und interessierte sich weiter intensiv für Zehras Turnschuhe. Sie hoffte, dass es an den Gerüchen lag, die sie aus den Afro-Shops mitgebracht hatte, und nicht daran, dass sie schon seit dem Vormittag bei tropischen Temperaturen durch die Gegend stapften. Mühsam widerstand sie dem Impuls, der vierbeinigen Wurst einen Tritt zu versetzen.

»Was kann ich für euch tun?«, fragte der freundliche Voodoo-Verkäufer lächelnd.

Brandt zeigte seinen Ausweis, spulte seinen Spruch ab und präsentierte den Anhänger.

Der Mann musterte ihn fachkundig. »Mami Wata.«

Brandt nickte. »Führen Sie so etwas?«

»Natürlich habe ich auch Loa-Amulette. Aber meine sind wertiger als das.«

»Dann kann es nicht hier gekauft worden sein?«

»Auf keinen Fall.« Der Mann gab Brandt den Anhänger zurück. »Darf man fragen, für welche Abteilung der Kripo Sie arbeiten?«

»Wir sind vom Sonderdezernat für Tötungsdelikte mit fremdkulturellem Hintergrund.«

»Ich wusste gar nicht, dass es so etwas gibt. Super Idee. Hat Ihr Besuch etwas mit der Leiche im Plänterwald zu tun?«

»Wir ermitteln in dem Fall«, bestätigte Brandt. »Aber wie kommen Sie darauf?«

»Keine Ahnung. Wegen der ›Tötungsdelikte‹? Und vor allem wegen des Artikels.« Der Mann griff unter die Fünfziger-Jahre-Verkaufstheke und holte eine Tageszeitung hervor. Es war die gleiche Ausgabe, in der auch Babatunde Dawodu geblättert hatte. Die Seite, die der Inhaber des Voodoo-Ladens aufschlug, trug die Überschrift »Verstümmelte Leiche im Plänterwald«.

»Ich habe eben noch darüber geredet. Mit diesem Spinner ...«

Zehra horchte auf. »Spinner?«

»Ja, gehört zu der Sorte Kunden, die ich hier eigentlich nicht haben will.«

»Welche Sorte ist das?«

»Kranke Freaks, die nicht checken, dass Voodoo absolut nichts mit Menschenopfern zu tun hat.«

»Und der Mann, mit dem Sie sich unterhalten haben, ist so ein Freak?«, vermutete Brandt.

Der Ladenbesitzer nickte. »Sonst textet er mich nur mit den Tierritualen zu, die er angeblich durchführt. Er hält sich dafür sogar Hähne – behauptet er jedenfalls. Aber als er heute reinkam, hatte ich gerade die Zeitung hier liegen, und er ist voll auf die Geschichte mit der verstümmelten Leiche abgefahren.«

»Was hat er denn dazu gesagt?«, fragte Zehra.

»Wie viel mehr Power es wohl hätte, wenn man kein Tier, sondern einen Menschen opfern würde.«

»Er hat den Mord im Plänterwald mit einem Voodoo-Ritual in Zusammenhang gebracht?«, hakte Brandt nach.

»Ja. Er hatte den Artikel wohl auch gelesen. Und da steht, dass dem Opfer die Kehle durchgeschnitten wurde und es verblutet ist.«

»Aber von Voodoo steht da nichts«, wandte Zehra ein, die den Artikel überflogen hatte.

»Wissen Sie, wie der Mann heißt?«, fragte Brandt.

»Nein, tut mir leid.«

»Aber er hat hier doch bestimmt schon einmal etwas gekauft?«, ergänzte Zehra.

»Natürlich.«

»Wie hat er bezahlt?«

»Meistens mit Karte.«

Eine halbe Stunde später hatten sie einen Namen und eine Adresse.

## VOODOO BERLIN

Laut Navi würden sie für die vierzehn Kilometer bis Charlottenburg siebenunddreißig Minuten brauchen. Vermutlich floss der Verkehr auf der Straße des 17. Juni mal wieder zäh bis gar nicht. »Zweiundzwanzig Stundenkilometer Durchschnitt«, rechnete Zehra aus. »Wenn Sie mich fahren lassen, schaffen wir es unter dreißig Minuten.«
Brandt glaubte ihr. Dennoch fuhr er lieber selbst. Er wollte die Fahrt nutzen, um ein paar Basisinformationen über den Verdächtigen zusammenzutragen. Aber mit Zehra am Steuer hätte er nicht eine Minute auf sein Handy sehen können, ohne sich zu übergeben. Bei seiner Fahrweise sei das umgekehrt definitiv kein Problem, hatte Zehra spöttisch bemerkt.

Über die Kreditkarte kannten sie bereits den Namen des Mannes, mit dem sie sprechen wollten: Henning Kersken. Für seine Adresse hatte Zehra zwei Minuten gebraucht. Während sie sich im Schritttempo durch den einsetzenden Feierabendverkehr kämpften, lieferte sie weitere Informationen.

Kersken war zweiundvierzig Jahre alt und ledig. Seit seiner Geburt war er unter derselben Adresse gemeldet. Er arbeitete seit gut zwanzig Jahren als Sachbearbeiter in einem Postamt, war nie polizeilich auffällig geworden, er hatte es mit seinem VW Jetta nicht mal zu einem einzigen Strafzettel gebracht. Er hatte seinen Wehrdienst angetreten, war aber schon in der Grundausbildung ausgemustert worden. Warum, hatte Zehra noch nicht herausgefunden.

Sie passierten das ehemalige königliche Strafgefängnis, jetzt Justizvollzugsanstalt Plötzensee. Jeder siebte Häftling dort saß wegen Schwarzfahrens ein oder weil er in einem öffentlichen Schwimmbad über die Mauer geklettert war.

Die Paul-Hertz-Siedlung lag zwischen Plötzensee und dem

Flughafen Tegel. Brandt hatte hier noch nie zu tun gehabt. Er hatte sich das Viertel auf Google Maps angesehen, bevor sie losgefahren waren. Die Siedlung war durch Kleingartenkolonien und mehrspurige Stadtautobahnen von allen benachbarten Ortsteilen abgeschnitten. Den Städteplanern war es gelungen, das perfekte Ghetto zu schaffen.

»Dreitausend Einheiten sozialer Wohnungsbau aus den Sechzigern«, referierte Zehra aus Wikipedia. »Ehemals Vorzeigeprojekt, jetzt dreizehn Prozent Arbeitslose, die Hälfte der Kinder lebt von Sozialleistungen.«

Sie verließen den Stadtring und bogen in die Siedlung ab. Nach einer Zickzackfahrt durch monotone fünfgeschossige Gebäudezeilen endete die Fahrt in einem Wendehammer vor einem der achtgeschossigen sogenannten Punkthäuser.

Der siebzig Jahre alte Beton war grau von Abgasen, der Sichtschutz vor den Balkonen rissig und von der Sonne ausgebleicht. Die kleinbürgerlich blütenweißen Spitzengardinen hinter einigen Fenstern kämpften gegen die schmuddeligen Vorhänge, verklemmten Jalousien und Bettlaken vor den übrigen auf verlorenem Posten.

Brandt lenkte den Omega in eine Lücke zwischen einem verbeulten Opel und einem mit Spoilern aufgepumpten Golf.

Sie stiegen aus.

Zwei Ratten huschten unter dem Golf hervor und verschwanden in einem Drahtkäfig, der mit überquellenden Müllcontainern vollgestellt war. Eine Tafel informierte auf Deutsch, Türkisch, Russisch und Polnisch über die Regeln der Mülltrennung. Mit mäßigem Erfolg, wie die aufgeplatzten Müllbeutel zwischen den Containern bewiesen.

Vor der Haustür stocherte eine Rentnerin vor ihrem mit Einkäufen überladenen Rollator in ihrer Einkaufstasche herum.

»Kann ich helfen?«

Sie musterte Brandt misstrauisch.

»Keine Angst.« Er zeigte ihr seinen Dienstausweis. »Freund und Helfer.«

An ihrem Gesichtsausdruck änderte das nichts. Eine Ratte huschte aus einem Kellerfenster, betrachtete alle drei nachdenklich und verschwand wieder.
»Mistviecher.«
Die Äußerung kam ohne große Emotion. Die Frau förderte einen Schlüsselbund zutage. Mit arthritisch verkrümmten Fingern suchte sie den Haustürschlüssel heraus.
»Manche von denen sind groß wie Dackel.«
Sie versuchte, den Schlüssel ins Schlüsselloch zu stecken. Brandt unterdrückte den Impuls, ihr den Schlüsselbund aus der Hand zu reißen.
»Die Polacken und Russen schmeißen ihren Dreck einfach irgendwohin. Sogar die Grillabfälle.«
Sie hatte es geschafft. Brandt half ihr, die schwere Tür aufzudrücken. Sie sah ihn an, als habe er ihr auf einer Kaffeefahrt eine überteuerte Heizdecke aufgeschwatzt. Sie schob ihren Rollator ins Haus. Brandt und Zehra folgten ihr.
»Letzten Monat sogar einen toten Hahn. Lag direkt vor dem Haus in der Hecke. Drecksrussen.« Sie drückte den Aufzugknopf. »Erst vergewaltigen sie uns, und jetzt übernehmen sie unsere Wohnungen.«
Sie meinte offensichtlich den Einmarsch der Roten Armee, dachte Brandt. Stalingrad und Auschwitz hatte sie vermutlich vergessen.
»Wohnen Sie schon lange hier?«, fragte er.
Zum ersten Mal blitzte in ihren Augen so etwas wie Interesse auf. »Wir sind 1962 eingezogen. Wir waren mit bei den Ersten. Damals war das noch ein anständiges Haus. Keine Unterkunft für Abschaum.«
Der Aufzug ließ auf sich warten.
»Wir wollen zu Herrn Kersken. Sie wissen nicht zufällig, auf welcher Etage er wohnt?«
Im Aufzugschacht war ein fernes Rumpeln zu hören.
»Die Kerskens? Die waren auch von Anfang an da. Der Mann hat bei der Post gearbeitet. Ist schon seit zwanzig Jahren tot.

Sie ist vor sechs Jahren gestorben. Jetzt wohnt der Sohn allein in der Wohnung. Arbeitet auch bei der Post.«
Der Aufzug kam mit metallischem Röcheln vor ihnen zum Stehen.
»Und auf welcher Etage wohnt Herr Kersken?«
Die Aufzugtür öffnete sich. Die Frau schob ihren Rollator in die Kabine. Zehra sah ihn fragend an. Sollten sie mitfahren?
»Welche Etage?«, rief Brandt durch die sich schließende Aufzugtür.

Im Treppenhaus roch es nach aufgewärmtem Kohl. Sie stiegen die drei Etagen zu Fuß nach oben.
Der Name stand auf einem Aluminiumschild neben der Tür: »H. Kersken«. Zehra drückte auf den Klingelknopf. Ein dreistimmiger Gong ertönte. Sonst war nichts zu hören. Sie läutete ein zweites Mal und legte ein Ohr an die Tür. Sie lauschte, dann schüttelte sie den Kopf. Sie wollten gerade gehen, als sich der Türspion verdunkelte. Brandt schlug mit der Faust gegen die Tür.
»Machen Sie auf, Herr Kersken! Hier ist die Polizei!«
Er hielt seinen Dienstausweis vor den Spion. Auf der anderen Seite blieb es still.
»Herr Kersken, bitte! Wir wissen, dass Sie da sind. Sie wollen doch nicht, dass wir die Tür aufbrechen.«
Zehra zog die Augenbrauen hoch. Er zuckte mit den Schultern. Natürlich würden sie die Tür nicht aufbrechen. Dafür fehlte ihnen jede Rechtsgrundlage. Aber woher sollte der Verdächtige das wissen?
Eine Kette wurde ausgehakt, ein Sicherheitsschloss klackte. Dann wurde die Tür geöffnet. Henning Kersken füllte fast den gesamten Türrahmen aus. Sein Körper wirkte aufgeschwemmt, das Fleisch zwei Nummern zu groß für das Knochengerüst. Das Kind, das er einmal gewesen war, war in seinem runden Gesicht noch deutlich zu erkennen, aber die schütteren Strähnen über der Glatze ließen ihn älter aussehen, als er war. Er trug

eine Camouflagehose und ein schwarzes T-Shirt. Trotzdem erinnerten Brandt die hängenden Schultern und die gebeugte Körperhaltung an Samson aus der Sesamstraße.

»Hauptkommissar Brandt, und das ist meine Kollegin Oberkommissarin Erbay.« Sie streckten ihm ihre Dienstausweise entgegen. »Dürfen wir reinkommen?«

Kersken schien unentschlossen.

»Worum geht es denn?«

Seine Stimme war für einen Mann seines Volumens unnatürlich hoch. Das perfekte Mobbingopfer.

»Darüber würden wir gerne drinnen mit Ihnen sprechen. Aber wenn es Ihnen lieber ist, dass die Nachbarn mithören...«

Das Argument wirkte. Kersken trat beiseite. Brandt und Zehra gingen voraus und fanden das Wohnzimmer. Kersken folgte stumm.

Brandt sah sich um. Allem Anschein nach lebte der Mann noch in den Möbeln, die seine Eltern sich vor seiner Geburt angeschafft hatten. Nirgends das geringste Zeichen eines Interesses an Voodoo, Hexerei, Magie oder exotischen Religionen. Im Bücherregal stand nichts außer gut dreihundert »Reader's Digest«-Auswahlbüchern, jedes mit bis zu fünf gekürzten Romanen.

»Sie leben allein hier?«, fragte Brandt.

Kersken nickte. »Meine Mutter ist gestorben.«

»Das tut uns leid.« Dem Zustand der Wohnung nach zu urteilen, hatte sie ihm vorher noch alles beigebracht, was eine gute Hausfrau wissen musste. »Wann war das?«

»Vor sechs Jahren.«

Brandt wurde sich des Hintergrundgeräuschs bewusst. Ein auf- und abschwellendes Dröhnen. Er sah aus dem Fenster. Keine fünfzehn Meter vom Haus entfernt brauste der Verkehr auf zehn Fahrspuren vorbei.

Kersken stand reglos im Zimmer und wartete.

Brandt baute sich vor ihm auf. »Ihre Tieropfer – praktizieren Sie die in der Küche oder im Badezimmer?«

»Was? Ich ... nein ...« Der massige Mann wich erschrocken zurück.

»Der Hahn da unten vorm Haus – war das Ihrer? Für Ogoun geopfert?« Er wandte sich an Zehra. »Ogoun herrscht über Blut, Feuer, Eisen und Krieg.« Genau das Richtige für ein Mobbingopfer. Er wandte sich wieder an den Verdächtigen. »Ogoun liebt Hähne, nicht wahr?«

»Ich habe keine Ahnung, wovon Sie reden.«

»Kommen Sie, Herr Kersken. Wir wissen, dass Sie Voodoo-Fan sind.« Er deutete auf den nicht mehr ganz neuen PC auf einem kleinen Tisch an der Wand. »Wenn ich da reinschaue, finde ich dann keine Internetseiten über Voodoo?«

Das Gesicht des Mannes lief rot an. »Das ist nicht verboten.« Er klang jetzt trotzig.

»Wir wissen, dass Sie bei ›Bondieu‹ Stammkunde sind.«

Kersken suchte nach einer Erwiderung. »Das ist nicht echt, was die da ...« Er merkte, dass er gerade dabei war, sich zu verplappern, und verstummte. »Ich brauche das nur ... als Dekoration.«

»Tatsächlich? Ich sehe hier aber keine afrikanischen Dekorationsstücke. Vielleicht im Schlafzimmer?« Er nickte Zehra zu. »Darf sich meine Kollegin mal umsehen?«

In Kerskens Augen blitzte Panik auf. »Ich würde lieber nicht ...«

Aber Zehra hatte das Wohnzimmer schon verlassen. Brandt trat ganz dicht an den Mann heran.

»Wissen Sie, was man uns da erzählt hat? Sie wollten unbedingt einen Ritualdolch, aber es sollte ein echter sein, einer, der schon mal benutzt worden war – mit menschlichem Blut dran.«

»Das ist gelogen.« Schweißperlen glänzten auf Kerskens Stirn.

Brandt stieß nach. »Wo waren Sie vorgestern Nacht zwischen zweiundzwanzig und zwei Uhr?«

»Hier zu Hause ... im Bett ...«

»Kann das jemand bezeugen?«

»Nein ... wieso?«

»Ich hab was.« Zehra stand im Türrahmen. Sie hielt ein Postpäckchen in der Hand. Brandt erkannte eine ausländische Frankierung.

»Aus Estland.« Kerskens Blick schoss zwischen den beiden hin und her.

»Das war drin.« Zehra nahm ein rosafarbenes Sparschwein aus dem Päckchen. Sie entfernte den Deckel an der Unterseite und zog einen Gefrierbeutel heraus. Er enthielt eine Substanz, die aussah wie weißer Kandis.

Mit einer Schnelligkeit, die Brandt dem Mann nicht zugetraut hätte, war Kersken an der Zimmertür. Er rannte Zehra einfach über den Haufen. Sie schlug mit dem Kopf gegen die Wand. Er riss ihr den Gefrierbeutel aus der Hand und stürzte aus der Wohnung. Mit zwei Sätzen war Brandt bei Zehra.

»Alles in Ordnung?«

Die dröhnenden Schritte im Treppenhaus entfernten sich.

Benommen versuchte Zehra, auf die Beine zu kommen. »Machen Sie schon!«

Brandt rannte los. Er hatte die erste Stufe kaum erreicht, da hörte er von unten das Zuschlagen einer Tür. Sekunden später stürzte er aus dem Haus. Zwei Ratten zogen sich mäßig erschrocken zwischen die parkenden Autos zurück.

Von Kersken keine Spur.

# FOTOJOB

Adeola hatte geträumt. Alles war wieder da gewesen. Bilder, Gerüche, Geräusche, Gefühle, die Kette aus schwarzen Perlen. Sie vergrub sich tiefer in die Decke, die nach Itchy roch, nach einem fremden Leben in einem fremden Land, und einen Moment lang fühlte sie sich sicher.

Irgendwann hörte sie Itchy in der Küche rumoren. Sie hörte, wie die Kaffeebohnen in die Kaffeemühle fielen. Itchy mahlte ihren Kaffee von Hand. Sie würde Pulver und Wasser in die eckige Aluminiumkanne füllen und sie auf die Gasflamme stellen. Dann würde sie Haferflocken und Milch in den kleinen Topf geben und drei verschiedene Sorten Obst in kleine Stücke schneiden. Später würde sie das Ganze mit braunem Zucker und Zimt bestreuen. Etwas anderes gab es bei ihr nicht zum Frühstück. In der Wohngemeinschaft waren es immer Wurst, Käse, Marmelade, Nutella, Brötchen, Vollkorn- und Toastbrot, Cornflakes und Müsli, Butter und Margarine und gekochte Eier. Itchys Porridge war ihr lieber, er gab ihr ein warmes Gefühl im Bauch.

Adeola liebte es, Itchy bei ihrem Ritual zuzusehen und zuzuhören. Gleich würde sie das Wasser für den Tee in den Kocher füllen.

»Bist du wach? Ich gehe ins Bad. Dein Wasser ist aufgesetzt.«

Adeola schob den Kopf unter der Decke hervor, drehte sich auf den Rücken und starrte zu der Stuckrosette hinauf, wo zwischen Blüten und Blättern aus weißem Gips das geschliffene Glas des alten Kronleuchters funkelte. Er stammte aus Venedig. Das hatte Itchy ihr erklärt, als Adeola bei ihrem ersten Besuch staunend nach oben geschaut hatte. Da hatte sie noch geglaubt, Itchy müsse sehr reich sein.

Gestern Abend hatten sie kaum miteinander gesprochen. Gemeinsam hatten sie die Ecke, in der das Sofa und der Fernseher standen, mit zwei Stellwänden abgetrennt. Eigentlich war die Wohnung ein einziger großer Raum, nur Toilette, Badezimmer und Itchys Dunkelkammer hatten Türen. Itchy hatte an ihrem Computer Fotos bearbeitet, um einen eiligen Auftrag fertigzustellen. Sie selbst hatte sich zwischen den bunten Kissen zusammengerollt und sich eine Fernsehshow angesehen, in der zwei Dutzend hübsche weiße Frauen versuchten, denselben Mann zu beeindrucken.

Wo Maksym jetzt wohl war? Wahrscheinlich in der Berufsschule. Er war allein nach Deutschland gekommen, wie sie. Er hatte schnell Deutsch gelernt und eine Lehrstelle gefunden. In ein paar Monaten würde er seine Prüfung machen, dann würde er bestimmt eine richtige Arbeit finden.

Mit energischen Schritten trat Itchy aus dem Bad, sie brauchte nie lange. Sie trug bereits die schwarzen Schnürstiefel. Die Doc Martens waren ihr Markenzeichen.

»Ist frei. Du kannst rein.«

Itchy sprach immer Deutsch mit ihr, nur wenn es absolut nicht anders ging, wechselten sie ins Englische.

Adeola stand auf. Im Bad zog sie das XXL-T-Shirt aus. Darauf stand »Love Music – Hate Fascism«. Es war eins von Itchys Schlafhemden. Sie putzte sich die Zähne mit der Zahnbürste, die in einem Glas für sie bereitstand, seit sie zum ersten Mal hier übernachtet hatte. Dann duschte sie.

Der Tisch, an dem sie frühstückten, hatte früher in einer Schusterwerkstatt gestanden. Fast alle Möbel in der Wohnung hatten vorher anderen Leuten gehört. In dieser Stadt stellten Menschen alles, was sie nicht mehr wollten, einfach auf die Straße, wo es sich ärmere Leute holen konnten.

»Ärger in der WG?«

Adeola schreckte aus ihren Gedanken hoch. »Nein, alles gut.«

»Gibt es etwas Neues von deinem Asylantrag?«

»Nein.«

»Ich sehe doch, dass du was hast.« Itchy goss sich den zwei-

ten Kaffee ein und kratzte den letzten Rest Porridge aus dem Topf. »Also, was ist los?«
Adeola erzählte ihr von Maksym. Wer er war, wo er herkam und dass sie ihn mochte.
»Okay. Und was ist das Problem?«
Adeola wusste nicht, wie sie antworten sollte. Die Wahrheit konnte sie Itchy nicht sagen. »Es geht nicht ... Ich kann nicht ...«
Itchy musterte sie prüfend. »Hat er schon eine Freundin?«
»Ich glaube nicht.«
»Dann mag er dich nicht?«
»Ich weiß nicht. Doch, ich glaube.«
»Was ist es dann?«
»Das ist schwierig ...«
»Weil er aus der Ukraine stammt? Wegen der kulturellen Unterschiede? Oder der Religion?«
Sie schüttelte den Kopf. »Er wird mich nicht wollen, wenn er mich näher kennt.«
»Was redest du?« Itchy sprang von ihrem Stuhl auf. »Warte!«
Kurz darauf kam sie mit einem Stapel großer Schwarz-Weiß-Fotos zurück. Sie breitete die Bilder vor Adeola aus. Es waren Schnappschüsse, die Itchy in den letzten Wochen von ihr gemacht hatte. Adeola sah sie zum ersten Mal.
»Du bist wunderschön! Jeder, der dich kennenlernt, muss dich mögen.«
Sie betrachtete die Bilder, eins nach dem anderen. Itchy hatte recht, sie war schön. Itchy griff nach ihrer Hand. Sie brach in Tränen aus. Itchy schaute sie ratlos an.
»Was ist los?«
»Ich gehe jetzt lieber.«
Sie wollte aufstehen, aber Itchy hielt sie fest.
»Ich habe gleich einen Fotojob. Ich brauche jemanden, der mein Equipment trägt.«
Als sie aus dem Haus traten, blieb Itchy stehen. Sie legte Adeola die Hände auf die Schultern.

»Hör zu. Wenn dein Asylantrag abgelehnt wird, adoptiere ich dich. Dann bist du automatisch Deutsche. Natürlich nur, wenn du willst.«

Adeola war baff. »Aber ... mein Vater lebt noch. Geht das denn?«

»Wahrscheinlich muss man da tricksen. Auch wegen meiner Vorstrafen.«

»Du warst im Gefängnis?«

»Halb so wild. Denk drüber nach.«

## PINKKI HAKARISTI

Erika Sander passierte mit dem schwarz-silbernen Carsharing-Smart die Zitadelle Spandau und fuhr Richtung Zentrum. Adeola saß schweigend auf dem Beifahrersitz. In ihrem Kopf überschlugen sich die Gedanken und verknoteten sich.
Itchy wollte sie adoptieren!
Da war Freude und gleichzeitig das Gefühl, den Kopf einziehen zu müssen, wie um einem Schlag auszuweichen. Bestimmt war es ihr damit nicht ernst. Manchmal sagte Itchy etwas und meinte das genaue Gegenteil. Es hatte eine Zeit lang gedauert, bis Adeola das verstanden hatte.
Und wenn sie es doch ernst meinte?
Warum sollte sie so etwas überhaupt tun wollen?
Vielleicht hatte sie keine Verwandten. Sie hatte noch nie Eltern, Geschwister, Onkel, Tanten oder Cousins erwähnt. Nirgends in der Wohnung gab es Familienfotos.
Keine Familie oder Verwandten zu haben war nicht gut. Man brauchte Menschen, die das gleiche Blut hatten wie man selbst. Auf wen konnte man sich sonst verlassen?
Für einen Moment kam das Gedankenkarussell zum Stillstand. Dann sprang es wieder an.
Nein, es stimmte nicht. Sie selbst war der Beweis. Sie war auf der Flucht vor ihrer Familie. Ihr Vater hatte sie im Stich gelassen. Ihre Mutter hatte sie nicht beschützt. Keiner ihrer vielen Tanten, Onkel, Cousins und Cousinen hatte ihr beigestanden. Ms. Ngozi hatte ihr geholfen, eine fremde Frau, die nicht mal eine Yoruba war, sondern eine Igbo aus dem Süden und außerdem Christin.
Ms. Ngozi war fünf Jahre lang Adeolas Lehrerin gewesen. Dann hatte bei einem Nachbarschaftsstreit ein Christ einen Moslem erschlagen. Der Christ, seine Frau und seine drei Kinder wurden in ihrem Haus verbrannt. Alle Christen waren aus

dem Ort geflohen, Ms. Ngozi war in die nächstgrößere Stadt gezogen. Aber Adeola hatte sie nie vergessen. An jedem Weihnachten hatte sie ihr heimlich einen Brief geschickt.

Als sie von zu Hause geflohen war, hatte sie zuerst den Bus in die Nachbarstadt genommen. Ms. Ngozi hatte sich gefreut, Adeola wiederzusehen. Adeola hatte ihr alles erzählt – auch, was sie vorhatte. Die Augen der alten Lehrerin waren sehr traurig geworden. Sie hatte nicht versucht, es Adeola auszureden. Ms. Ngozi hatte sie ein paar Tage bei sich versteckt, dann hatte sie ihr eine Mitfahrgelegenheit an die Nordgrenze verschafft und ihr etwas Geld gegeben. Mehr konnte sie nicht tun, selbst damit brachte sie sich bereits in Gefahr. Aber ohne sie wäre Adeolas Flucht vielleicht zu Ende gewesen, bevor sie begonnen hatte.

Und jetzt wollte Itchy ihr helfen.

Adeola mochte sie sehr, obwohl sie oft nicht verstand, was Itchy sagte oder tat. Vielleicht meinte sie es ja ernst. Vielleicht machte am Ende ja ein einzelner Mensch den Unterschied aus und nicht, wie viele Verwandte man hatte. Wenn Itchy sie adoptierte, würde sie die Verbindung zu ihrer Familie ein für alle Mal durchtrennen. Wie das überhaupt möglich sein sollte, überstieg Adeolas Vorstellungskraft.

Lara Croft! Sie hatte auch ein afrikanisches Mädchen adoptiert, beziehungsweise die Schauspielerin, die Lara Croft spielte, hatte es getan, zusammen mit ihrem Mann. Aber das adoptierte Mädchen war Vollwaise gewesen.

Adeolas Vater lebte noch.

Seit sie die Ausrüstung im Kofferraum verstaut hatten und eingestiegen waren, hatte Adeola kein Wort mehr gesagt.

Itchy fragte sich, ob sie einen Fehler gemacht hatte. Sie hatte das Mädchen überrumpelt. Eine Adoption war keine kleine Sache. Sie hätte ihren Vorschlag besser vorbereiten, ihn mit mehr Feingefühl vermitteln sollen, aber leider gehörte das nicht zu ihren Stärken. Die Idee war plötzlich da gewesen, mit einer

Selbstverständlichkeit, die keiner Erklärung bedurfte. Adeola zu adoptieren war einfach richtig – für sie beide. Es fühlte sich an, als habe das schon immer festgestanden. Ein irritierender Gedanke für jemanden, der keinen Funken Esoterik in sich hatte.

Sie hatte keine Kinder. Sie hatte weder die Zeit dafür gehabt noch den Wunsch noch die richtigen Männer. Nicht in ihrer wilden Zeit beim Schwarzen Block, wovon nur ihr Kleidungsstil und ihr Hang zu Männern mit Bindungsproblemen geblieben waren – und auch danach nicht. Ein paarmal hatte sie sich vorgestellt, wie es wäre, ein Kind zu haben, zumeist anlässlich ungewollter Schwangerschaften. Wenn sie es sich vorgestellt hatte, war es jedes Mal ein Mädchen gewesen. Aber was das Kinderkriegen anging, war der Zug für sie sowieso abgefahren. Spätgebärende gingen ihr auf die Nerven. In Kreuzberg wimmelte es davon, und alle liefen herum, als hätten sie persönlich mindestens die Welt gerettet.

Sie überquerten auf der Mörschbrücke die Spree, dann ein zweites Mal auf der Schlossbrücke. Adeola hob nicht mal den Blick, als sie Schloss Charlottenburg passierten, eins der Lieblingsziele für ihre kürzeren Radtouren.

Sie würde mit ihr reden, sobald sie den Fotojob hinter sich gebracht hatte. Itchy liebte ihre Arbeit, aber seit sie diese jungen Leute kennengelernt hatte, die ihr Leben aufs Spiel gesetzt hatten, um sich ein besseres zu erkämpfen, fiel es ihr immer schwerer, selbstverliebte Mittelklassesprösslinge abzulichten, die sich für genial hielten, während sie die Popmusik der letzten fünfzig Jahre recycelten. Aber nach Ansicht mehrerer Chefredakteure machte sie das so gut wie keine zweite. Und sie bezahlten entsprechend. Wieso, war ihr ein Rätsel. Zuerst hatte sie nur nebenher bei Demos fotografiert. Irgendwann war es ihr wichtiger geworden, als Steine zu werfen. Aber sie verstand die Steinewerfer und ihre Wut auf eine Welt, in der jede menschliche Regung in ein Geschäft verwandelt wurde, immer noch.

Die Ampel sprang auf Rot. Sie trat auf die Bremse. Sie atmete durch. Vor ein paar Jahren hatten solche Gedanken sie an den Rand einer klinischen Depression gebracht. Die Flüchtlingskrise hatte sie gerettet. Einem Impuls folgend, hatte sie einem Bereichsleiter beim Landesamt für Flüchtlingsangelegenheiten, den sie aus Straßenkämpferzeiten kannte, angeboten, Fotokurse für unbegleitete minderjährige Flüchtlinge zu veranstalten. Er war begeistert gewesen. Zum ersten Mal seit Langem hatte sie sich wieder auf etwas gefreut.

Adeola hatte sie im zweiten Workshop kennengelernt. Etwas an dem nigerianischen Teenager hatte sie sofort berührt. Das Mädchen war nicht besonders gesprächig, das war keiner der traumatisierten Jugendlichen. Aber sie hatte diese tiefe Verletzlichkeit gespürt. Damit hatte sie Erfahrung. Sie musste Adeola nur ansehen, schon breitete sich in ihr ein warmes Gefühl aus. Sie zu adoptieren würde mit Sicherheit das Beste sein, was Itchy je getan hatte.

Sie fand einen Parkplatz in der Ladezone auf der Rückseite des Hotels.

»Die Leute, die ich fotografieren muss, sind vielleicht etwas merkwürdig. Darum musst du dich gar nicht kümmern.«

»Merkwürdig« war wahrscheinlich die Untertreibung des Monats. Pinkki Hakaristi, zu Deutsch »Rosa Hakenkreuz«, war eine finnische Neo-Punkband. Sie bestand aus drei Frauen, die jedem, der es hören wollte oder auch nicht, ausführlich erklärten, dass sie nicht nur eine Band waren, sondern auch in einer polyamourösen Beziehung lebten. Ihr Manager vermarktete sie als Kreuzung aus Sex Pistols und Dixie Chicks und hatte sie in einem der teuersten Hotels der Stadt untergebracht.

Adeola hatte recht, sie war keine Waise, um sie zu adoptieren, würde Itchy die Einwilligung ihres Vaters brauchen. Aber wenn nötig, würde sie Adeola auch freikaufen.

»Hier haben schon Kate Winslet, Leonardo DiCaprio und Nicolas Cage gewohnt.« Adeola kannte alle berühmten Hollywood-Schauspieler, das wusste Itchy.

Der Manager öffnete ihnen. Von da an ging es nur noch bergab.

Die Fünf-Sterne-Luxussuite war übersät mit Fast-Food-Müll, leeren Wodka- und Baileysflaschen und Kleidungsstücken, die aussahen, als habe man einen Modedesigner einen Monat lang in einen Altkleidercontainer gesperrt. Offensichtlich hatte sich Pinkki Hakaristi für das abgedroschene Punk- und Rock-'n'-Roll-Image vom kompromisslosen Rebellen entschieden. Entsprechend verlief die Fotosession.

Die drei kahl geschorenen Frauen waren total betrunken oder spielten es zumindest. Sie taten prinzipiell nichts, worum Itchy sie bat. Ihr gelang kein einziges Bild, auf dem alle drei scharf waren.

Als die Bandleaderin Itchy auf Englisch aufforderte, ihre »Negersklavin« loszuschicken, um Burritos zu holen, reichte es. Itchy packte zusammen. Der Manager versuchte, sie zum Weitermachen zu überreden. Pinkki Hakaristi sei eine postmoderne Band, erklärte er. Sie spielten mit historischen Versatzstücken, Klischees und Reizthemen, um bei ihren Zuhörern ein höheres Bewusstsein zu wecken.

Itchy sparte sich die Antwort.

Als sie wieder auf dem Hotelflur standen, Adeola mit Stativ, Blitzschirm und Faltreflektor und sie selbst mit der Kameratasche, sah Adeola sie fragend an.

»Alles okay, Ola. Das waren nur Idioten.«

Adeola nickte. »Künstler.«

Eher nicht, dachte sie.

Sie fuhren hinunter. Itchy ärgerte sich, dass sie nicht in der Tiefgarage des Hotels geparkt hatte.

Als sie aus dem Lift traten, steuerten gerade zwei dunkelhäutige Männer darauf zu. Einer von ihnen wirkte grobschlächtig, beinah bäuerlich. Der massige Körper des anderen steckte in einem erstklassigen Maßanzug, sein Hemd war blütenweiß, bestimmt wurde es zum ersten Mal getragen und danach nie wieder. Unter den Manschetten blitzte eine massiv goldene Uhr hervor. Die Augen des Mannes waren trüb, der Blick kalt und blasiert, drei parallele Narben auf jeder Wange gaben dem Gesicht etwas Grausames.

Noch während sie ausstiegen, schoben sich die Männer an ihnen vorbei in die Aufzugkabine. Adeola beeilte sich, die Kabine zu verlassen und dabei gleichzeitig die Tragegurte der Ausrüstung zu entwirren. Darum sah sie die Männer erst an, als sich die Aufzugtüren bereits zu schließen begannen.

Ihr Blick fiel auf das Gesicht des Mannes mit den Narben und der goldenen Uhr. Sie erstarrte. Noch nie hatte Itchy einen solchen Ausdruck schieren Entsetzens gesehen.

Der Mann mit den Narben hatte sie beide bisher vollkommen ignoriert. Jetzt wurde er auf Adeola aufmerksam. Für einen Moment verschwand die Blasiertheit, er runzelte die Stirn, als versuche er, sich an etwas zu erinnern. Dann schloss sich die Tür, und der Aufzug setzte sich in Bewegung.

Adeola hyperventilierte. Sie krümmte sich und begann zu würgen. Itchy packte sie unter den Armen.

»Ola, was ist?«

Die Toiletten befanden sich direkt neben den Aufzügen. Itchy stieß die Tür auf. Die Kabinen lagen hinter einer weiteren Tür, sie würden es nicht schaffen. Sie griff nach einem eleganten Abfalleimer aus Messing und hielt ihn Adeola hin. Der Inhalt ihres Magens machte ein metallisches Geräusch, als er in den Eimer klatschte, sie würgte, bis nichts mehr kam. Itchy streichelte ihr über den Rücken.

Nach einiger Zeit normalisierte sich ihr Atem wieder. Itchy machte ein Handtuch nass und rieb ihr Gesicht ab. Dann half sie ihr auf die Beine und führte sie zum Waschbecken. Eine Frau kam herein, sah sie irritiert an. Dann trat sie vor den Spiegel, zog ihre Lippen nach und verließ den Raum wieder.

Adeola stand reglos vor dem Waschbecken und starrte in den Spiegel. Sie legte ihr sanft die Hand auf die Schulter.

»Willst du es erzählen?«

Zuerst rührte sich Adeola nicht. Itchy wollte sich bereits

zurückziehen, da wandte sie sich um. Sie nahm ihre Hand und zog Itchy hinter sich her in eine Toilettenkabine. Itchy begriff, dass jetzt nicht der richtige Moment war, um Fragen zu stellen. Adeola öffnete den Gürtel ihrer Jeans und schob sie hinunter. Sie zögerte, dann machte sie das Gleiche mit ihrem Slip. Itchy blieb fast das Herz stehen.

# DIE DATSCHA

Die Hühner scharrten im schmutzigen Boden ihres viel zu kleinen, aus rohen Brettern und Hasendraht gezimmerten Verschlags. Ihr Gefieder war verdreckt und wies kahle Stellen auf. Die Parzelle, auf welcher der Hühnerstall stand, wirkte mindestens so vernachlässigt wie die Tiere. Die Spalierobstbäume waren seit Jahren nicht mehr beschnitten worden, in den ehemaligen Gemüsebeeten wuchs hüfthoch das Unkraut, die baufällige Datscha schien nur noch von dem wilden Wein zusammengehalten zu werden, der das kleine Steinhaus überwucherte und dessen Haftwurzeln längst Risse in Putz und Wände gesprengt hatten. Nur ein winziges Stückchen Erde war noch bepflanzt, keinen Quadratmeter groß, darauf blühten Sommerblumen in allen Farben. Doch das konnte die erste Vorsitzende der Kolonie Bleibtreu II nicht besänftigen.

»Eine Schande ist das«, schimpfte sie.

Die Mitsechzigerin mit der Statur einer russischen Kugelstoßerin hatte in der Morgensonne auf der Veranda ihrer Laube Mirabellen entsteint, als Brandt und Zehra die Kleingartenanlage betreten hatten. Noch bevor sie einen guten Morgen wünschen konnten, hatte die Frau ihnen schon misstrauisch entgegengerufen, zu wem sie denn wollten. Der Anblick von Brandts Dienstausweis hatte sie freundlicher werden lassen, und sie hatte sich unter Nennung ihres Vereinstitels als Frau Lanzerath vorgestellt. Ihre Augen hatten aufgeleuchtet, als er sich nach Henning Kersken erkundigt hatte. Er hatte sich die Reaktion erst nicht erklären können. Nun begriff er, dass es Hoffnung war. Die Wildnis, die sich auf Kerskens Parzelle ausbreitete, musste für die erste Vorsitzende wie ein Krebsgeschwür sein, das die Gesundheit der gesamten Anlage bedrohte.

»Wir hätten ihn längst rausschmeißen sollen.«

»Warum haben Sie es nicht getan?«, fragte Brandt.

»Mitleid. Ich kenne den Henning, seit er auf der Welt ist. Sein Vater hat die Datsche selbst gebaut, und seine Mutter musste nur einen Stock in die Erde stecken, und er fing an zu blühen. Aber seit sie nicht mehr da ist, hat der Junge sich verändert. Er war schon als Kind ein bisschen komisch, aber in den letzten Jahren ... Wenn er hier ist, kommt er nie raus aus der Hütte. Ich will gar nicht wissen, was er da drin treibt. Auf dem Grill landen die Hühner jedenfalls nicht.«

Brandt blickte zu dem Hackklotz neben dem Verschlag. Darin steckte ein rostiges Fleischerbeil. Vielleicht war mit dem Tod der Mutter nicht nur der Garten aus den Fugen geraten, sondern Henning Kerskens ganze Welt.

Am Abend zuvor war er ihnen entkommen, vermutlich durch den Keller seines Wohnblocks. Brandt hatte die nähere Umgebung abgesucht – ohne Ergebnis. Als er wieder beim Wagen war, hatte Zehra bereits auf dem Beifahrersitz gesessen und sich zwei Beweisbeutel über die Hände gestülpt. Brandt hatte sofort verstanden und war zum Tempelhofer Damm gefahren.

Trotz der späten Stunde war Herzfeld noch in seinem Labor gewesen. Der Drogenwischtest, den er an Zehras Handflächen durchführte, hatte deutliche Spuren von Methamphetamin gezeigt – ein »handfester« Grund, Kersken in die Fahndung zu geben. Brandt hatte einen Durchsuchungsbeschluss erwirkt. Sie hatten einen Drogenspürhund angefordert, und Herzfeld hatte ihnen ein Zwei-Mann-Team zur Verfügung gestellt.

In der Wohnung hatte der Hund mehrfach angeschlagen, doch die Kriminaltechniker hatten keine weiteren Drogen gefunden, genauso wenig wie Hinweise, die Kersken mit Voodoo oder gar Menschenopfern in Verbindung brachten. Noch vor Ort hatte Zehra festgestellt, dass der Computer nicht passwortgeschützt war. Sie hatten das Gerät eingepackt und ins Terrarium gebracht. Dort hatte die Oberkommissarin sich Kerskens Rechner gleich vornehmen wollen, doch es war schon weit nach Mitternacht gewesen, und Brandt hatte sie nach Hause geschickt.

Fünf Stunden später war er vom Klingelton seines Handys aus dem Schlaf gerissen worden. Zehra.
»Ich glaube, ich weiß, wo Kersken seine Hühner schlachtet.«
»Wo sind Sie?«
»Im Büro.«
»Sie sollten doch schlafen.«
»Ich habe eine Mail von einem Kleingartenverein auf seinem Rechner gefunden. Die Anlage liegt keinen Kilometer von seiner Wohnung entfernt.«
Die Kolonie Bleibtreu II war vor über siebzig Jahren gegründet worden. Eine Insel war sie erst seit zwanzig Jahren, seit dem Bau der neuen Schleuse Charlottenburg. Der Wasserweg war quer durch die Gartenanlage gebaggert worden, über hundert Parzellen hatten der Spree weichen müssen. Heute lagen noch sechzehn auf der so entstandenen Insel zwischen altem und neuem Schleusenarm. Einen der Gärten hatten Kerskens Eltern nur wenige Monate vor der Geburt ihres einzigen Kindes übernommen.
»Ich habe gleich gesehen, dass sie schwanger ist«, behauptete die Vereinsvorsitzende. »Ich habe ein Auge für so was.«
Und ein Elefantengedächtnis, ergänzte Brandt im Stillen, während er die Laube beobachtete. Nichts deutete darauf hin, dass Kersken drin war. Die beiden kotverkrusteten Plastikschalen im Hühnerstall waren leer, die Tiere brauchten dringend frisches Wasser und Futter.
»Eigentlich war sie viel zu alt, um noch Mutter zu werden, schon über vierzig. Heute ist das ja üblich.« Der Ton ihrer Stimme ließ keinen Zweifel daran, wie sehr Frau Lanzerath späte Mutterschaften missbilligte. »Aber damals war das noch die Ausnahme. Kann mir auch keiner erzählen, dass das gut ist. Vielleicht hat der Henning ja daher seinen Schaden. Sie haben mir immer noch nicht erzählt, was Sie von ihm wollen.«
Wieder glomm der Funke in ihrem Blick. Vermutlich hoffte sie, dass der Laubenanarchist sofort verhaftet wurde. Brandt widerstand dem Impuls, sich mit Kersken zu solidarisieren. Der

verwilderte Garten war kein Ausdruck von Unangepasstheit, sondern allenfalls von Gleichgültigkeit. Das zeigte der elende Zustand der Hühner.

»Sind Sie sicher, dass er da ist?«, fragte Brandt.

»Wo soll er sonst sein? Er ist gestern Abend rein und seitdem nicht wieder raus. Er muss ja vorne bei mir vorbei. Um zweiundzwanzig Uhr schließe ich das Tor ab. Ich habe einen sehr leichten Schlaf, wenn jemand es wieder aufgesperrt hätte, hätte ich das mitbekommen.«

Davon war Brandt überzeugt. »Vielen Dank für Ihre Hilfe, Frau Lanzerath. Ich muss Sie bitten, sich wieder zu Ihrer Datscha zu begeben.«

»Warum das denn?«

Bevor Brandt antworten konnte, zog Zehra ihre Waffe. Sie würde sich nicht noch einmal über den Haufen rennen lassen.

»Eine Vorsichtsmaßnahme«, erklärte Brandt.

Die Vorsitzende zögerte. Der Anblick der Pistole schüchterte sie nicht im Geringsten ein. Er schien eher ihre Hoffnung zu steigern, die verwilderte Parzelle bald an einen pflichtbewussteren Pächter vergeben zu können. Vielleicht überlegte sie auch nur, ob die Polizei überhaupt die Befugnis hatte, sie in »ihrer« Kolonie herumzukommandieren.

»Bitte gehen Sie jetzt«, forderte Brandt sie in strengem Ton auf.

Unwillig gab sie nach. »Sie wissen ja, wo Sie mich finden.«

Sie marschierte davon. Sie würde wieder Posten auf ihrer Veranda beziehen und ihn garantiert nicht verlassen, bevor das Schauspiel zu Ende war. Falls es eins gab.

Brandt blickte erneut zu der Datscha hinüber. Sie lag am äußersten Rand der Anlage, direkt am Wasser. Der Jogger war am Wasser ermordet worden. Am Tatort hatte man ein Amulett gefunden, das in der Voodoo-Religion die Herrin des Wassers symbolisierte.

Ein tiefes Dröhnen ließ die Luft erzittern. Im nächsten Moment zog eine schwarze Wolke von der Schleuse herauf.

Offenbar hatte der Frachter, der dort lag, das Ausfahrtsignal bekommen und der Partikulier den Schiffsdiesel gestartet. Das Stampfen des schweren Motors mischte sich in den Verkehrslärm, der von der am meisten befahrenen Straße der Republik herüberdrang. Die A 100 überquerte hier die Spree, einer der Brückenpfeiler stand auf der Schleuseninsel.

Die Fenster der Datscha konnte man im dichten Weinlaub nur erahnen. Wenn sie jemand aus dem Haus heraus beobachtete, war dies nicht zu erkennen.

»Wollen Sie lieber das SEK rufen?« Zehra wurde ungeduldig.

Er antwortete mit einer Gegenfrage: »Halten Sie das für nötig?«

»Ich nicht. Aber Sie haben Ihre Dienstwaffe wieder im Schreibtisch vergessen, richtig?«

Vergessen war das falsche Wort. Er nickte trotzdem. »Wir gehen rein.«

Er drückte die verrostete Gartentür auf. Sie quietschte so laut, dass die Hühner in ihrem Verschlag gackernd aufstoben. Das Klatschen ihrer Flügel klang wie höhnischer Beifall. Er sah, wie Zehra die Augen verdrehte.

»Da hätten wir auch mit Blaulicht und Sirene vorfahren können.«

Im nächsten Moment war sie an ihm vorbei. Die Pistole auf den Boden gerichtet, ging sie rasch auf die Datscha zu. Brandt folgte ihr. Vor der Eingangstür befand sich eine schmale Veranda. Die ausgetretenen Dielen sahen aus, als würden sie knarren, wenn man darauftrat. Genau das taten sie. Zehra postierte sich neben der Tür, Brandt legte sein Ohr an das rissige Holz. Kein Laut war zu hören. Er stellte sich auf die andere Seite der Tür und sah Zehra an. Sie nickte ihm zu. Er legte seine Hand auf die Klinke und drückte sie hinunter. Die Tür war nicht abgeschlossen. Er stieß sie auf.

»Herr Kersken?«, rief Brandt, ohne seinen Platz zu verlassen. »Brandt, Kripo Berlin. Kommen Sie bitte raus!«

Zehra hielt ihre Pistole auf den Türausschnitt gerichtet.

»Herr Kersken, wir wissen, dass Sie da sind. Kommen Sie raus!«

Keine Reaktion. Brandt spähte um den Türrahmen herum. Im Inneren der Datscha herrschte verschwommenes Halbdunkel. Umso schärfer war der Geruch, der ihm entgegenschlug. Eine Mischung aus Körperausdünstungen, ungewaschenen Kleidern und etwas, das deutlich hervorstach und das er vor Jahren schon einmal gerochen hatte, in einem Vorort von Lomé, der Hauptstadt Togos. Sofort hatte er die Bilder wieder vor Augen. Dutzende Marktstände mit endlosen Reihen mumifizierter Köpfe von Affen, Hunden, Leoparden, Schädeln von Antilopen, Rindern und Krokodilen, sogar von Menschen, frisch getötete Fledermäuse und getrocknete Papageien, Füße von Elefanten und Häute, Felle und Federn von fast allem, was auf dem afrikanischen Kontinent kreuchte und fleuchte, aber auch kunstvoll geschnitzte Voodoo-Puppen und mit Kaurimuscheln verzierte Nagelfetische sowie Amulette, Elixiere und Tinkturen für jede erdenkliche Lebenslage.

Zehras Miene spiegelte ihren Ekel wider. Brandt hörte sie leise fluchen, als er in das Halbdunkel trat. Im nächsten Augenblick drängte sie sich mit gezogener Waffe an ihm vorbei – und erstarrte.

Das Innere der Hütte wirkte wie eine Mischung aus afrikanischem Fetischmarkt und kreolischem Hounfour, dem Tempel des haitianischen Voodoo. Wandregale quollen über von Ritualgegenständen und Fetischen sämtlicher Spielarten des Voodoo-Glaubens. Inmitten dieses Sammelsuriums stand eine alte und sehr deutsche Couchgarnitur. Auf dem Couchtisch stand das Paket mit dem Crystal Meth, auf dem Boden lagen zerdrückte Bierdosen und eine leere Flasche Korn, auf dem Sofa schlief Henning Kersken seinen Rausch aus.

Er wachte erst auf, als Zehra die stählerne Acht um seine Handgelenke legte und einrasten ließ.

## ADEOLAS GEHEIMNIS

Adeola war auf dem Sofa eingeschlafen.
Itchy steckte sich die zehnte Zigarette an. Sie hatte vor einigen Jahren mit dem Rauchen aufgehört, es war nicht leicht gewesen, jetzt hatte sie wieder angefangen.
Was sie in der Toilettenkabine des Grand Hyatt gesehen hatte, lief wieder und wieder vor ihrem inneren Auge ab, wie eine aus Resten eines Horrorfilms zusammengeschnittene Endlosschleife. Adeola, zitternd, hilflos, gebrochen, als sei die Kraft, die sie bis zu diesem Moment alles hatte überstehen lassen, endgültig aufgebraucht.
Tränenüberströmt hatte sie an sich hinuntergeschaut. Itchy war ihrem Blick gefolgt. Wo der Venushügel, die Schamlippen und die Klitoris hätten sein müssen, verlief eine knotige rote Narbe. An ihrem unteren Ende war ein Loch zu erkennen, kaum größer als der Kopf einer Stricknadel. Mehr war von Adeolas äußeren Geschlechtsteilen nicht übrig geblieben. Man hatte sie einfach zugenäht. Itchy mochte sich die Qualen gar nicht vorstellen, die ihr normale Körperfunktionen wie Urinieren und Menstruieren bereiten mussten, von Sex, Schwangerschaft und Gebären ganz zu schweigen.
Sie hatte Adeola Slip und Hose hochgezogen. Sie hatten die Toilettenkabine und den Waschraum verlassen, die Fotoausrüstung zum Auto geschleppt und waren schweigend zurück in die Wohnung gefahren. Dort hatte sie ihr einen Kakao gekocht. Adeola hatte sich mit angezogenen Beinen in eine Ecke des Sofas gedrückt und ihr alles erzählt, die ganze grauenvolle Geschichte – die, wie sie nun wussten, noch nicht zu Ende war.
Sie handelte von einem Dorf in der afrikanischen Savanne und von Adeolas Vater, der eine neue Frau mit nach Hause brachte, das war nichts Besonderes, in Nigeria durften Muslime mehrere Frauen haben. Sie kam aus einem Nachbarland und

war keine Yoruba. Sie war jünger als Adeolas Mutter. Der Vater ging in der Nacht nur noch zu ihr, Adeolas Mutter fand sich damit ab, doch das genügte der neuen Frau nicht, sie wollte die ganze Macht über den Mann und den Haushalt, sie wollte ihre eigenen, fremden Regeln einführen. Eine davon war: Unbeschnittene Mädchen waren schmutzig und unrein, man konnte mit ihnen nicht unter einem Dach leben. Adeolas Mutter wollte nicht, dass ihre Tochter beschnitten wurde, der Vater mischte sich nicht in Frauensachen ein.

Die neue Frau nutzte eine Geschäftsreise des Vaters, während der Adeolas Mutter im Krankenhaus war. Adeola wurde aus dem Haus geschleppt, in den Busch gezerrt und in Staub und Dreck von einem schwitzenden Mann mit einer rostigen Rasierklinge verstümmelt. Ihr Vater erfuhr davon, er ignorierte es, er interessierte sich nur für die neue Frau. Adeolas Mutter resignierte.

Der Mann mit der Rasierklinge verfolgte sie bis in ihre Träume, viele Jahre lang. Ihre Mutter starb. Die zweite Frau musste sie vergiftet haben. Sie würde das Gleiche mit Adeola tun, sie wollte im Haus nur noch ihre eigenen Kinder. Sie redete Adeolas Vater ein, Adeola mit einem ihrer weit entfernt lebenden Verwandten zu verheiraten.

Genug Gründe für eine Flucht, immer voll Scham und Angst, jemand könnte ihre Verstümmelung sehen. Mit dem Wissen, dass sie sich nie einem Mann würde zeigen können, sodass jeder Gedanke an einen Jungen, den sie vielleicht mochte, sofort Panik auslöste.

Aber trotz allem war Adeola froh, als sie in Deutschland angekommen war, in Sicherheit.

Doch jetzt war der böse Geist aus ihren Alpträumen plötzlich wieder da, hatte direkt vor ihr gestanden. Wie konnte das sein? Es war unmöglich!

Adeola stöhnte im Schlaf und wälzte sich hin und her.

Der Anblick des Mädchens brach Itchy fast das Herz. Es durfte einfach nicht sein, dass dieses Monster wieder in ihr

Leben trat! Adeola hatte ihren Peiniger wiedererkannt, daran bestand kein Zweifel. Doch wieso tauchte der Mann, der früher von Dorf zu Dorf gezogen war und wehrlose Mädchen mit rostigen Rasierklingen verstümmelt hatte, plötzlich teuer gekleidet in einem der luxuriösesten Hotels der Stadt auf?

Sie musste es herausfinden. Aber wie? Adeola kannte seinen Namen nicht.

Leise stand sie auf. Ihre übersichtliche Garderobe hing auf einer Kleiderstange im hinteren Teil der Wohnung. Sie entschied sich für den blauen Hosenanzug von Jil Sander und die roten Kitten Heels, die vor ein paar Jahren bei einem Modeshooting übrig geblieben waren. Für manche Frauen war das Arbeitskleidung, sie fühlte sich darin immer verkleidet. Sie fand die einzige Clutch, die sie besaß, ganz hinten in einer Schublade. Sie war gerade groß genug für ihr Smartphone, die Zigaretten und ihre kleine Leica Q.

# GESTÄNDIG

Die Gewahrsamszelle befand sich im Untergeschoss. Die Sommerhitze hatte es noch nicht geschafft, bis in den Keller vorzudringen. Die Temperatur in dem schmalen, vom Boden bis zur Decke gefliesten Raum lag gefühlte zehn Grad unter der Außentemperatur.

Zehra schob den Riegel vor die Metalltür. »Warum nehmen wir uns den Kerl nicht gleich vor?«

»Mit dem Restalkohol?«, gab Brandt zurück.

Nur mit Mühe hatten sie den schwankenden Riesen unfallfrei die Treppe hinuntergebracht. In der Zelle war Kersken wie ein nasser Sack auf die mit Kunststoff überzogene Liegefläche der gemauerten Bettstatt geklatscht und sofort wieder eingeschlafen.

»Sein Zustand könnte ein Vorteil sein«, sagte Zehra.

»Stundenlanges Verhör, bis seine Widerstandskraft erlahmt und er gesteht?«

»Wäre ein Mittel.«

»Ein ziemlich fragwürdiges.«

Der Oberkommissarin war ihre Ungeduld deutlich anzumerken. Bereute sie es schon, wieder mit ihm zusammenzuarbeiten? Oder war das nur ihr üblicher Ehrgeiz? Wem wollte sie etwas beweisen? Sich selbst? Dem Innensenator? Den Kollegen aus der Keithstraße? Vielleicht unterschätzte er, unter welchem Druck sie stand. Vielleicht war sie auch immer noch nicht darüber weg, dass sie sich von dem Mann hatte umrennen lassen.

»Wir warten, bis Kersken seinen Rausch ausgeschlafen hat«, entschied Brandt.

»Wann informieren wir die Keithstraße?«

»Nicht, bevor wir ihn vernommen haben. Bis dahin machen wir unsere Hausaufgaben.«

Sie stiegen die Treppe hinauf. Mit jeder Stufe kletterte die

Temperatur. Die Ventilatoren der Kollegen im Großraumbüro brachten keine Abkühlung, sie verquirlten nur die heiße Luft. Im verglasten Terrarium dagegen regte sich kein Hauch. Zehra klappte Kerskens Laptop auf, Brandt setzte sich ans Telefon.

Es war schon Mittag, als Zehra ein leeres DIN-A4-Blatt an die Pinnwand heftete, sich davorstellte und Brandt fragend ansah. Er erhob sich und gesellte sich zu ihr. Sie blickten auf das weiße Papier. Das hatten sie seit Monaten nicht getan. Es war nicht nötig gewesen, Gedanken zu fokussieren, um einen Fall zu lösen – weil es keinen Fall gegeben hatte.

Zuerst trugen sie die Ergebnisse ihrer Recherchen zusammen. Brandt hatte das Päckchen überprüft, das Zehra in Kerskens Wohnung gefunden hatte. Es war an ein Postfach geschickt worden. Das Postfach befand sich in der Filiale, in der Kersken arbeitete. Als Mieter war ein Max Mustermann mit der Hausanschrift der Poststelle eingetragen.

»Nicht sehr einfallsreich«, kommentierte Zehra.

»Der Absender ist auch ein Fake«, ergänzte Brandt. »Eine Straße in Tallinn, die es nicht gibt.«

»Kersken hat den Tor-Browser auf seinem Laptop installiert. Er bestellt im Darknet, bezahlt per Bitcoin und lässt sich den Stoff dann ganz bequem zuschicken. Drogen per Post.«

»Neu ist das nicht.«

»Aber immer noch der gefahrloseste Weg.«

Zehra hatte recht. Allein im DHL-Frachtzentrum Berlin-Nord wurden zweihundertdreißigtausend Pakete bearbeitet – pro Tag. Kontrollen auf Drogen fanden nicht statt.

»Kersken hat das Zeug aus dem Sparschwein nicht angerührt. Er hat auch nicht die Figur für einen Crystal-Junkie«, überlegte Zehra. »Vielleicht hat Gencerler ihn benutzt.«

»Die Ware spricht dagegen«, sagte Brandt.

Er hatte die Kriminaltechnik noch am Morgen beauftragt, das Methamphetamin aus dem Besitz des Postlers mit dem aus Tarek Gencerlers Audi TT zu vergleichen. Herzfeld hatte Unterschiede sowohl im Reinheitsgrad als auch in der chemischen Struktur beider Proben festgestellt. Die Drogen kamen aus zwei verschiedenen Labors.

»Kersken könnte mehrere Lieferanten haben«, wandte Zehra ein.

Das Bürotelefon klingelte. Brandt hob ab. Wieder Herzfeld. Er hatte das Hackmesser untersucht, das sein Tatortteam in Kerskens Voodoo-Garten sichergestellt hatte. Er hatte Blut daran gefunden – Hühnerblut.

Das machte die Oberkommissarin auch nicht glücklicher. Sie hatte Kerskens Laptop durchforstet, aber keine Verbindung zu Gencerler gefunden. Auffällig waren lediglich der Darknet-Browser und ein Festplatten-Back-up mit Beiträgen eines Internetforums. Sie hatte sich unter Kerskens Account dort eingeloggt und festgestellt, dass er Administrator-Rechte besaß.

»Er leitet das Forum unter dem Namen ›Papa Legba‹.«

»Ein Loa«, erklärte Brandt. »So etwas wie der Torwächter des Jenseits. Wenn Sie Kontakt zu einem Verstorbenen suchen, ist er der richtige Ansprechpartner.«

Das Forum hatte über hundert Mitglieder aus aller Welt. Kersken hatte es selbst gegründet – im Todesjahr seiner Mutter. Brandt klickte sich durch einige Beiträge. Er hatte Kersken als gehemmten und kontaktscheuen Opfertyp kennengelernt. Doch auf seiner Webseite korrespondierte er eloquent auf Deutsch, Englisch und Französisch. So abstrus die Forenthemen auch sein mochten, die Meinung von Papa Legba war gefragt, seine Autorität unbestritten.

Kersken hatte sich eine Art Parallelexistenz geschaffen, in der er die Anerkennung bekam, die ihm im wirklichen Leben versagt blieb.

»Drucken Sie bitte die Tatortfotos aus«, sagte Brandt.

»Alle?«

»Die vom Opfer und von der Stelle am Wasser, wo der Täter sich gewaschen hat. Legen Sie die Bilder auf meinen Schreib-

tisch. Aber mit der Rückseite nach oben. Und kochen Sie Tee.«
Er erhob sich.
»Und was machen Sie?«
»Ich wecke Papa Legba.«
Brandt holte Kersken und bot ihm den Besucherstuhl im Terrarium an.
»Tee?«
Kersken nickte. Man sah ihm an, dass er einen furchtbaren Kater hatte.
»Haben Sie Hunger? Ich kann Ihnen etwas aus der Kantine holen lassen.«
Kersken schüttelte stumm den Kopf. Brandt schenkte Tee in die drei Tassen, die Zehra bereitgestellt hatte, und verteilte sie. Er setzte sich, nahm einige Schlucke und wartete, bis auch Kersken getrunken hatte.
»Können Sie sich vorstellen, warum Sie hier sind?«
»Ich bin kein Junkie.« Kerskens Stimme rutschte in unangenehme Höhen. »Und ganz bestimmt kein Dealer!«
»Wir sind nicht vom Drogendezernat. Das Crystal Meth interessiert uns nicht.«
Kersken schien überrascht. Dann sah er Brandt misstrauisch an. »Das sagen Sie doch nur, um mich zum Reden zu bringen.«
»Sie müssen nicht reden. Sie brauchen keine einzige unserer Fragen zu beantworten, und Sie können jederzeit einen Anwalt kommen lassen. Dort steht das Telefon.«
Kersken zögerte. »Was wollen Sie von mir?«
»Zuerst möchte ich mich entschuldigen. Ich habe Sie gestern behandelt wie einen dieser Hipster, die sich im ›Bondieu‹ Fetisch-Püppchen kaufen, weil es gerade angesagt ist. Aber so sind Sie nicht. Sie nehmen Voodoo ernst. Sie wissen, welche Macht er hat. Ich bin Ihnen nicht mit dem Respekt begegnet, den Sie verdienen, und das tut mir leid.«
Er reichte Kersken seine Hand. Die Miene des Mannes spiegelte Unglauben, aber auch Stolz wider. Sein Händedruck war feucht und zu weich.

Brandt widerstand dem Impuls, sich die Finger an der Hose abzuwischen. »Ich habe heute Ihr Forum entdeckt, und ich bin wirklich beeindruckt. Papa Legba – ist das Ihr Name als Houngan?«

Bisher hatte Kersken zusammengesunken wie ein amorpher Fleischberg auf dem Besucherstuhl gehockt. Dass Brandt ihn für einen Voodoo-Priester hielt, ließ ihn in die Höhe wachsen. »Ich bin kein Houngan.«

»Ihre Anhänger scheinen Sie aber als solchen zu sehen. Oder sind Sie ein Bocor?« Im Gegensatz zu den Houngans, die nur die friedfertigen Loa verehrten, riefen die Bocore die zerstörerischen und kriegerischen Geistwesen des Voodoo an.

»Ich halte nichts von dieser Einteilung«, entgegnete Kersken. »In Haiti ist sie üblich. Aber Voodoo kommt aus Afrika. Dort heißen die Priester Babalawo, egal, welche Mächte sie nutzen.«

Brandt nickte. »Sind Sie ein Babalawo?«

»Das ist ein langer Weg.«

Trotz der zur Schau gestellten Bescheidenheit schien Kersken sich tatsächlich für einen Voodoo-Priester zu halten.

»Wie weit sind Sie gekommen?«, fragte Brandt.

»Wie meinen Sie das?«

»Haben Sie es schon geschafft, Kontakt zu Ihrer verstorbenen Mutter herzustellen?«

Kersken starrte Brandt an. »Woher wissen Sie …?«

»Sie hat Ihnen viel bedeutet, nicht wahr? Sie vermissen sie bestimmt immer noch.«

Kersken nickte stumm.

»Das Blumenbeet in Ihrem Schrebergarten haben Sie für sie angelegt.«

»Sie hat Blumen geliebt«, sagte er leise.

»Wie Filomez.«

Kerskens Augen leuchteten auf. »Genau so war sie auch!«

Filomez zählte zu den guten Loa, ein fröhliches, wohltätiges Geistwesen, das Blumen liebte und Unglück vertrieb.

»Dann muss sie sich so nah am Wasser sehr wohlgefühlt haben. Opfern Sie die Hühner, um sie zu erreichen?«
»Ja.«
»Sie spritzen das Blut auf Ihre Fetische, richtig? Reiben Sie sich auch selbst damit ein?«
»Blut ist die Quelle des Lebens«, gab Kersken zurück.
»Haben Ihre Rituale Erfolg?«
Kersken antwortete zögernd: »Ich lerne noch.«
»Vielleicht liegt es nicht an Ihnen. Ein Huhn ist kein sehr starkes Tier. Haben Sie einmal daran gedacht, ein Lebewesen zu opfern, dem mehr Kraft innewohnt?«
»So etwas wie eine Ziege?«
Brandt schüttelte den Kopf. »Ich zeige es Ihnen.«
Er verteilte die Ausdrucke, die Zehra bereitgelegt hatte, auf seinem Schreibtisch. Beim Anblick der Fotos von der verstümmelten Leiche zuckte Kersken zurück. Aber in seinem Blick fand Brandt nicht nur Erschrecken. Da war noch etwas anderes: Faszination.

»Sie haben im ›Bondieu‹ nach einem Dolch mit Menschenblut an der Klinge gefragt. Sie wollen ein mächtiger Babalawo sein. Ich frage Sie noch einmal: Ist der Mann auf den Fotos Ihr erstes Opfer?«

Brandt sah, wie es in Kerskens Kopf arbeitete. Zehra hatte aufgehört, Gesprächsnotizen zu machen. Sekundenlang war es still im Raum.

Dann begann Henning Kersken zu erzählen. Er sprach fast dreißig Minuten ohne Unterbrechung und ohne dass Brandt ihm eine Frage stellen musste. Zehras Stift flog über das Papier.

Als Kersken endete, hatten sie ein vollständiges Geständnis.

## DIE HÖHLE DES LÖWEN

Da sie den Smart schon zurückgegeben hatte, winkte sie sich ein Taxi heran. Während der armenische Fahrer sie von Spandau zurück zum Grand Hyatt fuhr, öffnete Itchy auf ihrem Smartphone »DuckDuckGo«, eine Suchmaschine, die weder Nutzerdaten sammelte noch Profile anlegte. Sie gab »weibliche Genitalverstümmelung« ein. Was sie sah, drehte ihr den Magen um.

Frauen wurden in achtundzwanzig afrikanischen Ländern verstümmelt, in einigen davon fast zu neunzig Prozent. Je länger sie las, desto mehr machte die verharmlosende Bezeichnung »Beschneidung« sie wütend, die einen an die Männerbeschneidung denken ließ, bei der nur ein Stückchen Haut weggeschnippelt wurde.

Auch in einigen asiatischen Ländern mit großem muslimischen Bevölkerungsanteil wurden Mädchen verstümmelt, überwiegend in den ersten Lebenswochen oder vor Beginn der Pubertät, seltener noch vor der Eheschließung. Aber der Brauch war keine muslimische Spezialität. Er wurde im alten Ägypten ebenso praktiziert wie bei christlichen Gruppen, zum Beispiel den Kopten. Im Koran kam die Beschneidung von Frauen überhaupt nicht vor. Muslimische Befürworter beriefen sich auf einen sogenannten »schwachen Hadith«, eine Überlieferung der Worte und Taten des Propheten, die nicht sicher bezeugt war.

Es gab verschiedene Verstümmelungsvarianten, je nachdem, wie viel weggeschnitten wurde. Die grausamste Variante war die pharaonische Beschneidung.

Das war es, was man Adeola angetan hatte.

Die betroffenen Frauen litten ihr ganzes Leben. Jedes Wasserlassen war schmerzhaft und dauerte unendlich lange. Menstruationsblut staute sich, chronische Unterleibsschmerzen und Infektionen waren oft die Folge. Aber auch diese Frauen heirateten oder wurden verheiratet. Es dauerte Tage oder Wochen, bis der Ehemann die winzige Öffnung unter schrecklichen Qualen für die Frau genug geweitet hatte, um sie zu penetrieren. Wurde sie schwanger, schnitt man sie vor der Geburt auf und nähte sie danach meistens wieder zu.

Wenn dieser barbarische Brauch im 21. Jahrhundert noch praktiziert wurde, warum sollte man nicht auch wieder Jungfrauen opfern?, dachte Itchy. Vielleicht ließ sich damit die globale Erwärmung stoppen?

Der Taxifahrer hielt vor dem Haupteingang. Sie bezahlte und stieg aus. Ihr war übel.

Fünfzigtausend Frauen, die in irgendeiner Form genital verstümmelt worden waren, lebten inzwischen in Deutschland. Überall in Europa war die Beschneidung von Mädchen verboten, aber niemand wusste, wie viele Eltern die Schulferien nutzten, um ihre Töchter in ihr Herkunftsland zu schicken, vermeintlich um dort Verwandte zu besuchen, in Wahrheit aber, um sie beschneiden zu lassen.

Sie betrat die Lobby. Sie hatte keine Ahnung, wie es nun weitergehen sollte. Sie kannte den Namen des Mannes nicht, den sie suchte. Sie ging davon aus, dass er in diesem Hotel wohnte, aber vielleicht traf das gar nicht zu. Sie entschied, sich erst mal umzusehen, vielleicht hatte sie ja Glück.

Das Hotel verfügte über zwei erstklassige Restaurants, zwei Bars und eine Lounge. Überall hing oder stand moderne Kunst. Zwei rote Rechtecke, von einer Lichtröhre wie von einem Messer durchtrennt, erinnerten sie an eine blutige Wunde.

Sie überlegte, wen man bestechen musste, um den Namen eines Gastes zu erfahren. In einem Hotel dieser Preisklasse wäre das nicht einfach und vermutlich teuer. Aber sie konnte auch nicht ewig in der Lobby herumsitzen und darauf hoffen, dass der Gesuchte an ihr vorbeilief.

In diesem Moment passierte es.

Er ging direkt an ihr vorbei. Der Mann, der ausgesehen hatte, als sei er der Leibwächter des Gesuchten. Er trug eine Papiertüte mit dem Logo eines teuren Fachgeschäfts für Zigarren, Whiskey und Rum in der Hand.

Würde er sie wiedererkennen? Sie beschloss, das Risiko einzugehen. Sie stieg mit ihm in den Aufzug. Er drückte den Knopf für die fünfte Etage. Dort ging er nach links, sie nach rechts. Vor der ersten Zimmertür blieb sie stehen und tat, als suche sie ihre Zimmerkarte. Aus den Augenwinkeln beobachtete sie, wie er an eine Tür klopfte. Das musste das Zimmer seines Chefs sein.

Sie verließ das Hotel, wählte die Nummer der Rezeption und gab sich als Mitarbeiterin eines Hubschrauberservice aus. Ihr liege die Buchung eines Kunden vor – sie nannte einen nigerianischen Männernamen, den sie aus dem Internet hatte. Eine Mitarbeiterin habe den Namen offenbar falsch notiert oder mit einer anderen Buchung verwechselt. Sie befürchte, die Kontaktadresse sei auch falsch. Sie nannte die Adresse des Grand Hyatt und die Zimmernummer und fragte den Concierge, ob der genannte Kunde das Zimmer gebucht habe. Der Concierge verneinte. Wenn sie das nicht in Ordnung bringe, werde sie rausfliegen, erklärte Itchy zerknirscht. Könne ihr der Concierge nicht ausnahmsweise den Namen des Gastes verraten, der unter der genannten Zimmernummer wohnte? Der Mann zögerte, dann nannte er einen Namen.

»Das ist er! Gott sei Dank! War nur in einen falschen Datensatz gerutscht. Ich kann Ihnen gar nicht sagen, wie dankbar ich Ihnen bin.« Sie beendete den Anruf.

Der Mann, den sie suchte, hieß Dr. Dada Oke-Williams. Itchy öffnete die Suchmaschine auf ihrem Smartphone und gab den Namen ein.

Dr. Oke-Williams war Mitte fünfzig und Gouverneur des nigerianischen Bundesstaats Oyo. Nachdem sie alle offiziellen Einträge über seine Person und politische Karriere überflogen hatte, grub sie tiefer. Wie sich herausstellte, hatte sein Name im Jahr 2004, da war er etwa vierzig gewesen, noch einfach nur Dada Oke gelautet und war im Zusammenhang mit einem Skandal aufgetaucht, der ganz Nigeria erschüttert hatte.

Itchy konnte kaum glauben, was sie las. Der Skandal drehte sich um einen gefürchteten Geheimkult. Die Anhänger verehrten in einem Schrein eine lokale Gottheit. Viele waren einflussreiche Persönlichkeiten. Mit Hilfe von Schlägertrupps aus Kultangehörigen terrorisierten sie ihre Gegner, entschieden politische und wirtschaftliche Auseinandersetzungen für sich und waren dabei für zahlreiche Brandstiftungen verantwortlich. Das war allgemein bekannt. Schließlich hatte die Polizei in der Anlage, die den Schrein beherbergte, eine Razzia durchgeführt. Was die Beamten dabei entdeckten, ging weit über alles hinaus, womit sie gerechnet hatten. In der direkten Umgebung des Schreins wurden achtzig stark verstümmelte Leichen entdeckt, Menschen, die man bei Ritualen ermordet hatte. Man fand Mitgliederlisten mit achttausend Namen, darunter sogenannte Stützen der Gesellschaft wie Unternehmer, Politiker, hohe Militärs und sogar einen katholischen Bischof.

Dada Okes Name tauchte in einem Zeitungsartikel auf, der Zusammenhang blieb vage. Es klang, als habe er mit der Polizei zusammengearbeitet. Dann verschwand er von der Bildfläche, mit einem halb englischen Doppelnamen und einem obskuren Doktortitel. Kurz darauf war er Gouverneur.

Achtzig verstümmelte Leichen. Wenn Oke-Williams etwas damit zu tun hatte, musste er ein gefährlicher Mann sein. Wie sollte sie weiter vorgehen? Genügte das, was sie über ihn erfahren hatte? Sie schüttelte den Kopf. Sie wollte ihm Auge in Auge gegenüberstehen. Sie hatte einen Presseausweis, sie kannte Oke-Williams' Namen und wusste genug über ihn, um für ein Interview an seine Tür zu klopfen.

Sie fuhr wieder nach oben. Vor der Tür der Nachbarsuite stand ein Servicewagen. Ein asiatisch aussehendes Zimmermädchen saugte den Teppich im Wohnbereich. Itchy ging vorbei und klopfte an die Tür mit der Nummer 501. Nichts rührte sich. Sie klopfte fester. Anscheinend war Oke-Williams nicht da. Sie hatte nicht gesehen, dass er das Hotel verlassen hatte, aber man konnte mit dem Aufzug direkt in die Tiefgarage fahren.

Die Anspannung, die sich in ihr aufgebaut hatte, ebbte ab. Sie war enttäuscht.

Langsam ging sie zurück zu den Aufzügen. Das Zimmermädchen war nicht zu sehen, aber aus der Suite war das Brummen des Staubsaugers zu hören.

Vor vielen Jahren hatte sie in Südfrankreich selbst als Zimmermädchen gearbeitet. Man hatte ihr eingebläut, den Generalschlüssel immer bei sich zu behalten. Hier war das bestimmt nicht anders. Trotzdem hatte das Zimmermädchen die Schlüsselkarte auf dem Servicewagen liegen gelassen und nur nachlässig mit einem Wischtuch abgedeckt, sodass eine Ecke darunter hervorschaute.

Itchy hielt die Karte an den Sensor, öffnete, klemmte ihre Clutch in den Türspalt, streifte ihre Kitten Heels ab, schlich so schnell sie konnte zurück und legte die Karte wieder an ihren Platz. Als sich die Tür der Suite hinter ihr schloss, war Itchy schweißgebadet.

Während sie sich umsah, arbeitete ein Teil ihres Gehirns schon an der Story, die sie erzählen würde, wenn man sie überraschte. Die Männer konnten jeden Moment zurückkommen. Vielleicht schliefen sie auch nur! Vorsichtig schlich sie durch die gut hundertfünfzig Quadratmeter große Suite. Erleichtert stellte sie fest, dass niemand im Bett, auf der Chaiselongue von le Corbusier oder in der Badewanne lag. Sie war allein.

Fünf Minuten höchstens, dann würde sie wieder verschwinden. Die Erregung war zurück, fast wie in alten Zeiten, wenn sie in schwarzem Leder und mit Motorradhelm auf den Angriff der Bereitschaftspolizisten gewartet hatte. Sie holte die Leica aus ihrer Handtasche.

Sie öffnete einen Wandschrank. Anzüge, Hemden, Unterwäsche, Socken, Schuhe – alles mit Etiketten Londoner Schneider oder Herrenausstatter. Sie fotografierte den Inhalt des Schranks und schloss ihn wieder.

Auf dem Schreibtisch lag eine Konferenzmappe aus schwarzem Leder, darin drei zusammengeheftete Schreibmaschinenseiten. Offensichtlich handelte es sich um einen Vertrag über eine Beratertätigkeit. Dr. Oke-Williams' Name war bereits eingesetzt. Der Vertragspartner war eine Consulting-Firma. Die Stelle für das vereinbarte Honorar war noch frei, die Bank, an die das Honorar überwiesen werden sollte, angegeben. Es war ein Nummernkonto auf Vanuatu.

Itchy fotografierte die Seiten. Ein Passus erregte ihre Aufmerksamkeit. Darin wurde festgelegt, dass die getroffene Vereinbarung keinesfalls bekannt werden durfte und beide Ausfertigungen des Vertrags deshalb in einem Schließfach deponiert werden sollten. Itchy schloss die Mappe und steckte die Kamera zurück in ihre Handtasche.

Sie sah auf ihre Uhr. Fünf Minuten und zwanzig Sekunden. Sie wusste nicht, was sie eigentlich suchte, aber gefunden hatte sie nur einen Schrank voll edler Herrenkleidung und den Vertrag. Sie blickte sich ein letztes Mal um, dann ging sie zur Tür.

Sie legte die Hand auf die Klinke, da spürte sie, wie sie heruntergedrückt wurde. Das Zimmermädchen! Sie trat einen Schritt zurück und versuchte, sich mental in die arrogante Pressesprecherin eines hohen afrikanischen Politikers zu verwandeln, die von ihrem Chef beauftragt worden war, das vergessene Allergiemittel aus seiner Suite zu holen.

Dr. Oke-Williams' Bodyguard starrte sie irritiert an. Er trug einen dunkelblauen Tracksuit. Oke-Williams war direkt hinter ihm, sein Tracksuit war von Prada und orange. Sie sahen nicht aus, als hätten sie sich gerade angestrengt.

Sie hatten das Hotel nicht verlassen, schoss es Itchy durch den Kopf. Sie waren zum hoteleigenen Club »Olympus Spa & Fitness« hinaufgefahren, hatten es sich anscheinend aber anders überlegt.

Wenn ihre Anwesenheit Oke-Williams überraschte, dann höchstens für eine Zehntelsekunde. Seine Augen musterten sie kalt. »*What are you doing here?*«

Der Bodyguard trat über die Schwelle, sein Chef folgte. Itchy machte zwei Schritte rückwärts. Dann hatte sie endlich umgeschaltet. Im überdrehten Ton einer hysterischen Millionärin spulte sie die neue Geschichte ab, die in ihrem Hinterkopf gerade entstanden war. Sie habe ihre Zimmerkarte versehentlich an der falschen Tür benutzt, ihre Suite liege direkt nebenan, erstaunlicherweise habe die Karte funktioniert, ohne Zweifel ein Fehler des Hotels, sie habe erst nach zwei Minuten begriffen, dass sie sich nicht in ihrer eigenen Suite befinde, sie werde sich umgehend bei der Direktion beschweren, sie steige regelmäßig in diesem Hotel ab, aber so etwas sei noch nie passiert, und das dürfe es auch nicht ...

Sie redete immer weiter und bewegte sich dabei langsam auf die Tür zu.

Oke-Williams musterte sie wie etwas, dessen Existenz für ihn ohne jede Bedeutung war.

Zwei Schritte noch und sie würde draußen auf dem Flur sein, in Rufweite des Zimmermädchens.

Die Stimme kam wie ein Pistolenschuss. »*Stop!*«

Sie erstarrte.

»*Check her bag!*«

Der Bodyguard packte ihren Oberarm so hart, dass sie aufschrie. Er zerrte sie zurück und stieß die Tür mit seinem Fuß zu. Dann griff er nach ihrer Handtasche. Sie versuchte, sie festzuhalten, aber er war zu stark für sie.

Er reichte die Tasche an Oke-Williams weiter. Oke-Williams schüttete den Inhalt auf den Schreibtisch. Smartphone, Geldbörse, Leica, Schlüsselbund, Presseausweis. Oke-Williams runzelte die Stirn. Er nahm den Ausweis, studierte ihn aufmerksam, dann griff er nach der Kamera.

»*Nice camera.*«

Er schaltete sie ein, blickte durch den Sucher, dann öffnete er den Speicher. Das zuletzt geschossene Foto wurde immer zuerst angezeigt. Es zeigte den Vertrag. Er sah sie an. Er sagte nichts.

# FALL GELÖST

Sie hatten das Verhör kurz vor zweiundzwanzig Uhr beendet. Sie hatte Kerskens Geständnis mit Brandt durchsprechen wollen. Aber der hatte nur den Kopf geschüttelt, für einen Tag hätten sie genug geleistet. Dann hatte er sie heimgeschickt. Ob Brandt auch nach Hause gefahren war oder zu Saada, wusste sie nicht. Jedenfalls war er in den Omega gestiegen und hatte noch vor ihr den Direktionsparkplatz verlassen.

Dass er heute Morgen ein frisches Hemd und eine Sommerjeans trug, sprach dafür, dass er zumindest zu Hause vorbeigefahren war. Männer lagerten gewöhnlich keine Wechselkleidung bei ihren Freundinnen.

Sie hatten den Fall gelöst und einen verrückten Mörder zur Strecke gebracht. Zehra hätte zufrieden sein können. Aber sie fühlte sich ausgelaugt. Brandt sah auch nicht aus, als ob er gut geschlafen hatte.

»Harte Nacht gehabt?«

Er schaute auf und runzelte die Stirn. Dann sagte er: »Fragen Sie sich auch, warum er keinen Anwalt will?«

Ihr Telefon läutete. Hauptkommissar Dirkes. Offenbar hatte sich Kerskens Geständnis schon bis zur MK herumgesprochen.

»Hallo, Frau Erbay.«

Sie versuchte, einen feindseligen Unterton herauszuhören, weil sie die MK im Stich gelassen und das SD den Fall prompt gelöst hatte. Aber da war kein Unterton. Bemerkenswert. Sie kam sich trotzdem auf eine diffuse Art vor, als habe sie einen Verrat begangen, sie wusste nur nicht, an wem.

»Sie haben einen Verdächtigen?«

»Ein Postangestellter.«

Dirkes wollte Brandt sprechen. Sie gab den Hörer weiter und war überrascht, als er auf Lautsprecher stellte. Dirkes erklärte, dass er den Gefangenen übernehmen werde.

Brandt blieb ruhig. »Wir haben ihn erst einmal vernommen. Wir würden da gern nachhaken.«

»Er hat doch gestanden, oder nicht?«

»Schon, aber ...«

»Gut. Die Staatsanwaltschaft will, dass wir ab hier übernehmen, damit der Fall nicht ... ausfranst.«

»Verstehe.« Brandt machte eine Pause. »Es gibt eine Pressekonferenz, stimmt's?«

»Hören Sie, hier geht es nicht um Konkurrenz, falls Sie das meinen.«

»Wer gibt die Pressekonferenz – Sie oder der Innensenator?«

»Sie legen es wirklich nicht drauf an, sich Freunde zu machen, was?«, antwortete Dirkes und legte auf.

Brandt sah nicht aus, als sei er überrascht.

»Hauptkommissar Dirkes ist eigentlich ganz okay.«

»Ich weiß.«

Bestimmt waren die Kollegen schon unterwegs. Sie würden also keine Zeit für eine zweite Vernehmung haben.

»Sind Sie sauer?«

»Bei Siegrist muss man immer auf das Kleingedruckte achten. Dass wir parallel ermitteln dürfen, heißt noch lange nicht, dass wir auch die Lorbeeren ernten. Ist aber okay für mich.«

Das konnte sie von sich selbst nicht sagen.

»Mal davon abgesehen, Frau Kollegin: Sind wir mit uns zufrieden?«

Was meinte er? Sie sah ihn fragend an.

»Bisher haben wir weder Leichenteile noch DNA-Spuren.«

Er hatte recht. »Oder zu viele. Die Datsche ist übersät damit. Außerdem gräbt die KTU noch immer den Garten um.«

Brandt stellte sich vor das leere Blatt an der Pinnwand. »Ein großer Teil von dem, was er uns erzählt hat, stand in den Zeitungen.«

»Richtig, und das waren nur Dinge, die zutrafen. Wenn Kersken der Täter ist, was sollte er anderes erzählen?«

»Stimmt, aber alles, was darüber hinausging, war reichlich vage ...«

»Sie glauben nicht, dass er's war? Sie trauen es ihm nicht zu?«

»Von seiner emotionalen Struktur her auf jeden Fall. Er hat an Tieren geübt und damit offensichtlich kein Problem.« Sie hatten die Kadaver von mindestens dreißig Hühnern und Hähnen ausgegraben.

»Ich denke, in seiner Voodoo-Wahnwelt könnte er durchaus einen Menschen töten.«

Zehra sah das genauso. Henning Kersken mochte zwar als fleischgewordener Samson durch die Welt laufen, aber er war einer von den Typen, über den seine Nachbarn hinterher sagen würden, er sei immer unauffällig, still, hilfsbereit und höflich gewesen.

»Solange er geglaubt hat, dass er wegen des Crystal Meth hier war, hat er sich verteidigt wie ein normaler Täter. Ausflüchte, fadenscheinige Erklärungen – eine jämmerliche Performance. Aber als er begriffen hat, worum es wirklich geht, hat ihm das einen regelrechten Energiestoß verpasst.«

Das war ihr auch aufgefallen. Er hatte sich aufgerichtet, den Rücken durchgedrückt, sogar seine Augen waren lebendiger geworden, als sei er regelrecht stolz auf das, was er getan hatte.

»Sie haben recht. Und er will in die Zeitung.«

Es gab immer wieder Täter, denen die Anerkennung innerhalb ihrer Subkultur oder ihrer Peergroup genauso wichtig war wie die Tat selbst.

»In Kerskens Szene erntet man für ein gelungenes Voodoo-Ritual bestimmt Beifall, aber wohl kaum, wenn man bei den Vorarbeiten erwischt wird.«

»Er hat uns auch nicht sagen wollen, was er mit den Körperteilen gemacht hat. Das ist merkwürdig.« Sie überlegte. »Sie denken, das Geständnis ist erfunden?«

»Sagen Sie's mir.«

Sicher, es gab falsche Geständnisse. Einer beunruhigenden Statistik zufolge waren bei einem Viertel der Fälle, die nachträglich durch DNA überprüft wurden, die vorher abgelegten Geständnisse falsch gewesen. Vernehmer machten Fehler, zum Beispiel indem sie geständnisorientiert befragten, statt Informationen zu sammeln. Forschungen hatten gezeigt, dass selbst gut ausgebildete Beamte nur in jedem zweiten Fall erkannten, ob ein Geständnis richtig oder falsch war. Dieselbe Quote erreichte man durch Raten.

Aber Brandt und sie hatten beim Verhör keine Fehler gemacht.

Die Tür ging auf, und Dr. Herzfeld kam herein. Er wirkte aufgekratzt. »Frau Erbay! Sie kommen ja ganz schön rum. War nur ein kurzes Gastspiel bei der MK. Hallo, Herr Hauptkommissar.«

»Ich hänge an unserem Glaskasten, Dr. Herzfeld.« Sie lächelte.

Herzfeld trug einen dunklen Anzug und ein weißes Hemd, es war praktisch seine Uniform, aber heute hatte er das Ensemble um eine karmesinrote Fliege ergänzt.

Brandt grinste. »Gehen Sie zu einem Kindergeburtstag?«

»Als Alleinunterhalter? Ich werde Patenonkel.« Er griff in die Tasche seines Sakkos. »Ich wollte ihnen nur was vorbeibringen.«

Er drückte Brandt einen Spurenbeutel mit einer kleinen Plastikkarte in die Hand.

»Haben wir in einer von Kerskens Hosen gefunden. Ich muss los, Leute.«

Er wandte sich zur Tür.

»Warum geben Sie das uns und nicht den Kollegen?«, fragte Brandt. Er meinte die Mordkommission.

»Sie können bestimmt mehr damit anfangen.«

Die Tür fiel hinter ihm zu. Brandt holte die Karte aus dem Spurenbeutel. Es war ein Bibliotheksausweis für das Institut für Asien- und Afrikawissenschaften der Humboldt-Universität.

## DR. DADA

Dr. Dada Oke-Williams betrachtete seinen Penis im Spiegel. Ohne Spiegel war das unmöglich, der Bauch war im Weg. Es gab in diesem Badezimmer nicht nur einen Spiegel, sondern gleich mehrere. Sie waren so angeordnet, dass er sich auch von hinten sehen konnte. Sein Arsch war faltig geworden. Eigentlich war alles an ihm faltig, als habe ein böser Zauber die Spannkraft aus seinem Fleisch gesaugt. Wann hatte das begonnen? Sobald er zu Hause war, würde er Sex mit Jungfrauen haben. Zwei oder drei davon müssten seine Kraft wiederherstellen. Bayo würde sie besorgen.

Er dachte an zu Hause. Sein Anwesen war etwa fünfzig Meilen von Ibadan entfernt. Natürlich hatte er auch eine Villa in Ibadan. Als Gouverneur wurde von ihm erwartet, dass er in der Hauptstadt lebte. Aber so oft es ging, ließ er sich hinaus auf seinen Landsitz fahren. Dort stand er nicht unter Beobachtung wie in der stinkenden Metropole mit ihren zweieinhalb Millionen Einwohnern. Die Menschen dort interessierten ihn nur, weil sie ihn wiederwählen sollten. Zum Glück kamen sie ihm auf seinem Landsitz nicht zu nah. Sein Palast lag im Zentrum von zweitausend Hektar Buschland. Er hatte es einzäunen lassen und ließ es von seinen bewaffneten Leuten bewachen. Hier im Hotel wurde er höflich und respektvoll behandelt, weil er eine Menge Geld ausgab. Dort war er ein absoluter Herrscher.

Er hatte nur seinen Lieblingsneffen auf diese Reise mitgenommen. Bayo Osemi war bei ihm, seit er zwei Jahre alt war. Seine Mutter hatte ihn einfach bei ihm gelassen, nachdem der Vater des Jungen sich kurz vor dessen Geburt auf den Weg nach Europa gemacht hatte. Die ganze Familie hatte dafür Geld beigesteuert. Nachdem sie zweieinhalb Jahre lang nichts von ihm gehört hatte, stand für seine Frau fest, dass er unterwegs ausgeraubt und ermordet worden war. Sie hatte Bayo zu ihm gebracht, dann war sie nach Lagos verschwunden.

Damals lag seine Zeit als umherziehender Beschneider hinter ihm. Er legte gerade mit Drogenschmuggel und Menschenhandel über die Grenzen nach Benin und Niger sowie dem Verkauf von Waffen an diverse Milizen den Grundstein für seinen Aufstieg. Die Zusammenarbeit mit den Männern der südamerikanischen Kokainkartelle war gefährlich. Aber nachdem er mehrere Konvois mit ein paar hundert Kilogramm Kokain mit seinen bis an die Zähne bewaffneten Männern sicher durch die Sahara gebracht hatte, hatte er sich eine stabile Machtbasis aufgebaut. Doch auch das war schon sieben Jahre her.

Er trat unter die Ganzkörperdusche und seifte sich ein.

Der Junge war inzwischen seine rechte Hand. Er erledigte jede noch so heikle Aufgabe. Aber mit so etwas hatte er nicht gerechnet. Die Schweizer neigten nicht zu Gewalt. Der Minister hatte da weniger Skrupel.

Oke-Williams verließ die Dusche und band sich eins der flauschigen Handtücher um die Hüften.

Niemand würde ihn betrügen. Er würde seinen Anteil bekommen. Es war ihm egal, dass er nicht aus einer alten Häuptlingsfamilie stammte, dass man ihn für einen Hinterwäldler hielt und ihn deshalb verachtete. Aber der Bundesstaat gehörte ihm. Wenn es dort Schätze zu heben gab, würde er sie nicht den korrupten Politikern in Lagos überlassen, ohne sich vorher ein fettes Stück vom Kuchen abzuschneiden.

Sollte der Minister versuchen, ihn auszubooten, würde Oke-Williams seine Kontakte zu Boko Haram und den Fulani-Milizen nutzen, an die er früher Waffen verkauft hatte. Sie würden ihm gern einen Gefallen tun. Ein paar Dutzend verschleppte Schulmädchen würden die Regierung in Lagos und auch den Minister schnell in Schwierigkeiten bringen. Er selbst würde die Mädchen natürlich durch seinen entschlossenen Einsatz retten und ihren Familien zurückgeben. Es würde ihn politisch unantastbar machen.

Er zog sich an. Als er die massiv goldenen Manschettenknöpfe mit dem Löwenkopf durch die Löcher in den Manschetten schob, hörte er, wie die Tür geöffnet wurde.

»Bayo?«

Wortlos betrat sein Neffe das Schlafzimmer. Er wirkte besorgt.

»Was ist?«

Bayo zog etwas aus der Tasche und legte es vorsichtig auf das Sideboard. Oke-Williams sah sofort, womit er es zu tun hatte.

»Die Frau, die putzt, hat es unter deiner Matratze gefunden, Onkel.«

»Sie wusste, was es ist?«

Bayo schüttelte den Kopf.

Der handflächengroße Beutel aus schwarzem Baumwollstoff war mit einer roten Schnur umwickelt und oben verknotet. Ein Jujubeutel. Er war unter seiner Matratze platziert worden, um ihn krank zu machen oder ein anderes Unglück über ihn zu bringen. Er musste hier in der Stadt hergestellt worden sein. Ihn aus Nigeria mitzubringen, wäre sinnlos gewesen, er hätte keine Wirkung gehabt. Welche magischen Substanzen der Beutel enthielt, wusste er nicht. Nur Weiße wären dumm genug gewesen, einen Jujubeutel zu öffnen. Aber das spielte keine Rolle. Er erkannte den Knoten wieder, mit dem er verschlossen worden war. Er nannte Bayo den Namen.

Sein Neffe riss überrascht die Augen auf. »Dawodu ist hier?«

Babatunde Dawodu war in Nigeria Hexer und Priester eines Kults. Oke-Williams selbst war dort auch aktiv gewesen. Eines Tages hatte es aufgrund politischer Rivalitäten eine große Razzia gegeben. Fast achtzig Leichen waren gefunden worden, alle rituell getötet. Viele Anhänger des Kults waren verhaftet worden oder geflohen. Er selbst hatte eine Liste der Kultmitglieder an sich gebracht und mit Hilfe dieses Wissens den Hals aus der Schlinge gezogen. Dawodu war offensichtlich nach Deutschland geflohen.

»Aber wer hat es in dein Bett gelegt?«

Er überlegte. »Die Journalistin!« Zwei derart außergewöhnliche Ereignisse mussten zusammenhängen. »Finde Babatunde!«

Bayo ging. Eine Stunde später war er wieder da. Er hatte den Hexer ausfindig gemacht.

»Hol den Wagen.«

Naserümpfend schaute Oke-Williams aus dem Fenster. Wenn er in dieser Stadt Immobilien kaufen würde, dann bestimmt nicht hier in der Gegend. Bayo, der es genoss, den gemieteten Range Rover zu steuern, deutete auf ein handgemaltes Schild: »Afro-Shop & Hair«.

»Das ist es.«

»Fahr ein Stück weiter und halte an.«

Bayo parkte fünf Häuser entfernt am Straßenrand, stieg aus und öffnete seinem Onkel die Wagentür. Langsam gingen sie die wenigen Meter zurück.

Oke-Williams blieb vor dem Haus stehen. Es war schäbig. Nicht auf afrikanische Art, aber er war oft genug bei seinem Schneider in London gewesen, um europäische Schäbigkeit zu erkennen, wenn er sie sah. Bayo deutete auf das Blechschild an der Tür. Darauf stand der Name des Inhabers.

Oke-Williams ließ seinen Blick über die Auslage wandern. Die ausgebleichten Plakate mit den afrikanischen Frisuren, die Langhaarperücken, der verstaubte afrikanische Touristenschmuck, die toten Fliegen – keine schlechte Tarnung für einen Mann, der in Nigeria mit verstorbenen Ahnen und Geistern kommuniziert, sich ihre Kräfte nutzbar gemacht und »Medizin« hergestellt hatte, mit der man einen Feind innerhalb von wenigen Tagen töten konnte.

Bayo hielt ihm die Tür auf.

Der Mann hinter dem Tresen blickte von der drei Tage alten nigerianischen Ausgabe des »Vanguard« auf. Er hatte sich kaum verändert. Er war noch immer schlank und gerade, sein durchdringender Blick strahlte noch immer dieselbe Kraft und

Bedrohlichkeit aus. Er lächelte nicht, noch zeigte er ein Zeichen von Wiedererkennen. Aber Dawodu hatte ihn wiedererkannt.
»Dada Oke.«
Der Heiler und Hexer hatte den gekauften Doktortitel und den falschen englischen Zweitnamen immer ignoriert. Dafür kannten sie sich schon zu lange.
»Du verkaufst Kleider und knüpfst Frisuren?«
Dawodu zuckte mit den Achseln. »Ich habe Asyl, meine Aufenthaltserlaubnis ist unbefristet, ich kann in jedes europäische Land reisen.« Er ließ eine kleine Pause, dann sagte er: »Du bist Gouverneur. Jeder nutzt die Chance, die er bekommt.«
Oke-Williams nickte. »Ich hatte die Listen, und viele schuldeten mir etwas. Vielleicht steige ich weiter auf. Dann sorge ich dafür, dass du zurückkehren kannst. Machst du auch hier deine Arbeit?«
Dawodu wusste, welche Arbeit er meinte.
»Ich habe meine Kunden.«
»Landsleute?«
»Nicht nur. Auch Leute aus Benin, Togo, Kamerun, Guinea, Niger. Sogar Deutsche. Aber die wollen immer nur Liebeszauber. Ihre Geister sind schwach.«
»Gut, gut ...«
Er nickte Bayo zu. Sein Neffe nahm das schwarze Säckchen aus der Tasche und legte es vorsichtig auf den Tresen. Mit einem magisch aufgeladenen Gegenstand ging man respektvoll um, besonders wenn er von einem so starken Hexer stammte.
Dawodu sah ihn erschrocken an. »Was ist damit?«
Diesen Gegenstand wieder in seiner Nähe zu haben, konnte auch für ihn gefährlich werden. »Er ist von dir.«
Dawodu nickte. »Ich wusste nicht, für wen er verwendet werden sollte.«
»Wer?«
Dawodu schwieg. Ein Hexer verriet seine Auftraggeber nicht.
»Seine Exzellenz, nicht wahr? Er ist bei der Konferenz.«

Oke-Williams las die Antwort von Dawodus Gesicht ab. »Ich brauche einen Gegenzauber.«

»Das ist nicht so einfach.« Er deutete auf das Säckchen. »Die Medizin ist sehr stark.«

Oke-Williams verstand, was Dawodu ihm sagen wollte, und er war überrascht. So eine Medizin in diesem Land – damit hatte er nicht gerechnet. Sie zu bekämpfen war schwierig, aber nicht unmöglich.

»Mach eine stärkere.«

»Ich habe keine Lieferanten.«

Oke-Williams warf seinem Neffen einen Blick zu. Bayo nickte.

»Du bekommst, was du brauchst, Dawodu. Mein Neffe bringt es dir heute noch.«

»Zehntausend Dollar.«

»Gut.« Er nickte Bayo zu. »Geh!« Zu Dawodu sagte er: »Ich brauche ein Taxi.«

Dawodu wählte die Nummer des Taxiservices und nannte die Adresse.

»Ruf an, wenn du fertig bist. Grand Hyatt. Zimmer 501.«

Das Taxi kam, und Oke-Williams stieg ein. Bayo würde Dawodu bringen, was er brauchte. Vielleicht war es am Ende eine glückliche Fügung gewesen, welche die neugierige Journalistin zu ihm geführt hatte.

# BÜCHERWÜRMER

Das Institut für Asien- und Afrikawissenschaften der Humboldt-Universität lag zwischen dem Museum für Naturkunde und einem indischen Restaurant mit dem Namen »Happy Buddha«. Wieso man ausgerechnet die regionalen Fachbereiche Zentral-, Süd-, Südost- und Ostasien mit der Afrikanistik zusammengepackt hatte, war Brandt ein Rätsel. Er vermutete, dass es wie das Afrikanische Viertel mit der deutschen Kolonialgeschichte zu tun hatte.

Die Bibliothekarin war im Haus unterwegs, also wandte er sich an die studentische Hilfskraft, die für die Ausleihe zuständig war. Sobald sie sich vorgestellt und ausgewiesen hatten, wurde die großzügig gepiercte junge Frau mit den roten Rastazöpfen und dem folkloristischen Kleidungsmix ganz aufgeregt. Sie studiere im Hauptfach Ethnologie und habe schon von dem ehemaligen Ethnologen gehört, der in Berlin beim LKA arbeite, bekannte sie ungefragt. Praktisch jeder Ethnologiestudent habe das. In einem Studienfach, das notorisch knapp an beruflichen Perspektiven war, sei er so was wie ein Held.

Brandt verzog das Gesicht, Zehra grinste. Sie wartete wohl nur darauf, dass die junge Frau ihn um ein Autogramm anhauen würde. Doch das hippiemäßige Äußere der Studentin täuschte. Sie war angehende Wissenschaftlerin. Vor ihr lag aufgeschlagen ein Taschenbuch, daneben ein Marker. Sie hatte gerade ein neues Kapitel begonnen. Brandt erkannte die Überschrift: »Symbolisches Kapital und Herrschaftsformen«.

»Bourdieu, ›Entwurf einer Theorie der Praxis‹?«

Sie sah ihn überrascht an. »Genau. Für meine Magisterarbeit.«

»Sie machen keinen Bachelor?«

»Bei uns kann man noch den Magister machen. Ist etwas anspruchsvoller.«

Es klang nicht, als wolle sie angeben.
»Was ist Ihr Thema?«
»Alkoholismus, Suizid und Globalisierung am Beispiel der Grönland-Inuit.«
»Mit Feldforschung?«
»Sechs Monate.«
Sechs Monate an einem der härtesten Orte der Welt. Kriminalität, sexueller Missbrauch, eine extrem hohe Selbstmordrate unter Jugendlichen, soziale Verwahrlosung, und das unter gerade mal sechzigtausend Einwohnern, die früher Robben gejagt hatten und jetzt nicht mehr wussten, wer sie waren.
»Tapfer.«
Sie lächelte.
Es war lange her, dass er einen Fuß in eine ethnologische oder kulturwissenschaftliche Forschungseinrichtung gesetzt hatte. Doch die Reflexe waren noch da, er hätte aus dem Stand mit der Studentin ein Fachgespräch über die spezifischen Probleme einer stationären Feldforschung in tribal organisierten Gesellschaften oder über Bourdieus Konzept des symbolischen Kapitals führen können. Die Werte, sozialen Regeln und Rituale, nach denen die Sozialwissenschaft genannte Subkultur funktionierte, waren ihm so vertraut wie die Innenflächen seiner Hände. Gleichzeitig kamen sie ihm fremd, skurril und absurd vor.
»Würden Sie bei uns mal einen Vortrag halten? Wir haben eine Einführungsveranstaltung, wo auch über Berufsbilder und Karrieremöglichkeiten gesprochen wird.« Die junge Frau strahlte ihn an.
Sie musste ihm angesehen haben, dass sich seine Begeisterung in Grenzen hielt.
»Oder im Methodik-Hauptseminar. Ich meine, wie Sie Ethnologie und Kriminalistik verbinden, würde bestimmt viele interessieren.«
Zum Beispiel ihn selbst.
»Ich werde drüber nachdenken.« Er legte Kerskens Bibliotheksausweis vor ihr auf den Tisch. »Kennen Sie diesen Mann?«

Sie kannte ihn. Ein seltsamer Kerl, kein Student. Unbeholfen, nicht sehr gesprächig, sogar ein bisschen unheimlich. Er hatte Bücher ausgeliehen. Alle zu demselben Thema.
»Voodoo. Haiti, aber auch Benin und andere afrikanische Länder. Er schien sich einigermaßen auszukennen.«
Zehra unterbrach sie. »Wir brauchen eine Liste.« Anscheinend ging ihr das Ganze zu langsam.
Die junge Frau runzelte unglücklich die Stirn. Sie würde ja gern, aber dazu brauche sie die Genehmigung des Institutsleiters. Datenschutz. Ein Gerichtsbeschluss tue es wahrscheinlich auch, in amerikanischen Fernsehserien sei das jedenfalls so.
»Das würde ziemlich lange dauern. Die Zeit haben wir nicht. Vielleicht muss ich doch mit der Bibliothekarin sprechen.«
Sie war enttäuscht. Plötzlich veränderte sich ihr Gesichtsausdruck. »Es gab da ein Problem. Eine Kommilitonin brauchte die meisten der Bücher, die er ausgeliehen hatte, für eine Hausarbeit. Sie verlor eine Menge Zeit, bis sie die Bücher endlich hatte. Sie arbeitet gerade im Leseraum.«
Sie nickte in Richtung einer Tür am Ende des Flurs.
Brandt blickte zu Zehra. »Kommen Sie?«
Zehra hörte ihn nicht. Sie studierte einen Aushang, der an der Glasscheibe befestigt war. Er ging zu ihr.
»›Während des Seminars werden wir in ethnologischen Feldforschungssettings mit einer digitalen Foto- beziehungsweise Videokamera arbeiten‹«, las sie laut vor. »›Bewegte Bilder können einerseits als direkte Erfahrung von Erfahrung einen mimetischen Zugang zu sinnlichen Sphären ermöglichen und andererseits – im Sinne einer universellen Sprache – dazu dienen, diese nicht nur kollaborativ zu erarbeiten, sondern auch ko-theoretisierend als dekoloniale Repräsentationen zu systematisieren und im Kontext transkultureller Verstehensprozesse zu reflektieren.‹« Sie verzog keine Miene, als sie hinzufügte: »Tolle Prosa. Haben Sie wegen so was Ihre Universitätskarriere an den Nagel gehängt?«
Die Gesuchte saß zwischen zwei Bücherstapeln an einem

abgewetzten Arbeitstisch. Auch die anderen Tische waren besetzt. Als sie endlich begriffen hatte, dass sie die Kopfhörer aus den Ohren nehmen sollte und was sie von ihr wollten, sah sie entsetzt von ihm zu Zehra.

»Aber meine Hausarbeit ...«

Sie hatte nur noch eine Woche bis zu ihrem Abgabetermin. Sie würde es wahrscheinlich nicht schaffen! Sie würde den Schein für das Hauptseminar Religionsethnologie nicht kriegen!

Hätte sie gern mehr Zeit?, fragte Brandt. Sie sah ihn mit großen Augen an. Klar! Sie musste parallel zum Studium Geld verdienen, daran hatten die Bürokraten nicht gedacht, die sich die Studienordnung ausgedacht hatten.

»Okay, ich rede mit Ihrem Professor. Eine polizeiliche Beschlagnahmung der notwendigen Literatur sollte Ihnen einen weiteren Monat verschaffen.«

»Wirklich?« Sie sah ihn ungläubig an.

Er nickte. »Versprochen.«

# DIE DUNKELHEIT

Brandt setzte sie auf dem Parkplatz der Direktion direkt neben ihrem Wagen ab.
»Sie fahren jetzt nach Hause und lesen. Finden Sie raus, was Kersken in den Büchern gesucht hat.«
War das sein Ernst? Wie sollte sie das machen? »Wäre es nicht besser, wenn Sie sich die Bücher vornehmen würden? Sie sind der Ethnologe. Ich habe noch nicht mal studiert.«
Er drückte ihr die Plastiktüte in die Hand. »Deshalb sind Sie näher an Kerskens Blick auf die Dinge. Stellen Sie sich vor, Sie sind Postbeamter. Sie werden schon Ihr Leben lang gemobbt. Sie suchen ein Gegenmittel, etwas, womit Sie Ihr Selbstbild aufmöbeln und es allen zeigen können. Schlüpfen Sie in seine Haut!«
Das Bild blitzte für einen Sekundenbruchteil vor ihr auf. Sie unterdrückte ein Würgen. Brandt musste es gesehen haben.
»Ganz so weit müssen Sie ja nicht gehen. Sie sind intelligent, Sie werden Dinge lernen, die Sie bei unserem Job brauchen. Sonderdezernat Fremdkultur! Tauchen Sie ein!«
Er gab ihr zwei Paperbacks. Keine Ahnung, wo er sie plötzlich herhatte, vom Bücherstapel der Studentin stammten sie nicht. Eins hieß »Einführung in die Ethnologie« und hatte eine gruselige Holzmaske auf dem Cover, das andere war eine »Einführung in die Religionsethnologie« und einfach nur dunkelblau.
»Damit kriegen Sie ein bisschen Kontext.«
Sie warf Bücher und Plastiktüte auf den Rücksitz, öffnete alle Fenster und fuhr los.
Sie würde also lesen, etwas über Kersken herausfinden und lernen. Sie hatte immer gern gelernt, in der Schule und auch während der Polizeiausbildung. Geschichte, Geografie und Sport waren in der Schule ihre Lieblingsfächer gewesen. Viel-

leicht sogar schon im Kindergarten. Sie erinnerte sich besonders an zwei Bücher. Sie waren fast so groß gewesen wie sie selbst. Das eine war ein Kinderweltatlas, das andere ein Länderlexikon für Kinder. In diesen Büchern hatte die Welt unglaublich bunt ausgesehen. Auf jeder Seite war eine Landkarte mit kleinen Zeichnungen von seltsamen Bäumen, Tieren, Häusern und Menschen. Es hatte sie überrascht, auf wie viele unterschiedliche Arten die Menschen auf der Welt lebten. Für ihre Eltern gab es nur eine Art.

Sie hatte Hunger. Wenn sie stundenlang lesen würde, sollte sie vorher etwas essen. Aber nicht die üblichen Burger, Döner, Kekse und Schokoriegel. Bei dieser Hitze brauchte sie etwas anderes.

Brandt hatte ihr einen Tipp gegeben. Sie hatte noch nie laotisch gegessen. Auf Anhieb hätte sie Laos noch nicht mal auf einer Karte einzeichnen können. Es war ein Umweg von nur fünf Minuten.

Bis auf das ältere asiatische Ehepaar hinter dem Tresen war der Imbiss leer. Brandt hatte ihr aufgetragen, die beiden von ihm zu grüßen. Mit der Begeisterung und dem Tsunami an Zuwendung, die sie auslöste, als sie zugab, seine Kollegin zu sein, hatte sie nicht gerechnet. Die beiden ließen sie gar nicht erst bestellen, sondern bestanden darauf, etwas Spezielles für sie zuzubereiten. Sie ließen sie nur bezahlen, indem sie ihren Zwanzig-Euro-Schein in eine Sammelbüchse für Ärzte ohne Grenzen steckte.

Erst als sie wieder in ihrem Auto saß, wurde sie sich der unglaublichen Düfte und Aromen bewusst, die den Fast-Food-Verpackungen auf dem Beifahrersitz entströmten.

Sie aß auf dem Balkon. Das Essen war umwerfend. Sie hatte ein Bier dazu trinken wollen, fand dann aber ein Glas Wasser mit Eiswürfeln und einer Scheibe Zitrone passender.

Als sie fertig war, räumte sie den Küchentisch frei und das schmutzige Geschirr von einer Woche in den Geschirrspüler. Sie legte einen noch unbenutzten Notizblock, einen Bleistift und

einen Anspitzer auf den Tisch und stapelte die Bücher daneben auf.
Sie beschloss, mit dem Ethnologiebuch anzufangen. Sechs Stunden später hatte sie fast dreißig Seiten ihres Blocks mit Notizen gefüllt, begriff halbwegs den Unterschied zwischen Ethnografie, Ethnologie, Sozial- und Kulturanthropologie und hatte die Kapitel über Wirtschafts-, Polit- und Religionsethnologie sowie über Ethnomedizin durchgearbeitet. Das Kapitel über Verwandtschaftsethnologie brachte sie an ihre Grenzen. Levirat, Sororat, Patri- und Matrilinearität, kognatische und bilaterale Abstammung, Kreuzcousinenheirat und Inzesttabu waren zu viel, sie stieg aus.
Jetzt war sie doch noch reif für Chips, Schokoriegel und Bier. Nach einem kurzen Ausflug zum nächstgelegenen Supermarkt setzte sie sich wieder an den Küchentisch. Sie schob die »Einführung in die Religionsethnologie« beiseite. Für einen Tag hatte sie genug Kontext, sie wollte jetzt den richtigen Stoff.
Sie reihte die Bücher, die Kersken ausgeliehen hatte, nebeneinander auf. Alle trugen entweder »Voodoo« in einer seiner vielen Schreibweisen, »Magie« oder »Hexerei« im Titel.
Dann tauchte sie ein – nicht in Kerskens Haut, aber das, was sie las, war nicht weniger gruselig. Sie fühlte sich, als würde sie in einen Horrorfilm gesaugt. Sie las ohne Unterbrechung.
Gegen Mitternacht schrak sie hoch. Sie lag mit dem Kopf auf dem Tisch, sie war eingeschlafen. Mit Mühe stieg sie aus einem mit Bildern gesättigten Halbschlaf zurück an die Oberfläche. Der Traum war eine direkte Umsetzung dessen, was sie gelesen hatte, ein erster Versuch ihres Unterbewusstseins, es zu verarbeiten.
Das Traumgeschehen hatte sich in einem Phantasie-Afrika abgespielt, gleichzeitig üppig grün, staubig und ausgetrocknet, ein Mix aus Tierfilm-Savanne und Dschungel, wie er vermutlich eher am Amazonas existierte, dazwischen Dörfer mit Stroh-, Lehm- und Wellblechhütten.
Schaudernd erinnerte sie sich an eine offene Grube. Ein

Mann lag darin, übersät mit Machetenwunden, man hatte ihn als Hexer entlarvt. Jetzt warfen Männer, Frauen und Kinder Erde auf den Toten, während die Sonne blutrot am Horizont unterging. Dann war Nacht, etwas bewegte sich in dem Erdhaufen, zuerst reckte sich eine Hand aus dem Boden, dann ein Arm, dann wühlte sich der von klaffenden Wunden entstellte Leichnam aus der Erde. Mit verzerrtem Grinsen schüttelte er die Erde ab und verschwand in der Dunkelheit.

Sie hatte gesehen, wie eine Gruppe von Hexern sich in Eulen, Affen, Katzen und Pferde verwandelt hatte, wie die Hexer durch die Nacht geflogen waren, wie sie in die Hütten schlafender Menschen eingedrungen waren, denen sie Schaden zufügen oder die sie töten wollten, wie sie ihnen im Schlaf magische oder giftige Substanzen in ihre Körper praktiziert hatten, durch ihre Münder, Ohren, Nasen oder andere Körperöffnungen, die sie dahinsiechen und sterben lassen würden, wenn sie sich nicht durch einen Gegenzauber retten konnten.

Danach – einer der Hexer hatte einen Jungen aus seinem eigenen Clan auf diese Weise getötet – hatte er den Leichnam in eine Hyäne verwandelt und zusammen mit seinen Hexerfreunden verspeist. Sie spürte noch, wie sich ihr bei dem Anblick im Traum alle Nackenhaare gesträubt hatten.

Plötzlich war sie der Lehrling eines Hexers gewesen. Er hatte zuerst wie Brandt ausgesehen und dann wie Siegrist. Als Initiation hatte sie das frisch beerdigte Baby einer ihrer Cousinen ausgraben und Herz und Leber gekocht mit weißen Rübchen und Pastinaken verspeisen müssen. Dann war sie aufgewacht.

Sie hätte alles gern als überspannte Traumbilder abgetan. Aber was sie im Traum gesehen hatte, fußte in der Realität, wie sie die Wissenschaftler in den Büchern beschrieben hatten.

Sie stand auf und schüttelte sich. Sie würde weiterlesen, sie konnte jetzt nicht aufhören. Sie steckte eine Kapsel in die Kaffeemaschine und sah zu, wie die schwarze Flüssigkeit in die Espressotasse lief.

Auch in Europa hatte man früher an Hexerei geglaubt. Einige

Menschen taten es vielleicht immer noch. Aber für die große Mehrheit war das mittelalterlicher Aberglaube. Zehra war immer davon ausgegangen, dass das für die ganze Welt galt. In den letzten Jahrhunderten hatte die Wissenschaft doch jeden Aberglauben widerlegt, und die Vernunft hatte sich auf dem gesamten Globus durchgesetzt.

Nun wurde ihr klar, dass dem nicht so war.

Im Gegenteil. In Afrika, jedenfalls in den Ländern südlich der Sahara, waren der Glaube an Hexerei und der Gebrauch magischer Praktiken wieder auf dem Vormarsch. Das behaupteten jedenfalls die Wissenschaftler. In vielen afrikanischen Ländern existierten Anti-Hexerei-Gesetze, es gab Hexenprozesse, und es wurde Jagd auf wirkliche oder vermeintliche Hexer oder Hexen gemacht. Sie wurden erschlagen, man legte ihnen mit Benzin gefüllte Autoreifen um den Hals und zündete sie an oder verbrannte sie bei lebendigem Leib in ihren Häusern. Während des politischen Umbruchs in Südafrika in den neunziger Jahren waren Tausende vermeintliche Hexen, überwiegend alte, alleinstehende Frauen, gelyncht worden. Vor den Wahlen in Sansibar hatte man in Wahlbezirken, in denen die Regierungspartei gewöhnlich besonders viele Stimmen holte, zweitausend mit magischen Substanzen gefüllte Schachteln und am Ort einer Großveranstaltung der Opposition eine vergrabene Ziege gefunden. Eine Untersuchung förderte zutage, dass ein Viertel der achttausend Kandidaten sich magische Hilfe gesichert hatten. Der König von Swasiland, obwohl Teil des britischen Commonwealth und unter dem Namen »Königreich Eswatini« eine absolute Monarchie, hatte im Jahr vor den Wahlen alle Kandidaten offiziell aufgefordert, keine rituellen Morde zur Verbesserung ihrer Wahlchancen in Auftrag zu geben.

Das Wasser war durchgelaufen, Zehra rührte zwei Löffel Zucker in die tiefschwarze Flüssigkeit.

Auch die negativen Folgen der Globalisierung wurden für die Rückkehr und Zunahme magischer Vorstellungen und des Hexenglaubens verantwortlich gemacht. Nach Ende der Apartheid in Südafrika glaubten viele einfache Leute, dass erfolgreiche und mächtige Unternehmer zu ihrem Reichtum gekommen waren, weil sie Wanderarbeiter in Zombies verwandelt und für sich hatten arbeiten lassen.

Auf jeden Fall waren der Glaube an Magie und Hexerei und die sich daraus ergebenden Praktiken allgegenwärtig und verbreitet. Sie wirkten im Alltagsleben, im Umgang der Menschen miteinander, in der Wirtschaft und in der Politik. Persönlicher Erfolg, geschäftliche Konkurrenz, der Kampf um Macht sowie der gegen Krankheiten, Unglück, Misserfolg oder einfach simpler Neid oder der Wunsch, sich zu rächen – überall wurden die Dienste von Hexen und Hexern in Anspruch genommen. Zwischen »guten« traditionellen Heilern und bösen »Hexern« war dabei oft nur schwer zu unterscheiden.

Immer wieder kehrten Zehras Gedanken zu einer Praktik zurück, die für sie unfassbar war. Familien, die glaubten, durch Hexerei bedroht und geschädigt zu werden, konnten sich gezwungen sehen, selbst zu Hexerei zu greifen, um sich zu verteidigen. Dafür konnte es nötig sein, einen Menschen rituell zu töten. Ein Kind eignete sich dafür am besten, vor allem eines aus der eigenen Verwandtschaft.

Sie kippte den Espresso mit einem Schluck hinunter.

Es fiel ihr immer noch schwer, das alles zu glauben. Aber da war dieses Zitat eines afrikanischen Historikers. Sie hatte es auf ihrem Block notiert. Er schrieb, dass die Eliten in Afrika das »offizielle rationalistische Weltbild nicht einmal verteidigen. Das angestrengte Bemühen, sich nach westlichem Vorbild zu modernisieren, hat den Afrikanern wenig Glück gebracht, und so geben sich Politiker, Richter oder Professoren zusehends weniger Mühe, die Fassade von Aufgeklärtheit aufrechtzuerhalten.«

Natürlich galt das nicht für alle Afrikaner, aber für mehr, als man glauben mochte. Kein Wunder, dass in manchen Ländern führende Politiker bestritten, dass AIDS von Viren verursacht wurde.

Sie griff nach dem nächsten Buch. Ein in Kerskens Handschrift verfasster Zettel fiel heraus. Er hatte einige Internetadressen notiert. Sie holte ihr Notebook.

Bisher hatte ihre Imagination das Gelesene zum Leben erweckt. Jetzt sah sie es mit eigenen Augen.

In einer Fernsehdokumentation war ein Kind zu sehen, höchstens drei oder vier Jahre alt. Mit dem für Unterernährung typischen aufgeblähten Bauch wankte es auf streichholzdürren, wackeligen Beinen durch ein Dorf, ohne dass irgendjemand Anstalten machte, sich um es zu kümmern. Es war ein sogenanntes »Hexenkind«, das von seinen eigenen Eltern, Verwandten und den Dorfbewohnern für einen Hexer gehalten wurde.

Sie fand Links zu weiteren Internetseiten. Je mehr sie las, umso schlechter fühlte sie sich.

Manche Wissenschaftler schätzten, dass in Afrika in den letzten hundert Jahren über hunderttausend Menschen bei Hexenjagden ermordet worden waren. Im 19. Jahrhundert sollten es allein in Madagaskar über zweihunderttausend gewesen sein. In Tansania waren seit 1980 über zwanzigtausend ältere Frauen als Hexen getötet worden. Was Zehra dabei nicht fassen konnte, war die Tatsache, dass solche Beschuldigungen überwiegend gegen Angehörige der eigenen Familie oder Verwandtschaft erhoben wurden.

Am schrecklichsten war das Schicksal der Kinder. Mehrere zehntausend Kinder lebten in der Demokratischen Republik Kongo auf der Straße, weil man sie beschuldigte, durch Hexerei für alles Schlechte verantwortlich zu sein, von Krankheiten über Unglücksfälle und Tod bis zu Missernten, Arbeitslosigkeit und Armut. Zehntausende »Hexenkinder« sollten zum Zweck des Exorzismus in Kirchen gehalten werden. Bei sogenannten Reinigungsritualen in Waisenhäusern wurden sie mit Stacheldraht gefesselt, mit kochendem Wasser oder mit Benzin übergossen und verbrannt. Einem Mädchen war ein Nagel in den Kopf geschlagen worden, um es zu »heilen«. Eine wichtige Rolle spielten dabei zahllose evangelikale Sekten, für die der »Exorzismus« ein Geschäft war. Sie las ein Zitat aus einem Buch einer populären nigerianischen Pastorin: »… wenn ein Kind unter zwei Jahren in der Nacht schreit, immer fiebert und sein Gesundheitszustand schlechter wird, ist es ein Diener des Satans.« Zehra fühlte sich, als löse sich der Boden unter ihren Füßen auf, als tauche hinter der Welt, die sie kannte, eine zweite auf, an die Millionen von Menschen glaubten und in der sie lebten. Und ein Teil dieser Welt war genau hier, in Berlin, in Person eines verrückten Deutschen, der bei der Post Briefe sortierte.

Sie hätte gern einen Schnaps getrunken, aber in der Wohnung gab es keinen. Sie überlegte, ob sie sich ein zweites Mal auf den Weg zum Supermarkt machen sollte. Sie sah auf die Küchenuhr. Zu spät. Und der nächste Spätkauf war weit entfernt. Brauchte sie das alkoholische Sedativum dringend genug, um ihren Parkplatz direkt vor dem Haus aufzugeben?

Ein Geräusch ließ sie hochfahren. Etwas oder jemand hatte gegen ihre Wohnungstür geschlagen. Es hatte nicht wie ein Klopfen geklungen, mehr, als sei es versehentlich passiert. In einem gutbürgerlichen Mietshaus wie diesem war das ungewöhnlich. Sie stand auf und ging zur Tür. Das Treppenhaus war dunkel, da war niemand. Wahrscheinlich hatte die Lektüre, die Brandt ihr aufgebrummt hatte, ihre Nerven überreizt. Gerade als sie die Tür wieder schloss, hörte sie, wie die Haustür unten zufiel. Merkwürdig. Sie kehrte in die Küche zurück.

Sie wickelte den letzten Schokoriegel aus und griff nach dem Buch, in dem Kerskens Zettel gesteckt hatte. Es schien ihr immer unbegreiflicher, was im Kopf dieses Mannes vorging.

Der erste wissenschaftliche Artikel befasste sich mit den *Hommes Caïmans* oder Krokodilmännern in der Zentralafrikanischen Republik. Sie wusste absolut nichts über das Land, also rief sie Wikipedia auf. Dem kurzen Beitrag nach musste es die Hölle auf Erden sein. Der UNO zufolge war es das ärmste Land der Welt. Auf dem Korruptionsindex erreichte es einen Spitzenplatz. Die viereinhalb Millionen Einwohner sprachen zweiundsiebzig Sprachen, waren zu fünfundsiebzig Prozent Analphabeten, konnten froh sein, wenn sie das fünfzigste Lebensjahr erreichten, schlugen sich mit Lepra, Malaria und AIDS herum, führten die Welthungerstatistik an und wurden von verschiedenen bewaffneten Gruppen bedroht, erpresst, ausgeplündert, vergewaltigt und ermordet. Der Glaube an Hexerei war weit verbreitet, ebenso die Jagd auf vermeintliche Hexen und Hexer.

Die Krokodilmänner waren eine relativ neue Variante von Hexerei. Ihre Magie war eng mit Flüssen und fließendem Wasser verbunden. Zehra musste an den Ort denken, an dem sie den toten Jogger gefunden hatten, und an Kerskens Datsche auf der Insel.

Die Krokodilmänner agierten in Gruppen. Ihr Ziel war es, Menschen zu töten, entweder aus Rache oder Eifersucht. Diese Dienstleistung boten sie für Geld auch Nichtmitgliedern an. Man sagte ihnen Hunger nach Menschenfleisch nach und dass sie gemeinsam Teile ihrer Opfer verspeisten.

Zehra hielt inne. Konnte es sein, dass Kersken sich für einen dieser Krokodilmänner hielt und nachzuahmen versuchte, was er gelesen hatte?

Auf den folgenden Seiten wurde ein Fall detailliert beschrieben, der vor Gericht gekommen war, einschließlich der Aussagen der geständigen Täter über ihre Vorgehensweise.

Dann stieß sie darauf. Formulierungen und ganze Sätze waren unterstrichen. Sie stimmten beinah wörtlich mit einigem von dem überein, was Kersken zu seiner Tat ausgesagt hatte. Sein ganzes Wissen stammte aus diesen Beschreibungen! Sein Geständnis bestand aus nichts weiter als den Wunschvorstellungen und Machtphantasien eines sehr einsamen und sehr geltungsbedürftigen Mannes.

Henning Kersken war nicht ihr Täter.

Aber das war nicht die wichtigste Erkenntnis, die sie in dieser Nacht hatte. Der letzte Beitrag im Buch hatte den Titel »›Muti-Morde‹ in Afrika: Töten für okkulte Medizin«. Sie begann zu lesen. Irgendwann gegen Morgen war sie erschöpft. Ihr Kopf sank auf den Tisch, und sie schlief ein. Diesmal träumte sie nicht.

# EIN HUND MIT DREI BEINEN

Wie einen Taucher mit zu viel Blei am Gürtel zog es sie hinab. Der Ozean war ihr Körper. Sie war bis auf den dunklen Grund hinabgesunken. Mühsam kämpfte sie sich an die Oberfläche zurück. Dann war sie wieder in ihrer Haut und hinter ihren Augenlidern, sie musste sie nur öffnen, aber sie tat es nicht. Sie hörte gedämpfte Stimmen – Lamines harte Rachenlaute und Thiéns rollende Vokale.

Die Erinnerung kehrte zurück. Sie hatte den Kakao getrunken, den Itchy für sie gekocht hatte, und ihr alles erzählt, ihre ganze Geschichte, dann war sie auf dem Sofa eingeschlafen. Als sie aufgewacht war, hatte sie im Dunkeln unter einer dünnen Wolldecke gelegen. Itchy war nicht mehr da gewesen, das hatte sie gespürt. Das Gefühl von Verlassenheit hatte sie überflutet. Dann hatte sie sich gesagt, Itchy sei nur weggegangen, um etwas zu erledigen, sie würde zurückkommen. Warum hatte sie sich nicht geglaubt?

Die Begegnung mit dem Mann im Hotel hatte ihr Leben zerschnitten, in ein Vorher und Nachher. Wie er es mit seiner rostigen Rasierklinge schon einmal getan hatte. Jetzt war er hier.

Sie war aufgestanden, hatte die Stehlampe angeschaltet, nach ihrem Handy gegriffen und die Textnachricht gesehen: »Es wird nicht so bleiben. Itchy«.

Vor ihrem Zimmer wurde gelacht. Lamine machte wahrscheinlich Witze über Nassima, die das Bad blockierte. Er wusste nicht, dass Nassima die Zeit brauchte, um die Narbe zu überschminken. Ein Splitter der Bombe, die ihre Familie ausgelöscht hatte, hatte ihr Gesicht getroffen.

Itchy hatte Adeola nicht auf ihre Narbe angesprochen. Dafür war sie ihr dankbar. Sie hatte Kakao gekocht mit einem Schuss von dem italienischen Mandellikör, den sie beide mochten.

Dann hatte sie schweigend zugesehen, wie sie sich auf dem Sofa zusammengerollt hatte, und sie zugedeckt.

Plötzlich wusste Adeola wieder, was sie geträumt hatte. Sie hatte in der Mitte eines Saales gestanden, der rundum mit Spiegeln ausgekleidet war. Sie hatte sich von allen Seiten sehen können. Sie war nackt gewesen – und wunderschön. Ihr Körper und ihr Geschlecht waren makellos, es war nicht das Geschlecht einer Frau, sondern das eines Kindes.

Aber sie war kein Kind mehr, und sie war nicht makellos, die Schmerzen erinnerten sie jeden Monat daran. Sie kamen immer zwei Tage vor dem Blut, das seinen Weg nur tröpfchenweise durch die winzige Öffnung in ihrem Unterleib fand. Die Frauen zu Hause hielten das für normal, es war ihr Los, Teil der Weiblichkeit. Sie hatten versucht, es auch ihr einzureden, aber sie hatte ihnen nicht geglaubt, nicht für eine Sekunde. Gott konnte das nicht gewollt haben.

Auf dem Flur war es jetzt still. Vermutlich saßen alle beim Frühstück in der Küche. Sie stand auf, ging ins Bad, schloss hinter sich ab und zog sich nackt aus. Sie betrachtete sich im Spiegel. Gewöhnlich vermied sie den Blick auf ihren Unterleib. Aber jetzt wollte sie sehen, was Itchy gesehen hatte.

Sie schämte sich. Warum? Es war nicht ihre Schuld.

Vielleicht war Itchy aus der Wohnung geflüchtet, weil sie den Anblick nicht ertragen hatte. Sie hatte ein großes Herz, aber wie konnte Itchy sie jetzt nicht mit anderen Augen sehen? Sie war wie ein Hund mit drei Beinen. Itchy würde sie nicht verabscheuen, aber bemitleiden, und das war schlimmer. Itchy wollte sie aus Mitleid adoptieren.

Sie wandte sich von ihrem Spiegelbild ab und trat in die Duschkabine. Als das heiße Wasser über ihren Körper strömte, flossen auch die Tränen. Sie wollte Itchy nicht verlieren.

Sie trocknete sich ab und zog sich an. In der Küche saß nur noch Faaiso, alle anderen waren unterwegs zur Schule, sogar Lamine. Adeola beneidete sie. Sie nutzten ihre Chance. Nur Faaiso empfand Schule als Zumutung. Sie meldete sich oft krank und verbrachte den ganzen Tag im Bett. Darum war ihr Deutsch immer noch sehr schlecht.

Adeola trank etwas Kaffee und aß einen Toast mit Himbeermarmelade. Dann zog sie sich wieder in ihr Zimmer zurück. Sie drückte Itchys Kurzwahl. Sie war froh, Itchys Stimme zu hören, selbst wenn es nur die Mailboxansage war, die sie aufforderte, eine Nachricht zu hinterlassen.

Adeola schlug ihr Deutschbuch und die Übungshefte auf. Vokabeln, Ausspracheübungen, Textverständnis – nichts davon bereitete ihr Schwierigkeiten. Selbst die Grammatik machte ihr keine Angst – mit Ausnahme der Wort- und Satzstellung, die sie an den Rand der Verzweiflung brachte. Aber sie würde nicht lockerlassen. Sie wollte die Sprache des Landes meistern, in dem sie jetzt lebte.

Sie versuchte zwanzig Minuten lang, den Unterschied zwischen Konjunktionen und Konjunktionaladverbien zu begreifen, aber sie konnte sich nicht konzentrieren. Immer wieder wanderte ihr Blick zum Display ihres Handys, obwohl ihr klar war, dass es sofort gepfiffen hätte wie ein Teekessel, wenn Itchy anrief oder eine Textnachricht schickte. Sie drückte die Kurzwahl und hinterließ die vierte Nachricht auf Itchys Mailbox.

Es klopfte an der Zimmertür. Elfi steckte den Kopf herein. Hatte Adeola an ihren Termin gedacht?

»Welcher Termin?«

»Bei Herrn Bechter«, erwiderte Elfi. Es klang vorwurfsvoll.

Herr Bechter war Adeola vom Jugendamt als Vormund und rechtlicher Vertreter zugewiesen worden. Er konnte bestimmen, wo sie wohnte, ob sie zum Arzt gehen, sich in einem Sportverein oder an der Volkshochschule anmelden durfte. Sie sah ihn alle drei Monate. Er schien immer in Eile zu sein. Außer für sie war ihr Vormund noch für über fünfzig weitere Jugendliche da. Sie hatte den Termin vergessen. Sie musste sich beeilen.

Elfi musterte sie prüfend. Sie fragte, ob alles in Ordnung sei.

Die Betreuer hatten es nicht leicht. Sie mussten ständig Berichte schreiben, alles, was sie taten, belegen und dokumentieren und an übergeordnete Stellen weiterleiten. Die Büroarbeit nahm einen großen Teil ihrer Zeit in Anspruch. Darum waren sie immer froh, wenn es bei den WG-Bewohnern keine Probleme gab.

Adeola behauptete, es sei alles okay. Elfi fragte nicht weiter nach.

# ZERHACKT

Ein Schreck durchfuhr Zehra, als die Tür hinter ihr ins Schloss fiel. Verwirrt blieb sie stehen.
 Ein Bild der Schale im Flur blitzte auf, in die sie immer ihren Schlüsselbund warf, wenn sie nach Hause kam. Ihr kleiner Bruder hatte sie aus einer Radkappe ihres ersten Autos gebastelt, einem hundertfünfundachtzig PS starken, allradgetriebenen Lancia Delta Integrale. Sie hatte ihn viel zu teuer gekauft und nur ein Jahr gefahren, dann war ihr das Getriebe um die Ohren geflogen. Bis Anfang der neunziger Jahre hatte Lancia mit dem kantigen Fahrzeugtyp fast ein Jahrzehnt lang den Rallyesport beherrscht. Zehra trauerte dem Wagen, dessen Baujahr auch ihr Geburtsjahr gewesen war, bis heute nach.
 Aber in diesem Moment dachte sie nicht an das Auto. Fluchend und im Bewusstsein völliger Vergeblichkeit durchwühlte sie ihre Handtasche und tastete anschließend sämtliche Taschen ihrer Kleidung ab. Sie hatte ihren Schlüsselbund in der Wohnung liegen lassen. Sie hatte sich ausgesperrt. Das war ihr noch nie passiert. Bis zu diesem Tag hatte sie auch noch nie vergessen, ihr Handy rechtzeitig an das Ladekabel zu stöpseln.
 Sie war mit dem Kopf auf ihrem Küchentisch und schmerzendem Nacken erwacht. Sie hatte die Uhrzeit auf dem Handy ablesen wollen. Das Display war schwarz geblieben. Zehra war hochgeschnellt und hatte das Smartphone an den Strom gehängt. Das Gerät hatte eine gefühlte Ewigkeit gebraucht, um hochzufahren: neun Uhr elf – und ein verpasster Anruf. Brandt hatte um acht Uhr drei versucht, sie zu erreichen, und eine Nachricht auf der Mailbox hinterlassen.
 »Guten Morgen. Wir haben einen neuen Tatort: ›Afro-Shop & Hair‹.«
 In Windeseile hatte sie sich ein frisches T-Shirt übergestreift,

das Ladekabel aus dem Handy gerissen und war aus der Wohnung gestürzt.

Nun stand sie wie erstarrt vor ihrer Wohnungstür und fühlte sich hilflos wie selten in ihrem Leben. Sie hatte verschlafen, weil sie vergessen hatte, ihr Handy aufzuladen, und sie hatte einen dringenden Dienstanruf verpasst. Sie hatte sich nicht nur ausgesperrt, sie konnte auch nicht zum Tatort fahren, weil ihr Autoschlüssel an dem Bund hing, der in der Schale lag.

Sie kämpfte gegen eine Panik an, die in keinem Verhältnis zu den Missgeschicken stand, mit denen der Tag begonnen hatte. Sie musste doch nur einen Schlüsseldienst rufen. Nein! Das würde viel zu lange dauern. Ein Taxi! Sie würde sich einfach ein Taxi bestellen. Sie zerrte ihr Handy aus der Hosentasche. Der Ladebalken stand bei einem Prozent. Mit fliegenden Fingern wählte sie die Nummer des Taxirufs. Die Verbindung brach nach dem dritten Freizeichen ab, und das Display erlosch. Sie versuchte sich zu erinnern, wo der nächste Taxistand war. Fehrbelliner Platz. Sie wollte losspurten, aber die Fußmatte glitt unter ihr weg, und sie schlug hin. Ein scharfer Schmerz durchzuckte ihr Knie. Auch das noch. Sie biss die Zähne zusammen, rappelte sich auf und hastete die Treppe hinunter.

Mehr hüpfend als rennend brachte sie die fünfhundert Meter bis zum Taxistand hinter sich und sah den einzigen wartenden Wagen wegfahren. Wenigstens gab es eine Rufsäule. Die Zentrale versprach, sofort jemanden loszuschicken. Sie wartete fast fünfzehn Minuten, dann kam der Wagen endlich. Zehras T-Shirt war schon nach dem Spurt nicht mehr frisch gewesen. Nach zwei Minuten auf dem klebrigen Kunststoffbezug des Beifahrersitzes hätte sie es auswringen können. Der Fahrer redete wie ein Wasserfall, aber in keiner ihr bekannten Sprache. Sie lotste ihn per Handzeichen durch die Stadt und mitten hinein in einen Stau vor einer Baustelle, die es am Vortag noch nicht gegeben hatte. Kurz vor ihrem Ziel kam der Verkehr aufgrund eines Auffahrunfalls vollständig zum Erliegen. Zehra zahlte mit einem Fünfzig-Euro-Schein, den der Fahrer nicht wechseln konnte. Sie sprang aus dem Auto und lief den letzten Kilometer zu Fuß.

Schwer atmend kam sie vor dem Afro-Shop an. Einsatzfahrzeuge von Polizei, Kriminaltechnik und Gerichtsmedizin blockierten die Straße. Zehra entdeckte Brandts Omega.

Sie drängte sich durch die Schaulustigen. Als sie über das Flatterband stieg, wurde sie am Arm gepackt und festgehalten. Sie wirbelte herum und konnte gerade noch den Reflex unterdrücken, den uniformierten Kollegen mit einer Aikido-Technik auf den Asphalt zu schicken.

»Kripo«, keuchte sie. »Oberkommissarin Erbay.«

»Is klar, Süße«, kam es zurück. »Und ich bin der Weihnachtsmann.«

Sie bereute, ihrem ersten Impuls nicht nachgegeben zu haben, während sie ihren Dienstausweis hervorkramte und ihn dem Mann unter die Nase hielt. Der Uniformierte ließ sie achselzuckend los. Zehra hastete weiter.

Der Verkaufsraum, in dem bei ihrem ersten Besuch Halbdunkel geherrscht hatte, war nun in gleißendes Licht getaucht. Die Kriminaltechniker hatten Scheinwerfer aufgestellt und drängten sich in weißer Schutzkleidung zwischen den Regalen. In der aufgeheizten Luft lag ein widerlicher Geruch, ein Gemisch aus etwas Süßlich-Metallischem und Kot. Er schien die Fliegen, die noch vor drei Tagen tot im Schaufenster gelegen hatten, wiederbelebt zu haben. Die Metalltür in der hinteren Ecke des winzigen Ladens stand offen.

Jemand tippte ihr auf die Schulter. Brandt. Er drückte Zehra einen Schutzanzug in die Hand. Er selbst trug seinen schon.

»Ich habe vergessen, mein Handy aufzuladen«, erklärte Zehra, während sie die Plastikhülle aufriss.

Er winkte ab. »Die Leiche ist noch da.«

Sie stieg in den Anzug. Das dünne Material klebte sofort an ihrer schweißnassen Kleidung. Brandt ging wortlos voran. Am Durchgang zum Hinterzimmer blickte er sich zu ihr um. Hier war der widerliche Geruch noch intensiver.

»Haben Sie gut gefrühstückt?«
»Noch gar nicht«, antwortete Zehra.
»Ist vermutlich auch besser so.«
Er gab die Tür frei. Zehra trat in das fensterlose Hinterzimmer – und fühlte sich mit einem Schlag in die Welt versetzt, von der sie in den ethnologischen Büchern gelesen hatte. Wie in Kerskens Datscha gab es auch hier hohe Regale mit Schädeln, Knochen und Häuten aller möglichen Tiere, mit Fetischen und rostigen Metallteilen und darüber hinaus einen offenen Schrank mit Fläschchen, Tiegeln und Säckchen. Herzfeld und sein Assistent Timo standen gerade davor. Während die Sammlung in der Datscha des Postbeamten chaotisch und amateurhaft gewirkt hatte, schien hier alles seinen Platz zu haben. Auf einem Arbeitstisch standen Gefäße aus verschiedenen Materialien, diverse Mörser, eine Balkenwaage und ein Gaskocher. Der Raum hätte aufgeräumt und sauber gewirkt, wenn nicht eins der Regale umgestürzt wäre. Außerdem war da das Blut. Es war bis an die Decke gespritzt.

Zehra registrierte alle Details, bevor sie sich den ersten direkten Blick auf den leblosen Körper gestattete, der auf dem Boden in der Mitte des Raumes lag. Die Unterarme des Leichnams waren an mehreren Stellen nahezu durchtrennt, in seinem Schädel klafften tiefe Wunden, sein Gesicht war in ungleiche Hälften geteilt. Doch Zehra erkannte ihn sofort: Babatunde Dawodu.

»Könnte das ein Muti-Mord sein?«

»Ah, Sie haben die Bücher gelesen. Gut.« Brandt schüttelte den Kopf. »Aber nein, dafür gibt es keine Anzeichen.«

»Muti?«, fragte Herzfeld.

»Im ursprünglichen Sinn bezeichnet der Begriff die Pflanzenmedizin, die von traditionellen Heilern im südlichen Afrika ausgeübt wird«, erklärte Brandt. »Das Wort ist der Zulu-Sprache entlehnt, ›uMuthi‹ bedeutet Strauch oder Baum. Im alltäglichen Sprachgebrauch steht Muti ganz allgemein für Heilmittel, die aus Pflanzen, Kräutern, Knochen, Schädeln und noch ein paar anderen Bestandteilen hergestellt werden.«

»Dann war der Typ so 'ne Art afrikanischer Apotheker?« Timo deutete auf den Leichnam.

»Ich würde ihn eher als so eine Art nigerianischen Hexer bezeichnen«, gab Brandt zurück. Er wandte sich an Herzfeld. »Ich schlage vor, Sie untersuchen das Zeug aus dem Schrank auf menschliche DNA.«

»Cool!«, entfuhr es Timo.

»Wenn Sie fündig werden, machen Sie einen Abgleich«, fuhr Brandt fort. »Mit der DNA des ermordeten Joggers.«

# S.A.P.S.

Zehra trat auf die Straße und atmete tief durch. Gegen den Geruch von Blut und der Ausscheidungen des Toten, dessen Schließmuskeln im Todeskampf versagt hatten, erschien ihr die drückend heiße Berliner Luft wie eine Meeresbrise.

Am Flatterband vor dem Laden drängten sich noch immer die Schaulustigen. Die meisten hatten sich hinter einem VW-Transporter versammelt, der innerhalb der Absperrung parkte. Sie wollten den Höhepunkt der Veranstaltung aus nächster Nähe erleben: den Abtransport der Leiche. Nichts an dem unscheinbaren Bulli deutete auf seinen Zweck hin. Doch auf den roten T-Shirts der beiden Männer, die im Schatten des Fahrzeugs rauchend auf ihren Einsatz warteten, prangte in dicken weißen Lettern der Schriftzug »Rechtsmedizin«.

Den Logenplatz hatte eine alte Dame im Haus gegenüber. Sie blickte aus dem Fenster im ersten Stock und nickte Zehra freundlich zu. Die Oberkommissarin meinte Anerkennung in ihrem Blick zu sehen und erwiderte den Gruß.

»Wo steht Ihr Wagen?«, fragte Brandt, der hinter ihr aus dem Afro-Shop kam.

»Vor meiner Haustür.«

Er runzelte irritiert die Stirn.

»Fragen Sie nicht«, kam Zehra ihm zuvor.

»Okay.« Er warf ihr seinen Autoschlüssel zu.

Sie fing ihn auf, ging aber nicht weiter. »Hören Sie, alles, was ich da gelesen habe ... Ich wusste nicht, dass Afrika so ... so ...«

»... mittelalterlich ist? Zurückgeblieben? Primitiv?«

Es fiel ihr nicht leicht, aber sie nickte. »Klingt rassistisch, oder?«

Brandt legte ihr sanft die Hand auf den Arm. »Was Sie gelesen haben, zeigt nur eine Facette dieses riesigen Kontinents. Da gibt es so viel mehr. Es ist ungefähr so, als würde ein Eingeborener aus dem brasilianischen Regenwald alles über die industrielle Tierhaltung in Europa oder den Fußballkult lesen und sich ausschließlich daraus sein Bild von uns zimmern.«

»Wie Amis, die sich darüber wundern, dass nicht alle Deutschen in Lederhosen rumlaufen?«

»Die dürften mittlerweile ausgestorben sein. Fahren wir.«

Eine knappe halbe Stunde später lenkte sie den Omega auf den Parkplatz der Polizeidirektion 3. Sie hatten die ganze Fahrt kein Wort gesprochen. Während Brandt den Aufzug ansteuerte, bog Zehra in die Kantine ab. Dort stürzte sie einen doppelten Espresso hinunter und kaufte zwei Snickers und eine große Flasche kaltes Wasser, die sie schon zur Hälfte geleert hatte, als sie auf ihrer Etage aus dem Lift stieg. Auf der Damentoilette wusch sie sich notdürftig und benutzte das Deodorant aus ihrer Handtasche.

Brandt saß an seinem Computer, als sie ins Terrarium eilte. Sie hängte ihr Handy an das Ladekabel, fuhr ihren Rechner hoch und biss in das erste der beiden Snickers. Kauend startete sie den Internetbrowser, rief die Webseite eines Cloud-Dienstes auf und kramte den Zettel hervor, auf dem der Polizeifotograf seinen Zugangscode notiert hatte.

»Wann bekommen wir die Fotos?«, hatte sie ihn im Laden gefragt.

»Wenn Sie wollen, können Sie die Aufnahmen quasi in Echtzeit haben.«

Er hatte ihr erklärt, dass die Bilder aus seiner Kamera automatisch in eine Internetcloud hochgeladen wurden.

Neben dem Cloud-Ordner, der den Titel »aktuell« trug, blinkte ein Online-Symbol. Er enthielt Hunderte von Bilddateien, alle vom Tatort, und es kamen ständig mehr dazu. Der Fotograf war noch bei der Arbeit. Sie scrollte durch die Thumbnails, ein Großteil davon zeigte Detailaufnahmen der Leiche. Aufgrund der Länge der mit enormer Wucht in den Körper geschlagenen Wunden hatte Herzfeld noch vor Ort auf eine Machete als Tatwerkzeug getippt. Doch es waren nicht diese Fotos, die Zehra interessierten. Sie klickte auf eine Serie von Aufnahmen, die den »Medizinschrank« des Ermordeten zeigten. In eins der unteren Schrankfächer war ein kleiner Safe eingebaut. Die Beamten, die als Erste am Tatort eingetroffen waren, hatten ihn offen vorgefunden.

»Haben Sie da schon die Tatortfotos?«, hörte sie Brandt hinter seinem Rechner fragen.

»Ja.«

Das Klackern seiner Tastatur verstummte. Er trat hinter sie.

»Genau das wollte ich sehen«, sagte er.

Zehra wählte eine Nahaufnahme des Tresors aus. Darin lagen, ordentlich nach Wert sortiert, Münzen und kleinere Banknoten sowie ein Umschlag mit einem dezenten Logo auf der Verschlusslasche: »Hilton Hotels & Resorts«. Auf dem nächsten Foto war das geöffnete Kuvert neben einer Referenzskala zu sehen. Es enthielt ebenfalls Geld, ein daumendickes Bündel druckfrisch wirkender Fünfzig-Euro-Scheine. Es wurde zusammengehalten von einer Banderole der Deutschen Bank, auf der ein Datum, eine Unterschrift und ein Filialkürzel verzeichnet waren.

»Raubmord können wir wohl ausschließen«, kommentierte Zehra ironisch.

Brandt reagierte nicht. »Welches Datum haben wir heute?«

»Das Geld wurde vor fünf Tagen ausgezahlt«, erriet Zehra den Sinn seiner Frage. »Am selben Tag wurde der Jogger getötet.«

Brandt nickte nachdenklich.

Zehra überlegte. Ihre Äußerung im Afro-Shop über Muti-Morde war falsch gewesen. Sie war unter dem Eindruck ihrer nächtlichen Lektüre damit herausgeplatzt. Der Anblick von Dawodus verstümmelter Leiche hatte die Assoziation in ihr ausgelöst. Aber die anderen Anzeichen, von denen sie gelesen hatte, fehlten. Beim Mord an Gencerler dagegen waren sie fast alle vorhanden.

»In einem der ethnologischen Bücher habe ich einen Artikel

über Muti-Morde in Afrika gefunden«, erklärte sie. »Die Opfer werden meist an fließenden Gewässern gefunden, und ihnen fehlen Körperteile. Manchmal die Geschlechtsorgane oder der Kopf, sehr oft die Hände. Die Körperteile werden zur Herstellung okkulter Medizin verwendet – Muti.«
Sie sah Brandt abwartend an.
»Machen Sie weiter«, ermutigte er sie.
»Der Jogger wurde an der Spree getötet, seine Zunge abgetrennt – und die Hände. Wenn der Ladenbesitzer sie zu Muti verarbeitet hat, wird Herzfeld die DNA von Gencerler in den Fläschchen aus dem Schrank finden.«
»Das ist meine Vermutung«, bestätigte Brandt. »In Westafrika heißt es allerdings Juju, nicht Muti. Dawodu war Nigerianer. Und der Mord an ihm passt nicht ins Bild.«
»Trotzdem muss es eine Verbindung zwischen den Taten geben.«
»Fragt sich nur, welche.«
»Was kostet so ein Juju?«
»Das kommt darauf an, wie stark der Zauber sein soll. Ein Juju aus dem gemahlenen Schädel eines Löwen ist wirksamer und teurer als eins aus Rattenknochen.«
»Und aus menschlichen Körperteilen?«
»Gewinnt man die stärkste Medizin.«
»Könnte sie zehntausend Euro kosten?«, fragte Zehra und deutete auf den Bildschirm.
»Hat die Spurensicherung das Geld schon gezählt?«, wollte Brandt wissen.
»Der Referenzskala nach ist das Bündel in dem Umschlag zwei Zentimeter dick. Die Papierstärke von Euro-Banknoten beträgt null Komma einen Millimeter. Also sind das da zweihundert Fünfziger.« Brandt nickte anerkennend. Sie fuhr fort: »Auch wenn nicht beide Taten Muti-Morde waren, gibt es eine Parallele. Es könnte dieselbe Tatwaffe gewesen sein. Und damit derselbe Täter. Vielleicht finden wir sogar seine Fingerabdrücke auf dem Umschlag oder dem Geldbündel.«

»Erst tötet er den Jogger, um die Körperteile für ein Juju zu beschaffen, dann bringt er den Hexer um, der es herstellen soll oder schon hergestellt hat?«, fragte Brandt zweifelnd.

»Vielleicht war er mit dem Ergebnis nicht zufrieden«, schlug Zehra vor. »Der Zauber hat nicht gewirkt.«

»Das wäre ein Grund, sein Geld zurückzuverlangen. Aber es lag noch im Safe. Außerdem ist es gefährlich, einen Hexer umzubringen. Der Täter muss einen wichtigeren Grund gehabt haben.«

Sie schwiegen.

Schließlich wandte Brandt sich ab und stellte sich vor das leere Blatt, das an der Pinnwand hing. »Fangen wir noch mal von vorne an. Was haben wir?«

Zehra gesellte sich zu ihm. »Zwei Leichen: einen türkischen Jogger, der vermutlich mit Crystal gedealt hat, und den nigerianischen Besitzer eines Afro-Shops, der in seinem Hinterzimmer okkulte Medizin zusammengebraut hat.«

»Und einen geständigen Täter für den ersten Mord.«

»Dessen Geständnis falsch ist.«

»Was wir nicht beweisen können.«

»Ich denke doch«, sagte Zehra. »Kerskens Aussage zu seiner angeblichen Tat ist eine Kopie. Sein ›Täterwissen‹ stammt aus einem der Bücher, die er ausgeliehen hatte. Ich habe ein Kapitel über eine Art Sekte in der Zentralafrikanischen Republik gefunden. Die Mitglieder sehen sich selbst als Krokodile.«

Brandt sah sie an. »Die *Hommes Caïmans*?«

Sie berichtete von dem Gerichtsverfahren, das in dem Beitrag geschildert wurde, und von den abgedruckten Aussagen der angeklagten Krokodilmänner. »Kersken hat ganze Abschnitte unterstrichen und sie in seinem Geständnis fast wörtlich wiederholt.«

»Und das erzählen Sie erst jetzt?«

»Ich hab's vergessen«, gab Zehra zu. Sie ärgerte sich über sich selbst. Heute war wirklich nicht ihr Tag.

»Rufen Sie Dirkes an. Sagen Sie ihm, dass Kerskens Geständnis falsch ist und der Täter noch frei rumläuft. Und machen Sie ein Meeting mit ihm und seinem Team aus.«

»Sie wollen mit der MK 6 zusammenarbeiten?«, fragte Zehra überrascht.

Er nickte. »Wir brauchen mehr Leute.«

Er griff nach dem Wasserkocher. Dabei fegte er seine handgefertigte Teeschale vom Regal. Sie zerschellte auf dem Boden.

Zehra sah den Schreck in Brandts Gesicht. Heute war offenbar nicht nur für sie ein schwarzer Tag. Doch bevor sie etwas sagen konnte, meldete Brandts Computer den Eingang einer E-Mail.

Er blickte auf den Bildschirm und sagte kurz darauf: »Das sollten Sie lesen.«

Sie trat zu ihm. Absender der Mail war ein Colonel Maluleke. Auf seinen Namen folgte ein Kürzel: »S.A.P.S.«.

»South African Police Service?«

Brandt nickte. »In Pretoria gibt es eine Crime Unit zur Aufklärung okkulter Verbrechen. Soweit ich weiß, weltweit die einzige. Ich habe dem Chef der Einheit die Tatortfotos aus dem Spreepark geschickt und dazu alle Infos, die wir bisher haben. Ich hätte nicht gedacht, dass er so schnell antwortet. Seiner Ansicht nach ist der Mord an dem Jogger ein Muti-Mord.«

Dann sammelte Brandt die Scherben seiner Schale vom Boden auf.

## SPLITTER

Die Kaffeemaschine fauchte. Der Kaffee war längst durchgelaufen, aber niemand holte sich eine Tasse. Alle starrten Brandt an. Am Anfang hatte er professionelles Interesse in den Gesichtern gesehen. Dann Skepsis, schließlich Unglauben. Inzwischen ließen die Mienen nur noch einen Schluss zu: Die Beamten der 6. Berliner Mordkommission hielten ihn für einen Spinner. Hauptkommissar Dirkes, ihr Chef, brach das drückende Schweigen.

»Ein afrikanischer Hexenmeister, Zaubermedizin aus menschlichen Körperteilen, ein okkulter Mord«, zählte er fast bedächtig auf. »Und das alles hier bei uns, mitten in Berlin?«

»Ja«, sagte Brandt.

Einer der Beamten, die sich schwitzend in die enge Kaffeeküche quetschten, schnaubte verächtlich.

Zehra, die bisher stumm und mit verschränkten Armen an der Tür gelehnt hatte, stieß sich ab und brachte ihre Hände locker vor den Körper. Eine unbewusste Geste. Brandt ahnte, was sie bedeutete. Die Oberkommissarin war Kampfsportlerin, sie machte sich bereit. Er versuchte, sie mit einem Blick zu stoppen, doch es war schon zu spät.

»Glaubt ihr immer noch, dieser bemitleidenswerte Post-Freak hätte Gencerler die Hände abgehackt und die Zunge rausgeschnitten? Dann habt ihr Hauptkommissar Brandt nicht zugehört«, ereiferte sie sich. »Kersken hat sein Geständnis erfunden. Es besteht aus Zitaten aus den Büchern, die er ausgeliehen hatte!«

»Man kann das auch anders sehen«, entgegnete Dirkes ruhig.

Er hatte recht. Es war möglich, dass Kersken sich von dem Artikel über die *Hommes Caïmans* erst hatte inspirieren lassen, um anschließend die im Buch geschilderte Tat mit dem Mord an dem Jogger nachzuahmen. Dann waren die Zitate in seinem Geständnis keine Falschaussage, sondern so etwas wie eine Hommage an die Krokodilmänner. Brandt hatte auch schon daran gedacht, Zehra offensichtlich nicht. Als Dirkes seine Ausführungen beendet hatte, schwieg sie. Sie wirkte ehrlich erschüttert, dass sie nicht selbst auf diese Möglichkeit gekommen war.

Brandt sprang ihr bei. »Es ist völlig richtig, was Sie sagen, diese Möglichkeit besteht«, stimmte er dem Leiter der Mordkommission zu. »Trotzdem glaube ich nicht, dass Kersken ein Mörder ist. Und ich bin genau wie Oberkommissarin Erbay davon überzeugt, dass es eine Verbindung zwischen dem Mord im Spreepark und dem Tötungsdelikt im Afro-Shop gibt.«

»Aber tragfähige Beweise dafür haben Sie nicht.«

»Noch nicht. Darum sind wir hier. Wir brauchen Ihre Hilfe.«

»Wir sollen für Sie auf Hexenjagd gehen?«, fragte der übergewichtige Beamte, der verächtlich geschnaubt hatte.

»Nein«, antwortete Brandt. Er spürte, wie das Handy in seiner Hosentasche vibrierte. Er beachtete es nicht und wandte sich an das gesamte Team. »Es ist völlig unerheblich, ob Sie unsere Auffassung teilen oder nicht. Wir bitten Sie lediglich um Unterstützung bei der Todesermittlung im Fall Babatunde Dawodu. Sie sammeln Fakten, Indizien und Zeugenaussagen, Sie arbeiten genau so, wie Sie es immer tun: professionell, unvoreingenommen und effektiv.«

Das eingestreute Lob nahm den Kritikern den Wind aus den Segeln. Die Mitglieder der Ermittlungsgruppe sahen ihren Chef fragend an.

Der lächelte. »Danke für die Blumen. Aber wir hätten Ihnen auch so geholfen, schließlich sind wir Kollegen. Abgesehen davon ist das ein Mordfall, den man nicht alle Tage auf den Tisch bekommt.«

Brandt sah, wie Zehra ihr Handy aus der Tasche zog. Während sie aus dem Raum eilte, um den Anruf entgegenzunehmen, verteilte Dirkes schon die anstehenden Ermittlungsaufgaben an seine Leute. Die MK 6 würde versuchen, Zeugen zu finden, die Aufzeichnungen der Verkehrskameras in der Nähe des Afro-Shops auswerten sowie den Background und das persönliche

Umfeld des getöteten Ladenbesitzers recherchieren. Anschließend sah Dirkes Brandt fragend an.

»Ist das in Ihrem Sinn?«

»Vollkommen. Danke«, antwortete Brandt.

»Nur damit wir uns nicht auf den Füßen stehen: Welcher Spur wollen Sie folgen?«

»Dem Geld.«

»Sie meinen den Umschlag mit den zehntausend Euro aus dem Safe des Opfers?«

Brandt nickte. »Wir vermuten, dass Dawodu die Summe als Bezahlung für ein Juju bekommen hat.«

»Ziemlich teurer Zauber«, meinte eine der beiden Frauen im Team. »Wer so viel Kohle für so etwas hinlegt, muss echt überzeugt von der Wirkung sein.«

»Ein Afrikaner«, schlug der beleibte Beamte vor. Seine anfängliche Skepsis schien er vergessen zu haben.

»Ein reicher Afrikaner«, präzisierte ein älterer Kollege mit Läuferstatur.

»Oder einfach nur ein reicher Spinner, der auf diesen Quatsch reinfällt«, sagte die zweite Ermittlerin.

»Auch möglich«, räumte Brandt ein. »Allerdings unwahrscheinlicher.«

Zehra kam in den Raum zurück. Sie hielt das Handy noch in der Hand. Die Unsicherheit war vollständig aus ihrer Miene verschwunden, sie strahlte die Selbstsicherheit und Entschlossenheit aus, die Brandt von ihr kannte.

»Das war Herzfeld«, sagte sie. »Er hat menschliche DNA in den Fläschchen gefunden. Sie ist identisch mit der von Tarek Gencerler.«

Nun starrten alle sie an.

»Scheiße«, entfuhr es dem rundlichen Kollegen.

»Das ist noch nicht alles«, fuhr Zehra fort. »In einem der Mörser hat er frische Knochensplitter entdeckt. Aber nicht von Gencerler. Laut DNA-Analyse stammen sie von einer Frau.«

# NACKT

Sie würde zu spät kommen, das stand fest.
Sie hatte den Weg von zu Hause bis zum Rathaus Spandau im Dauerlauf zurückgelegt, aber als sie die defekte Rolltreppe hinunterhastete, verschwand die U-Bahn gerade im Tunnel. Während sie auf die nächste Bahn wartete, sah sie sich verstohlen um. Sie wusste, dass es Unsinn war, dennoch rechnete ein Teil von ihr damit, dass der Mann, dem sie sich in dem Hotel plötzlich gegenübergesehen hatte, in Spandau in eine U-Bahn steigen würde. Sie fühlte sich nicht sicher.
Bis zum Mehringdamm dauerte die Fahrt eine gute halbe Stunde, von da brauchte sie zu Fuß noch eine Viertelstunde bis zu dem Gebäude im Kreuzberger Viktoriakiez. Das Haus war weiß, nagelneu und modern. Herrn Bechters Büro lag im obersten Stockwerk. Wenn sie ihm gegenübersaß, konnte sie an ihm vorbei durch das Fenster auf einen Park mit großen alten Bäumen sehen.
Adeola läutete, nannte der Stimme aus der Gegensprechanlage ihren Namen und fuhr im Aufzug nach oben. Herr Bechter hatte eine Sekretärin, Frau Strack. Sie hatte ihre grauen Haare zu einem Knoten zusammengedreht. Frau Strack bat sie freundlich herein und schickte sie in das kleine Wartezimmer. Adeola setzte sich in einen abgewetzten Polstersessel. Die Drucke an den Wänden zeigten deutsche Landschaften, Wälder, Felder, Seen, das Meer, Fabriken und ein paar aus der Luft fotografierte Städte. Alles sah sauber und aufgeräumt aus. Ganz anders als Berlin, wie sie es auf ihren Radtouren kennengelernt hatte.
Sie war nervös, obwohl Herr Bechter immer sehr nett war. Lamine hatte ihr verraten, dass alles, was man seinem Vormund erzählte, die Entscheidung über den Asylantrag beeinflussen konnte. Vielleicht wollte Lamine ihr nur Angst machen, aber sie bekam seine Worte nicht mehr aus dem Kopf. Sie hatte Itchy

danach gefragt. Asylverfahren seien schwer einzuschätzen, hatte sie gemeint. Es sei sicher klüger, darauf zu achten, was eventuell in der eigenen Akte auftauchen könnte. Herr Bechter hatte ihr versichert, er sei da, um ihr zu helfen, trotzdem fühlte sie sich vor einem Gespräch immer wie vor ihrer Prüfung zum Junior Secondary School Certificate. Damals hatte sie bestanden, sogar mit Auszeichnung, aber hier stand mehr auf dem Spiel.

Auf einem Couchtisch lag ein Stapel Broschüren über Asylrecht, Berufsausbildung, Schulwesen und Sportvereine. Sie griff nach einem Faltblatt über Arbeitsaufnahme, überlegte es sich dann aber anders. Sie holte ihr Handy aus der Tasche und sah zum x-ten Mal nach, ob Itchy ihr eine Nachricht geschickt hatte.

Die Tür zum Büro öffnete sich. Überrascht erkannte sie Maksym, der im Türrahmen stand und sie anlächelte. Wenn er genauso überrascht war wie sie, ließ er es sich nicht anmerken.

»Hallo, Adeola.«

Sie brachte ebenfalls ein Hallo heraus. »Was machst du denn hier ...«

Herrn Bechters Ruf unterbrach sie. »Adeola!«

Maksym zwinkerte ihr zu. »Du bist dran.«

Sie betrat eilig das Büro und schloss die Tür hinter sich. Herr Bechter deutete auf den Stuhl vor seinem Schreibtisch. Sie setzte sich. Herr Bechter fragte sie, wie es ihr ginge.

»Gut.« Adeola hatte nicht die Absicht, ihm von der Begegnung zu erzählen. Warum sollte sie, er wusste ja auch nicht von ihrer Beschneidung. Er fragte nach Frau Sander, wie er Itchy nannte. Adeola hatte den Fehler gemacht, sie zu erwähnen, jetzt erkundigte er sich immer nach Itchy. Sie meinte Missbilligung herauszuhören, aber ihr Deutsch reichte nicht, um sicher zu sein. Darum verriet sie ihm sicherheitshalber so wenig wie möglich.

Eine halbe Stunde später trat sie aus dem kühlen Treppenhaus zurück auf die stickig heiße Straße.

Maksym lehnte lächelnd an einem Fahrradständer. Er hatte auf sie gewartet.

Er hielt ihr eine Flasche hin. »Bionade?«

Überrascht nahm sie die Flasche entgegen. Für einen winzigen Augenblick berührten sich ihre Finger. »Danke.«

»Holunder. Schon mal probiert?«

Sie schüttelte den Kopf.

»Warte.« Er nahm ihr die Flasche wieder aus der Hand und öffnete den Kronkorken mit einem Feuerzeug. »Hier.«

Sie trank. Die Flüssigkeit war eiskalt. Sie schmeckte fremd und gut.

»Gut, oder? Cola ist mir immer zu süß.«

Das hatte sie auch gerade gedacht!

»Ich wusste gar nicht, dass Herr Bechter auch dein Vormund ist.«

»Bis vor ein paar Monaten war ich bei Frau Ehrens.« Er strich sich ein paar Haare aus dem Gesicht.

Das gefiel ihr.

»Aber sie ist sehr krank. Wir sind alle auf andere Vormünder verteilt worden.«

Sie unterhielten sich über die Eigenheiten der beiden, ohne sich um die Fußgänger zu kümmern, die einen Bogen um sie machen mussten. Als wären sie allein auf der Welt.

Maksym spielte sich nicht auf, wie Lamine es immer tat. Obwohl er schon ein Jahr länger in Deutschland lebte als sie, fragte er sie nach ihrer Meinung, hörte zu und ließ sie ausreden.

»Ich habe heute frei. Ich fahre an die Krumme Lanke. Hast du Lust mitzukommen?«

Die Frage war völlig unerwartet. »Krumme Lanke? Was ist das?«

»Ein See, mitten im Wald. Wunderschön.«

Sie zögerte.

»Wir holen uns was zu essen und machen ein Picknick. Na los!« Er lächelte sie an.

Ein Picknick wäre schön, dachte sie. Nicht an das Asylverfahren denken und nicht an den Mann im Aufzug.

»Können wir Stachelbeeren kaufen?«

Sie hatte die grünen, fast durchsichtigen Kugeln vor ein paar Tagen zum ersten Mal probiert. Von allen Früchten, die sie hier kennengelernt hatte, waren sie die eigenartigsten.

In einem kleinen türkischen Geschäft kauften sie Fladenbrot, Käse, Schokoaufstrich, scharfe Wurst, gefüllte Paprika und Tomaten, Oliven, drei verschiedene Sorten Bionade, gehacktes Eis, Plastikgeschirr und Stachelbeeren. Maksym gab der Kassiererin das Geld. Adeola wollte die Hälfte bezahlen, aber er weigerte sich, ihr Geld anzunehmen.

Sie gingen zur U-Bahn-Haltestelle Mehringdamm. Sie sprachen die ganze Zeit, worüber, daran konnte sie sich später nicht mehr erinnern, nur daran, dass sie sich seit Langem nicht mehr so wohlgefühlt hatte. Sie erzählte ihm sogar, dass Itchy sie adoptieren wollte.

»Was ist mit deinen Eltern?«

Sie erzählte ihm auch davon.

Sie fuhren bis zur Endstation. Von da aus waren es nur noch ein paar Minuten.

Der See war lang und schmal und dunkelgrün. Sie gingen am Ufer entlang. Überall saßen Menschen allein, zu zweit oder zu mehreren, standen bis zu den Knien im Wasser oder schwammen im See.

Maksym ging weiter. Er schien zu wissen, wohin er wollte. Bei einer kleinen, hinter Sträuchern versteckten Bucht mit einem schmalen Sandstreifen machte er halt. Er legte die Papierdecke, die er in dem Laden gekauft hatte, auf den Sand und breitete ihre Einkäufe darauf aus.

Sie aßen und tranken.

Der See erinnere ihn immer an zu Hause. Dort habe es auch so kleine Buchten gegeben.

Sie zog ihre Sneaker aus und vergrub ihre Füße im warmen Sand. So ruhig und sicher fühlte sie sich sonst nur in Itchys Gegenwart. Sie beobachtete Maksym. Alle paar Sekunden glitt ein Lächeln über sein Gesicht, immer wieder strich er die widerspenstige Haarsträhne aus seiner Stirn, seine Augen leuchteten, wenn er von den Sommern an seinem See zu Hause sprach und einzelne Wörter mit kraftvollen Gesten unterstrich. Sie verstand nicht alles, aber das machte nichts.

Maksym lachte, sie lachte mit. Sie mochte ihn ... sehr. Mochte er sie auch? Der Gedanke fror ein. Hier ging es nicht weiter. Es hatte schon andere Jungen gegeben, die ihr gefallen hatten, in Nigeria, aber sie hatte gelernt, solche Gedanken und Gefühle radikal abzuschneiden.

»Kannst du schwimmen?«

Sie schreckte aus ihren Gedanken auf.

Maksym wiederholte seine Frage. »Kannst du schwimmen?«

»Ja, ganz gut.«

»Wollen wir reingehen?« Er nickte in Richtung des Wassers. »Am See waren wir immer zu fünft. Zwei sitzen heute im Gefängnis, einer ist tot.«

Seine Augen verloren für einen Augenblick ihr Leuchten, dahinter sah sie den Schmerz. Natürlich gab es den Schmerz, auch bei ihm. Warum hätte er sonst nach Deutschland fliehen sollen.

»Ich habe keinen Badeanzug.«

Maksym lachte und sprang auf. »Macht nichts. Wir hatten nie Badehosen. Wir sind nackt geschwommen.« Er sah ihren unsicheren Blick. »Oder in Unterwäsche.« Er streifte sein T-Shirt ab und zog seine Hose aus. »Du musst nicht, kein Problem.«

Mit großen Schritten lief er ins Wasser und stürzte sich kopfüber hinein. Prustend und lachend kam er an die Oberfläche. Das Leuchten war wieder da.

»Das Wasser ist toll!«

In Unterwäsche? Sie zögerte. Sie wandte ihm den Rücken zu und schlüpfte aus ihrer Jeans.

»Bravo!«

Mit Slip und T-Shirt lief sie auch ins Wasser, ließ sich rückwärts fallen und sank unter die Oberfläche. Die frische Kühle umschloss sie von allen Seiten. Für einen Moment hatte sie das gleiche Gefühl wie am Morgen, als sie in ihren Traum hinabgesunken war. Sie machte unter Wasser mehrere Schwimmzüge. Direkt neben Maksym tauchte sie auf.

Er grinste breit. »Du kannst es!«

Maksym tauchte kopfüber unter, kam prustend nach oben, nur um sofort wieder unter Wasser zu verschwinden. Erst zwanzig Meter weiter vom Ufer entfernt stieß sein Kopf durch die Wasseroberfläche.

Ein Bild blitzte auf. Köpfe im Wasser und in die Luft gereckte Arme, die verzweifelt nach Halt suchten und keinen fanden. Es war nicht ihr eigenes Bild, es gehörte Nassima, und es zeigte ihren Cousin. Adeolas Schlauchboot war nicht gekentert, aber es fiel ihr leicht, es sich vorzustellen.

Maksym war ein Stück hinausgeschwommen. Sie winkte ihm zu, schwamm zurück. Als sie am Ufer stand, fühlte sie sich nackt. Im Wasser war ihr Körper vor seinen Blicken verborgen gewesen, doch jetzt, mit dem nassen Stoff auf ihrer Haut, schämte sie sich.

»Nimm mein Handtuch!«, rief er ihr zu. »In der Tasche!«

Dann pflügte er mit kraftvollen Schmetterlingsschlägen weiter durch das Wasser.

Sie holte das Handtuch aus seiner Umhängetasche, hob ihre Jeans auf und suchte sich zwischen den Sträuchern eine Stelle, die nicht einzusehen war. Sie zog sich aus und begann sich hastig abzutrocknen. Als sie fertig war, schaute sie ratlos auf das tropfnasse T-Shirt. Was sollte sie tun? Durch den nassen Stoff würde man ihre Brüste und ihre Brustwarzen sehen. Sie wrang das Shirt aus, so fest sie konnte. Sie würden hierbleiben müssen, bis es auf ihrer Haut getrocknet war. Die Jeans konnte sie auch ohne den Slip anziehen.

»Oh ... Ich dachte, du ...«

Sie fuhr herum.

Maksym stand vor ihr. »Ich dachte, du wärst schon angezogen.«

Sein Blick wanderte von ihrem Gesicht über ihren Körper nach unten. Plötzlich weiteten sich seine Augen.

»Oh … nein … ich wusste nicht …«

Sie sah das Entsetzen. Sie wünschte, sie wäre tot. Aber das war sie nicht. Sie schlüpfte, ohne den Blick vom Boden zu heben, in ihre Jeans, dann streifte sie das nasse T-Shirt über. Sie drängte sich an ihm vorbei durch die Sträucher und zog mit zitternden Fingern ihre Sneaker an.

Maksym war ihr gefolgt. Er sah zu, wie sie die Schnürsenkel zuband. »Ich wollte nicht …«

Er sprach weiter, aber sie hörte nicht mehr, was er sagte.

Als sich die Türen der U-Bahn hinter ihr schlossen, kam es ihr vor, als sei sie gerade einer Hinrichtung entkommen.

## DIE DELEGATION

Er hatte es geschafft.
Es war ihm gelungen, die Kluft zwischen LKA und Sonderdezernat zu überbrücken. Zumindest konnte er davon ausgehen, dass die Zusammenarbeit mit Dirkes' MK 6 von nun an weitgehend reibungslos laufen würde, Herzfeld sei Dank. Dafür hatte das Dezernat jetzt vermutlich einen dritten Mord auf dem Tisch – es sei denn, Babatunde Dawodu kaufte seine weiblichen Leichenteile in irgendeiner Pathologie ein.

Zehra war gerade dabei, eine Liste aller in den letzten sechs Monaten vermisst gemeldeten Frauen zusammenzustellen. Sie würde sich zuerst auf den Großraum Berlin konzentrieren. Sie würden sie auf Verbindungen oder räumlich-zeitliche Überschneidungen mit dem toten Afrikaner überprüfen. Zum Glück konnten sie jetzt auf die Unterstützung der Kollegen vom MK 6 zählen.

Er selbst hatte auf dem Bildschirm erneut die Fotos vom Safe des Ermordeten und dem Briefumschlag mit den Geldscheinen geöffnet. Dass Dawodu kein Konto bei der Deutschen Bank unterhielt, hatte er bereits abgeklärt. Weitere Informationen hatte der zuständige Bankangestellte jedoch nicht herausrücken wollen. Gewiss lasse sich anhand der Banderole sowie des Filialkürzels und Datums nachvollziehen, welchem Kunden der Betrag ausgezahlt worden sei, aber das Bankgeheimnis erlaube dies nur auf einen richterlichen Beschluss hin.

»Banken dürfen nur in gesetzlich geregelten Fällen Auskünfte erteilen und behördlichen Institutionen Informationen zur Verfügung stellen. Die Polizei zählt nicht dazu, selbst wenn sie von der Staatsanwaltschaft mit Ermittlungen beauftragt ist. Vor Gericht ist das allerdings etwas anderes.«

Mit einer schnellen Auskunft war also nicht zu rechnen. Blieb der Briefumschlag. Herzfeld hatte Fingerabdrücke von vier verschiedenen Personen gesichert. Jetzt mussten sie diese Personen nur noch finden.

Der hochwertige cremefarbene Umschlag stammte aus dem Hilton Hotel. Das Briefpapier war Teil des Corporate Designs der Hotelkette und daher in jedem Hilton weltweit frei zugänglich. Aus praktischen Gründen beschloss Brandt, von der Annahme auszugehen, dass der Umschlag aus dem Berliner Hotel stammte.

»Können Sie auf die Schnelle rauskriegen, wie viele Mitarbeiter und Gäste es im Hilton gibt?«

Zehra schaute auf und bedachte ihn wieder mit diesem Blick, als solle sie ihrem etwas begriffsstutzigen Opa erklären, wie man die PIN ins Handy eingab. Er antwortete mit einem Lächeln. Er hatte es längst aufgegeben, mit den Computerfähigkeiten seiner Mitarbeiterin zu konkurrieren. Sie konnte besser Auto fahren als er, besser Informationen aus dem Internet ziehen und vermutlich auch besser schießen und sich prügeln. Deshalb war er froh, dass er sie hatte.

»Sie sind die Größte für mich, das wissen Sie doch.«

Zum Dank erhielt er ein säuerliches Lächeln, dann begann Zehra, ihr Keyboard zu traktieren. Eine Minute später nannte sie ihm zwei Zahlen: sechshundert Zimmer, circa dreihundertvierzig Mitarbeiter. Je nach Zimmerbelegung waren das circa tausendfünfhundert Personen mit Zugang zu dem Briefpapier plus jeder, der einigermaßen anständig angezogen am Empfang danach fragte. Wie konnte man die Zahl reduzieren? In der Besprechung mit den Kollegen von der MK hatte er es selbst gesagt: Die Wahrscheinlichkeit, dass sie es mit einem Afrikaner zu tun hatten, vielleicht einem Nigerianer, der Dawodus spezielle Dienstleistungen bezahlen konnte, war hoch.

Die Namen und Herkunftsländer ihrer afrikanischen Mitarbeiter würde das Hilton wohl ohne viel Murren herausrücken. Bei der Gästeliste würde man sich vermutlich querstellen, umso mehr, wenn in Aussicht stand, dass die illustren Gäste anschließend von der Polizei belästigt würden.

Er beschloss, es trotzdem zu versuchen. Telefonisch war seine Chance gleich null. Also ließ er Zehra im Terrarium zurück und fuhr mit der U6 bis zur Haltestelle Stadtmitte. Kurz darauf stand er im Büro der Geschäftsführerin. Nach einigem Hin und Her glitt die Liste mit den Namen der Mitarbeiter aus ihrem Drucker. Sie würden ihre Angestellten nicht nach Rassen, Kontinenten oder Geburtsländern kategorisieren, erklärte sein makellos gekleidetes Gegenüber spitz, Brandt müsse sich schon selbst die Mühe machen, die »Afrikaner« unter ihnen anhand der Namen zu identifizieren.

»Kein Problem, Frau Rottmann. Und wie sieht es mit den Gästen aus?«

Die Dame, die ohnehin nicht übermäßig entspannt auf seine Anfrage reagiert hatte, versteifte sich noch ein bisschen mehr. Über Gäste gebe sie grundsätzlich keine Auskunft, das sei Politik des Hauses.

»Ob überhaupt Afrikaner bei Ihnen abgestiegen sind, dürfen Sie aber verraten, oder?«

»Wir sind eins der ersten Hotels weltweit. Wir zählen zu jeder Zeit Personen von jedem der fünf Kontinente zu unseren Gästen.«

»Natürlich. Wie dumm von mir.« Die Geschäftsführerin hatte recht.

Als er durch die Lobby ging, verließ gerade eine Gruppe Schwarzafrikaner in dunklen Anzügen den Fahrstuhl. Einige von ihnen hatten Schmucknarben im Gesicht. Brandt folgte ihnen. Draußen fuhren drei silberne Mercedes-Limousinen vor. Die Chauffeure stiegen aus, liefen um ihre Fahrzeuge herum und öffneten den Wartenden die Türen im Fond. Die Männer stiegen ein, die Limousinen glitten davon.

Der Portier wandte sich zu Brandt um. »Wichtige Leute.«

Brandt zeigte seinen Dienstausweis und nannte seinen Namen. »Wie sieht's mit der Sicherheit aus?«

»Die haben ihre eigenen Männer.«

»Nigerianer?« Ein Schuss ins Blaue.

Der Portier nickte. »Die offizielle Delegation. Minister plus Entourage.«

Irgendwo ganz hinten in Brandts Kopf klingelte etwas. »Die Entwicklungshilfekonferenz?«

»›Afrika im Aufbruch‹. Eindrucksvoller Titel.«

Brandt entging die Ironie nicht. Der Mann hatte das Recht dazu, fand er – er war offensichtlich selbst Afrikaner.

»Woher stammen Sie?«

»Ghana.«

»Ashanti?«

Der Mann sah ihn überrascht an. »Ja. Woher wissen Sie das?«

Brandt winkte ab. »Nur geraten. Ich habe mal ein paar Monate in Kumasi gelebt. Ich heiße übrigens Heiko Brandt. Darf ich Sie nach Ihrem Namen fragen?«

»Akwasi Mensah.«

»Ah, Sie sind ein Sonntagskind.«

Jetzt riss der Mann erstaunt die Augen auf. Auf einen Deutschen zu treffen, der wusste, dass einer der Vornamen eines Ashanti den Wochentag bezeichnete, an dem er geboren war, kam nicht oft vor.

»Sagen Sie, wohnen außer den Mitgliedern der Delegation noch weitere Nigerianer im Hotel?«

Akwasi Mensah schüttelte den Kopf. »Nein, aber wir haben hier die Delegationen von Ägypten und Marokko.«

Keine Länder mit Verbindungen zu der Art von Hexerei, wie sie südlich der Sahara praktiziert wurde.

Brandt bedankte sich. »Hat mich gefreut, Sie kennenzulernen.«

»Mich auch«, erwiderte der Mann lächelnd.

»Eine Frage noch. Ich tippe mal, Sie haben einen Hochschulabschluss.«

»Soziologie. Mit Promotion.«

In der U-Bahn googelte er die Namen und Fotos aller Mitglieder der Delegation. Schließlich konnte er Zehra die Internet-Oberhoheit nicht völlig überlassen. Was noch fehlte, war die Entourage, die Assistenten, Sekretäre, Chauffeure und Bodyguards der Minister. Und was war mit Ehefrauen? Hatten sie die zu Hause gelassen?

Als er bei der Direktion ankam, hatte er das Problem auch gelöst. Das Auswärtige Amt verfügte zweifellos über eine Liste aller Nigerianer, die zur Konferenz angereist waren. Allerdings konnte er dort nicht anfragen, ohne schlafende Hunde zu wecken. Er brauchte Kollegen, die von Dienst wegen über das gleiche Wissen verfügten: die Sicherungsgruppe des BKA. Die Abteilung war nicht nur für den Bundespräsidenten, die Regierungsmitglieder und Abgeordneten zuständig, sondern auch für die Sicherheit ausländischer Gäste.

Als er das Terrarium betrat, stand Zehra gerade auf und reckte sich. »Mit den vermissten Frauen komme ich im Moment nicht weiter. Soweit es in den Akten DNA gibt, vergleichen Herzfelds Leute sie mit unserer. Aber das sind höchstens zehn Prozent. Und was haben Sie?«

Er brachte sie auf den neuesten Stand.

Zehra zog die Augenbrauen hoch. »Schon wieder ausländische Politiker?«

»Ich weiß. Aber vorerst schließen wir ja nur potenzielle Verdächtige aus.«

Zehra streifte ihren Sommerblouson über. »Trotzdem. Diplomaten und Verdächtige im selben Satz? Das wird Siegrist nicht gefallen.«

»Ich kann's nicht ändern. Wo wollen Sie hin?«

»Zur MK. Mal hören, ob die Kollegen schon Zeugen aufgetrieben haben.«

»Gut. Ich versuche, das BKA auszuhorchen, ohne Staub aufzuwirbeln.«

»Viel Glück.«

Zehra war enttäuscht. Die Kollegen von der MK hatten bisher keinen brauchbaren Zeugen gefunden. Zwar hatte fast jeder

Befragte etwas über Dawodu zu sagen, meistens war es abfällig, misstrauisch oder direkt feindselig. Aber niemand kannte ihn näher.

Dennoch ergab sich daraus ein vages Bild des Opfers, nämlich das eines Mannes, der keinen Kontakt suchte und der, wenn er angesprochen wurde, mit geschäftsmäßiger Freundlichkeit reagierte. Er war selten außerhalb seines Ladens zu sehen, den er an wechselnden Tagen zu unregelmäßigen Zeiten öffnete. Seine Kundschaft, ausschließlich Schwarze, Männer und Frauen jeden Alters, schien das nicht zu stören. Einige Befragte wunderten sich, wovon Dawodu lebte, von seinem Laden ganz bestimmt nicht! Vermutlich vom Staat oder von irgendwelchen kriminellen Geschäften. Ersteres traf laut Überprüfung nicht zu, Letzteres war bisher nirgends aktenkundig geworden. Das Einkommen, das er versteuerte, lag gerade eben über dem Grundfreibetrag. Derzeit nahmen die Kollegen Dawodus Wohnung in Neukölln unter die Lupe.

Beim Lesen der Aussagen erinnerte sich Zehra an die alte Dame im Fenster des Hauses gegenüber dem Tatort. Sie war laut Aktennotiz wegen Abwesenheit noch nicht befragt worden. Zehra schickte Brandt eine Nachricht. Statt einer Antwort kamen vierzehn Passfotos zurück, die komplette nigerianische Reisegruppe, mit der knappen Anweisung: »Zeigen!«

Frau Chernitz öffnete, kaum dass Zehra den Finger vom Klingelknopf genommen hatte. Die Oberkommissarin wies sich aus und stellte sich vor.

»Ich habe Sie schon vom Fenster aus gesehen, Kindchen«, verkündete die alte Dame gut gelaunt. »Kommen Sie rein.«

Die Wohnung war sauber und penibel aufgeräumt. Die Möblierung war hundert Prozent IKEA der Neunziger, sah aber aus wie neu. An jedem freien Stückchen Wand hingen gerahmte Fotos von Kindern, alle zwischen sechs und zehn Jahren alt. Kein Kind tauchte mehr als einmal auf, soweit Zehra das auf Anhieb sagen konnte.

Frau Chernitz war ihrem Blick gefolgt. »Meine Schüler. Ich

war Grundschullehrerin. Ich habe sie alle fotografiert. Keine eigenen Kinder, wissen Sie? Da rein, bitte.«

Zehra ging voraus ins Wohnzimmer.

Frau Chernitz deutete auf das Kissen, das im offenen Fenster bereitlag. »So am Fenster zu hocken ist ja eigentlich ein bisschen proletenhaft, aber ich finde Fernsehen so langweilig. Und seit ich nicht mehr allein die Treppen runterkomme ...« Sie ließ den Satz in der Luft hängen.

»Dann sehen Sie alles, was auf der Straße vor sich geht? Das ist gut für uns.«

»Ab und zu muss ich schon zur Toilette, Kindchen, und öfter, als mir lieb ist.« Sie lachte. »Ich koche mir auch immer. Aber schlafen tu ich nicht mehr viel.«

»Sie waren nicht zu Hause, als die Kollegen Ihre Nachbarn befragt haben.«

»Ich muss regelmäßig in die Klinik. Dr. Kuhnert will das so, wegen meiner Nierenwerte. Er ist ein ehemaliger Schüler.«

»Kannten Sie Herrn Dawodu?«

»Schrecklich, der arme Mann. Sagen Sie mal, Kindchen, wie können Sie bloß den ganzen Tag diese grässliche Arbeit machen? Er soll ja regelrecht zerhackt worden sein. Tee? Ich habe auch englisches Gebäck.«

Sie wartete die Antwort gar nicht erst ab, sondern wackelte aus dem Zimmer. »Rühren Sie sich nicht von der Stelle, Kindchen!«

Kurz darauf kam sie mit einem Tablett zurück, auf dem Teekanne, Keksschale, Tassen und Teller bereits in eine gefährliche Schräglage geraten waren. Zehra sprang auf und nahm es ihr ab.

Während sie tranken und Kekse knabberten, wurde Zehra erbarmungslos über ihre Arbeit, ihre Familie und ihr Privatleben ausgefragt. Erstaunlicherweise machte es ihr nichts aus. Die hellwache Neugier der Fünfundachtzigjährigen – so alt war die Lehrerin nach eigener Aussage – und ihr ehrliches, unvoreingenommenes Interesse taten ihr gut.

Doch schließlich wurde es Zeit. Nachdrücklich lenkte sie das Gespräch auf die Fragen, wegen derer sie gekommen war. Als Zehra sich verabschiedete, hatte sie in dem Fall, wenn sie sich nicht sehr täuschte, einen Durchbruch erzielt.

# DER MINISTER

»Fingerspitzengefühl?« Zehra sah ihn an, als spräche er plötzlich Marsianisch.

»Natürlich. Wir haben es mit dem Minister einer ausländischen Nation zu tun, einem Gast der Regierung.« Sie runzelte die Stirn. Anscheinend suchte sie immer noch die Ironie in seiner Äußerung. Aber da gab es keine. Er war wirklich nicht darauf aus, sich wieder Ärger mit dem Innensenator oder, noch schlimmer, dem Auswärtigen Amt einzuhandeln. Das würde er nur, wenn die Ermittlungen es absolut erforderten. Immerhin hatten sie es mit drei Morden zu tun. Aber noch war es nicht so weit.

Als sie von ihrer Zeugenbefragung zurückgekommen war, hatte er es ihr angesehen – sie war auf etwas gestoßen, das ihre Ermittlungen voranbringen würde. Sie berichtete ihm von ihrer Begegnung mit der Lehrerin. Die Information war in der Tat Dynamit. Sie verband einen Minister der nigerianischen Delegation, der im Berliner Hilton residierte, mit dem vermutlich dritten Mordopfer, das zehntausend Euro in einem Umschlag ebenjenes Hotels in seinem Safe gehabt hatte. Sie mussten mit dem Mann sprechen, daran führte kein Weg vorbei. Aber wie und wo konnten sie das, ohne einen internationalen diplomatischen Eklat heraufzubeschwören? Sie würden die Männer als Zeugen befragen, aber dennoch war Fingerspitzengefühl gefragt.

»Fingerspitzengefühl.« Zehra wiederholte es, diesmal, als handele es sich um die letzte Anweisung eines Einsatzführers der Bereitschaftspolizei, bevor er »Gummiknüppel frei« befahl.

»Hören Sie auf, sich über mich lustig zu machen.«

Der erste Teil der Aussage war enttäuschend gewesen. Frau Chernitz verbrachte viel Zeit an ihrem Fenster, am Tattag waren ihre Schmerzen jedoch so groß gewesen, dass sie im Bett bleiben musste. Das war fast jeden dritten Tag so. Allerdings nicht an dem Tag, als die große dunkle Limousine vor dem Laden des Afrikaners gehalten hatte. Zehra hatte aufgehorcht. Was für ein Wagen es gewesen war, konnte sie nicht sagen, sie hatte sich in ihrem Leben nie für Autos interessiert, aber es war bestimmt teuer gewesen.

Der Fahrer hatte den Motor laufen lassen, war ausgestiegen, im Laden verschwunden und zwei Minuten später mit Dawodu wieder herausgekommen. Er hatte Dawodu gedrängt, hinten einzusteigen, und ihm kaum Zeit gelassen, die Tür zu schließen. Da erst hatte sie den Mann bemerkt, der auf der Rückbank saß. Der Wagen war losgefahren. Zehn Minuten später hielt er schon wieder vor dem Laden. Dawodu war ausgestiegen, hatte sich noch einmal ins Fahrzeug gebeugt, danach hatte er etwas in der Hand gehalten, nicht sehr groß und hell. »Vielleicht ein Briefumschlag?«, hatte Zehra gefragt. Gut möglich. Der Chauffeur hatte den Kofferraum geöffnet, eine Plastiktüte herausgeholt und sie Dawodu gegeben. Dann war die Limousine davongefahren.

Zehra hatte ihr die Fotos gezeigt. Die ehemalige Lehrerin hatte den Fahrer auf Anhieb erkannt. Sein Name war Tayo Fashula. Auf der Liste, die ein Kollege vom BKA Brandt gemailt hatte, firmierte er als Fahrer Seiner Exzellenz Idowu Ogbehs, des nigerianischen Ministers für Entwicklung und Internationale Zusammenarbeit.

Die vom Bundesaußenministerium organisierte Afrika-Konferenz fand im neuen Konferenzzentrum im Westend statt. Brandt bezweifelte, dass sie dort an ihren Mann herankommen, ja, dass sie trotz ihrer Dienstausweise überhaupt Zugang erhalten würden. Die Jungs von der Sicherungsgruppe des BKA waren nicht für ihre Flexibilität gegenüber Kollegen »untergeordneter« Behörden bekannt.

»Erzählen Sie mal, was Sie auf die Schnelle über unseren Mann zusammengetragen haben.« Brandt meinte den Minister. Er ging davon aus, dass er die Person auf dem Rücksitz gewesen war.

Zehra klappte ihren Notizblock auf.

Seine Exzellenz war 1964 als Sohn eines Häuptlings oder Königs der Egba, einer Untergruppe der Yoruba, geboren worden. Die Yoruba machten ein Fünftel der nigerianischen Bevölkerung aus. Sein Vater war Vizevorsitzender der All Nigeria People's Party gewesen. Nach der Schule studierte der Sohn in England.

»Cambridge oder Oxford?«

»Reading. Bachelor in Pädagogik. Danach in Oxford ein paar Kurse in Militärtechnik.«

»Klar, dann steht Oxford im Lebenslauf.«

»Er wurde Direktor eines nigerianischen Luftfrachtunternehmens, dann Exekutivdirektor der West African Aluminium Ltd., wo sein Vater Vorstandsvorsitzender war. Von 2003 bis 2006 Verkehrsminister, danach ein paar Monate lang Wirtschaftsminister. Bis 2013 nichts mehr. Da wurde er zum zweiten Mal Verkehrsminister. Bei WikiLeaks sind Berichte aufgetaucht, dass er als Verkehrsminister einem seiner Brüder fette Aufträge zugeschustert habe. Hat es natürlich bestritten, ist aber aus gesundheitlichen Gründen zurückgetreten. Letztes Jahr taucht er dann als Minister für Entwicklung und Internationale Zusammenarbeit wieder auf.«

»Für Nigeria ein ziemlich normaler Werdegang.«

»Es gibt da eine tolle Geschichte über seinen Onkel. Der war Ende der Siebziger auch Verkehrsminister. Nach dem Militärputsch wurde er angeklagt, weil er in seiner Amtszeit dreihundert Millionen Dollar Schmiergelder kassiert haben soll. Also flieht er nach Großbritannien. Ein Jahr später wird er im Frachtraum einer Boeing 707 der Nigeria Airways in einer Holzkiste gefunden – deklariert als Diplomatengepäck. Er war entführt worden. Die Entführer fand die englische Polizei in einer zweiten Holzkiste.«

»Bemerkenswerte Familie.«

Das Konferenzgebäude war noch nicht mal in Sicht, als sie schon auf die ersten Zeichen von Polizeipräsenz trafen. Am

Straßenrand waren Einsatzfahrzeuge aufgereiht, daneben warteten Kollegen, die in ihren Körperpanzern an Ninja Turtles erinnerten.

Zehra wollte auf den Parkplatz des CityCube einbiegen. Ohne ihren Dienstausweis eines Blickes zu würdigen, scheuchte ein mit einem HK G36 bewaffneter Beamter sie weiter. Sie fuhren zum Haupteingang. Vor einer Absperrung hatte ein Dutzend Reporter und Kamerateams Wartestellung bezogen. Auf Brandts Frage, wann die Minister gewöhnlich Feierabend machten, sah ihn der angesprochene Reporter an, als habe er ihn nach dem Erscheinen des Osterhasen gefragt.

»Hier quatschen nur die Sherpas. Staatssekretäre et cetera, Sondierungsrunden, Arbeitsgruppen. Die Chefs kreuzen erst auf, wenn es was zu verkünden gibt.«

»Und warum steht ihr euch dann hier die Beine in den Bauch?«

Der Mann zuckte mit den Achseln. »Man kann ja nie wissen.«

Zehra sah Brandt fragend an. Er überlegte kurz, dann forderte er sie auf, irgendwo rechts ran zu fahren. Er zückte sein Smartphone, googelte die Telefonnummer des Hilton, fragte nach Akwasi Mensah und ließ sich mit dem Portier verbinden. Er nannte seinen Namen, der Mann erinnerte sich, das war Teil seines Jobs. Nach einem kurzen Gespräch wusste Brandt, dass der Chauffeur nach Schloss Charlottenburg gefragt hatte. Der Portier hatte ihm eine Informationsbroschüre besorgt. Kurz darauf war Seine Exzellenz heruntergekommen, der Chauffeur war vor- und mit Seiner Exzellenz davongefahren. Seine Schlüsse müsse der Kommissar daraus selbst ziehen, fügte Akwasi Mensah hinzu. Brandt bedankte sich.

# SIGHTSEEING

Dr. Urs Günzer ließ sich im Schatten der Platanen auf der von der Sonne aufgewärmten Marmorbank nieder und zog die Bügelfalten seines Sommeranzugs aus portugiesischem Leinen zurecht. Für das Treffen hatte er sich für den Platz vor der Großen Orangerie entschieden. Eine Sehenswürdigkeit, die ein nigerianischer Minister mit einiger Plausibilität besuchen konnte. Prunkarchitektur, barocke Gärten, Marmornymphen, Gold, Glanz und Gloria und ein paar hundert Jahre europäische Geschichte. Er hatte das Schloss nicht als Treffpunkt ausgewählt, um den Minister zu beeindrucken. Im Gegenteil. Das Erste, was er über Idowu Ogbeh herausgefunden hatte, war die Tatsache, dass er sein Minderwertigkeitsgefühl durch eine zur Schau getragene Geringschätzung westlicher Kunst und Kultur kompensierte. Dieser Ort würde ihm ausreichend Gelegenheit zu abwertenden Bemerkungen und ein Gefühl von Überlegenheit geben, was die Verhandlungen erheblich vereinfachen würde.

Für den Fall, dass es in den nächsten Tagen zur Vertragsunterzeichnung käme, musste er noch sicherstellen, dass Seine Exzellenz das Notariat ungesehen betreten und wieder verlassen konnte. Niemandem war daran gelegen, dass der Termin von irgendwelchen Journalisten fotografisch festgehalten oder von einem Touristen zufällig auf einem Selfie verewigt und ins Netz gestellt wurde.

Die Hitze stand wie festgezurrt über der in vier Quadrate geteilten Rasenfläche zwischen Großer und Kleiner Orangerie. Hitze machte Günzer nichts aus, er bereiste ständig Länder, die in Äquatornähe lagen. Aber in letzter Zeit sehnte er sich immer öfter nach seinem Haus am Nordufer des Genfersees.

Er beobachtete ein Eichhörnchen, das sich in ruckhaften

Sprüngen am Rand der Wiese hin und her bewegte. Es wirkte ermattet und desorientiert.

Er schaute auf seine Breguet. Natürlich würde sich Seine Exzellenz verspäten, das gehörte zu den Privilegien der Mächtigen. Günzer hätte eine halbe Stunde später kommen können. Aber das Risiko, erst nach Ogbeh einzutreffen, konnte er nicht eingehen. Der Minister wäre sofort wieder abgefahren und hätte ihn dann wochenlang auf ein nächstes Treffen warten lassen. Die Verzögerung würde den Konzern ein paar Millionen kosten, worüber der Vorstand nicht sonderlich begeistert wäre.

Dabei war es Ogbeh, der ein Stück von ihrem Kuchen wollte. Wenn sie die Abfüllanlage in Ghana oder Kenia bauten, würde er leer ausgehen. Aber das würden sie nicht. Die Experten hatten lange nach dem idealen Standort gesucht, jetzt war es an ihm, die nötigen politischen Rahmenbedingungen zu schaffen. In Ländern der Dritten Welt, wo sich Machtverhältnisse von einem Tag auf den nächsten ändern konnten, mussten sie sicherstellen, dass die Interessen des Konzerns auch in einem derartigen Fall gewahrt blieben.

Darum hatte er sich für Seine Exzellenz entschieden. Ogbeh gehörte zu einem mächtigen Häuptlingsclan, der schon im 18. Jahrhundert am Handel mit Sklaven gut verdient hatte. Ogbehs weitläufige Familie war tief in der politischen und militärischen Elite verwurzelt und würde immer an der Macht partizipieren, ganz gleich, wer sich gerade an die Spitze gekämpft hatte. Ogbeh besaß Macht, und er war korrupt. Es war nicht schwer gewesen, ihm das Angebot schmackhaft zu machen. Jetzt ging es nur noch um die Details, das hieß, wie viele Millionen Franken oder Dollar auf einem Schweizer Nummernkonto deponiert werden sollten.

Das Eichhörnchen hatte sich seit mehreren Minuten nicht mehr bewegt. Vielleicht war es heute zu heiß, um Nüsse zu sammeln. Seiner Exzellenz war es dazu nie zu heiß. Dr. Günzer lockerte seinen Krawattenknoten, besann sich aber und zog ihn wieder zu.

Er war Anwalt für internationales Vertragsrecht, er hatte an erstklassigen Universitäten studiert. Wie war es bloß dazu gekommen, dass er jetzt dafür zuständig war, korrupten Politikern und Militärs in den ärmsten Ländern der Welt die Taschen zu füllen? Dass er die Gierigen und Maßlosen dafür belohnte, mitzuhelfen, ihre eigenen Völker auszuplündern – zum Nutzen nicht weniger maßloser und gieriger Anleger in den reichen Teilen der Welt?

Das Eichhörnchen bewegte sich wieder – im Zickzack, als wisse es nicht, was es wirklich wollte.

Er war kein Zyniker. Es hatte sich einfach herausgestellt, dass er gut in dem war, was er tat. Es hatte ihm eine Villa am Genfersee eingebracht, er hatte seine Töchter auf Eliteuniversitäten geschickt. Als Teenager hatten sie ihm ständig vorgehalten, dass er für einen der meistgehassten Konzerne der Welt arbeitete. Jetzt stand die eine in der engeren Wahl für eine leitende Position bei der UNESCO, die andere war CEO bei einer Organisation, die nachhaltige Ressourcennutzung zertifizierte.

Er sah wieder auf seine Uhr. Fünfundzwanzig Minuten.

Ein Schatten glitt über die Rasenfläche, eine Krähe im Überflug. Das Eichhörnchen flüchtete unter die Platanen, flitzte einen Stamm hinauf und tauchte im Blätterwerk unter.

Dr. Günzer hörte hinter sich ein Geräusch. Harte Schuhsohlen auf Kies. Er wandte sich um. Ein Mann trat aus dem Schatten der Platanen. Der Fahrer und Leibwächter Seiner Exzellenz. Günzer hatte in Lagos schon einmal das zweifelhafte Vergnügen gehabt. Damals hatte er gespürt, dass dem Mann alles zuzutrauen war.

Der Mann drehte sich um und nickte.

Seine Exzellenz Idowu Ogbeh bewegte sich in dem eleganten, leicht schimmernden Sommeranzug, als sei er darin auf die Welt gekommen. In der Hand hielt er eine Informationsbroschüre über das Schloss, das sich Sophie Charlotte von Hannover Ende des 17. Jahrhunderts hatte bauen lassen.

Sie hatten das Kennzeichen der Limousine von Akwasi Mensah. Zehra entdeckte sie auf dem Parkplatz. Fahrer und Insassen auf dem weitläufigen Gelände zu finden war da schon schwieriger. Was würde einen afrikanischen Minister auf Dienstreise wohl besonders interessieren? Historische Architektur? Gartenkunst des 17. Jahrhunderts? Alte Möbel? Gemälde? Skulpturen?

Sie hatten gerade beschlossen, sich aufzuteilen – Brandt würde den Park und die Gärten absuchen, Zehra die zu besichtigenden Gebäude –, als Zehra in Richtung der Großen Orangerie deutete. Ein Mann lehnte an einer Platane.

»Der Chauffeur«, konstatierte Zehra. Sie blätterte in ihrem Notizblock ein paar Seiten zurück. »Tayo Fashula.«

Sie folgten seinem Blick und landeten bei einer Bank, auf der zwei Männer saßen und sich anscheinend unterhielten. Sie sahen zwar nur ihre Rücken, aber Brandt war sicher, dass einer von ihnen Seine Exzellenz war. Der andere, ein Weißer in hellem Anzug mit ergrautem, kurz geschnittenem Haar, stand gerade auf und wandte ihnen das Gesicht zu. Es war ebenfalls grau und nichtssagend. Das Gesicht eines Buchhalters. Er verabschiedete sich. Die angedeutete Verbeugung wirkte beinah servil, das Ende einer Audienz.

Er ging. Mit jedem Meter, der ihn von Ogbeh entfernte, wurde sein Schritt fester, seine Haltung gerader, sein Gang federnder. Als er an ihnen vorbeikam, zeigte seine Miene nichts mehr von Unterordnung, sondern nur noch Verachtung. Brandt erkannte die Breguet Marine an seinem Handgelenk, er schätzte sie auf zwanzigtausend Euro. Der Mann stieg in einen schwarzen Mercedes AMG G63 und fuhr vom Parkplatz. Zehra notierte das Kennzeichen.

Ogbeh hatte sich inzwischen ebenfalls erhoben. Er nickte seinem Chauffeur zu. Fashula trat zu ihm. Ogbeh drückte ihm die Informationsbroschüre in die Hand. Der Chauffeur warf sie in den nächsten Abfallbehälter. Dann ging er voraus zum Parkplatz, Ogbeh folgte ihm. Als sie den Wagen fast erreicht hatten, trat Brandt ihnen in den Weg.

»*Sir! Can I have a minute of your time?*«
Der Chauffeur machte einen Schritt auf Brandt zu. Aus den Augenwinkeln sah Brandt, wie Zehras Hand zum Holster ging. Er hob seinen Dienstausweis auf Augenhöhe und sagte: »*Police.*«
Tayo Fashula erstarrte in der Bewegung. Dann drehte er sich mit fragender Miene zu seinem Chef um. Der bedeutete ihm mit einer winzigen Geste beiseitezutreten.
»*What seems to be the problem, officer?*«
Brandt stellte sich vor, ohne das Sonderdezernat zu erwähnen. »Wir ermitteln in einer Straftat und suchen Zeugen.«
»Und wie kann ich Ihnen dabei helfen?« Ogbeh wirkte angespannt.
»Sie und möglicherweise auch Ihr Chauffeur, Herr Minister.«
»Sie wissen, wer ich bin?«
»Natürlich, Exzellenz.« Exzellenz? Brandt spürte förmlich, wie Zehra hinter ihm zusammenzuckte. Gleichzeitig registrierte er, dass seine schmeichelhafte Anrede nicht die erhoffte Wirkung zeigte.
»Wie haben Sie mich gefunden?«
Brandt lächelte. »Wir sind von der Polizei, Sir.«
Ogbeh gab sich damit zufrieden.
»Kennen Sie einen Mann namens Babatunde Dawodu, Sir?«
Etwas blitzte in Ogbehs Augen auf. Mehr brauchte Brandt nicht als Bestätigung.
»Ist mir nicht bekannt.«
»Mmh.« Brandt kratzte sich am Kopf. »Das ist merkwürdig.«
»Was ist daran merkwürdig? Ist der Mann Nigerianer? Ich kenne nicht jeden einzelnen Nigerianer.« Ogbehs falsches Lachen klang wie ein Bellen.
»Herr Dawodu *ist* Nigerianer.« Brandt klappte seinen Notizblock auf. »Vielleicht kennt Ihr Fahrer den Mann.« Brandt richtete seinen Blick auf Fashula. »Babatunde Dawodu?«
Fashula funkelte Brandt wütend an und schüttelte den Kopf.
Brandt schaute auf seinen Notizblock. »Herr Dawodu lebt

seit mehreren Jahren in Deutschland. Er hat Asyl beantragt und erhalten. Er führt ein kleines Geschäft. Nun ist es so: Eine Zeugin sagt aus, sie habe Ihre Limousine am ...« Er warf Zehra einen fragenden Blick zu. Sie nannte Wochentag, Datum und Uhrzeit.» ... vor Herrn Dawodus Laden gesehen. Ihr Fahrer«, er deutete auf Tayo Fashula, »sei ausgestiegen, in den Laden gegangen, kurz darauf mit Herrn Dawodu wieder herausgekommen, Herr Dawodu sei eingestiegen, der Wagen losgefahren und nach zehn Minuten zurückgekehrt. Herr Dawodu sei ausgestiegen, dann sei der Wagen weggefahren.«

Ogbehs Gesicht war zur Maske erstarrt. »Ich kenne diese Person nicht und war an dem genannten Tag auch nicht dort.«

»Sind Sie sicher? Kennen Sie denn die Adresse von Herrn Dawodus Laden?«

Ogbeh biss die Zähne aufeinander. Dann zischte er: »Natürlich nicht. Unterstellen Sie, dass ich lüge?«

Sein Gesicht wäre vor Wut rot angelaufen, wenn das möglich gewesen wäre, dachte Brandt.

»Ich kenne diesen Mann nicht, bin ihm nie begegnet und verlange, dass Sie mich damit nicht weiter belästigen.«

»Tut mir leid, Exzellenz, aber ich würde den Widerspruch zwischen der Aussage der Zeugin und dem, was Sie sagen, gern aus der Welt schaffen. Sie hat Ihren Fahrer auf einem Foto wiedererkannt und sagt, auf dem Rücksitz habe ein zweiter Mann gesessen. Vielleicht hat Ihr Fahrer ja jemanden ohne Ihr Wissen zu einer Spazierfahrt eingeladen und unterwegs einen alten Freund besucht?«

Ogbehs Stimme legte an Schärfe zu. »Er kennt den Mann nicht. Ihre Zeugin irrt sich.«

»Sie werden nicht beschuldigt, Herr Minister ...«

»Das wäre ja auch noch schöner! Ich bin in offizieller Funktion auf Einladung Ihrer Regierung hier! Ich werde mich über Ihre Unterstellungen beschweren! Jetzt entschuldigen Sie mich, der französische Außenminister erwartet mich.«

Ogbeh hatte seine schwersten Geschütze aufgefahren. Die

Sache war für ihn erledigt. Er schritt direkt auf Brandt zu. Er war es gewohnt, dass man ihm Platz machte. Brandt trat im letzten Moment beiseite. Fashula lief voraus und hatte die Tür bereits aufgerissen, als sein Chef beim Wagen ankam. Die Männer stiegen ein, die Limousine schoss davon.
Brandt war zufrieden. Mehr hatte er nicht erwartet. Ogbehs Reaktion war nicht nur der Arroganz der Macht geschuldet. Er hatte sich verhalten wie jemand, der etwas verbergen wollte. Aber was? Vielleicht wollte er nur vermeiden, in der westlichen Presse als zurückgebliebener Afrikaner aufzutauchen, der an Hexerei glaubte. Er sah sich um. Wo war Zehra geblieben? Im selben Augenblick tauchte sie zwischen den Platanen auf. Zufrieden schob sie die Informationsbroschüre, die Tayo Fashula in den Abfallbehälter geworfen hatte, in einen transparenten Beweismittelbeutel.

# SACKGASSE

»Warum haben Sie Seine Exzellenz nicht nach dem Geld im Safe gefragt?« Zehra fuhr am Kleinen Tiergarten vorbei. »War das das berühmte Fingerspitzengefühl?«
»Den Druck weiter zu erhöhen, wäre sinnlos gewesen. Wenn wir härter rangehen wollen, brauchen wir mehr.«
»Ich hätte den Typ gern schwitzen sehen. Sobald die Konferenz zu Ende ist, verschwindet er mit seinem Bodyguard zurück nach Nigeria.«
Brandt seufzte. »Ich weiß.«
»Wir könnten checken, wo sich die beiden zur Tatzeit aufgehalten haben. Zurück ins Büro?«
Brandt überlegte kurz, dann schüttelte er den Kopf. »Zuerst zu Herzfeld. Dann gehen wir was essen. Ich lade Sie ein.«
Sie sah ihn überrascht an. »Gibt's einen Anlass?«
Brandt tippte auf den Spurenbeutel mit der Informationsbroschüre. »Ihre gute Arbeit.«
Anderthalb Stunden später hatten sie den Spurenbeutel abgeliefert und waren essen gewesen. Sie bogen auf den Parkplatz der Direktion ein. Zehra winkte Hauptwachtmeister Berg zu, der seine sitzende Position aufgegeben hatte und mit einem uniformierten Kollegen den Blechschaden an einem fast neuen Streifenwagen begutachtete. Sie manövrierte den Wagen mit Schwung in eine Parklücke, an der Brandt vorbeigefahren wäre.
Als sie ausstiegen, stand plötzlich Siegrists persönlicher Referent vor ihnen. »Kommen Sie mit.«
Sie sah Brandt fragend an. Der zuckte mit den Achseln. Sie folgten Antes. Der Dienstwagen des Innensenators parkte in einer entfernten Ecke des Geländes. Antes bedeutete ihnen, hinten einzusteigen. Siegrist rutschte ans Fenster, Brandt setzte sich neben ihn. Der Innensenator hatte persönlich den Weg auf sich genommen – es war also wieder mal ernst. Zehra schob sich

auf den Sitz und versuchte, sich so schmal und unauffällig zu machen, wie sie konnte.

»Ich hatte einen Anruf aus dem Außenministerium. Ein Gast der Bundesregierung hat sich beschwert. Über dich.«

Brandt wartete.

»Bist du schon wieder auf dem Kreuzzug?«

»Ich folge nur Spuren, die bei den Ermittlungen auftauchen«, erwiderte Brandt ruhig.

»Aber du entscheidest, welche Spuren Priorität haben.«

Brandt seufzte. Er berichtete Siegrist von den Ermittlungen, obwohl ihm klar war, dass der Innenminister die Informationen schon aus anderer Quelle hatte. Zum Abschluss lieferte er eine leicht geschönte Darstellung ihrer Begegnung mit Seiner Exzellenz.

Als er fertig war, schwieg Siegrist. In die Stille hinein summte Zehras Smartphone. Sie nestelte es aus der Tasche. Eine Nachricht von Herzfeld. Sie hielt Brandt das Display hin. Er las. Ein Teil der Fingerabdrücke auf dem Geldumschlag stammte von Seiner Exzellenz und dessen Chauffeur.

»Es sind ihre Abdrücke.«

Siegrist hob die Augenbrauen. »Eure illegal beschafften Abdrücke. Das beweist noch gar nichts.«

Brandt nickte. »Das weiß ich auch.«

»Wenn der Minister sein Geld für irgendeinen Humbug ausgibt, geht uns das nichts an.«

»Wenn der Humbug die DNA eines erst kürzlich getöteten Mordopfers enthält, schon.«

Siegrist, der bisher vor sich hingestarrt hatte, wandte sich zu ihnen um. »Wenn ich das richtig verstehe, dient so ein Juju dazu, jemandem Schaden zuzufügen.«

»Nicht immer, aber sehr oft.«

»Worum geht es dabei genau?«

»Um Macht, Geld, Eifersucht, Erfolg, darum, einen Konkurrenten loszuwerden«, erwiderte Brandt.

»Also das Übliche. Und wem will Ogbeh schaden? Der

Kanzlerin? Einem Politiker auf der Konferenz? Aus einer afrikanischen Delegation? Einem EU-Land? Aus seiner eigenen Truppe?«

»Das wissen wir nicht.«

»Wie wollt ihr das rausfinden? Ihr kommt nicht an ihn ran. Jetzt nicht mehr.«

»Wahrscheinlich.«

»Wie wollt ihr beweisen, dass er wusste, was in dem Juju ist, das dieser ... ›Hexer‹ gemixt hat – vorausgesetzt, das ist überhaupt der Fall? Und warum denjenigen töten, der ihm das Juju verschafft hat?«

»Um seine Spuren zu verwischen – falls er selbst mit dem Mord an dem Jogger zu tun hat.«

Zehra sah Brandt an, dass er selbst wusste, wie dünn das Ganze klang. Trotzdem buchstabierte es ihm Siegrist.

»Ihr habt nichts außer Vermutungen. Vielleicht war der Minister bei diesem Kerl, vielleicht hat er zehntausend Euro auf den Tisch gelegt, vielleicht hat er damit ein Juju bezahlt, weil er seine Sekretärin dazu bringen will, sich von ihm flachlegen zu lassen.« Siegrist ließ den Satz einen Moment lang im Raum stehen, dann sah er Brandt direkt an. »Ich bin aus reiner Freundlichkeit hier. Ich will keine neue Konfrontation, nicht zwischen uns, nicht mit dem Außenministerium. Außerdem ist der Mann sowieso unantastbar. Lass ihn in Ruhe und sieh dich nach alternativen Ermittlungsansätzen um.«

Die Unterredung war zu Ende. Sie stiegen aus, Antes stieg ein, die Limousine rollte davon.

Brandt wirkte nachdenklich. »Er hat recht.« Er machte eine Kunstpause. »Trotzdem wüsste ich gern, was in der Plastiktüte war, die der Chauffeur Dawodu gegeben hat. Haben wir die schon gefunden?«

# VERHEXT

Es lief verkehrt. Normalerweise war eine Leiche der Ausgangspunkt, und die am Tatort gesicherte DNA diente der Ermittlung des Täters. Diesmal hatten sie eine DNA-Spur und suchten die dazu passende Leiche. Das dritte Opfer in diesem Fall – wenn es nur *ein* Fall war.

Nein, falsch, Dawodu war das dritte Opfer. Die Frau, deren Knochensplitter die KTU in einem Mörser in seiner Hexenküche entdeckt hatte, war vor ihm getötet worden. Vielleicht sogar vor dem Jogger. In Zusammenarbeit mit der Rechtsmedizin hatte Herzfeld versucht, den Todeszeitpunkt für eine Leiche festzulegen, die noch gar nicht gefunden worden war. Nach Ansicht der Experten war der Knochen, von dem der Splitter stammte, vor nicht mehr als zwei Wochen und nicht weniger als vierundzwanzig Stunden von einem lebenden Organismus abgetrennt worden. Denn auch dies war denkbar: Das Opfer lebte noch und hatte nur ein Körperteil eingebüßt. Aber weder Brandt noch Zehra, nicht einmal die Kollegen von der MK 6 hielten diese Möglichkeit für wahrscheinlich.

Wenigstens reduzierte die zeitliche Eingrenzung die Zahl der zu überprüfenden Vermisstenfälle. Jeden Monat wurden in Berlin fast tausend Personen als vermisst gemeldet. Rechnete man diese Zahl auf zwei Wochen herunter und sortierte Männer und Kinder aus, würden trotzdem noch mehr als hundert Frauen übrig bleiben, deren DNA sie beschaffen und testen lassen mussten. Selbst wenn dies gelingen sollte, kannten sie zwar die Identität des Opfers, hatten aber immer noch keine Spur von ihm. Und erst recht keine vom Täter.

Mutlosigkeit überkam Zehra. Sie saß auf der Stufe vor ihrer Haustür. Die Steinplatten dünsteten die Hitze aus, die ihnen die Sonne den ganzen Tag über eingebrannt hatte.

Alles, was sie hatten, waren Ogbehs Fingerabdrücke auf

einem Briefumschlag, der im Safe eines der Opfer gefunden worden war. Und eine Augenzeugin, die ihn an einem Tatort gesehen hatte, allerdings vier Tage, bevor dort ein Mord verübt worden war. Trotzdem war Zehra sicher, dass der Minister mit den Morden zu tun hatte. Im selben Moment, als sie Ogbeh angesehen hatte, hatte sie diese irrationale Gewissheit gespürt, die auch den vernünftigsten Argumenten widerstand. Wie die namenlose Angst, die mit ihr einherging. Zehra war nicht leicht zu erschrecken, aber vor Ogbeh fürchtete sie sich.

Etwas huschte an ihren Füßen vorbei. Sie zuckte erschrocken zusammen. Wegen einer Maus auf der Suche nach Futter? Was war nur los mit ihr?

Wahrscheinlich lag es am Schlafmangel. Wo blieb der verdammte Schlüsseldienst? Sie zog ihr Handy aus der Tasche und drückte auf Wiederwahl. Noch bevor sie das erste Freizeichen hörte, hielt ein weißer Kastenwagen in zweiter Reihe vor ihrem Haus.

Der Fahrer, ein schwerer, glatzköpfiger Mann, stieg aus und kam behäbig mit einem Werkzeugkoffer in der Hand auf sie zu. »Haben Sie mich gerufen?«

»Schon vor einer halben Stunde!«

»Wir garantieren eine maximale Anfahrtszeit von dreißig Minuten«, knurrte er. »Also worüber beschweren Sie sich?« Er deutete auf die Haustür. »Geht's um die da?«

»Natürlich nicht.« Zehra drückte auf die Klingel der Erdgeschosswohnung.

Der Türsummer ertönte. Sie erklärte ihrer Nachbarin in wenigen Worten die Situation. Dennoch war es das längste Gespräch, das Zehra während der zehn Monate, die sie mittlerweile hier wohnte, mit einem ihrer Nachbarn geführt hatte.

Vor Zehras Wohnungstür angekommen, fragte der Mann vom Schlüsseldienst: »Abgeschlossen?«

»Nur zugezogen. Sie müssen das Schloss also nicht kaputt machen.«

Diesmal knurrte er wortlos. Er stellte seinen Koffer ab, holte einen akkubetriebenen Elektropick hervor und steckte die Picknadel ins Schloss. Das Gerät schnarrte ein paarmal, dann sprang die Tür auf. Die ganze Aktion hatte keine Minute gedauert.

»Neunundneunzig Euro für die Türöffnung plus zehn für die Anfahrt. Bar oder mit Karte?«

»Schnell verdientes Geld.« Zehra konnte sich die Bemerkung nicht verkneifen.

»Ist ein anständiger Preis. Sollten Sie eigentlich wissen.« Er deutete auf das Waffenholster an ihrem Gürtel. Natürlich hatte der Mann recht. Als Polizistin kannte sie die wenigen Schlüsseldienste in Berlin, die ihre Kunden nicht über den Tisch zogen. Sie zückte ihre EC-Karte, der Mann steckte sie in ein mobiles Lesegerät.

»Wenn Ihnen das zu teuer ist, legen Sie Ihren Schlüssel doch unter die Fußmatte«, brummte er zum Abschied.

Er ging. Sie schob die Matte, auf der sie am Morgen ausgeglitten war, an ihren Platz zurück – und stutzte. Es war etwas darunter. Sie hob die Matte hoch. Auf dem Boden lag ein flaches Säckchen aus grobem schwarzen Stoff.

Achtzehn Minuten später hielt die Oberkommissarin mit quietschenden Reifen in der Rigaer Straße vor einem der letzten besetzten Häuser Berlins. Brandt wohnte direkt gegenüber. Sie schaltete die Warnblinkanlage ein, sprang aus dem Wagen und ließ ihn in zweiter Reihe stehen. Sie drückte auf Brandts Klingel und nahm den Finger erst vom Knopf, als der Türsummer ertönte. Die Holztreppe ächzte unter ihren weiten Sätzen. In der Wohnungstür wartete Brandts Freundin. Sie war Saada Bonsu noch nicht oft begegnet, aber jedes Mal hatte die Oberkommissarin sich in ihrer Gegenwart plump und hässlich gefühlt. Sie hatte sie trotzdem vom ersten Augenblick an gemocht.

»Ist Brandt da?«, stieß Zehra hervor.

Saada nickte beunruhigt. »Er steht unter der Dusche. Ist etwas passiert?«

»Holen Sie ihn!«

»Warum kommen Sie nicht rein und –«
»Holen Sie ihn!«
Saada zögerte nur kurz, bevor sie in der Wohnung verschwand. Zehra starrte auf die Fußmatte vor der Tür. Saada kehrte mit Brandt, der ein Handtuch um sich gewickelt hatte, zurück. Zehra zog den Beweisbeutel hervor. Die ganze Fahrt über hatte sie das Gefühl gehabt, dass er unnatürlich schwer in ihrer Jackentasche lag. Doch nun, vor ihrem tropfnassen Chef, kam sie sich plötzlich albern vor.
»Das habe ich unter meiner Fußmatte gefunden. Möglich, dass das Quatsch ist, aber ich dachte, Sie sollten auch mal unter Ihrer nachsehen.«
Brandt antwortete nicht. Er hob die Matte an. Das Stoffsäckchen darunter sah genauso aus wie das in Zehras Beweisbeutel. Sie bemerkte einen seltsamen Ausdruck in Saadas Gesicht. Offenbar kannte auch sie die Bedeutung des Fundes.
»Packen Sie das ein«, sagte Brandt. »Und rufen Sie Herzfeld an. Er soll ins Labor kommen.«
Damit verschwand er in der Wohnung. Zehra holte einen zweiten Beweisbeutel aus ihrer Tasche und tütete den Fund ein. Als sie sich aufrichtete, sah Saada sie besorgt an.
»Ein Juju kann Ihnen nichts anhaben, wenn Sie nicht daran glauben.«
Zehra rang sich ein schiefes Grinsen ab. »Sind Sie sicher?«
»Nein.« Saada lächelte, dann wurde sie wieder ernst. »Einige meiner Freunde würden sich nicht mehr aus dem Haus trauen, wenn sie so etwas vor ihrer Tür gefunden hätten.«
»Sie meinen Ihre afrikanischen Freunde?«
Sie nickte. »Aber die leben nicht in Lehmhütten. Es sind studierte Leute, Naturwissenschaftler, Soziologen, Journalisten ...«
»Was ist mit Ihnen? Hätten Sie Angst?«
Saada schwieg.
Brandt kam in Jeans und T-Shirt zurück. »Fahren wir!«
Der Hauptkommissar eilte die Treppe hinunter. Zehra folgte

ihm. Saada blieb an der Tür zurück. Sie hatte die Frage nicht beantwortet.

Auf dem Labortisch lagen die beiden Stoffsäckchen sowie das, was sie enthalten hatten: zwei unscheinbare Stücke Papier. Die kleinen Blätter waren unbeschriftet, aber fleckig, sie wellten sich, als wäre eine schmutzige Flüssigkeit darauf eingetrocknet.

»Die Zettel sind mit einer Lösung durchtränkt worden«, sagte Herzfeld.

»Zu welchem Zweck?«, fragte Zehra.

»Lassen Sie es mich so sagen: Vorher war das hier nur Papier. Danach das, was unser Experte Muti oder Juju nennt.« Herzfeld sah den Hauptkommissar an. »Richtig?«

Brandt nickte. »Wissen Sie schon etwas über diese Lösung?«

»Ich kann Ihnen sogar sagen, woher Sie stammt.«

Der Kriminaltechniker drehte den Computerbildschirm, hinter dem er saß, zu Zehra und Brandt um. Der Monitor zeigte die grafische Darstellung dreier DNA-Profile. Sogar ein Laie hätte erkannt, dass sie übereinstimmten.

»Die Sequenzen eins und zwei habe ich aus den Papierfasern der beiden Zettel isoliert. Die dritte kennt ihr schon. Wir haben sie in dem Fläschchen aus dem Afro-Shop gefunden«, erläuterte Herzfeld und fügte überflüssigerweise hinzu: »Alle drei Proben sind identisch mit dem DNA-Profil von Tarek Gencerler.«

Einige Sekunden sagte keiner ein Wort. Die Gedanken jagten durch Zehras Kopf. Gencerler war getötet worden, weil jemand Körperteile für einen Schadenszauber gebraucht hatte. Sie hatten einen vagen Hinweis auf den möglichen Auftraggeber, Ogbeh, aber bisher keinen Hinweis darauf, gegen wen sich der Zauber richtete.

Sie sah Brandt an. »Waren Sie jemals in Nigeria?«

»Sogar mehrmals«, erwiderte er ruhig. »Aber Minister Ogbeh bin ich heute zum ersten Mal in meinem Leben begegnet.« Er hatte ihren Gedanken erraten. »Gencerler ist nicht ermordet worden, um ein Juju herzustellen, das sich gegen Sie oder mich richtet. Das primäre Ziel muss jemand anders gewesen sein.«

»Warum lagen die Dinger dann vor Ihrer und meiner Tür?«, wandte Zehra ein.

»Vielleicht, weil wir jemandem zu nahe gekommen sind.«

»Sie meinen Ogbeh?«

»Oder Dawodu. Um das zu entscheiden, müssten wir wissen, ob die Papierstücke vor oder nach unserem Gespräch mit dem Minister getränkt und bei uns platziert wurden.« Brandt blickte fragend zu Herzfeld, doch der zuckte bedauernd mit den Achseln.

»Das wird kaum nachzuweisen sein. Aber es ist doch viel einfacher: Wann habt ihr mit diesem Minister geredet? Das Fläschchen mit der Lösung steht ja schon seit heute Morgen in unserem Labor.«

»Dawodu kann mehr als eins abgefüllt haben«, mischte sich Zehra ein.

»Richtig«, gab Herzfeld zu. Dann lächelte er. »Jetzt weiß ich auch wieder, warum ich Kriminaltechniker bin und kein Ermittler.«

Eine Stunde später stolperte Zehra todmüde in ihr Schlafzimmer. Die letzten Nächte hatte sie bei weit aufgerissener Balkontür geschlafen. Heute ließ sie die Fenster geschlossen. Draußen würde es bald hell werden. Aber das war nicht der Grund dafür, dass sie sämtliche Rollos herunterließ und ihre Dienstwaffe in die Nachttischschublade legte.

# HERR BOLLE

Alles war riesig, die Bäume, die Büsche, sogar die Brennnesseln. Pipa kannte Brennnesseln. Einmal hatten sie ihr wehgetan. Ihre Mama war sehr aufgeregt gewesen und hatte ihr die Beine mit Spucke eingerieben. Dann hatte sie ihr ein Eis gekauft, und am Abend hatte sie länger aufbleiben dürfen. Das war schön gewesen.

Aber jetzt war sie böse auf ihre Mama. Mama würde bestimmt traurig sein, wenn sie merkte, dass sie nicht mehr da war. Ganz, ganz traurig. Aber das geschah ihr recht.

Sie drückte Herrn Bolle fester an ihre Brust und stapfte tiefer in den Wald hinein. Es kam ihr vor, als ob die Bäume noch größer würden. Die Baumkronen waren ganz weit oben, und hier unten, wo sie war, war es schummerig und unheimlich. Aber sie war viel zu wütend, um umzukehren.

Sie leckte sich über die Lippen. Es schmeckte salzig. Das waren die Tränen. Sie waren getrocknet, aber sie erinnerte sich noch, dass sie beinah heiß gewesen waren. Sie hatte geschrien und mit den Füßen aufgestampft. Auf den Boden geworfen hatte sie sich nicht, sie fand, dass sie dafür zu alt war. Aber das hätte sowieso nichts genützt.

»Ein Ballettkleid hat beim Camping nichts zu suchen! Und damit Schluss, Pipa!«

Wenn ihre Mama diese Stimme hatte, konnte man sie nicht mehr umstimmen. Da war sie einfach weggegangen.

Vielleicht tat es ihr schon leid, dass sie so gemein gewesen war, und sie vermisste sie. Vielleicht suchte sie sie schon. Gut.

Sie blieb stehen. Wieso war es auf einmal so still? Warum sangen die Vögel nicht mehr? Es roch auch komisch. Irgendwie muffig. Langsam drehte sie sich um sich selbst. Um sie herum war alles dunkel und grün und braun und unheimlich.

In Märchen passierte im Wald oft etwas Schlimmes. Sie hatte Angst. Vielleicht sollte sie lieber doch wieder umkehren. Nein, sie war immer noch wütend, und ihre Mama hatte noch nicht genug gelitten. Sie ging weiter, wenn auch langsamer als vorher. Plötzlich stand sie vor einem Zaun. Auf der anderen Seite waren keine Bäume, nur hohes Gras und viele Büsche. Der Draht war alt und rostig, und Brombeerranken mit großen Dornen schlängelten sich durch die Maschen. Am Zaun hing ein Schild. Die roten Buchstaben waren halb abgeblättert, aber ein paar konnte sie lesen. Ihr Papa hatte es ihr nämlich schon beigebracht, obwohl sie erst übernächstes Jahr in die Schule kam. Sie hatte immer zugesehen, wenn er in der Zeitung las. Sie hatte ihn so oft gefragt, was da stand, bis er ihr die Buchstaben beigebracht hatte, aber nur die ganz großen. Sie fand es gar nicht so schwer, sie sich zu merken. Und immer wenn sie sich einen neuen gemerkt hatte, sagte er, dass sie seine superschlaue Tochter sei. Aber seit Ostern wohnte er nicht mehr bei ihnen zu Hause. Sie trafen sich nur noch im Park oder auf einem Spielplatz.

Sie buchstabierte: W ... A ... S ... dann fehlte ein Buchstabe ... dann E und R ... dann S ... C ... H ... U ... dann fehlte einer und dann Z. Es kamen noch mehr, aber die waren schon fast ganz verschwunden.

Hinter ihr raschelte etwas. Sie fuhr erschrocken herum. Es knackte in den Büschen. Sie zwängte sich durch ein Loch im Zaun, presste Herrn Bolle an sich und rannte. Das Gras war so hoch, dass sie kaum drüber hinwegsehen konnte. Sie rannte und rannte.

Plötzlich ging es nicht mehr weiter. Sie stand an einem See. Sie schaute zurück, aber was da geknackt hatte, war wohl zu langsam gewesen.

Und jetzt? Sie sah Herrn Bolle fragend an. Wenn sie nicht weiterwusste, sagte er ihr manchmal, was sie tun sollte, aber diesmal blieb er stumm.

Vielleicht hatte ihre Mutter sich jetzt ja lange genug Sorgen gemacht? Sie würde zurückgehen. Sie drehte sich um, aber da war nur das hohe Gras und keine Spur von einem Weg.

Sie wusste nicht, wie lange sie schon herumgeirrt war, als sie stehen blieb. Sie hatte den Zaun einfach nicht wiedergefunden, geschweige denn das Loch darin. Sie war den Tränen nahe. Warum sagte Herr Bolle nichts? Wieso half er ihr nicht? Blöder Herr Bolle! Wütend schleuderte sie den Plüschhasen so weit weg, wie sie konnte, und ging in die entgegengesetzte Richtung davon. Nach zehn Schritten tat es ihr schon leid. Armer Herr Bolle! Er lag jetzt allein irgendwo im hohen Gras. Sie machte kehrt.

Nachdem sie ihn zehn Minuten vergeblich gesucht hatte, kamen die Tränen, halb aus Verzweiflung, halb aus Wut. Sie war ganz allein, und sie würde nie den Weg zurück finden, und niemand würde kommen und sie holen! Und jetzt war auch noch Herr Bolle verschwunden.

Ihr Blick fiel auf eine Stelle, an der das Gras niedergedrückt worden war. In einer Vertiefung hatte sich altes Laub angesammelt. Etwas Blaues schien durch die trockenen Blätter. Herrn Bolles Hose war blau!

»Herr Bolle!«

Sie rannte zu der Stelle und schob das Laub beiseite. Da war blauer Stoff, aber er fühlte sich ganz steif an und hatte rotbraune Flecken. Das war nicht der Stoff von Herrn Bolles Hose. Sie schob mehr Laub zur Seite. Schöne rote Schuhe, aber jetzt ganz dreckig.

Sie verstand zuerst nicht, was sie sah. Als sie einmal sehr wütend gewesen war, hatte sie ihrer Puppe Betsy die Arme ausreißen wollen, aber die waren so fest dran gewesen, dass sie ihr nur die Hände abgerissen hatte. Sie hatte Betsy eigentlich nie gemocht.

Bei dem, was da lag, fehlten auch die Hände. Und es war keine Puppe, es war eine richtige Frau. Sie war obenrum nackt. Jemand hatte ihr den Bauch aufgeschnitten. Innen schien irgendwas zu fehlen. Der Hals war auch nicht richtig, denn da war ein großes Loch drin.

So etwas hatte sie noch nie gesehen. Es war gruselig, aber auch irgendwie spannend. Sie schob die trockenen Blätter vom Gesicht der Frau. Statt der Augen waren da nur zwei schwarze Löcher.

Ihre Neugier verwandelte sich in Entsetzen, dann in Panik. Sie rannte.

# WO IST ITCHY?

Adeola war seit zwei Stunden wach, war aber im Bett liegen geblieben. Als sie nicht zum Frühstück erschien, hatte Elfi geklopft und hereingeschaut. Adeola behauptete, es gehe ihr nicht gut. Die Praktikantin, die selbst unter starken Regelschmerzen litt, würde automatisch annehmen, sie spreche von ihrer Menstruation, und sie in Ruhe lassen. Sie verschwand und kehrte kurz darauf mit einem Becher Kaffee und einem mit Käse belegten Sesambrötchen zurück. Sie stellte beides auf dem Tischchen neben dem Bett ab, wünschte ihr gute Besserung und zog sich zurück.

Es war das, was am Vortag geschehen war. Nachdem sie vor Maksym regelrecht geflohen war, hatte sie sich nicht nach Hause getraut. Stundenlang war sie ziellos durch die Stadt gelaufen. Irgendwann hatte sie sich vor dem Hauptbahnhof wiedergefunden. Sie hatte sich auf einem der Bahnsteige auf eine Bank gesetzt. Züge waren eingefahren, Menschen waren ein- und ausgestiegen, aufgetaucht und wieder verschwunden. Manche hatten sie misstrauisch oder feindselig gemustert. Sie hatte daran gedacht, selbst in einen der Züge einzusteigen und wegzufahren, in eine andere Stadt oder in ein anderes Land. Aber wozu? Nichts würde sich ändern. Auch dort würde sie die sein, die man verstümmelt hatte.

Zwei Bahnhofspolizisten waren vor ihr stehen geblieben. Sie hatten ihre Papiere sehen wollen. Der Mann hatte sie mit gleichgültigen Augen studiert, die junge Frau ihre Hand an die Pistole gelegt. Der Mann war beiseitegetreten und hatte in sein Funkgerät gesprochen. Die Polizistin hatte sie nicht aus den Augen gelassen. Die Menschen auf dem Bahnsteig hatten herübergesehen, einige neugierig, andere hämisch. Der Polizist hatte ihr die Papiere zurückgegeben, geknurrt, der Bahnhof sei kein Stadtpark, dann waren beide gegangen. Als sie außer Sicht gewesen waren, war sie aufgestanden und hatte den Bahnhof schnell verlassen.

Sie war zurück in die WG gefahren. Sie hatte unentschlossen vor der Wohnungstür gestanden. Vielleicht war er drinnen. Vielleicht war er nicht nach Hause gefahren, sondern zu seinem Freund Suhrab, um ihm zu erzählen, was geschehen war und was er gesehen hatte, und alle in der Wohngemeinschaft wussten es bereits.

Irgendwann war sie doch hineingegangen und schnell in ihr Zimmer gehuscht. Da war sie bis zum Abendessen geblieben. Nassima hatte an ihre Tür geklopft und gefragt, ob alles okay sei. Am Ton ihrer Stimme hatte Adeola gehört, dass sie es nicht wusste. Sie hatte Nassima gefragt, ob Maksym da gewesen sei. Sie hatte verneint und eine harmlose Anspielung auf Adeolas Interesse an ihm gemacht. Sie hatte ihre Mitbewohnerin angefahren, sich aber ein paar Minuten später entschuldigt.

Beim Abendessen hatte sie sich nicht an der allgemeinen Unterhaltung und den Frotzeleien beteiligt. Sie hatte auf Fragen einsilbig geantwortet, auch als Nassima wissen wollte, wie es bei ihrem Vormund gelaufen war. Schließlich hatte man sie nicht mehr in die Unterhaltung einbezogen. Das war nichts Besonderes. Bei jedem von ihnen gab es diese Tage, an denen man sich mit Problemen oder Erinnerungen herumschlug, die niemand verstand, der nicht im selben Land aufgewachsen war.

Sie war früh ins Bett gegangen. Schlafen konnte sie nicht. Sie hatte an die Decke gestarrt und sich ihre nächste Begegnung mit Maksym ausgemalt. Plötzlich hatte sie an den Mann denken müssen, der sie verstümmelt hatte.

Irgendwann war sie wohl doch eingeschlafen. Beim Aufwachen hatte ihr erster Gedanke Itchy gegolten. Es war ihr egal, ob Itchy sie noch adoptieren würde, was sie nicht ertrug, war Itchys Schweigen.

Sie stand auf. Die Wohnung war verlassen, alle waren unterwegs, bis auf Sebastian, den Leiter der Einrichtung. Man hörte die alte Computertastatur in seinem Büro jedes Mal empört klacken, wenn er auf sie einhieb.

Eine Viertelstunde später stand sie vor Itchys Wohnung. Sie läutete und klopfte, aber sie erwartete nicht, dass Itchy öffnen würde. Itchys Briefkasten im Parterre quoll bereits über, sie war also seit mehreren Tagen nicht zu Hause gewesen. Oder sie lag schwer verletzt in der Wohnung.

Adeola tat etwas, das sie noch nie getan hatte. Sie schob die Fußmatte vor der Wohnungstür beiseite, hob mit den Fingernägeln eines der dunkelroten, ausgetretenen Dielenbretter an und ertastete Itchys Reserveschlüssel. Itchy hatte ihr das Versteck gezeigt – für den Notfall. Bisher hatte es nie einen Notfall gegeben, aber Adeola hatte mehr und mehr das Gefühl, dass sie es jetzt genau damit zu tun hatte.

Die Luft in der Wohnung roch abgestanden. Adeola rief Itchys Namen, ohne eine Antwort zu erwarten. Die Wolldecke, unter der sie vorgestern eingeschlafen war, lag noch genauso auf dem Sofa, wie Adeola sie zurückgelassen hatte. Die Tasse mit dem Kakao, den sie nicht ausgetrunken hatte, stand noch da, der Rest war mittlerweile eingetrocknet.

Auf dem Display des Anrufbeantworters blinkte rot die Zahl Zwölf. Zwölf Anrufe, sechs davon stammten von ihr. Ihr Blick wanderte zu dem Regal, auf dem Itchys Kameras ihren festen Platz hatten. Eine fehlte. Vielleicht hatte Itchy überraschend einen wichtigen Auftrag erhalten, an einem Ort, wo es weder Telefon noch Internet gab.

Sie glaubte nicht wirklich, dass es so war, denn Itchys Springerstiefel standen neben der Eingangstür, wo sie immer standen, wenn Itchy nicht arbeitete.

## BÜRGERABLAGE

Eine kleine Lichtung im Unterholz, in der Mitte eine Senke. Keine zwanzig Meter entfernt das fließende Gewässer. Diesmal die Havel, nicht die Spree.

Die Tote hatte auf dem Rücken in der Vertiefung gelegen. Sie war nur zur Hälfte bekleidet gewesen, mit einer blauen Stoffhose. Das dazu passende Jackett und ein zerschnittenes weißes Feinripp-Unterhemd hatten Herzfeld und der Rechtsmediziner unter dem Leichnam entdeckt, als sie ihn auf den Bauch gedreht hatten. Hinweise auf die Identität des Opfers hatten sie keine gefunden.

Nun stand Brandt mit den beiden Männern und Kommissar Dirkes am Rand der Senke und war froh, nicht mehr in die leeren Augenhöhlen der Toten blicken zu müssen.

»Die Livores passen nicht zu der Position, in der die Leiche aufgefunden wurde.« Der Rechtsmediziner nahm einen tiefen Zug von seiner Zigarette. »Den Leichenflecken nach zu urteilen, war die Frau schon sechs bis zwölf Stunden tot, als sie hier abgelegt wurde.«

»Wann ist sie getötet worden? Und wie?«, fragte Brandt.

»Vor drei bis vier Tagen. Ihr Genick ist gebrochen. Genaueres nach der Obduktion – wie immer.«

»Was ist mit den Gliedmaßen und den Organen?«

»Wurden post mortem entfernt und entnommen. Ebenfalls sechs bis zwölf Stunden nach Eintritt des Todes.«

»Also hier?«, schloss Brandt und sah zu Herzfeld.

Der nickte. »Wir haben Reifenspuren auf einem Forstweg gefunden, keine vierzig Meter von hier. Der Täter hat die Leiche hergetragen, in die Senke geworfen – und dann seine Arbeit gemacht. Diesmal jedoch nicht mit einer Machete. Die Klinge war kürzer als bei Gencerler und Dawodu.«

»Für jeden Job das passende Werkzeug«, meldete sich Dirkes

zu Wort. »Eine Machete ist nicht gerade praktisch, wenn man Augäpfel, Kehlkopf und Leber herausschneiden will.«
»Haben Sie sonst noch etwas?«, fragte Brandt, an Herzfeld gewandt.
»Fußspuren. Herrenschuhe Größe 44.«
»Der Abdruck am Spreeufer hatte Größe 45.«
»Das war unsere Schätzung«, bestätigte der Chef der Kriminaltechnik. »Allerdings haben wir den Abdruck unter Wasser im Schlamm gefunden. Das macht eine Größenbestimmung schwieriger. Eine Toleranz von plus/minus einer Schuhgröße würde ich schon einräumen.«
Brandt antwortete nicht. Er betrachtete die Leiche. Ein eleganter Hosenanzug und hochhackige Schuhe – das Outfit einer Businessfrau. Dazu passte aber das billige Feinripp-Unterhemd nicht. Und erst recht nicht das Tattoo auf der linken Schulter: eine blaue Comic-Maus, die eine kugelförmige Bombe mit brennender Zündschnur in der Hand hielt.
»Itchy«, sagte Zehra.
Brandt hatte keine Ahnung, was sie meinte.
Zehra wies auf das Tattoo. »Das ist Itchy. Von den ›Simpsons‹. Bart und Lisa sehen sich immer die ›Itchy & Scratchy Show‹ an.«
»Eine Serie in der Serie?«
Sie nickte. »Die Brutalo-Version von ›Tom und Jerry‹. Maus Itchy foltert und killt Kater Scratchy in jeder Folge.«
»Konnten Sie mit dem Mädchen reden?«, wechselte Brandt das Thema.
Das Kind, das die Leiche entdeckt hatte, zeltete mit seiner Mutter und einer befreundeten Familie auf einem nahe gelegenen Campingplatz. Nun würden die Ferien vermutlich zu Ende sein.
»Die Kleine ist wirklich tapfer. Sie wollte ganz genau wissen, was mit der Toten passiert ist. Warum sie keine Augen und keine Hände mehr hat, woher die Löcher im Hals und im Bauch kommen ...«
»Was haben Sie ihr erzählt?«, fragte Dirkes.

»Die Wahrheit«, erwiderte Zehra ruhig. »Dass ein böser Mensch die Frau umgebracht hat, um aus ihren Körperteilen einen Hexentrank zu kochen.«

Der Chef der Mordkommission schaute die Oberkommissarin entgeistert an. »Sie hätten auf den Psychologen warten sollen!« Dirkes schüttelte den Kopf. Es war deutlich, wie sehr er Zehras Vorgehen missbilligte.

Brandt sah das anders. Das Mädchen hatte eine Erklärung für das bekommen, was es gesehen hatte. Das würde ihm helfen, die schrecklichen Bilder zu verarbeiten.

»Haben Sie sonst noch etwas herausgefunden?«, fragte er Zehra.

»Ja. Die Kleine war ausgebüxt. Sie hatte sich mit ihrer Mutter gestritten, weil sie ihr Ballettkleid nicht mit zum Zelten nehmen durfte.«

»Ich fahre zurück ins Labor«, beschloss Herzfeld. »Ihr wollt doch bestimmt einen DNA-Abgleich mit dem Knochensplitter aus Dawodus Hinterzimmer. Ich wette, da gibt es eine Übereinstimmung.«

Niemand hielt dagegen.

Eine halbe Stunde später stiegen Brandt und Zehra in ihren Dienstwagen. Er stand, wie die meisten anderen Einsatzfahrzeuge, auf dem Parkplatz einer beliebten Badestelle an der Oberhavel. Dort sonnten sich die Besucher keine hundert Meter Luftlinie vom Fundort der Leiche. In eine Holztafel war der Name des Strandbads eingebrannt: »Bürgerablage«.

Zurück im Büro, zog Brandt eine dicke Linie quer über das weiße DIN-A4-Blatt an der Pinnwand.

Zehra starrte ihn an, als hätte er ein Kunstwerk beschmiert. »Was machen Sie da?«

»Wir brauchen eine Zeitleiste.«

»Aber das ist unser leeres Blatt! ›Neue Ideen erscheinen da, wo noch nichts ist.‹ Ihre Worte, an meinem ersten Arbeitstag im SD Fremdkultur.«

Er grinste. »Manchmal muss man seine Vorgehensweise den Umständen anpassen.«

»So wie unser Täter?«

»Ich glaube nicht, dass es nur einer war.«

Wieder starrte sie ihn an. »Sie glauben, es gibt mehrere Muti-Mörder? Hier in Berlin?«

»Ich gehe von zweien aus.«

»Am Tatort haben Sie davon nichts gesagt!«

»Wenn Sie mich schon so ansehen, was meinen Sie, wie Dirkes reagiert hätte?«

Sie schwieg einen Moment nachdenklich. »Aber Sie wollen mir jetzt nicht erzählen, dass wir bisher in die falsche Richtung ermittelt haben und die drei Morde völlig getrennte Fälle sind?«

»Im Gegenteil. Die Jujus vor Ihrer und meiner Tür sind ein deutliches Zeichen, dass wir auf der richtigen Spur sind.«

»Fragt sich nur, auf welcher.« Zehra schnappte ihm den Stift aus der Hand und setzte ein Kreuz auf den Anfang der waagrechten Linie, die er gezogen hatte. »Tag eins: Der Jogger wird ermordet.«

Sie starteten die Zeitleiste mit Tarek Gencerler. Das zweite Kreuz platzierte Zehra zwischen Tag drei und Tag vier. Eine genauere Bestimmung des Todeszeitpunkts gab es für die ermordete Frau noch nicht. Über die Markierung schrieb die Oberkommissarin »Itchy«, nach der Tätowierung auf der Schulter der Toten. Das dritte Opfer, Dawodu, war am Abend von Tag fünf getötet worden.

Danach trugen sie ihre Ermittlungsschritte ein. Die Übernahme des ersten Mordfalls durch die MK und Zehras Befragung der Schülerin, die einen »Schatten« am Tatort beobachtet hatte, an Tag zwei. Am dritten Tag die Einbindung des SD Fremdkultur, Brandts Bewertung des Mami-Wata-Amuletts als wichtige Spur und die Befragung von Dawodu. An Tag vier die Verhaftung des Postbeamten. Das Auftauchen seines Bibliotheksausweises und der Indizien, dass er ein falsches Geständnis abgelegt hatte, am fünften Tag. Am Morgen des sechsten Tages den Fund von Dawodus Leiche und die Erkenntnis, dass er ein Hexer und der Mord an Gencerler ein Muti-Mord gewesen war. Am Nachmittag desselben Tages hatten sie die Spur des Geldes aus Dawodus Safe bis zum nigerianischen Minister Ogbeh zurückverfolgt.

Zehra beendete die Zeitleiste mit dem Auffinden von »Itchys« Leichnam am siebten Tag. Dann trat sie zurück und betrachtete das Diagramm.

»Nehmen wir an, es gibt wirklich zwei Täter«, überlegte sie. »Täter A tötet Gencerler, weil er ein starkes Juju braucht, das Dawodu für ihn herstellen soll. Zwei Tage später tötet Täter B eine Frau – aus demselben Grund? Ist das nicht ein ziemlich unwahrscheinlicher Zufall?«

»Nur, wenn es keine Verbindung zwischen den Tätern gibt. Aber die haben wir schon: Dawodu.« Er überlegte. »In Afrika besorgt für gewöhnlich der Hexer selbst das Material für seine Medizin.«

»Aber die alte Dame im Fenster hat beobachtet, dass Ogbehs Fahrer ihm etwas in einer Plastiktüte gebracht hat. Glauben Sie, Dawodu hat ihn beauftragt?«

»Das wäre eine Möglichkeit. Aber es gibt noch andere denkbare Szenarien.«

»Welche? Und wie passt der Mord an Dawodu da hinein?«

»Damit beschäftigen wir uns, wenn wir die Bestätigung von Herzfeld haben, dass der Knochensplitter aus dem Afro-Shop tatsächlich von der getöteten Frau stammt. Wir wissen noch nicht einmal, wer sie ist. Fangen wir mit der Kleidung an. Hosenanzug von Jil Sander, also nicht gerade billig.«

»Ihr Tanktop schon. Das kriegen Sie bei H&M für fünf Euro. Und die Sohlen ihrer High Heels waren kaum abgelaufen. Vielleicht war ihr Outfit nur eine Art Verkleidung. Dafür würde auch der Undercut sprechen.«

Brandt hatte keine Ahnung, was ein Undercut war.

Zehra klärte ihn auf. »Ein Haarschnitt. Zu extrem für eine brave Geschäftsfrau. Genau wie das Tattoo.«

Brandt kam eine Idee. Es wäre ein Schuss ins Blaue. Aber einen Versuch war es wert. »Wir sollten mal unsere Personen-Datenbanken absuchen.«

Zehra verstand sofort. Es dauerte nicht lange, bis sie einen Eintrag in der Rubrik »Besondere Kennzeichen« isoliert hatte: »Maus mit Sprengsatz, Zeichentrickfigur«. Sie rief die dazugehörige Akte auf.

Erika Sander war wegen Landfriedensbruchs, Sachbeschädigung und Widerstands gegen Vollstreckungsbeamte vorbestraft. Auf dem Passfoto, das der Akte beigefügt war, leuchteten ihre Augen strahlend blau.

# KEARNEY ZZYZWICZ

Adeola saß an Itchys Küchentisch und wartete. Mit aller Kraft wünschte sie sich, dass sie zur Tür hereinkommen würde und alles gut wäre. Aber etwas sagte ihr, dass es dafür zu spät war, dass es niemals geschehen würde. Wenn sie nicht zurückkehrte, war sie wieder allein in dieser Stadt. Allein mit dem Mann, der sie verstümmelt hatte. Aber vielleicht würde ihr Asylantrag ja bald abgelehnt, und man würde sie nach Nigeria zurückschicken. Vielleicht musste das ja so sein, vielleicht war es ihr Schicksal. Würde sie in das Flugzeug steigen? Sie wusste es nicht. Sie konnte untertauchen, sich irgendwo verstecken, das Land verlassen. Und dann gab es ja noch den allerletzten Ausweg.

Sie stand auf und ging zu Itchys Computerarbeitsplatz. Adeola schaltete den Rechner an und gab Itchys Passwort ein. »Clancy Wiggum«. Jedes von Itchys Passwörtern hatte mit den Simpsons zu tun. Itchy hatte ihr das Passwort verraten, damit sie die Fotos, die sie bei ihren Fahrradtouren machte, am Rechner bearbeiten konnte. Sie hatte ihr auch das Passwort für den Cloud-Speicher anvertraut, in den alle Fotos, die Itchy aufnahm, automatisch hochgeladen wurden. Passwort »Kearney Zzyzwicz«. Adeola hatte dort sogar ein eigenes Unterverzeichnis.

Sie hatte es kaum glauben können. Wo sie herkam, war Vertrauen Mangelware, besonders innerhalb der eigenen Verwandtschaft. Gerade dort herrschten Neid und Missgunst, traute man einander alles Schlechte zu. Berichte über Giftmorde unter Verwandten waren keine Seltenheit. Sie konnte sich nur an eine Person erinnern, die ein ähnlich großes Vertrauen in ihre Mitmenschen gezeigt hatte – ihre alte Lehrerin, die ihr bei der Flucht geholfen hatte.

Sie klickte auf das Cloud-Symbol, das Programm fragte nach dem Passwort. Adeola gab es ein.

Sie öffnete den Ordner mit den zuletzt hochgeladenen Fotos. Alle stammten von dem Tag, an dem sie die finnischen Frauen fotografiert hatten. Sie stellte fest, dass Itchy am selben Tag ein Dutzend weitere Fotos aufgenommen hatte. Die Hälfte zeigte ein teuer eingerichtetes Appartement, auf den anderen waren Seiten eines Dokuments zu sehen.

Während des Foto-Workshops hatte Itchy ihnen auch beigebracht, was eine Exif-Datei war. In ihr speicherte ein Programm die technischen Daten jeder Aufnahme, Brennweite, Blende und Belichtungszeit, aber auch Datum und Uhrzeit, zu der eine Aufnahme gemacht worden war. Da die meisten Kameras, die Itchy verwendete, über GPS-Module verfügten, fand sie dort auch die geografischen Koordinaten. Sie gab sie in Google Maps ein.

Die Adresse zu den GPS-Daten war der Marlene-Dietrich-Platz 2. Itchy war noch einmal zu dem Hotel gefahren, aber offensichtlich nicht, um die finnischen Frauen ein zweites Mal zu fotografieren. Adeola betrachtete ein Foto genauer. Das Dokument war auf Englisch verfasst. Vertragspartner waren eine auf der Isle of Wight ansässige LiRo Consulting Ltd. und ein Dr. Dada Oke-Williams mit Adresse in Ibadan, Nigeria.

Und dann begriff sie es. Dr. Dada Oke-Williams war der Mann, der sie verstümmelt hatte.

## JUJU

Die Bestätigung erreichte sie im Auto. Eine SMS von Herzfeld, sie enthielt nur zwei Worte: »Wette gewonnen«. Der Knochensplitter aus dem Afro-Shop stammte tatsächlich von Erika Sander. Sie standen auf der Linksabbiegespur der Föhrer Brücke. Brandt las Zehra die Nachricht vor. In dem kurzen Moment, den er dafür brauchte, musste die Oberkommissarin eine Lücke im dichten Gegenverkehr entdeckt haben. Mit einem Ruck wurde er erst in das Sitzpolster, dann gegen die Beifahrertür gepresst. Als er wieder aufblickte, rasten sie am Nordufer des Westhafens entlang, und Zehra sprach die Frage aus, die ihn schon den ganzen Morgen beschäftigte.

»Warum brauchte Dawodu Teile von zwei verschiedenen Leichen? Okay, von dem Jogger hatte er nur die Hände. Aber die Medizinfläschchen in seinem Laden sind ziemlich klein. Er hätte mehrere abfüllen können. Wenn er einen zweiten Kunden hatte, warum hat er ihm nicht einfach ein Juju aus dem Gencerler-Fläschchen gebastelt? Hat er bei uns doch auch gemacht.«

»Als Sie letzte Nacht nach Hause gekommen sind, hatten Sie da Angst?«

Zehra sah ihn irritiert an. »Warum wollen Sie das wissen?«

»Haben Sie etwas dagegen unternommen?«

Zehra blickte wieder auf die Straße. »Ich habe mit der Dienstwaffe im Nachttisch geschlafen.«

»Dabei glauben Sie nicht einmal an Hexerei. Für viele Afrikaner ist ein so mächtiges Juju eine konkrete Bedrohung. Ein massiver Angriff auf ihre Gesundheit, ihr Leben, ihre gesamte Existenz.«

Sie erriet, worauf er hinauswollte: »Kunde Nummer zwei wollte einen Gegenzauber, gegen das Juju, mit dem ihn Kunde Nummer eins angegriffen hat. Dafür brauchte er natürlich einen anderen ›Grundstoff‹.«

»Es würde auch erklären, warum dem zweiten Opfer mehr Körperteile entfernt wurden als dem ersten. Das zweite Juju sollte noch stärker sein als das erste.«
»Aber beide werden vom selben Hexer hergestellt?«
»Westliche Waffenproduzenten beliefern doch auch beide Seiten«, erwiderte Brandt. »Es steigert den Gewinn enorm. Außerdem glaube ich nicht, dass es viele afrikanische Hexer in Berlin gibt, die Leichenteile verarbeiten. Selbst wenn Muti längst in dieser Stadt angekommen ist.«
Zehra schwieg. Sie steuerte den Omega zum zweiten Mal an diesem Tag über die A 100 in Richtung Westen. Erika Sander war in Stresow gemeldet, einer Ortslage von Spandau, nur durch die Havel von der Altstadt getrennt. Ihre Leiche war ebenfalls in Spandau gefunden worden, am nördlichen Rand des Bezirks, fünfzehn Autominuten von ihrem Wohnort entfernt. War die Frau in ihrer Wohnung ermordet worden?

Zehra parkte den Omega im Schatten an der »Plantage«, einem kleinen, von alten Bäumen umgebenen Platz, der im 19. Jahrhundert mit Linden bepflanzt worden war. Auch die ursprüngliche Bebauung rings um den rechteckigen Platz stammte aus dieser Zeit. Einige der viergeschossigen Gebäude waren noch erhalten, Brandt sah blau-weiße Denkmalplaketten an schmucken Fassaden. Sie bogen in eine schmale Gasse, die hinunter zur Havel führte. Das Haus, das sie suchten, stand am Ende der kurzen Straße gleich am Ufer. Es war eins von denen, die noch nicht saniert worden waren. Eine junge Afrikanerin kam aus dem Eingang und ging mit gesenktem Kopf an ihnen vorbei. Mit einigen schnellen Sätzen erreichte Zehra die Tür, bevor sie wieder zufiel.

Sie stiegen die knarrende Holztreppe hinauf. Zehra drückte auf die Klingel neben der Wohnungstür. Sie hörten es in der Wohnung läuten, sonst regte sich nichts darin.

»Wir fragen bei den Nachbarn«, schlug Brandt vor.
»Moment.«
Zehra hob die Fußmatte hoch. Doch darunter lag kein

Schlüssel. Trotzdem schien etwas ihre Aufmerksamkeit zu erregen. Eine der ausgetretenen Bodendielen war, vermutlich vor Jahrzehnten, ausgebessert worden. Sie klopfte auf das Brett. Es lag nur lose auf. Zehra pulte es aus dem Verbund. Mit einem Schlüssel in der Hand richtete sie sich wieder auf.

Ein heller, weiter Raum öffnete sich vor ihnen. Unter der stuckverzierten Decke hing ein imposanter Kronleuchter. Die Möblierung bestand aus ausgesuchten Einzelstücken – auf dem Flohmarkt ausgesucht. Die Küchenzeile stammte aus den fünfziger Jahren, der Esstisch hatte eine Vergangenheit als Schusterwerkbank, das Bett war aus Paletten gebaut. Die klassische Aufteilung der Lebensbereiche in Küche, Wohn-, Arbeits- und Schlafzimmer gab es nicht, alles war in dem einen, fast vierzig Quadratmeter großen Zimmer versammelt. Zwei Türen gingen davon ab, eine führte ins Bad, die andere in eine kleine, professionell ausgestattete Dunkelkammer.

Auf einem Schwerlastregal im Wohnbereich stapelten sich Belegexemplare verschiedener Musik- und Stadtmagazine und einer linken Tageszeitung. Sie bestätigten, was Zehra bereits an ihrem Computer im Büro herausgefunden hatte: Erika Sander hatte als Fotoreporterin gearbeitet. Mehrere Regalfächer waren ihren Arbeitsgeräten vorbehalten. Dort standen, nebeneinander aufgereiht, Fotoapparate aus verschiedenen Epochen der Fotografie. In der Reihe mit den Digitalkameras klaffte eine Lücke. Eine Kamera fehlte.

Der Rest der Wohnung machte einen weniger aufgeräumten Eindruck. Auf dem Esstisch und der Spüle stand benutztes Geschirr mit eingetrockneten Speise- und Getränkeresten. Neben dem Bett lagen getragene Kleidungsstücke. Das Kostüm, in dem die Tote aufgefunden worden war, hatte eindeutig nicht ihrem bevorzugten Modestil entsprochen. Kampfspuren fanden sie keine. Nichts deutete darauf hin, dass Erika Sander in der Wohnung überfallen und getötet worden war.

Brandt hörte einen Computer-Startton. Zehra hatte einen Laptop entdeckt.

»Passwortgeschützt«, stellte sie fest. »Ich nehme ihn mit ins Büro.«
Der übliche Weg wäre gewesen, den Computer Herzfelds IT-Experten zu übergeben. Doch Brandt hatte keine Zweifel, dass die Hauptkommissarin das Passwort mindestens ebenso schnell knacken würde.
Sie durchsuchten die Wohnung nur oberflächlich, dann forderte Brandt ein Team von der Spurensicherung an, und sie verließen das Haus. Wenn es einen Hinweis darauf gab, warum Erika Sander am Tag ihres Todes ein Businesskostüm getragen hatte, würden sie ihn am ehesten in ihrem Computer finden.
»Vielleicht hatte sie einen Interviewtermin«, überlegte Zehra.
»In einem offiziellen Rahmen.«
Sie sprach es nicht aus, aber Brandt wusste, an welchen Rahmen sie dachte. Den, in dem sich nigerianische Minister gewöhnlich bewegten.

Zurück im Terrarium, setzte sich Zehra an den Laptop und Brandt ans Telefon. Er informierte Hauptkommissar Dirkes, dass sie Erika Sander identifiziert hatten. Der Leiter der 6. Mordkommission war gerade erst in die Keithstraße zurückgekehrt. Einige seiner Beamten suchten in der Umgebung des Tatorts noch immer nach Zeugen, die den Täter beim Ablegen der Leiche beobachtet hatten. Brandt vereinbarte mit Dirkes, dass dessen Leute auch die Ermittlungen im persönlichen Umfeld der Fotoreporterin durchführen und im ersten Schritt die Nachbarn befragen würden.
Das nächste Telefonat führte Brandt mit der Rechtsmedizin. Der Kollege hatte schnell gearbeitet. Vermutlich hatte er noch andere Leichen auf dem Tisch, aber bestimmt keinen ähnlich »interessanten« Mord. Die Obduktion hatte seine Vermutung über die Todesursache bestätigt. Jemand hatte Erika Sander das Genick gebrochen – jemand, der es verstand, waffenlos zu töten. Auch den Todeszeitpunkt konnte der Rechtsmediziner weiter eingrenzen. Falls der Leichnam nicht gekühlt worden

war, wofür es keine Anzeichen gab, war die Frau vor mindestens sechzig und höchstens zweiundsiebzig Stunden getötet worden. Also vor drei Tagen, zwischen Mittag und Mitternacht. Den Zeitpunkt der Ablage im Wäldchen unweit der Badestelle zu bestimmen, würde länger dauern. Der Rechtsmediziner wollte dazu einen forensischen Entomologen heranziehen, der den Insektenbefall des Leichnams untersuchen und anhand der Entwicklungsstadien von Fliegeneiern und -maden die Leichenliegezeit ermitteln sollte.

Auch von den Kriminaltechnikern gab es Neuigkeiten. Die Reifenspuren vom Forstweg waren analysiert. Die Reifen hatten eine Breite von zweihundertfünfundsiebzig Millimetern und ein Offroad-Profil. Anhand der Spuren hatten die Techniker auch den Abstand zwischen Vorder- und Hinterachse ermitteln können. Das Fahrzeug, das unweit des Leichenablageorts im Wald geparkt hatte, war mit hoher Wahrscheinlichkeit ein Range Rover mit langem Radstand. Ein SUV der Oberklasse.

Brandt überlegte, ob die Zeugin, die vermutlich Ogbeh und seinen Fahrer vor dem Laden des Hexers beobachtet hatte, eine Limousine von einem Geländewagen unterscheiden konnte. Er wollte Zehra gerade nach der Telefonnummer der alten Dame fragen, als die Oberkommissarin triumphierend die Faust ballte.

»Clancy Wiggum!«

»Wer soll das sein?«, fragte Brandt.

»Der Polizeichef des Springfield Police Department.«

Zehra grinste ihn an. Er hatte keine Ahnung, warum.

»Sie sind wirklich kein Simpsons-Fan«, stellte sie fest und drehte den Laptop zu ihm herum. Auf dem Display war nun der Desktop zu sehen.

»›Clancy Wiggum‹ ist das Passwort«, schloss Brandt.

Sie nickte. »Die meisten Menschen wählen Begriffe oder Zahlen, die für sie eine Bedeutung haben, statt zufälliger Zeichenkombinationen, die schwerer zu knacken sind.«

»Aber auch schwerer zu merken«, ergänzte Brandt.

Das »Itchy«-Tattoo der Toten hatte Zehra auf das Passwort

gebracht. Sie öffnete das Kalenderprogramm des Computers. Am Tag ihres Todes hatte Erika Sander nur einen Termin vermerkt: »11 Uhr, Grand Hyatt, Pinkki Hakaristi«.
»Pinkki Hakaristi?«, fragte Zehra. »Auch ein ziemlich seltsamer Name. Aber definitiv nicht aus der TV-Serie.« Sie runzelte die Stirn und googelte den Begriff auf ihrem Bürorechner. »Eine Band. Angeblich der nächste heiße Scheiß aus Skandinavien. Drei Mädels, Neo-Punk, eine Kreuzung aus Sex Pistols und Dixie Chicks.«
»Klingt beängstigend.«
»Sie touren gerade durch Deutschland. Wahrscheinlich hatte Erika Sander ein Fotoshooting oder ein Interview mit ihnen.«
»In einem Jil-Sander-Kostüm?«
»Das kann sie auch später angezogen haben. Für einen anderen Termin, den sie nicht eingetragen hat.«
Brandt nickte nachdenklich. »Wir sollten anhand ihrer Handydaten ein Bewegungsprofil erstellen.«
»Vielleicht gibt's einen schnelleren Weg.«
Zehra klickte auf ein Icon in der Menüleiste des Laptopbildschirms. Die Log-in-Seite eines Cloud-Dienstes poppte auf. In der Eingabemaske wurde Erika Sander begrüßt und ihr Passwort verlangt. Zehra tippte »Clancy Wiggum« in das Feld. Ein Warnhinweis erschien: »Falsches Passwort«.
»Wäre auch zu einfach gewesen«, murmelte sie.
Zwei Minuten später half ihr ein weiterer Simpsons-Charakter, auch die Cloud zu knacken: »Kearney Zzyzwicz«. Eine unbedeutende Nebenfigur, deren vollständiger Name erst in der achtzehnten Staffel der Fernsehserie bekannt geworden war. Zehras Erklärung klang wie eine Entschuldigung dafür, dass sie den Account nicht in noch kürzerer Zeit gehackt hatte.
Ein Dateiverzeichnis erschien auf dem Bildschirm des Laptops. Erika Sander hatte den Online-Speicher zur Verwaltung ihrer Fotos genutzt. Zehra öffnete einen Ordner, der den Titel »Letzte Uploads« trug. Er enthielt zwei verschiedene Bilderserien. Beide waren vor drei Tagen entstanden.

»Wissen Sie, was Exif-Daten sind?«, fragte Zehra.
»Metadaten in digitalen Bildern.« Brandt hatte längst erraten, was Zehra vorhatte. Die erste Fotoserie zeigte drei junge, kahl geschorene Frauen in einem teuer möblierten, aber völlig verwüsteten Ambiente. Zehra extrahierte die Exif-Daten. Die Aufnahmen waren vor drei Tagen entstanden, zwischen elf Uhr siebzehn und elf Uhr einunddreißig. Sie checkte die Geo-Koordinaten in Google Maps: Marlene-Dietrich-Platz 2. Die Adresse stimmte mit dem Eintrag im Kalender der Toten überein: Dort lag das Grand Hyatt Berlin.

Die zweite Bilderserie war keine drei Stunden später entstanden – ebenfalls im Grand Hyatt. Drei Fotos zeigten wieder eine luxuriös ausgestattete Suite, allerdings war diese aufgeräumt und menschenleer. Dann folgten Close-ups eines dreiseitigen DIN-A4-Schriftstücks. Es war ein in englischer Sprache verfasster Vertrag. Auf der ersten Seite waren die Vertragspartner genannt: Die LiRo Consulting Ltd. und ein Dr. Dada Oke-Williams aus Ibadan, Nigeria.

Die letzten Fotos, die Erika Sander in ihrem Leben geschossen hatte, zeigten nichts, was eine Musikzeitschrift veröffentlichen würde. Warum hatte sie diese Aufnahmen gemacht?

Zehra stellte sich offenbar dieselbe Frage. »Vielleicht ist sie unter die Investigativ-Journalisten gegangen. Das würde die Business-Verkleidung erklären.«

»Sie meinen, sie ist wegen dieser Fotos getötet worden? Dann wäre es kein Muti-Mord, und wir hätten ihre DNA nicht bei einem Hexer gefunden.«

»Man kann mehr als einen Grund haben, wenn man jemanden umbringt.«

Möglich war es. Aber nicht schlüssig. Sie hatten nur Einzelteile, es fehlten die Verbindungsstücke.

»Können Sie die Fotos von dem Vertrag und der Suite ausdrucken?«

»Klar.« Mit wenigen Klicks setzte Zehra den Bürodrucker in

Gang. »Möchten Sie sich auch noch die anderen Foto-Ordner ansehen?«

Er schüttelte den Kopf. »Zuerst will ich wissen, worum es in dem Vertrag geht. Und wer Dr. Dada Oke-Williams ist.«

Zehra kehrte auf die oberste Ebene der Ordnerstruktur zurück. Sie wollte das Programmfenster gerade schließen, als Brandt bemerkte, dass sie stutzte.

»Was?«

»Hier gibt's ein Log-in-Verzeichnis. Danach erfolgte der letzte Zugriff auf diesen Account vor nicht mal zwei Stunden.« Zehra sah ihn an. »Das kann nicht Erika Sander gewesen sein.«

# LIRO CONSULTING

Dr. Dada Oke-Williams war vor sechs Tagen um zweiundzwanzig Uhr fünfunddreißig westafrikanischer Normalzeit auf dem Murtala Muhammed International Airport in einen Airbus A330-300 der Deutschen Lufthansa gestiegen und am nächsten Morgen planmäßig um sechs Uhr zentraleuropäischer Sommerzeit in Frankfurt am Main angekommen. Von dort war er weiter nach Berlin geflogen, ebenfalls mit einer Lufthansa-Maschine, die, mit leichter Verspätung, um sieben Uhr einundfünfzig gestartet und um acht Uhr neunundfünfzig in Tegel gelandet war.

Oke-Williams war Businessclass gereist. Die Fluggesellschaft hatte seine Kreditkarte mit einem Betrag von 3.701,47 US-Dollar belastet. Mit derselben Karte war eine zweite Reise auf denselben Flügen gebucht worden – in der Economyclass. Sie hatte nicht einmal halb so viel gekostet: 1.534,80 US-Dollar. Der Name des zweiten Reisenden lautete Bayo Osemi. Die in seinem Pass angegebene Adresse war identisch mit der von Oke-Williams.

Brandt hätte auch noch abfragen können, was die beiden Passagiere während der Flüge gegessen und getrunken hatten. Seit das neue Fluggastdatengesetz in Kraft war, sammelte die Fluggastdatenzentrale des Bundeskriminalamts die PNR-History sämtlicher Passagiere, die eine Staatsgrenze in einem zivilen Luftfahrzeug überquerten. Das Gesetz setzte eine EU-Richtlinie um, die nach den Anschlägen von Paris erlassen worden war und die Bekämpfung des Terrorismus zum Ziel hatte. Es verpflichtete die Luftfahrtunternehmen, den Passenger Name Record (PNR), in dem bis zu sechzig Einzelinformationen verzeichnet waren, direkt nach Wiesbaden zu übermitteln. Und zwar gleich zweimal: nicht nur, nachdem das Boarding abgeschlossen und klar war, welche Passagiere sich tatsächlich an

Bord einer Maschine befanden, sondern auch schon achtundvierzig Stunden vor dem Abflug. Niemand konnte mehr einen Flug in ein anderes Land buchen, ohne dass das BKA darüber Bescheid wusste – zwei Tage bevor der Passagier seine Reise überhaupt antrat.

So erfuhr Brandt, dass Oke-Williams und sein Begleiter das Land schon bald wieder verlassen wollten. Falls die beiden in die Mordserie verwickelt waren, würde nur sehr wenig Zeit bleiben, dies zu beweisen. Ihre Maschine nach Nigeria startete in sechsunddreißig Stunden.

Die unrealistisch knappe Deadline für die Ermittlung konnte Zehra jedoch nicht demotivieren, sie schien sie eher als sportliche Herausforderung zu betrachten. Schon während seines Telefonats mit Wiesbaden hatte sie so viele Informationen über Oke-Williams aus dem Internet gezogen, dass es für ein komplettes Personaldossier gereicht hätte. Der heutige Gouverneur des nigerianischen Bundesstaates Oyo bestätigte jedes negative Klischee über afrikanische Staatsmänner. Den Grundstein für seine politische Karriere hatte Oke-Williams anscheinend in seinem Vorleben als Drogenschmuggler, Waffen- und Menschenhändler gelegt. Noch heute wurden ihm Kontakte zur Terrormiliz Boko Haram nachgesagt.

Den Höhepunkt der knappen Zusammenfassung ihrer Recherche sparte Zehra sich bis zum Schluss auf. Im Zusammenhang mit der polizeilichen Ermittlung gegen einen Geheimkult im Jahr 2004 tauchte der Name des späteren Gouverneurs auf. Damals hatte er nur Dada Oke geheißen, das westliche »Williams« war erst später dazugekommen.

Brandt erinnerte sich gut an den Skandal, der damals ganz Nigeria erschüttert und weltweites Aufsehen erregt hatte. Bei einer Razzia im Okija-Schrein, einem Heiligtum des Ogwugwu-Kults, waren fast achtzig Leichen und unzählige Leichenteile gefunden worden. Menschenopfer, dargebracht von einer Sekte, unter deren Mitgliedern man Entscheidungsträger der höchsten politischen und wirtschaftlichen Ebenen des Landes fand.

Oke-Williams' Verbindung zu dem Kult blieb allerdings unbewiesen. Das Material, das Zehra zusammengetragen hatte, legte jedoch den Schluss nahe, dass er sich der Polizei als Kronzeuge angedient hatte und deswegen straffrei davongekommen war.

»Wenn ich aus all diesen Infos über Oke-Williams ein Täterprofil bastele«, schloss Zehra ihren Bericht, »passt es perfekt zu unseren Morden.«

Brandt bremste sie. »Bevor Sie das tun, würde ich gern wissen, warum er nach Berlin gekommen ist.«

Sie sah ihn überrascht an. »Nicht wegen des Afrika-Kongresses?«

Er schüttelte den Kopf. »Auf der Liste unserer Kollegen von der BKA-Sicherungsgruppe taucht sein Name nicht auf. Laut Fluggastdatenzentrale hat er den Zweck seiner Reise als ›privat‹ angegeben.«

»Was definitiv nicht stimmt.« Zehra deutete auf den Ausdruck des Vertrages, den Erika Sander fotografiert hatte, und fuhr nachdenklich fort: »Er ist also nicht auf Einladung unseres Außenministeriums hier …«

»… und genießt deswegen vermutlich auch keinen diplomatischen Status«, ergänzte Brandt.

Ein breites Grinsen erschien auf ihrem Gesicht. »Cool!«

»Ich wusste, das würde Ihnen gefallen. Checken Sie den Vertrag!«

»Schon dabei.«

Während er sich von dem Stuhl erhob, den er an den Schreibtisch seiner Kollegin gezogen hatte, jagte Zehra die LiRo Consulting Ltd. bereits durch eine Internetsuchmaschine.

»Ich springe kurz runter in die Kantine. Brauchen Sie was?«

»Wasser. Und Schokoriegel«, antwortete sie, ohne aufzublicken.

Er kam sich ein bisschen vor wie ein Boxtrainer, der seinen besten Kämpfer in den Ring geschickt hatte.

Drei Schokoriegel später erzielten sie einen Durchbruch, obwohl das Schriftstück selbst absolut nichtssagend war. Oke-Williams hatte einen Vertrag als Berater abgeschlossen – mit einer Beraterfirma. Worin seine Tätigkeit bestehen sollte, war nirgends definiert.

Die eigentliche Spur war die LiRo Consulting Ltd. »LiRo« stand für »Liquid Resources«. Sie hatte ihren Sitz auf der Isle of Wight. Sogar für Zehras Verhältnisse dauerte es eine Weile, bis sie recherchiert hatte, wer hinter der kleinen Firma steckte.

»Einer der größten Nahrungsmittelkonzerne der Welt.«

»Welcher?«, fragte Brandt.

Zehra deutete wortlos auf das Etikett der Plastikflasche, die er ihr aus der Kantine mitgebracht hatte. Er erkannte den charakteristischen weißen Schriftzug auf blauem Grund sofort. In den letzten Jahren hatte der Konzern immer wieder negative Schlagzeilen gemacht. Unter anderem wegen des Verkaufs von abgelaufener Babynahrung in Dritte-Welt-Ländern, der Zerstörung des Regenwaldes zur Palmölgewinnung, illegaler Preisabsprachen – und der Plünderung von Afrikas Wasserreserven, um dieses Wasser, in Flaschen abgefüllt und mit einer astronomischen Gewinnspanne, in Europa zu verkaufen.

»Kann gut sein, dass das, was wir hier trinken, in Äthiopien aus dem Boden gepumpt wurde«, sagte Zehra. »Die Menschen dort haben gerade die schlimmste Dürre seit fünfzig Jahren hinter sich. Wollen Sie wissen, wo der Konzern seine nächste Abfüllanlage plant?«

Brandt musste nicht lange überlegen: »Nigeria.«

Sie nickte. »Ein Land, in dem Wasser teurer ist als Benzin. Allerdings nur für die Bevölkerung. Die Konzerne bekommen die Wasserrechte für Peanuts – von korrupten Regierungsbeamten, die fleißig an dem miesen Geschäft mitverdienen.«

»Soll ich auch noch raten, in welchem nigerianischen Bundesstaat die geplante Abfüllanlage stehen soll?«

»Oyo«, sagte Zehra.

Ogbeh war Minister für Entwicklung und Internationale

Zusammenarbeit und damit zuständig für Verhandlungen mit ausländischen Wirtschaftsunternehmen. Oke-Williams war Gouverneur von Oyo, der Provinz, dessen Wasserrechte der Konzern haben wollte. Beide waren in Berlin, als sich in der Stadt die ersten Muti-Morde auf deutschem Boden ereigneten. Und Brandt ging inzwischen von zwei Tätern aus, die getötet hatten, um einander mit afrikanischer Hexerei zu bekriegen. Ein Schmiergeld in Millionenhöhe schien ein guter Grund für einen solchen Krieg.

Falls das in den Medien landete, wäre die Hölle los, dachte Brandt. Ein gefundenes Fressen für Rassisten und Rechtsradikale. Und fünf Prozent mehr für die AfD bei der nächsten Wahl.

# DAS ZIMMERMÄDCHEN

Er spürte Zehras Unbehagen. Umgebungen wie diese schüchterten sie ein, auch wenn sie es vermutlich nicht zugeben würde. Der Inhalt ihrer Fragen war sachlich wie immer, ihr Ton war es nicht. Er wusste, dass seine Kollegin Aikido betrieb, aber ihre Geisteshaltung entsprach eher der einer Karateka. Sie wich Druck nicht aus, um die Kraft abzuleiten und gegen den Verursacher zu wenden. Wenn sie sich attackiert fühlte, ging sie mitten in den Angriff hinein. Sie würde vor keinem Kampf zurückschrecken, nicht einmal, wenn der Gegner sie selbst war.

Brandt war damals von den Philippinen geflohen. Er hatte alle Brücken hinter sich abgebrochen, sein Leben als Ethnologe beendet und ein neues begonnen – als Polizist. Für Zehra war Flucht keine Option. Brandt ahnte, dass dieser Fall ihr Angst machte, spätestens seit sie das Juju vor ihrer Tür gefunden hatte. Aber sie stellte sich ihren Ängsten. Sie hatte unaufgefordert die Führung übernommen, als sie das Luxushotel betreten hatten, eine Welt, in der sie sich offensichtlich unwohl, vermutlich sogar minderwertig fühlte, und war quer durch die noble Lobby und schnurstracks auf den Chefconcierge zumarschiert.

Nur war der Concierge kein Angreifer und seine Freundlichkeit nicht herablassend, wie die Oberkommissarin es augenscheinlich empfand, sondern professionell.

»Ich kann nur wiederholen: Herr Oke-Williams ist nicht im Haus. Es tut mir wirklich leid.«

Es war nicht schwer gewesen, den nigerianischen Gouverneur ausfindig zu machen. Die Geo-Koordinaten in den Exif-Daten von Erika Sanders Fotos hatten sie zu seinem Hotel geführt, dem Grand Hyatt.

»Davon möchten wir uns selbst überzeugen«, gab Zehra zurück. »Die Zimmernummer bitte!«

»Ich bedaure sehr, aber es ist in unserem Haus nicht üblich, Auskunft über unsere Gäste zu erteilen.«
»Ich habe nicht um Auskunft gebeten, sondern um die Zimmernummer.«
»Ich fürchte, auch die kann ich Ihnen nicht geben.«
Zehras Gesichtsausdruck ließ befürchten, dass sie den Mann irgendwann an seiner perfekt gebundenen Seidenkrawatte über den Empfangstresen ziehen würde, wenn das Gespräch so weiterlief. Brandt schritt ein und legte einen Ausdruck der Aufnahmen, die sie in Erika Sanders Cloud gefunden hatten, auf den Tresen.
»Aber Sie können uns doch sicher sagen, welches Ihrer Zimmer auf diesem Foto zu sehen ist?«
Der Concierge musste nicht lange überlegen. »Das ist unsere Grand View Suite im fünften Stock.«
»Vielen Dank. Wir würden dem Zimmermädchen, das auf dieser Etage arbeitet, gern ein paar Fragen stellen. Ist das möglich?«
»Ich rufe unseren Manager. Einen Moment bitte.«
Fünf Minuten später führte der Manager, ein dynamischer Mittvierziger, sie in ein schmuckloses Büro. »Executive Housekeeper«, stand auf dem Schild neben der Tür. Die Hausdame hatte das Zimmermädchen bereits herbeigerufen. Brandt stellte sich und Zehra vor. Die junge Frau wirkte verunsichert.
»Ruta Kaliunaité«, sagte sie so leise, dass Brandt sie kaum verstand, als er ihr die Hand gab.
»Sie stammen aus Litauen?«
Sie nickte leicht überrascht.
Brandt lächelte sie an. Litauische Familiennamen verfügten über geschlechtsspezifische Endungen, bei den weiblichen Nachnamen unterschieden sich die Suffixe zudem je nach Familienstand. Die Endung »-aité« bedeutete, dass das Zimmermädchen unverheiratet war. Sie erwiderte sein Lächeln zaghaft.
»Wie lange leben Sie schon in Berlin?«, fragte er.
»Fünf Jahre.«

»Und seit wann arbeiten Sie hier?«
»Erst seit einem Jahr.« Sie blickte kurz zu ihrer Hausdame und dem Manager. Sie wollte nichts Falsches sagen. »Es ist eine gute Arbeit.«
»Das freut mich. Und Ihre Chefin bestimmt auch. Sie sind zuständig für die fünfte Etage?«
»Diese Woche ja. Wir wechseln.«
»Wissen Sie, wer in der Grand View Suite wohnt?«
»Ich kenne nicht die Namen der Gäste.«
»Dr. Oke-Williams«, sprang die Hausdame ihr bei.
»Danke«, antwortete Frau Kaliunaité. Dann wandte sie sich wieder an Brandt. »Entschuldigung.«
»Sie müssen sich nicht entschuldigen. Sind Sie ihm schon einmal begegnet?«
»Ich habe ihn ein paarmal gesehen, auf dem Gang, mit seinem Assistenten. Wir putzen die Zimmer, wenn die Gäste nicht da sind.«
»Verstehe.«
Brandt holte ein weiteres Foto aus seiner Tasche. Er hatte es aus Erika Sanders Polizeiakte. Obwohl es mehr als zehn Jahre alt war und sie damals eine andere Frisur und Haarfarbe gehabt hatte, war sie darauf leichter zu erkennen als auf den Aufnahmen, die der Polizeifotograf von ihrer Leiche gemacht hatte.
»Haben Sie diese Frau schon einmal gesehen? Vielleicht in der Suite von Dr. Oke-Williams oder auf dem Gang? Sehen Sie bitte genau hin, es ist ein altes Foto, ihre Haare sind jetzt schwarz.«
Das Zimmermädchen betrachtete das Bild eingehend und schüttelte den Kopf. »Ich habe diese Frau noch nie gesehen.«
Auch die Hausdame und der Manager verneinen.
»Ist Ihnen sonst irgendetwas Ungewöhnliches an Dr. Oke-Williams oder in seinem Zimmer aufgefallen?«
Das Dienstmädchen zögerte. »Ich weiß nicht. Ich habe etwas gefunden, vorgestern, beim Bettenmachen.«

»Und was?«
»Einen kleinen Beutel. Aus Stoff. Er lag unter seiner Matratze. Ich habe ihn dem Assistenten von Herrn Dr. Oke-Williams gegeben.«

Brandt und Zehra sahen sich an. Zehra zückte ihr Handy, tippte kurz darauf herum und hielt es dem Zimmermädchen hin. Auf dem Display war der Juju-Beutel zu sehen, den die Oberkommissarin vor ihrer Tür gefunden hatte.

»Ja! So einer«, rief das Zimmermädchen. »Der Beutel sah ganz genauso aus!«

»Sie haben uns sehr geholfen, vielen Dank.«

Das hatte sie wirklich. Sie hatte die Grundannahme bestätigt, auf der Brandts Hypothese beruhte: Oke-Williams war mit einem Juju attackiert worden.

»Erika Sander ist vor drei Tagen getötet worden«, sagte Zehra nachdenklich, als sie aus der angenehm temperierten Lobby in die schmutzige Hitze der Rushhour traten. »Da wusste Oke-Williams noch nicht, dass er einen Gegenzauber brauchen würde.«

Darüber hatte Brandt auch schon nachgedacht. »Ich gehe davon aus, dass sie sterben musste, weil sie den Vertrag gesehen hat.«

»Sie meinen, es war nur Zufall, dass Oke-Williams eine Leiche zur Verfügung hatte, als er die Teile für Dawodu brauchte?«

»Wenn, dann ein glücklicher. Sonst hätten wir vermutlich noch ein Opfer.«

Der Dienstwagen stand in der prallen Sonne am Nebeneingang des Hotels. Zehra drückte die Fernentriegelung, Brandt öffnete die Beifahrertür. Glühend heiße Luft schlug ihm entgegen. Er öffnete auch die Fondtür, um die Hitze entweichen zu lassen. Zehra zündete sich eine Zigarette an. Zwei Portiers vor dem Nebeneingang scherzten auf Türkisch miteinander. Zehra beobachtete sie einen Moment, dann warf sie die kaum angerauchte Zigarette weg.

»Bin gleich wieder da.«

Sie ging zu den Männern und sprach sie auf Türkisch an. Brandt sah, dass sie sich auswies. Sie redete kurz mit den beiden, dann kam sie zurück.

»Der Gast aus Suite 501 fährt einen Range Rover SV Autobiography, das Topmodell mit langem Radstand.«

Die Puzzleteile fügten sich zusammen.

»Was machen wir jetzt?«, wollte Zehra wissen. »Hier warten, bis Oke-Williams auftaucht?«

Während er noch überlegte, begann sein Handy zu vibrieren. Das Display zeigte eine Nummer aus der Kriminaltechnik.

»Brandt.«

»Tag, Herr Hauptkommissar. Ronnie hier, von der IT. Ich habe die IP-Adresse aus dem Cloud-Account gecheckt. Die von dem letzten Zugriff.«

»Dann wissen Sie, wer der Nutzer war?«

»Klar. Mit 'ner richterlichen Verfügung ist das kein Thema. Und die hatte Ihre Kollegin ja rüberwachsen lassen. Der Typ vom Provider war echt *nice*.«

»Und?«, fragte Brandt ungeduldig. »Wie heißt er?«

»Der Providertyp?«

»Der Nutzer, verdammt!«

»Ach so. Erika Sander.«

Brandt stutzte. »Das kann nicht sein. Sie war zu dem Zeitpunkt schon tot.«

»Dann war jemand in ihrer Wohnung. Der Log-in erfolgte über ihren Internetzugang, das ist Fakt.«

»Danke.« Brandt wollte auflegen.

»Moment, ich hab noch was. Vor zwei Stunden hat wieder jemand auf die Cloud zugegriffen. Aber von einem anderen Anschluss aus. Und er ist immer noch eingeloggt. Interessiert Sie die Adresse? Also die echte, nicht die IP.«

Brandt ließ sich die Anschrift geben und legte auf.

# BETREUTE WOHNGEMEINSCHAFT

»Betreute Wohngemeinschaft AllesAufAnfang e. V.«, las Zehra. Im Unterschied zu den handgeschriebenen Zetteln neben den anderen Türklingeln war das Schild aus Messing und bei einem Schlüsseldienst professionell geprägt worden.
»Vierte Etage.« Sie drückte auf den Klingelknopf, nach ein paar Momenten ertönte der Summer. Zehra ließ Brandt den Vortritt.

Im vierten Stock gab es nur eine Wohnungstür. Sie stand einen Spalt weit offen, aber niemand wartete dahinter. Brandt drückte die Tür auf. Im selben Augenblick trat ein hochgewachsener, etwa dreißigjähriger Mann aus einer Tür am Ende eines langen Korridors. Er kam mit energischen Schritten auf sie zu. Er hatte einen Kopf voll kleiner roter Locken, strahlte etwas Zupackendes aus.

»Kann ich helfen?«

Sie nannten ihre Namen und wiesen sich aus. Sofort änderte sich seine Körperhaltung. Er erinnerte Zehra an die Kämpfer beim Ju-Jutsu-Training, kurz bevor der Ausbilder das Kommando zum Sparring gab.

»Sebastian Kunert. Ich leite die Einrichtung.« Der Unterton seiner Stimme ließ keinen Zweifel, dass er aufseiten seiner Schützlinge stand.

Brandt hob beschwichtigend die Hände. »Entspannen Sie sich, Herr Kunert. Wir wollen niemanden verhaften, wir suchen nur nach Zeugen eines Verbrechens und nach Personen aus dem Umfeld des Opfers. Dürfen wir reinkommen?«

Der Mann gab den Weg frei, dann ging er voraus in das winzige Büro am Ende des Korridors, aus dem er gekommen war.

Brandt deutete auf die Fotos lachender Teenager an der Pinnwand. »Unbegleitete minderjährige Flüchtlinge?«

Kunert nickte und wartete auf die nächste Frage.

»Darf ich mal Ihre Toilette benutzen?« Zehra warf Brandt einen Blick zu.

Kunert runzelte die Stirn, dann beschrieb er ihr den Weg. Sie verließ das Büro. Brandt würde ihn mit Fragen beschäftigen, während sie versuchte, die Person, die gerade auf Erika Sanders Cloud-Account zugriff, vor dem Rechner zu erwischen.

Es war ganz einfach.

Die Tür zu dem gemeinschaftlich genutzten Arbeitsraum der Wohngemeinschaft stand weit offen. Die junge Frau war allein. Sie saß an einem von mehreren mit Desktop-Computern ausgestatteten Schreibtischplätzen und studierte dieselben Fotos eines luxuriös eingerichteten Appartements, die sich Zehra vor ein paar Stunden auch angesehen hatte. Sie war so versunken, dass sie gar nicht bemerkte, wie Zehra sie von der Tür aus beobachtete.

Zehra erkannte sie wieder. Es war die junge Frau, die ihnen auf dem Weg zu Erika Sanders Wohnung entgegengekommen war. Zehra erinnerte sich nicht an ihr Gesicht, aber das tiefschwarze, zu diagonalen Cornrows geflochtene Haar, das in einen Pferdeschwanz überging, hatte sich ihr eingeprägt.

Die junge Frau am Schreibtisch konnte sechzehn Jahre alt sein, aber auch zwanzig. Sie trug Jeans, ein weites mintfarbenes T-Shirt, das auf ihrer fast schwarzen Haut regelrecht leuchtete, und ein Paar weiße No-Name-Sneaker. Sie war schlank, die feinen Züge des schmalen Gesichts und die dunklen Augen erinnerten Zehra an die junge Sade.

Als Zehra zurück in das Büro des Leiters der Einrichtung kam, fragte Brandt ihn gerade nach Erika Sander. Kunert sah ihn einen Moment lang ratlos an, dann hob er die Augenbrauen. »Sie meinen Itchy!«

»Itchy?«

»Das ist ihr Spitzname. Wegen ihres ›Itchy & Scratchy‹-Tattoos. ›Die Simpsons‹, Sie wissen schon.«

Das Tattoo, natürlich.

»Hat Sie irgendwelchen Ärger?«, fragte Kunert.

Statt zu antworten, fragte Brandt zurück, woher er sie kannte.

»Sie ist Fotografin.«

»Das wissen wir.«

»Sie hat einen kostenlosen Workshop für unbegleitete minderjährige Flüchtlinge angeboten. Itchy ist vielleicht etwas schräg, aber der Workshop ist gut angekommen. Was ist denn mit ihr?«

»Haben alle Ihre Bewohner daran teilgenommen?«, fragte Zehra.

»Nur Thién, Suhrab und Adeola. Draußen im Flur hängen Fotos, die sie gemacht haben.«

»Nur Mädchen?«, wollte Zehra wissen.

Kunert lachte. »Thién und Suhrab sind Männernamen, vietnamesisch und afghanisch. Von den Mädchen war nur Adeola dabei.«

»Das ist die, die gerade am Rechner sitzt?« Zehra nickte in Richtung des Arbeitsraums.

»Wahrscheinlich. Sie hat viel Zeit. Sie darf nicht zur Schule gehen. Zu alt, findet das BAMF.« Ihm war anzusehen, was er davon hielt. »Vielleicht hat sie sich deshalb mit Itchy angefreundet.«

»Sie sind befreundet?«

Kunert überlegte kurz, dann sagte er: »Ich glaube, das könnte man so sagen.«

»Wir müssen mit ihr sprechen.«

Kunerts Misstrauen kam sofort zurück. »Kann ich dabei sein?«

»Sie ist keine Beschuldigte, Herr Kunert. Wir wollen mit ihr nur über ihre Freundin sprechen.«

Kunert stand von seinem Stuhl auf. Er wollte kämpfen.

»Wir können das bei uns im Dezernat machen, aber wir würden lieber hier mit ihr sprechen.«

Kunert hatte die versteckte Drohung verstanden. »Hören Sie, Herr Brandt –«

Brandt schnitt ihm lächelnd das Wort ab. »Ich finde, Flüchtlinge sollten so wenig deutsche Polizeiräumlichkeiten von innen sehen müssen wie möglich. Das denken Sie doch auch, oder?«

Kunert hielt Brandts Blick einen Moment lang stand, dann nickte er und setzte sich wieder.

Die junge Frau hieß Adeola Monsumola, Kunert hatte ihnen ihren vollen Namen genannt. Sie saß immer noch vor dem Rechner. Brandt räusperte sich, sie wandte sich um.

»Frau Monsumola? Wir sind von der Polizei.« Brandts Stimme klang beinah sanft.

Zehra sah, wie in ihren dunklen Augen Angst aufblitzte.

»Ja ...?«

»Wir würden uns gern mit Ihnen unterhalten.«

»Worüber?«

Vorsicht, Misstrauen, Angst – alles schwang in dem einen Wort mit.

Brandt zog einen Hocker heran und setzte sich neben sie. Die junge Frau schob ihren Stuhl zurück, um Abstand zu gewinnen. Brandt bemerkte seinen Fehler und rückte ebenfalls etwas ab.

»Sie müssen keine Angst haben, Frau Monsumola. Wir haben nichts mit der Ausländerbehörde zu tun.«

Zehra trat näher heran. Auf dem Monitor der Frau war jetzt eine Internetausgabe der »Nigerian Tribune« geöffnet.

»Darf ich Adeola sagen?«

Adeola nickte.

»Ein schöner Name. Das ist Yoruba, nicht wahr? Die Krone des Reichtums.«

Brandt hatte auf dem Weg von Kunerts Büro ihren Vornamen gegoogelt.

Die junge Frau schaute überrascht auf. »Woher wissen Sie das?«

»Ich habe ein paar Monate in Ibadan gelebt«, erwiderte Brandt lächelnd. »Woher kommen Sie?«

Sie nannte den Namen eines Dorfes, Ago-Are in der Provinz Saki-West, im nigerianischen Bundesstaat Oyo.

»Warum sind Sie von dort weggegangen?«, fragte Brandt.

261

Adeola blieb stumm. Brandt warf Zehra einen Blick zu. Abwarten. Als Adeola weitersprach, klang ihre Stimme wie vertrocknet. In dürren Worten erzählte sie, dass die zweite Frau ihres Vaters ihre Mutter vergiftet habe. Dann habe sie Adeola zwingen wollen, einen alten Mann zu heiraten, der irgendwo sehr weit weg wohnte. Adeola hatte sich geweigert. Danach hatte sie jeden Tag damit gerechnet, selbst vergiftet zu werden. Brandt versuchte gar nicht erst, eine Überleitung zu finden.
»Wir würden gern mit Ihnen über Ihre Freundin Erika Sander sprechen.«
»Über Itchy? Was ist mit ihr?« Ihr Blick wanderte zum Computerbildschirm. Die Überschrift des Zeitungsartikels, den sie anscheinend gerade gelesen hatte, lautete: »*Ekiti traditional chief murdered on his farm over stolen yams*«.
»Wann haben Sie Ihre Freundin zuletzt gesehen?«
Adeola blickte Brandt erschrocken an. »Nicht gestern, zwei Tage davor.«
Logischerweise hätte sich die Frage angeschlossen, wo das gewesen war. Aber Brandt wechselte erneut die Spur.
»Warum waren Sie in Frau Sanders Cloud-Account, Adeola?«
Wieder der Schrecken in ihren Augen. Vielleicht war die Angst, bei etwas Falschem oder Unerlaubtem ertappt zu werden, Menschen, die monatelang, manchmal jahrelang auf der Flucht gewesen waren, zur zweiten Natur geworden.
»Itchy hat mir das Passwort gegeben«, erwiderte Adeola schnell.
»Sie vertraut Ihnen. Sie muss eine wirklich gute Freundin sein.«
»Ja. Sie leiht mir eine Kamera, ich fahre in der Stadt herum und fotografiere, die Fotos gehen aus der Kamera direkt in die Cloud. Aber warum wollen Sie das alles wissen?«
»Haben Sie Ihre Freundin schon vermisst?«
»Nein ... Ja. Sie meldet sich nicht. Das macht sie sonst immer.«
»Gut. Wo haben Sie sie zuletzt gesehen?«

Adeola schwieg, ihr Blick wurde leer. Sie schien sich in sich selbst zu verkriechen.

»Sie müssen uns alles sagen, Adeola. Das ist wichtig. Wo haben Sie Itchy zuletzt gesehen?«

Sie nickte. Es war bei Itchy zu Hause gewesen, vor drei Tagen. Itchy hatte sie zu einem Fotoshooting mitgenommen, eine finnische Frauenband in einem teuren Hotel.

»Wissen Sie noch, wie das Hotel hieß?«, fragte Zehra.

Adeola nannte den Namen. Itchy hatte die Frauen in ihrer Suite fotografiert, dann waren sie wieder nach unten gefahren. Und da ... Die junge Frau stockte. Sie waren direkt zu Itchy nach Hause, da war sie auf dem Sofa eingeschlafen. Als sie aufgewacht war, war Itchy nicht mehr da gewesen. Sie war in die Wohngemeinschaft zurückgekehrt.

Die junge Frau wirkte jetzt verloren. Sie schaute zuerst Brandt und dann Zehra hilfesuchend an.

»Sie waren gestern wieder da. Wir haben Sie gesehen.«

»Itchy hat mir gesagt, wo sie den Schlüssel versteckt hat. Für den Notfall.«

»Und gestern, das war ein Notfall?« Brandts Stimme wurde wieder weich. »Sie haben Angst, dass ihr etwas passiert ist. Warum sagen Sie uns nicht, wieso?«

Die junge Frau suchte nach einer Antwort. In einer fremden Sprache zu lügen, war vermutlich schwerer als in der eigenen.

»Weil sie sich nicht meldet. Hatte sie einen Unfall? Ist sie im Krankenhaus?«

Zehra sah, dass sie etwas zurückhielt. Brandt musste es auch sehen.

»Und Sie waren in ihrer Wohnung, weil ...?«

»Vielleicht war sie gestürzt und kam nicht ans Telefon!« Eine Lüge.

»Und darum waren Sie auch in der Cloud?«

Die junge Frau schüttelte den Kopf. Tränen liefen ihr über das Gesicht. »Ich dachte, vielleicht hat sie fotografiert, dann sehe ich, wo sie zuletzt war.«

Die Exif-Daten.
»Haben Sie es herausgefunden?«
Sie nickte. »Itchy war noch mal in dem Hotel. Bestimmt bei den finnischen Frauen.«
»Glauben Sie?« Brandt zog sein Handy aus der Tasche und zeigte ihr die Bilder, die Itchy von dem Vertrag gemacht hatte. »Die haben Sie doch bestimmt auch gesehen. Wissen Sie, warum Itchy diese Fotos gemacht hat? Wissen Sie, wo?«
Adeola antwortete nicht. Sie wischte sich die Tränen aus dem Gesicht. Wieder ging ihr Blick für einen Moment zum Bildschirm. Diesmal erkannte Zehra es: Das Interesse der jungen Frau galt nicht dem Artikel mit der fetten Überschrift, sondern einer kleinen Meldung: »*OKE-WILLIAMS BACK AS OYO-STATE-GOVERNOR*«. Dr. Dada Oke-Williams. Der Name auf dem Vertrag.

Brandt warf ihr einen Blick zu. Es war so weit. »Wir haben eine traurige Nachricht für Sie, Frau Monsumola.«

Zehra sah es in den Augen der jungen Frau. Sie wusste es, bevor Brandt es ausgesprochen hatte.

»Frau Sander ist tot. Es tut uns sehr leid. Sie ist ermordet worden.«

»Nein ... nein ... das ... nicht ...« Ihre Stimme versagte. Sie bedeckte ihre Augen mit den Händen, ihr Oberkörper sackte nach vorn. Ihr Schluchzen übertönte Brandts tröstende Worte.

Jeder Mensch war in dem Moment, in dem er die Nachricht vom Tod einer nahestehenden Person erhielt, allein. Aber für die junge Frau, so kam es Zehra vor, galt das in besonderem Maß.

Mit einem Kopfnicken bedeutete Brandt ihr, jemanden zu holen. Zehra ging hinaus.

Kunert wartete bereits in seinem Büro. Er sah Zehra an, dass er gebraucht wurde. Er wollte wütend werden, aber als Zehra ihm sagte, dass Erika Sander Opfer eines Verbrechens geworden war, blieb davon nur Betroffenheit zurück. Zehra bat ihn mitzukommen. Als sie den Flur überquerten, läutete es an der Wohnungstür.

»Elfi!«
Eine junge Frau mit Gummihandschuhen an den Händen trat aus einem der Räume. Sie konnte nicht älter sein als Adeola.
»Kannst du mal aufmachen?«
Sie nickte.
»Unsere Praktikantin«, erklärte Kunert.
Die Praktikantin öffnete die Tür. Davor stand ein junger Mann mit einem in Geschenkpapier gewickelten Päckchen in der Hand.
»Elfi! Komm, sofort!«
Die Angesprochene ließ den jungen Mann vor der Tür stehen und lief zu Kunert.
Der junge Mann trat in die Diele. »Ist Adeola da?«
Kunert antwortete an ihrer Stelle. »Jetzt nicht, Maksym. Ist gerade ganz schlecht.«
Kunert und die Praktikantin verschwanden im Arbeitszimmer. Maksym blieb etwas ratlos in der Diele stehen, dann zuckte er mit den Achseln und verließ die Wohnung.
Brandt kam aus dem Arbeitszimmer. »Als hätte sie es schon erwartet.« Er überlegte. »Und sie weiß mehr, als sie sagt.«
Zehra zog Brandt Richtung Wohnungstür. »Schnell, kommen Sie.«
Sie holten den jungen Mann ein, als er gerade das Haus verließ.
Sie wiesen sich aus. Zwei Minuten später kannten sie seinen vollen Namen und seine Beziehung zu den Bewohnern der Wohngemeinschaft.
Brandt deutete auf das Päckchen. »Sind Sie mit Adeola ... enger befreundet?«
Maksym zögerte. »Das wäre ich gern. Aber es ist nicht so einfach.«
»Und wieso, Maksym?«, wollte Zehra wissen.
»Kulturelle Unterschiede.«
Sie fragten ihn nach Itchy. Er hatte nicht an ihrem Workshop teilgenommen, sein Asylstatus war geklärt, er konzentrierte

sich auf seine Ausbildung. Aber er wusste, dass Adeola und die Fotografin befreundet gewesen waren. Laut Adeola hatte Itchy ihr sogar angeboten, sie zu adoptieren, falls ihr Asylantrag abgelehnt würde.

»Dann müssen sie sich wirklich nahegestanden haben«, konstatierte Zehra.

»Schlimm, das mit Itchy, gerade jetzt.«

»Was meinen Sie?«

Maksym begann auf die Asylpraxis zu schimpfen. Gerade Adeola habe Asyl verdient, nach allem, was sie durchgemacht habe. Sie könne unmöglich wieder zurück in ihr Land. Etwas an der Art, wie Maksym es sagte, ließ Zehra aufhorchen.

»Sie sprechen von etwas, das vor ihrer Flucht passiert ist?«

Maksym ließ sich Zeit mit der Antwort. Schließlich nickte er. »Ja, viel früher.«

# 415 NM

Brandt war ausgestiegen. Ohne Erklärung.
Zehra hatte für die Rückfahrt zum Präsidium den Weg über den Spandauer Damm gewählt. Die Autobahn hätte keinen Zeitvorteil gebracht, in den Abendstunden würden sie quer durch die Stadt ebenso schnell sein, und die Route war kürzer. Auf der Höhe des Charlottenburger Schlosses hatte Brandts Handy den Eingang einer SMS gemeldet.
»Halten Sie kurz an?«, hatte er sie gebeten, nachdem er die Nachricht gelesen hatte.
»Warum?«
»Ich muss hier raus.«
Es waren die ersten Worte gewesen, die sie gewechselt hatten, seit sie wieder ins Auto gestiegen waren. Zuerst hatte sie gedacht, dass Brandt Luft schnappen wollte, weil das Schicksal des Mädchens aus der WG ihn mitnahm. Hexerei, Ritualmorde, korrupte Politiker, die einander mit Jujus aus Leichenteilen bekämpften, um sich die Bestechungsgelder eines westlichen Konzerns zu sichern, der aus Profitgier den ärmsten Ländern der Welt buchstäblich das Wasser abgrub – und jetzt auch noch Beschneidung. Für Zehra hatte das Leid eines ganzen Kontinents ein Gesicht bekommen. Trotz der Hitze, die immer noch im Wagen herrschte, wurde ihr kalt bei dem Gedanken an das, was Adeola Monsumola durchlitten hatte.
Sie war an den Straßenrand gefahren, und Brandt war ausgestiegen.
»Bis morgen«, hatte er gesagt und die Beifahrertür ins Schloss geworfen.
Verdutzt hatte sie beobachtet, wie er die sechsspurige Straße überquerte und auf den Barockpalast zueilte. In der Orangerie hatten sie gestern den nigerianischen Minister befragt. Sie hatte sich gefragt, was Brandt dort wollte. Dann hatte sie be-

schlossen, nicht weiter darüber nachzudenken. Wahrscheinlich hatte er nur Feierabend gemacht. Einen Moment hatte sie überlegt, es ihm nachzutun. Doch dann war sie in die Direktion gefahren.

In zwei Tagen ging der Afrika-Kongress zu Ende, und Minister Ogbeh würde aus der Stadt verschwinden. Gouverneur Oke-Williams und sein Begleiter würden sich schon in der Nacht davor mit der Spätmaschine aus dem Staub machen. Ihre Chancen, in der verbleibenden Zeit einen Ermittlungserfolg zu erzielen, waren gering. Selbst wenn sie noch Beweise finden sollten, würde Siegrist sie garantiert unter den diplomatischen Teppich kehren, so, wie er es schon einmal getan hatte. Scheiß drauf! Sie wollte noch nicht aufgeben. Sie wollte nicht Teil eines Systems sein, das die Mörder von drei Menschen ungestraft davonkommen ließ.

Im Großraumbüro war es still. Die untergehende Sonne färbte einen Streifen der Seitenwand schmutzig gelb. Zehra schaltete das Licht im Terrarium ein und setzte sich ans Telefon. Oke-Williams war immer noch nicht im Hotel. Sie wählte die Nummer der Mordkommission. Dirkes nahm ab. Die Spurensicherung hatte keine Hinweise darauf gefunden, dass Erika Sander in ihrer Wohnung getötet worden war. Den Nachbarn war am Mordtag nichts Ungewöhnliches aufgefallen. Mehrere Hausbewohner hatten jedoch ausgesagt, dass dort in den letzten Wochen eine junge Afrikanerin ein- und ausgegangen war.

Zehra berichtete, dass sie die junge Frau ausfindig gemacht und befragt hatten. Dann informierte sie Dirkes über ihren möglichen Tatverdächtigen und brachte ihn auf den aktuellen Stand ihrer Ermittlungen.

»Das heißt, außer den Reifenspuren und den Fotos, die das Opfer gemacht hat, haben Sie nur Vermutungen«, fasste er ihre Ausführungen zusammen. »Für eine Durchsuchung des Hotelzimmers oder gar eine Beschlagnahme des Range Rovers reicht das nicht.«

»Ich weiß.«

»Ich kann ab morgen zwei meiner Leute abstellen, um ihn zu observieren. Haben Sie ein Foto der Zielperson?«

Sie mailte ihm den Link zum Internetauftritt des Oyo State Governments. Auf der Startseite prangte ein Porträt von Oke-Williams in Landestracht.

Dann blickte Zehra nachdenklich durch die Scheiben der Trockenbauwand. Der Sonnenstreifen am anderen Ende des Großraumbüros war fast verschwunden.

Ihre beste Spur war der Range Rover. Wenn Erika Sanders Leiche darin transportiert worden war, würde Herzfelds Team dies nachweisen können. Aber einen Durchsuchungsbeschluss für das Fahrzeug würden sie nicht bekommen. Außerdem wusste sie nicht mal, wo der Wagen gerade war.

Zurück zum ersten Mord. Die Plastiktüte fiel ihr ein, die Ogbehs Fahrer vor dem »Afro-Shop & Hair« dem Hexer übergeben hatte. Zehra ging davon aus, dass die abgetrennten Leichenteile des ermordeten Joggers darin gelegen hatten. Auch die Tüte war im Kofferraum eines Autos transportiert worden.

Erneut griff Zehra zum Telefon. Sie rief im Hilton an und erfuhr, dass Minister Ogbeh in der »Beletage«, einem der hoteleigenen Restaurants, zu Abend speiste. Also würde er das Hotel heute wohl nicht mehr verlassen. Zehra durchwühlte die Unterlagen auf Brandts Schreibtisch nach dem Zettel, auf dem er das Kennzeichen von Ogbehs Limousine notiert hatte. Der Portier des Hotels hatte es ihm genannt.

Als sie den Zettel gefunden hatte, erhob sie sich und verließ entschlossen das Büro.

Cetin lehnte im Schein der Straßenlaterne am Kotflügel eines auberginefarbenen Porsche Panamera. Er hatte in zweiter Reihe geparkt und zündete sich gerade eine Zigarette an. Als sie aus der Haustür trat, verschluckte er sich am Rauch.

»Wow«, hustete er, »*abla!*«

Es war das erste Mal, dass Zehra ihm die respektvolle türkische Anrede für »ältere Schwester« glaubte. Sonst benutzte er sie nur, wenn er in der Klemme steckte und erwartete, dass sie ihm hinaushalf. Diesmal war es anders – sie brauchte seine Hilfe.

»Ich hoffe, du hast die Karre nicht geklaut.« Sie nahm ihrem Bruder die Zigarette ab und zog daran.

»Quatsch. Kundenwagen, frisch gewachst und poliert.« Nachdem er mit seinem Chauffeurservice gescheitert war, hatte er auf Fahrzeugaufbereitung und professionelle Autopflege umgesattelt und sich auf Oberklassewagen spezialisiert. Wie er an den Kundenkreis kam, der sich solche Luxusschlitten leisten konnte, wollte Zehra lieber nicht wissen.

»Du siehst mega aus«, legte Cetin nach. »Das Kleid ist der Hammer.«

Sie trug es zum ersten Mal, obwohl es schon monatelang in ihrem Schrank hing. Sie hatte es für ein Rendezvous gekauft. Bei ihrer ersten Ermittlung für das SD Fremdkultur hatte sie einen Mann kennengelernt, der in einem Luxushotel arbeitete. Doch es war nie zu einem privaten Treffen mit ihm gekommen. Heute war das Kleid nur noch die passende Tarnung, um in einer Fünf-Sterne-Umgebung nicht aufzufallen. Trotzdem freute sich Zehra über Cetins Kompliment.

»Du bist aber auch schick«, gab sie zurück.

»Das war doch der Auftrag. Außerdem sehe ich immer so gut aus.« Er lächelte charmant. »*Du* solltest dich öfter aufbrezeln. Steht dir. Nur das Täschchen geht gar nicht.«

Er deutete auf den Alukoffer in ihrer Hand. Nachdem sie noch auf dem Parkplatz der Direktion 3 mit Cetin telefoniert hatte, war sie ins Kriminaltechnische Institut gefahren und hatte sich den Koffer ausgeborgt. Anschließend war sie nach Hause geeilt, um sich, wie ihr kleiner Bruder es nannte, »aufzubrezeln«.

»Können wir?«, sagte sie.

»Immer zu Diensten, Frau Oberkommissarin.« Er riss die Beifahrertür auf.

»Die ›Oberkommissarin‹ verkneifst du dir aber gleich.«
»Hallo? Für wie blöd hältst du mich?«
Sie stieg ein, er klappte die Tür zu, umrundete die lange Motorhaube, schwang sich hinter das Lederlenkrad und drückte auf den Startknopf. Mit einem tiefen Grollen sprang der Motor an.
»V8, Turbo, 550 PS.« Cetins Augen leuchteten. »Die Karre ist ein Monster.«
»Dann sollte ich wohl besser fahren«, gab Zehra zurück.
Das Grinsen verschwand schlagartig aus seinem Gesicht.
»Vergiss es!«
In dem Punkt verstand er keinen Spaß mehr, seit er sie einmal mit auf die Kartbahn genommen hatte. Da waren sie noch Teenager gewesen. Eigentlich hatte sie ihn nur bewundern sollen. Doch sie hatte ihn überredet, auch fahren zu dürfen – und ihn dreimal auf der Rennstrecke geschlagen. Undenkbar für ein türkisches Mädchen.
Beinah lautlos glitt der Wagen durch die erleuchteten Straßen. Zehra spürte die Kraft hinter jeder noch so sanften Beschleunigung. Es war ein gutes Gefühl. Es half ihr, die Nervosität zu kontrollieren.
Auch Cetin war nervös. Wortreich berichtete er, wie gut sein Geschäft lief und dass er expandieren würde. Er beschrieb jedes Traumauto, das er in den letzten Monaten aufbereitet hatte. Er redete zu viel und zu schnell. Aber er erwartete keine Antwort. Dafür war Zehra dankbar.
Als nach zwanzig Minuten Fahrt der leuchtende »Hilton«-Schriftzug an der Fassade des achtstöckigen Hotelkomplexes in Sicht kam, unterbrach sie ihren Bruder.
»Ab jetzt rede nur noch ich.«
»Okay«, gab er zurück und verstummte.
Sie bogen in die Charlottenstraße ab. Das Parkhaus lag an der Seite des Gebäudes. Nur ein Teil der vierhundert Plätze war den Hotelgästen vorbehalten, der Rest öffentlich zugänglich. Cetin lenkte den Porsche in die schmale Zufahrt, ließ die Scheibe

herunter und zog einen Parkschein. Langsam steuerte er durch die Reihen der parkenden Wagen. Bei jedem S-Klasse-Mercedes, den sie erblickte, schlug Zehras Herz höher. Doch keines der Fahrzeuge trug das Kennzeichen, nach dem sie Ausschau hielt.

»Vielleicht ist der Kerl, hinter dem du her bist, noch mal los«, brach Cetin das Schweigen.

»Um die Zeit?«

»Viele Nachtclubs sind jetzt erst am Start.«

»Er gehört nicht gerade zu den Party People.« Sie hatte ihrem Bruder nur das Nötigste erzählt.

»Ich meinte auch die Puffs.«

Sie sah ihn stirnrunzelnd an.

Cetin zuckte mit den Achseln. »Du hast gesagt, es geht um 'ne S-Klasse. Ich kenne die Typen, die in solchen Autos unterwegs sind.«

Plötzlich bremste er ab. Zwei orange-weiß geringelte Pylone blockierten die Zufahrt zum letzten Deck.

»Ich glaube, er ist doch da«, sagte Zehra.

Cetin stieß zurück und setzte den Porsche mit Schwung in eine freie Parkbucht. Sie stiegen aus. Zehra nahm ihren Alukoffer, Cetin holte einen Rucksack vom Rücksitz und steckte einen langen Draht in den Ärmel seines Jacketts.

Auf der gesperrten Ebene demonstrierte Daimler-Benz seine Marktherrschaft. Die Mercedes-Flotte der nigerianischen Delegation parkte gleich am Aufzug. Das Klackern von Zehras Absätzen hallte über das Parkdeck. Am liebsten hätte sie die Pumps ausgezogen.

Ogbehs Wagen war der letzte in der Reihe. Cetin holte ein flaches Brecheisen, ein kleines Luftkissen und einen Laptop aus seinem Rucksack. An einem USB-Port des Computers baumelte ein Kabel mit einem mehrpoligen Stecker.

Cetin setzte das Brecheisen in die Fuge zwischen Türrahmen und Dachkante und blickte zu Zehra. Sie sah sich um und nickte ihm zu. Mit einem Ruck stieß er das Eisen in die Gummidichtung und hebelte die Tür gerade so weit auf, dass er das Luftkissen in den Spalt bekam. Er pumpte es auf, bis der Türrahmen knackte. Dann griff er nach dem Draht. Wenige Sekunden später hörte Zehra das Geräusch der Zentralverriegelung. Ihr Bruder grinste sie an und öffnete die Fahrertür.

Einen Wimpernschlag später ging die Alarmanlage los. Cetin schnappte sich den Laptop und tauchte in den Fußraum des Wagens ab. Nach einer gefühlten Ewigkeit verstummte die Hupe, und die blinkenden Scheinwerfer des Wagens erloschen wieder. Zehra erwartete, in der nächsten Sekunde bullige Sicherheitsleute heranstürmen zu sehen. Aber niemand kam.

Sie atmete durch und drehte sich um. Ihr Bruder saß nun hinter dem Lenkrad, den Laptop auf seinem Schoß. Das Kabel steckte in der Buchse des On-Board-Diagnosesystems unter dem Armaturenbrett.

»Verdammt«, zischte sie, »Cetin!«

»Sorry. Passiert.« Er versuchte, cool zu klingen. »Aber jetzt ist alles gut.«

»Mach den Kofferraum auf.«

Er tippte einen Befehl in den Laptop. Der Kofferraumdeckel schwang auf. Sie öffnete ihr Alu-Case und holte die Lampe heraus.

Cetin kletterte aus dem Wagen. »'ne Taschenlampe? Hättest du auch von mir haben können.«

»Nicht so eine. Pass auf, ob jemand kommt.«

Sie beugte sich in den Kofferraum, knipste die multispektrale LED-Leuchte an und ließ den Lichtkegel langsam über den dunklen Velours wandern.

»Was suchst du eigentlich?«, hörte sie Cetin fragen.

»Blut.«

»Ernsthaft? Krass.«

»Es fluoresziert unter UV-Licht.«

Sein Gesicht tauchte neben ihrem auf. »Du meinst, es leuchtet?«

»Am intensivsten bei einer Wellenlänge von vierhundertfünfzehn Nanometern. Du sollst aufpassen!«

Er zog seinen Kopf zurück – und stoppte mitten in der Bewegung.
»Da!« Er deutete in den Kofferraum.
Nun sah sie es auch. Der Fleck glomm nur schwach, und er war nicht größer als ein Streichholzkopf. Aber er war da.

## AUSZEIT

Sie lagen auf den dicken marokkanischen Polstern, die Saada auf ihre Dachterrasse schaffte, sobald das Wetter es zuließ. Eine einzelne Wolke trieb über den Abendhimmel wie ein einsames zerknautschtes Kopfkissen. Darauf hatten sie sich geeinigt, nachdem sie Elefant, Porsche Cayenne und Donald Trump verworfen hatten.

Saada hatte ihm eine Textnachricht geschickt. Er und Zehra waren auf dem Rückweg zur Direktion gewesen. Sie hatten geschwiegen. Sie hatten noch unter dem Eindruck dessen gestanden, was ihnen der ukrainische junge Mann anvertraut hatte. Saadas Nachricht hatte ihn aus seinen Gedanken gerissen. Sie wollte ihn sehen, sie hatten einen Treffpunkt vereinbart. Jetzt lagen sie auf Saadas Terrasse und hielten nach Wolken Ausschau. Es war seit Langem der erste halbwegs entspannte Abend, den sie zusammen verbrachten.

Tagsüber leitete Saada ihre Auffangstation für obdachlose Kinder und Jugendliche. Nachts war sie unterwegs, wo sich ihre Schützlinge herumtrieben, und versuchte sie zu überreden, zu ihr in die Arche zu kommen, wo es zu essen gab, sie sich duschen und die Nacht verbringen konnten und – wenn sie wollten – Erwachsene fanden, die ihnen zuhörten.

In diesem Modus arbeitete sie gewöhnlich mehrere Wochen hintereinander und er bekam sie kaum zu Gesicht. Dann, von einem Moment auf den anderen, ging es nicht mehr, sie hatte sich vollkommen ausgepowert. Dann geschah es, dass sie mitten in einer Besprechung aufstand und ging. Ihr Team hatte sich schon daran gewöhnt. Saadas Stellvertreterin übernahm den Laden und störte sie nur, wenn es um Leben und Tod ging.

Saada wartete schon, als Zehra ihn abgesetzt hatte. Er hatte versucht umzuschalten, aber es war ihm nur zum Teil gelungen. Während sie durch Charlottenburg spazierten wie zwei Touristen auf Jahresurlaub und Feinkostläden plünderten, musste er immer wieder die Bilder zurückdrängen, die das letzte Gespräch in ihm hinterlassen hatte. Saada gönnte sich diese Auszeiten selten genug, und wenn sie es tat, würde er versuchen, für sie da zu sein.

Sie hatten gegessen und den sardischen Weißwein getrunken. Jetzt lauschten sie dem Rascheln in den Kastanien, die die Terrasse auf drei Seiten umgaben. Die Hitze hatte etwas nachgelassen. Sie leerten ihre Gläser und schwiegen. Der Sex würde später kommen, jetzt genügte es, da zu sein, sich zu berühren und nicht an die Arbeit zu denken.

Aber damit war es wie mit dem rosa Elefanten. Sagte man jemand, er solle nicht an rosa Elefanten denken, tat er nichts anderes.

Sie stand auf. »Mehr Wein?«

Er reichte ihr den Weinkühler. Sie verschwand in der Küche.

Die Wolke war längst verschwunden, und vor das tiefer werdende Blau, in dem sich die ersten Sterne zeigten, schob sich das Bild des nigerianischen Mädchens, so wie der junge Ukrainer es beschrieben hatte.

»He, träumst du? Mach mal auf.«

Er schreckte hoch, sie drückte ihm den Korkenzieher und die Weinflasche in die Hand. »Was ist los? Willst du reden?«

Wie genau sie ihn schon lesen konnte. Es fühlte sich gut an.

»Der Fall?«

Er zögerte. Er wollte den Abend nicht kaputt machen. Aber ihr war auch nicht damit gedient, wenn nur eine Hälfte von ihm bei ihr war. Er erzählte ihr von Adeola Monsumola. Als er fertig war, verstummte er. Sie schwieg. Ihr Blick schien sich im mittlerweile schwarzen Nachthimmel zu verlieren. Dann fragte sie: »Wie alt ist sie?«

»Siebzehn.«

Saada sah ihn an. Ihre Augen waren feucht. »In Sierra Leone sind es achtzig bis neunzig Prozent aller Frauen.«

Sie kam der Frage zuvor, die ihm auf der Zunge lag.

»Natürlich war meine Mutter auch beschnitten. Ich hatte Glück. Sie wollte ihren Töchtern nicht das Gleiche antun. Sie war Lehrerin. Sie war sehr eloquent. Sie hat meinen Vater überzeugt. Aber alle meine Freundinnen und Klassenkameradinnen wurden beschnitten. Unbeschnitten zu sein ist ein Makel. Wenn es bekannt wird, hast du nur Probleme. Berufliche Möglichkeiten, sozialer Status, Heiratschancen – alles ist davon betroffen. Darum haben meine Eltern mich ermutigt wegzugehen.«
Saadas Eltern waren tot, das wusste er. Kollateralschäden bei einem Feuergefecht zwischen verfeindeten Milizen.
»Und dann wird die Frau, die ihr hier wohl am nächsten stand, ermordet. Sie wollte das Mädchen sogar adoptieren.«
Saada war überrascht. »Sie muss es wirklich gemocht haben.«
Eine Windbö strich durch das Blattwerk. Sie lauschten. Das sanfte Rascheln hörte auf, und Saada erzählte von den unbegleiteten minderjährigen Flüchtlingen, die untertauchten, weil ihr Asylantrag abgelehnt wurde, die jetzt auf der Straße lebten, von den andern Straßenkindern ohne Weiteres akzeptiert wurden, die sich prostituierten oder kriminell wurden.
Sie erzählte von Selbsthilfeorganisationen für Frauen, die genital verstümmelt worden waren, und einer Klinik, in der Chirurgen versuchten, verstümmelten Frauen zu helfen.
»Wer bezahlt das?«
»Wenn man Asyl hat, wahrscheinlich die Kasse.«
»Und wenn nicht?«
Saada zuckte bedauernd mit den Schultern.
Viel später schliefen sie zwischen den raschelnden Kastanien miteinander, auf eine träumerisch schwebende Weise, fast wie in Trance und völlig geräuschlos, als existiere im Universum etwas, das sie besser nicht auf sich aufmerksam machen sollten.

Gegen vier wachte er auf. Sein erster Gedanke galt dem Mädchen. Er stand leise auf und ging in die Küche. Manchmal überforderten ihn all das Leid, der Schmerz, die sinnlose Grausamkeit, die fürchterliche Zwangsläufigkeit mancher Lebensläufe. Bei Opfern wie Tätern.

Er füllte sein Glas am Wasserhahn und trank.

Bei der jungen Frau war es anders. Sie war das Opfer einer grausamen Tradition. Als Ethnologe hätte er sich jeder Wertung enthalten müssen. Kulturrelativismus nannte man das. Alle Kulturen waren gleichwertig, dieses Prinzip war das Fundament der Ethnologie, und es stimmte. Allerdings hatte es Konsequenzen, wenn man den Kulturrelativismus verabsolutierte. Grausame Traditionen und Praktiken – seien es Genitalverstümmelungen in Nigeria, Steinigungen in Afghanistan, im Iran und Somalia, die Blutrache in Sizilien oder die Menschenopfer der Azteken – entzogen sich dann jeglicher Kritik. Aber Wissenschaftler waren Menschen und als solche moralische Wesen. Die eigenen Taten und die Taten anderer als richtig oder falsch, gut oder schlecht zu beurteilen, machte gesellschaftliches Zusammenleben erst möglich.

Sein Smartphone brummte und wanderte über die Tischplatte. Eine E-Mail seines alten Bekannten Teddy Fayufay. Teddy war Reporter beim Cordillera Chronicle in Baguio. Die Stadt war das Tor zur Cordillera Central, dem Siedlungsgebiet der Bergstämme, bei denen Brandt zwei Jahre lang gelebt und seine allerletzte Feldforschung durchgeführt hatte. In Baguio war es jetzt kurz nach zehn Uhr vormittags.

Vor einigen Monaten hatte er wegen des Mordes an einer philippinischen Putzfrau zum ersten Mal seit Jahren wieder Kontakt zu Teddy aufgenommen. Dabei hatte er erfahren, dass Teddys Cousin, Ermittler bei der Major Crime Unit in Baguio, eine alte Mordermittlung wieder aufgenommen hatte. Zu den Tötungen war es ganz in der Nähe des Ortes gekommen, in dem Brandt gelebt hatte. Zwei der Opfer stammten aus diesem Dorf, Fatuyog und sein zehnjähriger Sohn Kevin. Sie waren seine Nachbarn gewesen. Die beiden anderen Toten, zwei junge Männer, stammten aus einem Ort, mit dem Brandts Dorf seit Generationen in Blutfehden verwickelt war.

In der Mail berichtete ihm Teddy, dass die Ermittlungen die alte Fehde anscheinend wieder aktiviert hatten. Mehrere Dorfälteste hatten bei einem Dorffest in alkoholisierter Runde die Angehörigen der Mordopfer provoziert, ein Brauch, der »Farus« genannt wurde. Man stand auf und rühmte sich lautstark der eigenen Heldentaten und des Mutes, den Mitglieder der eigenen Verwandtschaftsgruppe über viele Generationen hinweg bewiesen hatten. Dann beschuldigte man die Verwandten der noch ungerächten Mordopfer der Feigheit und beschämte sie. Diese öffentliche Beschämung konnte dazu führen, dass ein junger Mann spontan loszog und einen beliebigen Bewohner des »feindlichen« Dorfes tötete und damit eine vielleicht seit Jahrzehnten ruhende Blutfehde aktivierte. Genau das drohte wegen der ungeklärten Morde gerade zu geschehen.

Brandt hatte gehofft, das dunkle Ende seiner Karriere als Ethnologe endgültig hinter sich gelassen zu haben, aber offensichtlich hatte es ihn wieder eingeholt.

## DIE HÖHLE DES LÖWEN 2

Sebastian und Elfi hatten versucht, sie zu trösten. Es hatte nicht funktioniert. Wie auch? Sie wussten nicht, was Itchy ihr bedeutet hatte. Irgendwann waren sie endlich gegangen. Adeola hatte die Tür ihres Zimmers hinter sich geschlossen.

Sie hatte auf dem Bett gesessen und vor sich hingestarrt. Wie lange, wusste sie nicht. Sie musste irgendwann eingeschlafen sein. Draußen war es schon hell. Die Sonne stand noch tief. Es musste der neue Tag sein.

Sie lag angezogen auf dem Bett, um sie herum die Fotos, die sie von Itchy aufgenommen hatte. Sie waren im Park gewesen und hatten sich gegenseitig fotografiert. Es hatte Spaß gemacht, sie hatten viel gelacht. Sie konnte sich nicht erinnern, wann sie zum letzten Mal so glücklich gewesen war.

Sie bewahrte die Mappe mit den Fotos unter dem Bett auf. Sie erinnerte sich nicht, sie dort hervorgeholt zu haben. Aber das spielte jetzt keine Rolle.

Der Mann, der sie verstümmelt hatte, hatte auch Itchy ermordet. Anders konnte es nicht sein. Itchy war zurück ins Hotel gegangen. Warum? Weil sie eine Kämpferin war. Sie hatte ihn gefunden, er hatte sie umgebracht. Ihr richtiger Name war Erika Sander. Hätte Itchy sie adoptiert, wäre das ihr Name geworden. Adeola Sander. Es hätte ihr gefallen, dachte Adeola. Aber Erika Sander und Itchy waren tot.

Sie erinnerte sich an die alten Männer, denen sie in dem italienischen Dorf beim Dominospielen zugesehen hatte. Irgendwann hatten sie aufgehört. Ein kleiner Junge hatte die Steine in einer Reihe aufgestellt. Dann hatte er dem ersten einen Stoß gegeben. Er war umgefallen, hatte den nächsten umgeworfen, der den nächsten und so weiter. Der vorletzte Stein hatte den letzten nur gestreift. Zuerst hatte es so ausgesehen, als würde er stehen bleiben. Aber dann war er doch noch umgefallen.

Genau so kam es ihr vor – als sei der letzte Stein ihrer Reihe gefallen.

Es musste aufhören.

Sie nahm eine Broschüre vom Stapel mit dem Informationsmaterial, das sich angesammelt hatte, seit sie mit deutschen Behörden zu tun hatte. Sie hatte die richtige Länge. Sie ging in die Küche und öffnete die Schublade mit den Küchenmessern. Eins war länger als die anderen, die Klinge war schmal und sehr scharf. Es diente vor allem dazu, das Fleisch klein zu schneiden. Sie schob es zwischen die Seiten der Broschüre. Der Griff schaute ein Stück heraus, aber das machte nichts. Sie versteckte ihn in ihrem Ärmel.

Dann ging sie in Faaisos Zimmer. Faaiso gab den größten Teil ihres Geldes für Kleidung und Accessoires aus. Adeola nahm eine Sonnenbrille mit großen Gläsern, ein buntes Seidentuch und eine kurze Leinenjacke. Sie kehrte in ihr Zimmer zurück und zog sich um. Den Schlüssel von Itchys Rennrad hatte sie noch. Sie steckte das Messer und ihr Smartphone in ihren Rucksack.

Sie ging zu Fuß.

Die Bewohner des Hauses, in dem Itchy wohnte, waren nicht sehr misstrauisch. Sie musste nur auf irgendeine Klingel drücken, schon machte jemand auf. Sie ging in den Hof, schloss das Kettenschloss auf und schob das Rad durch den Hausflur. Niemand hinderte sie daran.

Zum ersten Mal fuhr sie ohne Helm. Faaisos Leinenjacke, die große Sonnenbrille und das elegante Halstuch fühlten sich falsch an. Sie wünschte sich, mehr zu sein wie Lara Croft. Aber vielleicht war sie das ja. Lara hatte mit neun Jahren ihre Mutter bei einem Flugzeugabsturz verloren, ihr Vater war auf einer Expedition in Kambodscha verschwunden, als sie fünfzehn war. Lara war genauso allein wie sie.

Vor dem Hotel wusste Adeola nicht weiter. Wie sollte sie diesen Dr. Oke-Williams, dessen Name auf dem Vertrag stand, finden? Sie ging davon aus, dass der Schreibtisch, auf dem der

Vertrag lag, in einem Zimmer oder einer Suite dieses Hotels stand. Dass Dr. Oke-Williams sie gemietet hatte und dort wohnte, war nur eine Annahme.

Sie musste nachdenken.

Vor dem Hoteleingang kümmerten sich gleich drei livrierte Hotelbedienstete um ankommende und abreisende Gäste. Direkt neben dem Eingang befand sich das Hotelcafé mit seinen Außentischen. Nur wenige davon waren besetzt. Sie schloss das Rad ab und setzte sich an einen Tisch, von dem aus sie gute Sicht auf den Eingang hatte. Sie bestellte einen viel zu teuren Eisbecher und war sicher, dass der Kellner sie dabei argwöhnisch musterte.

Nach einer Stunde war das Eis geschmolzen. Sie hatte es nicht angerührt.

»Ist etwas nicht in Ordnung?«

Sie erschrak, als der Kellner plötzlich neben ihrem Tisch stand.

»Doch, alles okay. Ich habe bloß ...« Sie deutete auf ihren Magen und verzog das Gesicht.

Der Mann ging. Der kleine Eisbecher kostete neun Euro, sie legte einen Zehn-Euro-Schein hin und stand auf. Sie ging zurück zum Rennrad und überlegte, was sie tun sollte. Eine Limousine fuhr vor, hielt und Dr. Oke-Williams stieg aus. Sie hatte keine Schwierigkeit, ihn wiederzuerkennen. Die Limousine fuhr weiter. Oke-Williams ging ins Hotel.

Vor den Aufzügen holte sie ihn ein. Sie blieb hinter ihm stehen und tat, als suche sie etwas in ihrem Rucksack. Er telefonierte. Er sprach auf Englisch mit einem Dr. Günzer. Es ging um einen Mann, der Ogbeh hieß. Ein Yoruba-Name. Der Aufzug kam, die Tür öffnete sich, er war leer. Gereizt willigte Oke-Williams ein, er sei einverstanden, er werde da sein, und brach das Telefonat ab.

Er stieg ein, Adeola folgte ihm und trat zurück an die Wand. Sein massiger Rücken war direkt vor ihr. Er drückte auf den Knopf. Vermutlich hatte er sie schon vergessen, falls er sie überhaupt bewusst wahrgenommen hatte. Ihre Hand schob sich in den Rucksack. Sie fand den Griff des Messers. Hier und jetzt? Er würde nicht wissen, warum.

Der Lift fuhr los und kam fast sofort wieder zum Stillstand. Die Tür öffnete sich, davor stand ein junges Pärchen in teurer Sommerkleidung. Die Frau kicherte aufgedreht und sagte etwas. Sie sprach sehr schnell. Adeola kannte die Sprache, es war Italienisch. Die beiden betraten den Aufzug. Adeola zog die Hand aus dem Rucksack, der Lift setzte sich in Bewegung. Das Pärchen hatte keinen der Knöpfe gedrückt, also wollte es auch in die fünfte Etage.

Oke-Williams stieg als Erster aus. Das Pärchen brauchte einen Moment, um sich zu orientieren, dann bog es um eine Ecke und war verschwunden. Adeola beschäftigte sich wieder mit ihrem Rucksack, während sie aus den Augenwinkeln beobachtete, wie Oke-Williams vor einer Tür stehen blieb, seine Zimmerkarte an den Kartenleser hielt und die Suite betrat.

Sie war völlig allein auf dem Hotelflur. Trotzdem tat sie so, als habe sie sich verlaufen und suche ihr Zimmer. Vor der Tür blieb sie stehen. Was jetzt? Sie wusste, dass sie ihm gegenübertreten würde, aber in ihrem Kopf gab es dazu keine Bilder, nur eine dunkle Leere. Sie spürte, wie ihr Herz schlug, aber ihr Körper fühlte sich fremd an.

Sie zog das Messer aus dem Rucksack. Die Entscheidung war gefallen. Sie klopfte an die Tür. Sie lauschte. Drinnen war nichts zu hören. Noch konnte sie verschwinden.

»*What is it?*«
Zu spät.
»*Roomservice!*« Der Klang ihrer Stimme überraschte sie.
Bis auf ein weißes Badetuch, das er sich um den Bauch geschlungen hatte, war er nackt. Die gefühllosen Augen, die sie zum ersten Mal im Alter von neun Jahren gesehen hatte und dann hundertmal in ihren Alpträumen, starrten sie an. Der säuerliche Schweißgeruch, der Teil dieser Träume war, stieg ihr in die Nase.

»Du bist nicht der Roomservice.« Er kniff argwöhnisch die Augen zusammen. »Wer bist du?« Sein Blick wanderte nach unten, bis zu der Stelle, wo das Messer den Frotteestoff durchdrungen hatte und die Spitze der Klinge seinen Bauch direkt über der Peniswurzel berührte. Erschrocken zog er den Unterleib ein, aber das Messer hielt den Kontakt.

Er fluchte auf Yoruba. »Was willst du?«

»Rein da!«

Er rührte sich nicht, sie verstärkte den Druck. Er wich ins Zimmer zurück, sie folgte und stieß die Tür mit dem Fuß zu.

»Willst du Geld?«

Es war die Suite, die Itchy fotografiert hatte. »Weiter.«

Sie drückte fester zu, er wich weiter zurück. Das Badetuch löste sich, er wagte nicht, danach zu greifen, sodass es nur noch von der Messerspitze gehalten wurde.

»Was soll das? Was willst du von mir?« Seine Stimme zitterte.

Sie war ihm so nah, sie roch seinen Atem, sah jede Narbe, jede Pore auf seiner fleckigen Haut. Sie unterdrückte einen Würgereiz. Sie drückte fester. Er stolperte über einen Fußhocker, das Messer verlor den Kontakt, das Badetuch rutschte auf den Boden, er fiel rücklings in einen dunkelroten Polstersessel. Er wollte sich aufrichten, aber sie war schon neben ihm und presste die Schneide des Messers gegen seinen Hals. Mit vor Panik aufgerissenen Augen versuchte er, von ihr abzurücken, aber der Sessel ließ das nicht zu.

Plötzlich wurde ihr klar, dass sie keine Angst mehr vor diesem Mann hatte. Er war nur noch ein schwabbeliges Häufchen Elend, das seine verschrumpelten Geschlechtsteile mit den Händen schützte. Sie nahm die Klinge von seinem Hals, trat vor ihn und richtete die Spitze des Messers auf sein Herz. Er begriff, dass sie sein Leben jederzeit mit einem einzigen Stoß beenden konnte.

»Wer bist du? Ich kenne dich nicht.«

»Nein? Nein, natürlich nicht.«

»Wieso? Bist du berühmt?«

In diesem Augenblick hasste sie ihn mehr denn je. »Sie haben mich verstümmelt!«

Er starrte sie verständnislos an.

»Mit einer rostigen Rasierklinge! Ich war erst neun!«

Etwas veränderte sich in seinem Gesicht. Er hatte begriffen, wovon sie sprach.

Ein widerliches Lächeln erschien auf seinem Gesicht. »Ich habe Hunderte beschnitten. Ich erinnere mich nicht an eine davon.« Er richtete sich auf. »Deine Eltern haben mich dafür bezahlt. Gib ihnen die Schuld.«

Sie spürte, wie seine Angst schwand und die Verachtung zurückkehrte. Sie war für ihn nur noch irgendein kleines Mädchen. »Nicht meine Eltern – nur diese Frau.«

»Wie heißt du?«

»Adeola Monsumola.«

»Mmh … Monsumola. Woher kommst du?«

Sie nannte den Namen ihres Dorfes.

»Ach, du bist das. Ich erinnere mich. Die zweite Frau deines Vaters hatte mich gerufen. Und ihre Schwestern und Cousinen als Verstärkung.«

Adeola wollte etwas sagen, aber die Worte blieben aus.

»Das ist lange her, Kleine. Weißt du überhaupt, wer ich jetzt bin? Geh lieber, dann rufe ich auch nicht die Polizei.« Er machte Anstalten aufzustehen.

Sie drückte die Messerklinge wieder an seinen Hals. Er rutschte zurück in den Sessel.

»Sie haben meine Freundin ermordet.«

»Welche Freundin?«

»Sie war hier.«

Seine Augen verengten sich. »Die Journalistin? Was hast du mit der zu tun?«

»Es ist also wahr.«

Er schwieg. Es gab nichts mehr zu sagen. Es war Zeit zu handeln. Sie drückte die Schneide fester gegen den Hals. Sie wusste, wo die Halsschlagader verlief, sie hatte als Kind oft genug gesehen, wie Tiere geschlachtet wurden. Ihr Messer war scharf, es würde nur wenig Kraft brauchen. Wenn sie es schnell und entschlossen über die richtige Stelle zog, würde das Blut herausspritzen, er würde es nicht stoppen können, nicht einmal mit dem flauschigen Hotelhandtuch, warum tat sie es nicht, was wollte sie noch hier, das war das Ende, vielleicht war das alles vorbestimmt gewesen, seit die neue Frau aus dem Auto ihres Vaters gestiegen war.

Ein Geräusch ließ sie herumfahren. Sie erkannte den Mann noch, dann traf sie der Schlag, und sie verlor das Bewusstsein.

»Wo bist du so lange geblieben, verdammt noch mal?« Oke-Williams funkelte Bayo Osemi wütend an. »Hol mir den Bademantel!«

Bayo ging ins Badezimmer und kam mit dem Bademantel zurück. Er deutete auf Adeola. »Wer ist das?«

Sein Onkel erklärte es ihm.

»Was will sie?«

»Sich rächen, was weiß ich? Aber was viel wichtiger ist: Die Journalistin war ihre Freundin.«

»Wie ist das möglich?«

»Wenn sie aufwacht, fragen wir sie. Du hast doch nicht zu fest zugeschlagen, oder?«

Bayo zuckte mit den Achseln.

»Sieh nach!«

Bayo gehorchte. Er beugte sich zu Adeola hinunter und schüttelte sie. Sie öffnete die Augen.

Bayo wandte sich um. »Sie ist wach, Onkel.«

Plötzlich schoss ein glühender Schmerz durch seinen Oberschenkel. Er schrie und schaute an sich hinunter. Die Messerklinge steckte tief in seinem Bein. Es knickte weg, er fiel auf die Knie. Adeola sprang auf. Oke-Williams, der gerade in die Ärmel des Bademantels schlüpfte, starrte sie verblüfft an. Sie rannte zur Tür, riss sie auf und stürzte hinaus auf den Gang.

»Hol sie zurück!«

Bayo packte den Griff des Messers und zog es mit einem

Ruck aus seinem Oberschenkel. Er stöhnte auf. Blut strömte aus der Wunde. Er presste die Hand auf die Stelle und humpelte zur Tür. Oke-Williams ließ sich in den Sessel sinken. Zwei Minuten später war Bayo wieder zurück.

»Wo ist sie?«

»Da waren Leute. Sie war auch schon zu weit weg.« Er nahm die Hand von der Wunde. Sie war blutverschmiert, die Hose war blutgetränkt, Blut quoll immer noch aus der Wunde. »Ich muss das verbinden.« Er humpelte ins Bad.

Oke-Williams holte eine Flasche mit fünfundzwanzig Jahre altem Single Malt aus der Hausbar, goss ein Glas halb voll und nahm einen tiefen Schluck. Musste er sich Sorgen machen? Dass das Mädchen sich rächen wollte, störte ihn nicht besonders. Was er getan hatte, war nicht illegal. Zu Hause würde kein Hahn danach krähen. Was ihm Sorgen bereitete, war die Frage, wie sie von seiner Anwesenheit in der Stadt erfahren und wie sie ihn gefunden hatte. Es musste mit der Journalistin zu tun haben. Offensichtlich hatte die Polizei die Leiche gefunden und identifiziert. An sich war das auch kein Problem. Aber woher wusste das Mädchen, dass Bayo sie getötet hatte? Wenn sie damit zur Polizei ging, konnte es unangenehm werden. In Nigeria konnte man so etwas mit Geld aus der Welt schaffen, wenn nicht, ließ man lästige Zeugen eben verschwinden. Hier dürfte das schwieriger sein.

Aber wahrscheinlich würde sie nicht zur Polizei gehen. Immerhin hatte sie ihn mit dem Messer bedroht, sie war es, die seinen Neffen verletzt hatte. Selbst wenn sie zur Polizei ging, hatte sie keinerlei Beweise für ihre Behauptung. Noch ein oder zwei Meetings mit dem Anwalt, der dem Minister danach klarmachen würde, wie die Dinge lagen, dann würden die Verträge unterzeichnet. Noch sechsunddreißig Stunden. Der Rückflug war bereits gebucht.

Bayo kam aus dem Bad. »Verdammte Hure.«

Er hatte sich selbst notdürftig verarztet. Oke-Williams deutete auf die Whiskeyflasche. Sein Neffe nahm sich ein Glas aus der Bar und goss es voll. »Ich hätte ihr das Messer sofort wegnehmen müssen.«

»Lerne daraus.«

»Was tun wir jetzt?«

»Wir vergessen es.«

Bayo hob die Augenbrauen. Er trank. Sein Blick wanderte zu der Stelle, an der sie ihm das Messer ins Bein gerammt hatte. Stöhnend bückte er sich, hob Adeolas Smartphone auf und reichte es seinem Onkel. Oke-Williams schaltete es ein. Zu seiner Überraschung war es nicht passwortgeschützt. Er klickte sich durch die Adressdatei. Er fand, was er suchte.

»Ihre Adresse. Falls wir noch mal mit ihr reden müssen.« Er klickte weiter. »Und die der Journalistin.«

Er warf das Handy auf den Tisch. Bayo nahm es. »Kann ich es behalten? Für meine Nichte?«

Oke-Williams zuckte gleichgültig mit den Achseln. Bayo öffnete den Fotospeicher und sah sich Adeolas Handyfotos an. Es waren Bilder aus der WG und der Stadt. Uninteressant. Er klickte weiter. Er stutzte.

»Sieh mal, Onkel.« Er hielt Oke-Williams das Display hin.

Das Foto zeigte den Wohnraum der Suite. Er kannte das Foto. Auch die folgenden Aufnahmen hatte er schon einmal gesehen – auf der Kamera der Journalistin. Perplex klickte er sich durch die Aufnahmen des Beratervertrags.

»Wieso ist das hier auf dem Handy? Wir haben die Kamera!«

Bayo sah ihn ratlos an.

»Hol sie her.«

Die Kamera war in Bayos Zimmer. Mit schmerzverzerrtem Gesicht humpelte er aus der Suite und kam fünf Minuten später mit der Kamera zurück.

»Du hast die Fotos doch gelöscht, oder?«

»Wie du gesagt hast, Onkel.«

Es dauerte zehn Minuten, bis Oke-Williams den Wi-Fi-Adapter im zweiten Kartenschlitz der Kamera gefunden hatte, und weitere fünf, bis er wusste, wozu er diente. »Sie hat die Aufnahmen direkt aus der Kamera irgendwohin hochgeladen. Wir brauchen dieses Mädchen. Lebend. Fang bei seiner Adresse an.« Er gab Bayo Adeolas Smartphone.

Bevor Bayo sich auf den Weg machte, holte er das Metallröhrchen aus dem ausgehöhlten Griff seines Koffers. Es enthielt zehn Gramm Crystal Meth, ein Produkt der boomenden nigerianischen Drogenindustrie.

# ÜBERFALL

Die Nacht war kurz gewesen. Nach Teddys E-Mail hatte er kaum noch ein Auge zugetan. Er ließ Saada schlafen, schlich sich leise ins Bad, duschte, zog sich an und verließ die Wohnung. Er erwog, sich irgendwo Kaffee im Pappbecher zu besorgen, entschied sich dann aber dagegen. Im Terrarium angekommen, kochte er sich einen Tee.

Er dachte an Saada und Adeola. Zwei afrikanische Frauen, deren Schicksal durch die gleiche barbarische Tradition entschieden worden war, bei einer mit mehr, der anderen mit weniger Glück, aber beide hatte das Schicksal in dieselbe, ein paar tausend Kilometer weit entfernte Stadt verschlagen.

Der hochwertige Sencha zog seit fünfunddreißig Sekunden in siebzig Grad heißem Wasser und würde dort noch für weitere fünfzehn Sekunden bleiben, als der Dienstapparat auf Zehras Schreibtisch läutete. Er nahm ab. Herzfeld war dran.

»Morgen, Herr Hauptkommissar. Die Kollegin noch nicht da? Verschlafen?«

»Oberkommissarin Erbay? Ist das Ihr Ernst? Langsam müssten Sie sie eigentlich kennen.«

Herzfeld lachte. »Niemand ist unfehlbar. Apropos unfehlbar. Erstens: Es ist Blut.«

»Was für Blut?«

»Oh … Sie wissen noch nichts davon. Mein Fehler. Dann lass ich das Zweitens mal lieber. Sagen Sie ihr nur, es stammt von der vermuteten Person.«

»Wovon reden Sie, Herzfeld? Von welcher Person?«

»Tut mir leid, aber da mische ich mich nicht ein. Regeln Sie das unter sich. Schönen Vormittag noch.«

Brandt wollte etwas sagen, aber Herzfeld hatte schon aufgelegt. Was hatte Zehra da auf eigene Faust getrieben? Sein Blick wanderte zur Teekanne. Verdammt! Schnell fischte er den hauchzarten, mit Teeblättern gefüllten Papierfilter aus dem heißen Wasser.

»Au!«

»Dafür, dass Sie Tee trinken wie andere Wasser, sind Sie ziemlich ungeschickt.« Zehra stand in der Tür und grinste.

»Schön, dass Sie da sind. Herzfeld hat angerufen. Was ist das für Blut?«

Sie erklärte es ihm.

Brandt war beeindruckt. »Die Plastiktüte, klar. Wenn die Leichenteile des Joggers drin waren, konnten Blutspuren auf den Kofferraum übertragen werden.«

»Die ich sichergestellt habe.«

»Indem Sie den Wagen eines nigerianischen Staatsgastes aufgebrochen haben.«

»Wir hätten nie einen Durchsuchungsbeschluss gekriegt.«

»Richtig. Bloß können wir das Beweismaterial nicht verwerten.«

»Immerhin wissen wir jetzt, wer für den Mord verantwortlich ist, statt im Nebel zu stochern.«

Brandt lächelte. »Immer mit der Ruhe, ich bin nicht sauer. Aber dass Sie Ihren Job und Ihre Karriere aufs Spiel setzen, muss mir ja nicht gefallen.«

Zum zweiten Mal läutete Zehras Diensttelefon. Diesmal nahm sie den Anruf selbst entgegen. Brandt hörte eine aufgeregte Männerstimme, verstand aber nicht, was gesagt wurde.

»Wir kommen sofort.« Zehra legte auf. »Schießerei in der Wohngemeinschaft. Jemand hat versucht, die junge Frau zu entführen – oder zu ermorden.«

Als sie vor der betreuten Wohngemeinschaft eintrafen, hielt dort gerade der Notarztwagen. Zwei Sanitäter stiegen aus.

Zehra zeigte den Männern ihre Dienstmarke. »Vierte Etage. Vermutlich Schusswaffengebrauch. Wir gehen vor.« Sie legte die Hand auf ihr Holster. Brandt nickte und zog seine Dienstwaffe. Sie hob überrascht die Augenbrauen.

Das Schloss der Haustür war nicht eingerastet. Er drückte sie vorsichtig auf. Der Flur war leer. Mit gezogener Waffe rannte er, immer zwei Stufen auf einmal nehmend, die Treppe hinauf. Hinter sich hörte er Zehra und mit einem Stück Abstand dahinter die Sanitäter mit ihren Notfallkoffern.

Die Wohnungstür war nur angelehnt. Der Türrahmen war auf der rechten Seite in Kopfhöhe gesplittert, das Einschussloch war deutlich zu erkennen. Auf wen hatte der Täter geschossen? Brandt schob die Tür weit genug auf, um in den Dielenbereich sehen zu können. Auf dem Boden lagen Scherben und ein zertrümmerter Küchenstuhl.

Brandt trat in die Diele. Jetzt sah er auch die Blutlache. Das Blut gehörte dem jungen Ukrainer, den sie erst gestern befragt hatten. Er lag halb hinter dem Tisch und starrte ihn mit aufgerissenen Augen an. Eine junge Afrikanerin presste einen bunten Seidenschal auf die Wunde in seiner Schulter.

»Er ist weg.« Maksyms Stimme klang dünn und zittrig.

Die Sanitäter drängten an Brandt und Zehra vorbei. Sie schoben die junge Frau sanft beiseite und gingen neben dem Verletzten auf die Knie.

»Schusswunde«, konstatierte einer der beiden. Der andere zog ein Sprechfunkgerät aus seiner Tasche und sprach hinein.

Brandt hastete weiter. Die Türen zur Küche, zum Gemeinschaftsraum, zum Arbeitsraum und zum Büro standen weit offen, aber es war niemand da.

Er öffnete die Tür, an der auf einem Zettel mit rotem Filzstift Adeolas Name stand.

»Gott sei Dank!« Sebastian Kunert hockte auf dem Boden. Das Blut aus der Platzwunde über seinem linken Ohr war schon getrocknet. Er hatte seinen Arm um die Praktikantin gelegt, die nicht aufhören konnte, den Kopf zu schütteln.

»Er wollte Adeola«, sagte er ruhig.

Die Praktikantin brach in heftiges Schluchzen aus. Kunert streichelte ihr mit der Hand über den Rücken. »Es ist vorbei, Elfi, er ist weg, und die Polizei ist da.«

Elfi schaute auf. Sie erkannte Brandt. »Hat er sie mitgenommen?«, fragte er.

Kunert zuckte hilflos mit den Achseln. »Er hat mich niedergeschlagen. Ich war weggetreten.«

Elfi richtete sich auf. »Sie ist rausgerannt, er hat geschossen und ist hinter ihr her. Maksym wollte ihn aufhalten.«

Brandts Blick wanderte zu der Stelle neben der Tür, wo die Kugel ein handgroßes Loch in den Wandputz gefetzt hatte. Wenigstens hatte er sie verfehlt.

Zehra kam herein. Leise sagte sie zu Brandt: »Dieser Maksym wird jetzt runtergebracht. Wenn Sie noch mit ihm reden wollen ...«

»Machen Sie hier weiter. Haben Sie schon die MK verständigt?«

Sie nickte. »Zu Ihnen kommt auch gleich ein Sanitäter«, sagte sie laut.

Brandt ging hinaus. In der Diele wurde Maksym gerade auf der Trage festgeschnallt.

»Wie geht es ihm?«

»Glatter Durchschuss«, erwiderte einer der Sanitäter. »Keine Organe oder größeren Gefäße verletzt.«

Die Schmerzmittel hatten den Ukrainer noch nicht ganz ausgeknockt. »Können Sie mir sagen, was passiert ist?«

Der junge Mann versuchte, sich aufzurichten, wurde aber von den Gurten zurückgehalten. Brandt trat näher heran.

»Immer mit der Ruhe. Wir können auch später ...«

Maksym wollte sprechen. »Der Kerl stand plötzlich im Zimmer. Elfi hat gesagt, er ist Adeolas Cousin, aber wie er sie angesehen hat ... Sie ist vor Angst erstarrt. Er hat etwas gesagt, ich habe nichts verstanden, es muss in ihrer Sprache gewesen sein. Dann hat er die Pistole gezogen ...«

Eine halbe Stunde später hatte sich die betreute Wohngemeinschaft offiziell in einen Tatort verwandelt. Die Kollegen von der Spurensicherung, der Fotograf und ein paar von Dirkes'

Leuten wimmelten durch die Räume. Der Ukrainer und der Leiter der Einrichtung wurden im Krankenhaus versorgt, die Praktikantin war in psychologischer Betreuung. Die Fahndung nach Adeola Monsumola lief.

Brandt und Zehra hatten ihre vorläufigen Befragungen abgeschlossen. Auf dem Weg ins Dezernat versuchten sie, sich ein erstes Bild von dem zu machen, was passiert war.

Der Angreifer hatte an der Tür geläutet, die Praktikantin hatte ihm aufgemacht. Er hatte auf Englisch nach Adeola Monsumola gefragt und behauptet, er sei ihr Cousin. Sie hatte ihn hereingelassen, zu Adeolas Tür gebracht, geklopft und ins Zimmer gerufen, da sei ein Cousin, der sie besuchen wolle. Dann war sie zurück ins Büro gegangen.

Der Psychologe würde einiges zu tun haben, bis er ihr die Schuldgefühle wieder ausgeredet hatte.

Maksym war sicher, dass Adeola den Mann gekannt hatte. Er glaubte, in dem, was er gesagt hatte, zwei Wörter erkannt zu haben: »Foto« und »Cloud«.

Adeola hatte geschrien. Es war ein Verzweiflungsschrei. Kunert und Elfi waren hereingestürmt. Der Mann hatte seine Pistole schon in der Hand gehabt. Kunert war mit erhobenen Händen auf ihn zugegangen, bis der Eindringling ihn mit der Waffe niedergeschlagen hatte. Elfi hatte geschrien. Der Mann hatte sie in die Ecke geschleudert. Adeola hatte die Chance genutzt und war aus dem Zimmer gestürmt. Der Mann hatte geschossen, aber nur die Wand getroffen. Dann war er hinter Adeola hergerannt. Maksym war ihm gefolgt. In der Diele hatte er ihn eingeholt und versucht, ihm die Waffe zu entwinden. Der Mann hatte abgedrückt.

Es hatte eine zweite Heldin gegeben. Die junge Frau, die Maksyms Wunde mit ihrem gefälschten Gucci-Tuch abgedrückt hatte, hieß Faaiso. Als in Adeolas Zimmer der Schuss gefallen war, hatte sie am Tisch in der Diele in einer Modezeitschrift gelesen. Sie stammte aus einer Region Somalias, in der die Warlords ständig Krieg führten. Sie nahmen keine Rücksicht auf die Zivilbevölkerung. Faaiso hatte ohne jede Gefühlsregung geschildert, wie sie sich unter dem Tisch versteckt hatte. Sie hatte ihr Smartphone auf den Tisch gelegt und ein Foto geöffnet. Es zeigte den Täter, eine Sekunde nachdem er auf Maksym geschossen hatte. Das Foto war von tief unten aufgenommen, aber das Gesicht des Eindringlings war gut zu erkennen. Der Mut der jungen Somalierin beeindruckte Brandt.

»Gute Nerven«, bemerkte Zehra, die offensichtlich das Gleiche gedacht hatte. »Keine Ahnung, ob ich so cool wäre.«

Ein Fahrzeug der Müllabfuhr blockierte die Zufahrt zum Parkplatz der Direktion. Zehra legte den Rückwärtsgang ein. Sie setzte zwischen den auf beiden Seiten geparkten Autos derart rasant zurück, dass der Fahrer des Twingo, der gerade in die Straße einbog, erschrocken auf die Bremse trat. Sie umrundete den Block und parkte direkt vor dem Haupteingang der Direktion. Zehra besorgte sich in der Kantine einen der gefürchteten Automaten-Cappuccinos, er setzte Teewasser auf.

Drei Morde und ein Mordversuch. Und eine junge Frau, die Unfassbares durchgemacht hatte, um endlich in Sicherheit zu sein, und die gejagt wurde, weil sie von Fotos wusste, die einen nigerianischen Politiker kompromittierten.

Zehra fuhr ihren Rechner hoch. Sie hatte Faaisos Foto an sich selbst gesendet. Sie lud es in den Rechner. Sie gab etwas ein, wartete einige Sekunden, dann grinste sie triumphierend. »Ich habe ihn! Er gehört zu Dr. Oke-Williams!« Sie drehte ihren Monitor um.

Er zeigte die Titelseite einer nigerianischen Tageszeitung. Auf einem Foto war Dr. Oke-Williams zu sehen, wie er am Nationalfeiertag in einer offenen Limousine durch eine beflaggte Straße rollte. Am Steuer des Wagens war der Mann, den Faaiso fotografiert hatte, zu erkennen.

»Fahndung?« Zehra sah ihn fragend an.

»Vielleicht ist er im Hotel.« Er rief im Hilton an und ließ sich mit seinem neuen ghanaischen Freund verbinden. Er er-

fuhr, dass Oke-Williams das Hotel zu Fuß verlassen hatte und die Limousine nicht in der Tiefgarage stand.
»Fahndung.« Er stand auf.
»Wo gehen Sie hin?«
»Denken Sie drüber nach, wo sich das Mädchen verstecken könnte. Ich rede mit Siegrist.«

## ZUFLUCHT

Adeola rang nach Atem.

Sie war die Treppe hinaufgestürmt, immer drei Stufen auf einmal, den Schlüssel zu Itchys Wohnung schon in der Hand, hatte das Polizeisiegel abgerissen, mit zitternden Fingern den Schlüssel ins Schloss geschoben und umgedreht. Jetzt stand sie auf der anderen Seite der Tür. Sie hatte zweimal abgeschlossen und die Sperrkette vorgelegt. Sie lehnte mit dem Rücken an der Tür und wartete darauf, dass sich das Gefühl von Sicherheit einstellte, das sie hier immer gehabt hatte. Itchys Wohnung war ihre Zuflucht gewesen. Sie lauschte, aber da war nichts. Die Wohnung war leer. Ohne Itchy war sie keine Zuflucht mehr.

Sie ging zu dem Tisch, der mal die Werkbank eines Schusters gewesen war, und legte ihre zitternden Hände auf die zerfurchte Tischplatte.

Sie hatte die Schüsse gehört. Sie erinnerte sich nicht, ob es zwei oder drei gewesen waren. Vielleicht hatte er Elfi erschossen. Oder Sebastian. Oder Maksym. Wegen ihr. Der Gedanke war kaum zu ertragen, sie schob ihn beiseite.

Sie ging zur Küchenzeile, füllte Wasser in den Kessel und stellte ihn auf den Herd. Dann öffnete sie die Tür des Hängeschranks. Wo war der Kakao?

Wie hatte er sie überhaupt gefunden? Natürlich, über ihr Handy.

Sie starrte fast eine Minute lang auf das Schrankfach, bis ihr klar wurde, dass sie vor dem falschen Schrank stand. Den Kakao hatte immer Itchy gemacht. Ihre Augen füllten sich mit Tränen. Itchy würde nie mehr Kakao für sie kochen, sie nie mehr trösten, nicht ihre neue Mutter werden. Sie nicht beschützen.

Durch das Fenster sah sie, wie der Verkehr sechsspurig über die Brücke rollte, und dahinter am Ufer der Havel die Holzhäuschen und Hütten mit den Bäumen und Gärtchen dazwischen, in denen die Berliner Gemüse und Beerensträucher anpflanzten.

Ja, die Stadt war für sie eine Zuflucht geworden, wie Itchys Wohnung – aber das war jetzt vorbei. Sie war wieder auf der Flucht.

Erinnerungen drängten nach oben, aufgereiht wie giftige schwarze Perlen auf einer Kette. Die Erinnerung an die Fahrt in dem überfüllten Bus nach Agadez. Dann allein in der fremden Stadt. Immer in Angst, dass ihr jemand das wenige Geld, das sie versteckt am Körper trug, wegnehmen könnte. Endlich weiter mit den vielen anderen auf der Ladefläche des altersschwachen Lastwagens, dann viele Tage lang zu Fuß durch die Wüste, bis nach Sebha in Libyen. Ein scheinbar endloser Marsch, tagsüber in quälender Hitze, in der Nacht zusammengekauert, zitternd auf dem nackten Boden. Unerträglich und wie eine Brandwunde in ihrem Herz die Schwachen, Entkräfteten, die nicht weiterkonnten, Frauen und Kinder, einfach zurückgelassen und mitsamt ihren Hoffnungen und Träumen für immer von der Wüste verschluckt. Dann die eiskalten Nächte im Schuppen am Rand der Wüste, in ständiger Furcht, entdeckt zu werden, wartend auf Schlepper, die nicht kamen und die, als sie dann doch noch auftauchten, mehr Geld verlangten. Wieder in Angst in der Nacht in einem Taxi, ohne Licht, unterwegs nach Alexandria, danach wochenlang abgetaucht in illegalen Pensionen, dann endlich im doppelten Boden eines Lieferwagens nach Izmir, nur um in einer türkischen Gefängniszelle zu landen, nackt vor den Polizisten zu stehen, bespuckt und verhöhnt und im Morgengrauen auf die Straße geworfen zu werden.

Sie war stundenlang umhergeirrt. Irgendwann war sie auf andere wie sie selbst gestoßen, aus Nigeria, Somalia, dem Sudan, Sierra Leone, Mali, Gambia. Sie hatten Telefonnummern von Schleppern. Dann das Schlauchboot, der Gummi schon mürbe und an unzähligen Stellen geflickt. Jeder hatte gesehen, dass es nicht seetüchtig war. Trotzdem waren sie hineingeklettert, mit mehr Verzweiflung als Hoffnung. Die türkischen Soldaten hatten sie erwischt, kaum dass sie abgelegt hatten. Sie nahmen ihnen ihr Geld und ihr Trinkwasser weg, zwangen sie, wieder in das Boot zu steigen, stachen neue Löcher hinein und schoben es zurück ins Meer. Grausame Männer ohne jedes Mitleid, wie die Polizisten in dem fürchterlichen Lager auf der griechischen Insel. Später dann in Patras, die Slums aus Pappkartons, und endlich, versteckt hinter Kisten voller Orangen, auf der Fähre nach Triest. In dieser Nacht war sie sechzehn Jahre alt geworden.

Schwarze Perlen, eine hinter der anderen, und dazwischen immer wieder einzelne, winzig und hell schimmernd, Erinnerungen an Menschen, die ihr geholfen hatten, einer völlig Fremden, ohne die sie die Reise niemals überlebt hätte.

Als sie in Deutschland ankam, hatte sie geglaubt, ihre Flucht sei zu Ende. Aber das war sie nicht. Das würde sie nie sein.

Krachend zersplitterte der Türrahmen, das Türblatt brach aus den Angeln und knallte auf den Boden. Adeola war wie erstarrt. Bayo Osemi trat in die Wohnung.

# IN DER FALLE

Zehra hatte nicht lange nachdenken müssen. Es gab nicht viele Orte, an denen Adeola Zuflucht suchen konnte. Die nächste Polizeistation wäre die beste Wahl gewesen, doch die Oberkommissarin hatte nicht viel Hoffnung, dass die deutsche Staatsmacht einem Flüchtling Vertrauen einflößte. Laut der Aussage ihres Betreuers hatte es in Berlin nur einen Menschen gegeben, dem die junge Frau wirklich vertraut hatte: Erika Sander. Adeola war nach dem Tod der Fotografin in deren Wohnung gewesen und hatte sich dort in die Cloud eingeloggt. Also besaß sie entweder einen eigenen Schlüssel, oder sie wusste von dem Versteck unter der losen Bodendiele.

Drei Minuten nachdem Brandt sich auf den Weg zu Siegrist gemacht hatte, war Zehra in ihren Mini Cooper gesprungen und in Richtung Spandau gefahren.

Die Fahndung nach Bayo Osemi, dem »Assistenten« des korrupten Gouverneurs, lief. Aber die Chance, ihn zu schnappen, war gering.

Schon auf der Zufahrt zur A 100 ignorierte Zehra die Geschwindigkeitsbegrenzung, beschleunigte jeden Gang bis kurz vor den roten Bereich des Drehzahlmessers und setzte sich auf die linke Spur. Ein unbestimmtes Gefühl trieb sie zur Eile. Es wurde befeuert von einer ganzen Batterie unbeantworteter Fragen.

Osemi war, höchstwahrscheinlich im Auftrag von Oke-Williams, in die Wohngemeinschaft eingedrungen, um Adeola in seine Gewalt zu bringen oder sie noch vor Ort zu töten. An dem Motiv bestand ebenfalls kaum ein Zweifel: Der Gouverneur sah seinen Deal gefährdet. Deswegen hatte er vermutlich auch Erika Sander getötet oder von Osemi töten lassen.

Doch woher wusste er von Adeola?

Sie hatten die Nigerianerin über eine IP-Adresse ermittelt.

Diese Möglichkeit stand dem Gouverneur nicht zur Verfügung. Wie hatte er das Mädchen gefunden? Wie war er überhaupt darauf gekommen, dass es die Fotos des Vertrages gesehen hatte? Und warum hatte Adeola sich für die Bilder interessiert? Kannte sie ihre Bedeutung? Woher? Als sie zum ersten Mal in der WG gewesen waren, hatte sie am Computer gesessen und über den Gouverneur recherchiert. Aber vielleicht war es dabei nicht um den Vertrag gegangen, sondern um ihn *selbst*. Vielleicht gab es eine Verbindung zwischen Oke-Williams und Adeola Monsumola, die nichts mit der Bestechung zu tun hatte. Nur welche?

Zehra hatte das Gefühl, dass die Beantwortung dieser einen Frage auch die anderen lösen würde. Schon wieder ein Gefühl! Genervt setzte sie den Blinker und betätigte die Lichthupe, doch der notorische Linksfahrer vor ihr ließ sich nicht beeindrucken. Nach einem kurzen Blick in Rück- und Außenspiegel zog sie rechts an ihm vorbei. Wenn sie im Omega unterwegs gewesen wäre, hätte sie das mobile Blaulicht aufs Dach gepflanzt.

Elf Minuten später war sie froh, dass ihr Mini weder über Warnleuchte noch Martinshorn verfügte. Sie wollte gerade einbiegen, als ein SUV aus der Gasse schoss, in der Erika Sander wohnte. Zehra trat auf die Bremse. Das Gesicht des Fahrers konnte sie nicht klar erkennen, es wischte zu schnell vorüber. Aber er war Afrikaner – und der Wagen ein Range Rover.

Diesmal war es mehr als ein Gefühl. Wenn Adeola in Erika Sanders Wohnung Schutz gesucht hatte, war sie ihr zur Falle geworden. Entweder lag die junge Frau jetzt tot auf dem alten Dielenboden, oder sie befand sich in dem Range Rover.

Durch die Bäume sah Zehra, wie der Wagen den Platz umkurvte. Der Fahrer hatte sie vermutlich nicht einmal bemerkt. Sie hoffte, dass dies so bleiben würde, und fuhr ihm hinterher.

# DIPLOMATISCHE VERWICKLUNGEN

Siegrist stand auf einer aus Stahlelementen zusammengeschraubten Aussichtsplattform und deutete mit staatstragender Miene auf die Baugrube, aus der Teile von Betonfundamenten und Armierungen emporragten. Vor ihm kniete ein Fotograf. Abwechselnd schoss er mit einer seiner drei Kameras Fotos, als bediene er ein Maschinengewehr.

Brandt war es gelungen, Siegrist mit seiner Textnachricht aufzuschrecken. Der Innensenator hatte Brandts Wunsch nach einem Treffen sofort zugestimmt. Siegrists Referent hatte Brandt den Treffpunkt genannt. Sein Chef habe an der Baustelle der LKA-Erweiterung einen Fototermin, hatte er leicht angewidert erklärt. Der Unterton hatte Brandt gegolten, nicht dem Fototermin.

Brandt ging zu dem Modell des geplanten Gebäudekomplexes hinüber, das man vor den Containern der Bauleitung aufgebaut hatte. Siegrists LKA 2.0 erinnerte ihn eher an den Campus eines Softwarekonzerns als eine Polizeizentrale. Aber das passte. Die Befürworter einer flächendeckenden digitalen Bürgerüberwachung nach britischem Vorbild waren auf dem Vormarsch.

Brandt lehnte sich an einen Betonmischer und sah zu, wie der Fotograf Siegrist zu weiteren staatsmännischen Posen animierte. Schließlich war der Mann zufrieden und ließ sein Opfer laufen. Steifbeinig kam Siegrist die Stufen herunter, sagte etwas zu seinem Referenten und steuerte auf Brandt zu. Dr. Harald Antes warf Brandt einen bösen Blick zu, wahrscheinlich weil er nicht mitspielen durfte.

»Fotos zu einem Interview über Sicherheitspolitik«, erklärte der Innensenator statt einer Begrüßung.

Er wirkte gehetzt und beinah abwesend, als koste es ihn Mühe, sich zu konzentrieren. Das hatte Brandt bei ihm noch nie erlebt. Jetzt fiel ihm auch auf, dass Siegrist noch abgezehrter aussah als gewöhnlich.

Siegrist straffte sich, sein stechender Blick kehrte zurück. »Also, wie sieht's aus, Heiko?«

Brandt referierte den Stand der Ermittlung. Er ließ die Blutspuren im Kofferraum des nigerianischen Ministers nicht aus, verschwieg aber Zehras Rolle bei der Beschaffung des Beweises.

»Wir haben also drei Morde«, fasste er zusammen, »einen versuchten Mord und zwei Täter beziehungsweise Auftraggeber. Einer davon ist ein hohes nigerianisches Regierungsmitglied, das einen türkischen Kleindealer tötet oder töten lässt, um an Körperteile zur Herstellung einer magischen Substanz zu gelangen, mit der er einen Konkurrenten um Bestechungsgelder aus dem Rennen werfen will.«

»In Nigeria nichts Ungewöhnliches, wenn ich dich richtig verstehe.«

Brandt nickte. »Ungewöhnlich ist höchstens, dass er kurz darauf den Hexer töten lässt. Dann ist da sein Gegner, der Gouverneur von Oyo. Er tötet eine Fotografin, die Beweise für die Korruption gesucht oder zufällig gefunden hat. Ihre Rolle ist uns noch nicht ganz klar. Und schließlich der Überfall auf die Wohngemeinschaft und der Mordversuch an einem ukrainischen Asylbewerber.«

»Und dieses nigerianische Mädchen? Wie passt es da rein?«

»Noch unklar, wie bei der Fotografin. Aber die beiden standen sich nahe.«

Siegrist schien etwas Zeit zu brauchen, um das Ganze zu verdauen. Brandt wartete. Schließlich sah Siegrist ihn an. »Wird das ein zweiter Fall al-Ghurani?«

Brandt schüttelte den Kopf. »Ich habe dazugelernt. Selbst wenn ihr es vertuscht und ich es an die Öffentlichkeit bringe, werden die Täter davonkommen.«

Siegrist musterte ihn prüfend. »Dieser Gouverneur hat keine diplomatische Immunität.«

Brandt lachte humorlos. »Und unsere politischen Beziehungen zu Nigeria würden nicht gestört, wenn ich ihn einloche? Der saudische Prinz, der in England seinen Leibdiener ermordet hat, ist längst wieder in seinem Palast und hat vermutlich neue Sklaven, die er misshandelt. Er hat zwanzig Jahre gekriegt, und wie viele hat er davon abgesessen? Zwei.«

Siegrist schwieg. Als er wieder sprach, klang seine Stimme seltsam hohl. »Meinst du, mir gefällt das? Du schätzt mich falsch ein, Heiko. So skrupellos bin ich nicht. Aber anders als du sehe ich das große Ganze.«

»Darum bist du ja auch Politiker geworden.«

»Deinen Sarkasmus kannst du dir sparen.« Er überlegte. »Der Minister ist tabu. Wegen dieses Gouverneurs muss ich mit ein paar Leuten sprechen. So lange ermittelst du weiter.«

Brandt sah ihn überrascht an. Siegrist nickte seinem Referenten zu. Der Mann riss die hintere Tür der Dienstlimousine auf.

Siegrist wandte sich noch mal zu Brandt um. »Übrigens – Elisabeth hat Krebs. Bauchspeicheldrüse.« Dann ging er.

## SCHLEICHFAHRT

Entscheidend war der Abstand. Zunächst galt es, ihn der Verkehrslage und der Umgebung anzupassen. In der Rushhour einer Großstadt reichten oftmals schon zwei oder drei vorausfahrende Fahrzeuge aus, um unsichtbar zu bleiben. Auf einer nächtlichen Landstraße bewahrte einen unter Umständen nicht einmal eine Distanz von fünfhundert Metern vor Entdeckung. Das Gelingen einer verdeckten Verfolgungsfahrt hing von vielen Faktoren ab. Ein auberginefarbener Panamera im Rückspiegel würde jedem irgendwann auffallen. Aber Zehras Wagen rangierte in den Top Twenty der zulassungsstärksten Pkw.

Der Range Rover war auf der sechsspurigen Ruhlebener Straße in Richtung Innenstadt gefahren. Nach zwei Kilometern war er nach Süden abgebogen. Jetzt fuhren sie seit fünf Minuten auf der Havelchaussee. Zehra ließ sich zurückfallen und behielt das Navi im Auge. Auf den nächsten zehn Kilometern gab es nur wenige Abbiegemöglichkeiten. Rechts lag die Havel, links der Grunewald.

Der Signalton der Freisprechanlage schreckte Zehra auf. Noch in Stresow hatte sie über die Leitzentrale eine Streife zu Erika Sanders Wohnung beordert.

Mit einem Tastendruck nahm sie das Gespräch an. »Erbay.«

»Polizeikommissar Götz.« Seine Stimme klang, als hätte er gestern noch in einem Klassenraum der Landespolizeischule gesessen. »Hallo, Kollegin.«

Sie nahm sich keine Zeit für Höflichkeiten. »Seid ihr vor Ort?«

»Wir stehen vor der Wohnungstür. Sie ist aufgebrochen.«

»Geht rein! Aber seid vorsichtig. Und lassen Sie das Handy an.«

»Okay.«

Sie hörte ein Geräusch, das sie gut kannte: Waffen wurden aus den Lederholstern gezogen. Zehra hielt es für unwahrscheinlich, dass sich noch jemand in der Wohnung befand. Trotzdem lauschte sie gespannt auf jedes Knacken, das aus den Lautsprechern drang.

Plötzlich war der Range Rover weg, verschwunden in einer lang gezogenen Rechtskurve. Sie trat das Gaspedal durch. Kein Range Rover. Sie beschleunigte weiter. Die Straße schien schmaler zu werden, die Kurve immer enger. Zehra wurde gegen das Seitenpolster ihres Sitzes gedrückt, aber sie hielt den Wagen in der Spur. Bäume und Gebäude wischten vorüber. Sie näherte sich dem Ausgang der Kurve. Laut Navi querte dort die B 2 auf einer Brücke die Havelchaussee. Keine Möglichkeit abzubiegen. Der Range Rover musste noch vor ihr sein! Ein Lieferwagen stieß rückwärts aus einer Einfahrt. Im selben Moment tönte die Stimme des Polizeikommissars aus der Freisprechanlage.

»Frau Erbay?«

Zehra stieg mit aller Kraft auf die Bremse, das ABS hakte ein, die Reifen stotterten über den Asphalt, doch es war zu spät. Der Lieferwagen kam rasend schnell näher. In letzter Sekunde nahm Zehra den Fuß vom Bremspedal, riss das Steuer nach links und fast sofort nach rechts. Das Heck brach aus, sie driftete auf einen Baum am Straßenrand zu. Sie lenkte erneut gegen, gab Vollgas und brachte den Wagen wieder unter ihre Kontrolle.

»Hallo? Frau Oberkommissarin? Was ist denn bei Ihnen los?«

»Nichts«, stieß Zehra hervor. »Reden Sie!«

»Also hier ist niemand. Aber es gibt Spuren in der Wohnung, die auf einen Kampf hindeuten.«

»Auch Blut?«

»Wir haben keins gefunden.«

»Rufen Sie die Spurensicherung.«

Sie unterbrach die Verbindung und nahm den Fuß vom Gas. Gut hundert Meter vor ihr fuhr der Range Rover.

Keine Blutspuren. War das ein gutes Zeichen? Sie wusste es nicht.

Die Straße führte nun unmittelbar am Ufer entlang. Weiße Segel leuchteten in der Sonne vor dem perfekten Blau der Havel. Der Jogger war am Wasser ermordet, Sanders Leiche an einer Badestelle abgelegt worden. Suchte Osemi einen ruhigen Platz, um seinen Job zu vollenden?

Über die Sprachsteuerung befahl sie ihrem Handy, Brandt anzurufen. Brandt nahm sofort ab. Die Hintergrundgeräusche verrieten ihr, dass er ebenfalls im Auto saß. In knappen Worten brachte sie ihn auf den neusten Stand.

»Scheiße«, kommentierte Brandt ihre Annahme, dass Osemi Adeola in seine Gewalt gebracht hatte. »Wo sind Sie jetzt?«

»Havelchaussee, Höhe Pichelswerder, Fahrtrichtung Süden.« Sie blickte auf das Navi. »Die nächste echte Abzweigung ist eine Auffahrt zur 115, Anschlussstelle Spanische Allee, in gut neun Kilometern.«

»Ich komme Ihnen entgegen.«

»Sind Sie in der Nähe?«, fragte Zehra überrascht.

»Nicht ganz. Siegrist war auf seiner Lieblingsbaustelle. Ich fahre gerade auf die A 100.«

»Sogar ich würde von da eine Viertelstunde brauchen.«

»Ich setze ein MEK-Team in Marsch.«

»Die sind auch nicht schneller hier als Sie.«

»Sie unternehmen nichts auf eigene Faust, verstanden?«

Er legte auf, bevor Zehra fragen konnte, wie das Gespräch gelaufen war.

Auf der Gegenspur nahm der Verkehr zu. Ausflügler, die zu einer Badestelle wollten, und Bootsbesitzer, die auf dem Weg zu ihrem Liegeplatz waren. »Alte Liebe«, stand in großen roten Buchstaben auf einer Hinweistafel am Straßenrand – ein Restaurantschiff. Kurz danach ein Tempo-Dreißig-Schild. Der Range Rover wurde langsamer. Der Fahrer hielt sich an die Geschwindigkeitsbegrenzung. Zehra verringerte ihren Abstand. Das war riskant, aber sie wollte den Wagen nicht noch mal verlieren.

Auf Höhe des Yachtclubs setzte sich ein 5er BMW zwischen

sie und den Range Rover. Sie schloss so weit auf, dass sie den SUV gerade noch im Blick hatte. Sie passierten den Grunewaldturm. Kurz darauf führte die Straße in engen Kehren zum Ufer zurück. Tempo dreißig. Noch drei Minuten, dann konnte Osemi auf die A 115 abbiegen. Den Range Rover auf der Autobahn zu stoppen, würde ungleich schwieriger werden als auf der Uferstraße.

Aber würde er wirklich auf die Autobahn fahren? Von Stresow aus hätte es dafür schnellere Wege gegeben. Andererseits führte die Straße geradewegs zum Wannsee mit noch mehr Badestellen, Bootsanlegern und Villenvierteln, in denen es überhaupt keinen öffentlichen Zugang zum Ufer gab.

Wo zum Teufel wollte der Mann mit Adeola hin?

# DER DEAL

Dr. Urs Günzer hatte sichergestellt, dass er als Erster bei der Villa eintraf. Er wollte den nigerianischen Minister für Entwicklung und Internationale Zusammenarbeit und den Gouverneur des nigerianischen Bundesstaates Oyo angemessen begrüßen. Heute musste er das Geschäft endlich abschließen. Die Villa der Stiftung war abgelegen genug, niemand würde sie hier sehen oder stören.

Zwei korrupte afrikanische Politiker zusammenzubringen, die sich am liebsten gegenseitig den Hals umdrehen würden, machte es nicht gerade leichter, aber es ging nicht anders. Der Konzern brauchte sie beide. Der Minister würde die Investition und ihren störungsfreien Betrieb auf der nationalen und internationalen Ebene sicherstellen, aber die Absicherung vor Ort konnte nur Oke-Williams garantieren. In seinem Bundesstaat war er fast so etwas wie ein Alleinherrscher.

Man hätte meinen sollen, dass internationale Konzerne politisch instabile Länder wie Nigeria mieden, aber dafür waren die potenziellen Profite zu groß. Außerdem konnte man den Kontinent nicht den Chinesen überlassen, die weder moralische Skrupel hatten noch von ernst zu nehmenden Corporate-Governance-Kodizes behindert wurden. Sein Konzern verfügte natürlich über eine Compliance-Abteilung, aber ebenso über Leute, die wussten, wie man deren Regeln umging. Anders ließen sich in einer globalisierten Ökonomie ab einer bestimmten Größenordnung Geschäfte gar nicht machen. Oke-Williams war im Grunde nur ein skrupelloser Verbrecher, aber wenn man solche Leute ignorierte, würde die globale Ökonomie in Kürze zusammenbrechen.

Er hatte dafür gesorgt, dass auf dem Tisch des Konferenzraums nur Wassergläser und Flaschen mit Wasser aus Quellen standen, die der Konzern auf fünf Kontinenten ausbeutete. Kein dekorativer Luxus und keine Geselligkeit. Diese Phase hatten sie hinter sich. Das hier war *strictly business*.

Der Minister und der Gouverneur trafen fast gleichzeitig ein. Ogbeh kam in seiner Mercedes-Limousine, sein angsteinflößender Fahrer öffnete ihm die Wagentür. Der Minister stieg aus, Günzer schüttelte ihm die Hand. Im selben Moment fuhr ein Mietwagen durchs Tor. Wo hatte Oke-Williams seinen Bodyguard gelassen?

»Was will der hier?«, zischte Ogbeh.

Oke-Williams stieg aus. Günzer ignorierte die Frage und trat dem Gouverneur entgegen. Oke-Williams ersetzte den hasserfüllten Blick, mit dem er Ogbeh bedacht hatte, durch ein schiefes Lächeln und ergriff Günzers ausgestreckte Hand. Günzer spürte sofort die nervöse Energie, die von dem Mann ausging. Etwas stimmte nicht.

Auch der Minister war nicht glücklich. »Ich fahre.« Er nickte seinem Chauffeur zu.

»Dann ist unser Geschäft gestorben.« Günzer hatte ohne jeden emotionalen Unterton gesprochen, als kündige er die planmäßige Ankunft einer Linienmaschine an. Es hatte die erhoffte Wirkung.

Der Minister wandte sich um. Er wollte etwas sagen, aber Günzer kam ihm zuvor. »Dr. Helmholtz ist in diesem Augenblick unterwegs nach Nairobi.« Helmholtz war oberster CEO und Vorstandsvorsitzender des Konzerns. Ogbeh und Oke-Williams wussten das. »Die Maschine wird in fünfundvierzig Minuten in Nairobi landen. Wenn ich ihm bis dahin nicht durchgeben kann, dass wir einen Deal haben, sieht er sich nach neuen Partnern um.«

Ogbeh starrte ihn an, als warte er auf die Pointe zu einem Witz. Aber es war kein Witz.

»Wir wollen investieren und Geschäfte machen.«

»Es ist deine Schuld!«, fauchte der Minister Oke-Williams an.

»Ach ja? Du bist zu gierig, warst du schon immer«, konterte der Angegriffene. »Wie deine ganze Familie. Darum gibt es hier Probleme.«

»Du bist ein Emporkömmling, mehr nicht.«

»Richtig. Jemand, der aus eigener Kraft nach oben gekommen ist. Nicht durch seinen Vater und seine Onkel.«

In einem anderen Umfeld wären sich die Männer womöglich an die Gurgel gegangen. Im nigerianischen Parlament kam es immer wieder zu Massenschlägereien. Dabei gehörten die beiden Politiker derselben Partei an. Aber das bedeutete nicht, dass sie nicht um die fettesten Stücke der Beute kämpfen würden.

Günzer ging dazwischen. »Unsere Zeit läuft ab. Ich schlage vor, wir sprechen drinnen in Ruhe miteinander.«

Widerwillig folgten ihm die Männer ins Haus.

Der Konferenztisch war vier Meter lang, für die beiden Kontrahenten schien er aber immer noch zu klein. Sie ließen sich an den gegenüberliegenden Enden nieder und schoben ihre Stühle zurück.

»Zwanzig Millionen Dollar«, sagte Günzer. »Wie wollen Sie sie aufteilen?«

Ogbeh machte eine Armbewegung, die wohl Großzügigkeit ausdrücken sollte. »Achtzig/zwanzig.«

Oke-Williams lachte höhnisch. »Oyo gehört mir. Ohne mich geht gar nichts. Fünfzig/fünfzig.«

Seine Exzellenz schnaubte verächtlich. »Ohne mich und das Ministerium hätte es nicht mal Gespräche mit unseren Schweizer Freunden gegeben.« Er fing einen Blick von Günzer auf. »Na schön – siebzig/dreißig. Das ist mehr als großzügig.«

Oke-Williams schüttelte den Kopf. »Sechs Millionen? Das ist nicht genug. Ich habe Kosten.«

Günzer wusste, was er meinte. Der Gouverneur würde mehr als einen Milizführer zufriedenstellen müssen, wenn die Pumpstation und das Abfüllwerk unbehelligt bleiben sollten.

Oke-Williams war noch nicht fertig. »Wie viele Millionen Entwicklungsgelder habt ihr schon in eure Taschen geleitet?

Und du greifst mich mit Juju an! Hier, in meinem Hotel!« Er wartete Ogbehs Reaktion nicht ab. »Und dann bringst du deinen Hexer auch noch um?«

Günzer erstarrte. Das hier durfte er nicht hören. Er musste es sofort abwürgen. »Meine Herren – in zehn Minuten erwartet Dr. Helmholtz meinen Anruf.« Er legte sein Blackberry vor sich auf den Tisch. Seines Wissens saß Dr. Helmholtz nicht im Firmenjet nach Nairobi, sondern würde in wenigen Stunden in New York einer Opernpremiere beiwohnen. Aber eine tickende Uhr würde die beiden auf Trab bringen. Außerdem musste er sich jeden einzeln vorknöpfen. Den Minister zuerst.

Oke-Williams' misstrauischer Blick folgte ihnen, als sie den Konferenzraum verließen.

Nachdem sich die Tür hinter ihnen geschlossen hatte, sagte Günzer: »Uns liegt viel daran, dass wir hier zu einem Abschluss kommen. Aber unsere Investition in Ihr Land muss sicher sein. Dazu brauchen wir den Gouverneur. Sie wissen das. Die Zentralregierung hat über seinen Bundesstaat nur begrenzte Kontrolle. Ich könnte ihn zu sechzig/vierzig überreden.«

»Niemals! Das ist absolut inakzeptabel!« Der Minister war entrüstet.

Günzer hob beschwichtigend die Hände. »Wenn Sie zustimmen, erhalten Sie weitere drei Millionen. Das muss natürlich unter uns bleiben.«

Er sah, wie der Minister die Prozente ausrechnete. Günzer hatte das schon getan. Sechzig Prozent von zwanzig Millionen waren zwölf Millionen. Drei zusätzliche Millionen machten daraus fünfzehn Millionen, fünfundsiebzig Prozent. Das war nah an achtzig/zwanzig. Bei diesen Geschäften hatte er immer eine Verhandlungsreserve. Aber man erwartete von ihm, sparsam damit umzugehen. Schwarzgeld sicher zu bunkern wurde für Konzerne immer schwieriger.

Er streckte Seiner Exzellenz die Hand entgegen. Minister Ogbeh zögerte kurz, dann schlug er ein. Günzer bat ihn, ihm fünf Minuten allein mit Oke-Williams zu geben. Ogbeh nickte und ließ sich den Weg zum Waschraum erklären. Günzer kehrte in den Konferenzraum zurück.

Das Gespräch mit Oke-Williams verlief ganz ähnlich. Günzer versicherte ihm, dass sich der Konzern seiner Bedeutung für die Umsetzung ihres Vorhabens bewusst sei und dass nur er die Sicherheit ihrer Investition garantieren könne. Aber man müsse dem Minister die Chance geben, sein Gesicht zu wahren. Er habe ihn zu einer sechzig/vierzig Aufteilung überreden können.

»Sechzig/vierzig?« Oke-Williams erhob sich. »Ich will die Hälfte, zehn Millionen, sonst wird nichts aus dem Geschäft. Rufen Sie Ihren Chef an.«

Günzer lächelte sanft. »Nicht so schnell, Herr Gouverneur. Im Rahmen einer vertraulichen Zusatzvereinbarung werden Sie weitere zwei Millionen erhalten.«

Auch Oke-Williams kalkulierte.

»Das sind keine fünfzig Prozent«, erklärte er schmallippig.

Er hatte recht. Der Minister würde von den zwanzig Millionen zwölf erhalten, Oke-Williams acht plus die zusätzlichen zwei Millionen. Günzer seufzte. Er sah sein Gegenüber schweigend an. Oke-Williams begriff, dass der Verhandlungsspielraum ausgeschöpft war. Er nahm Günzers ausgestreckte Hand und schlug ein.

Kurz darauf gaben sich auch Ogbeh und Oke-Williams die Hand. Die offiziell vereinbarten Summen wurden in die Verträge eingesetzt, die Verträge unterschrieben. Die zusätzlichen Zahlungen wurden nicht erwähnt, sie würden ohne weitere schriftliche Vereinbarung überwiesen. Andere würden sich Gedanken darüber machen, wie die Zahlungen verschleiert werden konnten.

Jetzt, nachdem alles unter Dach und Fach war, schienen der Minister und der Provinzgouverneur plötzlich beste Freunde zu sein. Sie schüttelten sich mit breitem Grinsen die Hand, Ogbeh schlug Oke-Williams jovial auf die Schulter, der scherzte, falls er irgendwann Aspirationen auf ein Ministeramt habe, hoffe er auf Ogbehs Unterstützung. Beide lachten laut.

Günzer tat, als rufe er Dr. Helmholtz an und gebe die gute Nachricht durch. Dann erklärte er, er müsse aufbrechen, um einen Flug zu bekommen. Oke-Williams' Fahrer war noch nicht eingetroffen. Günzer bot ihm an, in der Villa zu warten. Der Gouverneur wollte wissen, ob es im Haus einen WLAN-Zugang gab. Er bejahte und gab ihm den Zettel mit dem Zugangscode.

Günzer verließ das Haus zusammen mit dem Minister. Ogbeh ging zu seiner Limousine, Günzer stieg in seinen Mercedes-SUV. Während das Rolltor zur Seite fuhr, holte er ein Wegwerfhandy aus seinem Aktenkoffer. Er gab die Nummer eines weiteren Wegwerfhandys ein. Es gehörte einem Assistenten des Vorstandsvorsitzenden. Er tippte eine kurze Textnachricht: »Okay. 20+5«.

Oke-Williams' Smartphone läutete. Das Display zeigte die Nummer seines Neffen.
»Hast du sie?«
Sein Neffe bejahte.
»Bring sie her!«

## AUF DEN FERSEN

Unmittelbar vor der A 115 machte die Straße einen scharfen Rechtsknick. Ab hier hieß sie Kronprinzessinnenweg.
Zehra hielt sich dicht hinter dem BMW. Über die Freisprechanlage rief sie Brandt an.
»In zwei Minuten kommt die Auffahrt.«
»Das schaffe ich nicht«, gab er zurück.
»Was ist mit dem Mobilen Einsatzkommando?«
»Ich funke den Einsatzleiter an.«
Er legte auf. Dreißig Sekunden später klingelte ihr Handy.
»Gernat, Leitstelle Operative Dienste«, dröhnte es aus den Lautsprechern. »Ihre Position!«
Zehra gab sie durch.
»Meine Jungs sind in zwölf Minuten vor Ort.«
»Dann wird das Zielfahrzeug nicht mehr hier sein«, erwiderte Zehra.
»Bleiben Sie an ihm dran. Kriegen Sie das hin?«
»Schon seit zwanzig Minuten.« Sein Ton ärgerte Zehra. »Was haben Sie in der Zeit gemacht?«
Ihre spitze Bemerkung prallte wirkungslos an ihm ab. »Halten Sie die Verbindung.«
»Sicher.«
Sie fuhren auf die Kreuzung zu. Rechts ging es zum Strandbad Wannsee, links zur Autobahn. Der BMW setzte den Blinker links. Die Rückleuchten des SUV blieben dunkel. Die Ampel sprang von Grün auf Gelb um. Zehra schaltete zurück in den zweiten Gang, bereit, Vollgas zu geben und an dem BMW vorbeizuziehen. Doch der Range Rover hielt an.
»Wir stehen jetzt an der Kreuzung Spanische Allee«, sagte Zehra. »Sieht nicht aus, als wollte er zur Autobahn.«
»Verstanden.«
Die Ampel wurde grün. Der Range Rover fuhr geradeaus.

»Zielfahrzeug weiter auf Kronprinzessinnenweg.«

Die nächsten zwei Minuten vergingen schweigend. Sie passierten das lang gestreckte Gebäude der Berufsfeuerwehr am Ortseingang des Stadtteils Wannsee. Die Straße machte einen weiten Bogen, lief dann an einer mehrgleisigen Bahntrasse entlang und verbreiterte sich kurz vor dem S-Bahnhof Wannsee auf drei Spuren in jede Fahrtrichtung. Zehra ließ sich überholen, bis sie zwei Pkw zwischen sich und dem Zielfahrzeug hatte. In hundert Metern Entfernung sah sie die nächste Ampel. Sie blickte auf ihr Navi.

»Wir nähern uns der B 1.«

»In welche Richtung will er?«, kam es aus den Lautsprechern zurück.

Der Range Rover fuhr auf die Einmündung zu und bog links ab.

»Östlich.« Zehra schaffte es noch über die Ampel. Sie sah, dass der SUV wieder abbog. »Jetzt fährt er rechts ab, in eine Seitenstraße, direkt vor der Bahntrasse.«

Zehra wollte beschleunigen, doch ein barscher Befehl hielt sie zurück.

»Halten Sie an!«

»Was?«, fragte Zehra verdutzt.

»Das ist eine Sackgasse. Bismarckstraße, hab ich auf meinem Monitor.«

Sie stoppte abrupt. Hinter ihr quietschten Bremsen.

»Dann sitzt er in der Falle«, sagte sie, während sie die Warnblinkanlage einschaltete. »Warum soll ich anhalten?«

»Ich vermute, Sie sind aufgeflogen«, erwiderte Gernat. »Er checkt Sie aus!«

»Und fährt dafür in eine Sackgasse? Das wäre doch total dämlich.«

»Bleiben Sie, wo Sie sind, verdammt noch mal!«

Zehra zögerte kurz, dann lenkte sie ihren Mini auf den Gehweg und stellte den Motor ab. Die Autos, die sich hinter ihr gestaut hatten, zogen hupend vorbei.

»Und wenn er wieder rauskommt?«
»Er wartet ab, um sicherzugehen.«
Zehra fragte sich, wieso der Typ von der Leitstelle so überzeugt war. War er Hellseher?
»Bis dahin ist mein Team vor Ort und übernimmt«, fuhr der Kollege fort. »Parken Sie außer Sicht und am besten so, dass Sie nicht im Weg sind.«
Zehra schwieg. Konnte ihr Mini dem Fahrer aufgefallen sein? Möglich. Aber wenn es so war und er Adeola im Wagen hatte, würde er dann erst testen, ob er verfolgt wurde? Vielleicht hatte er gar nicht mitbekommen, dass er in eine Sackgasse gefahren war. Oder genau dort lag sein Ziel.
Das MEK würde mindestens noch zehn Minuten brauchen.
»Ich melde mich wieder.«
»Was? Negativ! Bleiben Sie –«
Zehra beendete das Telefonat und sprang aus dem Wagen. Bis zur Straßenecke waren es ein paar Schritte. Sie spähte in die Gasse. Sie war schmal und nur bis zur nächsten Kurve einsehbar. Vom Range Rover war nichts zu erkennen.
Ihr Handy klingelte. Brandt.
»Ich bin an der Abfahrt. Wo stecken Sie?«
In diesem Moment kamen ein schwarzer Mercedes AMG G63 und eine S-Klasse aus der Kurve.
»Wie lange brauche ich bis zu Ihnen?«, fragte Brandt.
»Vier Minuten.«
Der AMG hatte ein Schweizer Kennzeichen. Sie kannte den Wagen. Er hielt an der Einmündung. Jetzt erkannte sie auch den Fahrer.
»Sie warten auf mich«, kam Brandts Stimme aus ihrem Handy.
Die S-Klasse hatte aufgeschlossen. Der Mann auf dem Rücksitz blickte in ihre Richtung. Dann war auch er vorüber.
»Zehra? Sind Sie noch dran?«
»Der Minister ist gerade an mir vorbeigefahren. Und der Typ, mit dem er sich im Schloss Charlottenburg getroffen hat. Beide kamen aus der Sackgasse.«

»Und der Range Rover?«
»Nichts von ihm zu sehen.« Sie lief zurück zu ihrem Wagen.
»Könnte sein, dass Ogbeh mich erkannt hat.«
Sie startete den Motor und fuhr in die Sackgasse.
»Fahren Sie ihm etwa nach?«
»Ich suche den Range Rover.«
»Verdammt! Sie sollen auf mich warten!«
»Wenn ich ihn gefunden habe. Beeilen Sie sich!«
Hinter der Kurve begann das Villenviertel. Hecken, hohe Tore und der alte Baumbestand auf den Seegrundstücken schützten die Bewohner vor neugierigen Blicken. Langsam fuhr Zehra an den Villen vorbei.

Sie war schon an dem Rolltor vorüber, als sich in ihrem Unterbewusstsein etwas verhakte. Sie trat auf die Bremse und stieß zurück. Neben dem Tor hing ein Schild aus poliertem Stahl. Die Aufschrift verriet, dass es sich um das Tagungshaus einer Stiftung handelte. In einer Ecke prangte ein kleines blau-weißes Logo. Es war das Firmenlogo des Nahrungsmittelkonzerns, der in Nigeria seine nächste Wasserabfüllanlage bauen wollte.

Zehra parkte fünfzig Meter weiter vor einem Audi Q8 und lief zurück.

Eine zweieinhalb Meter hohe Mauer aus Betonelementen in Natursteinoptik schirmte das Grundstück zur Straße hin ab. Das Rolltor war etwas niedriger, doch für Zehra immer noch eine Herausforderung. Sie nahm Anlauf, bekam die Oberkante des Tors zu fassen und zog sich mit einem Klimmzug in die Höhe.

Das Tagungshaus war eins der wenigen neuen Gebäude in der Villenkolonie. Ein großzügig verglaster, dreistöckiger Sichtbetonquader in einem minimalistischen Garten. Auf dem englischen Rasen fanden sich nur vereinzelte Heckenpflanzen in geometrischem Formschnitt. Die alten Bäume, die hier einmal gestanden haben mussten, hatten offenbar nicht in das architektonische Gesamtkonzept des Neubaus gepasst.

Der Range Rover parkte auf der Zufahrt vor dem Hauseingang. An der offenen Heckklappe standen Oke-Williams und sein Assistent. Osemi zerrte gerade etwas heraus – Adeola. Sie wehrte sich, aber gegen den brutalen Griff des hünenhaften Mannes hatte sie nicht die geringste Chance. Außerdem hatten sie ihr die Hände gefesselt und ihren Mund mit Klebeband zugeklebt.

Zehra beobachtete, wie Osemi Adeola ins Haus zerrte. Oke-Williams folgte ihnen.

Die Oberkommissarin konnte sich nicht länger halten. Sie ließ los und landete wieder auf dem Gehsteig. Sie zog ihr Smartphone aus der Tasche.

»Sie sind in einer Villa am See. Osemi hat Adeola gerade ins Haus geschleift.« Sie nannte die Adresse.

»Ich bin gleich bei Ihnen!«

Zehra atmete durch. Wenn sie über das Tor kletterten, würden sie wahrscheinlich gesehen. Sie brauchten einen anderen Zugang. Sie zog sich ein zweites Mal zur Torkante hinauf. Die Mauer führte an den Seiten des Grundstücks bis zum See hinunter.

Plötzlich spürte sie einen Ruck und verlor fast den Halt. Das Rolltor hatte sich in Bewegung gesetzt. Im selben Moment öffnete sich die Haustür. Osemi kam heraus und ging zum Wagen. Zehra sprang ab. Sie hörte, wie der Motor des Range Rovers gestartet wurde, und rannte an der Betonmauer entlang zum Nachbaranwesen. Dort reichte ihr der schmiedeeiserne Gartenzaun nur bis zur Hüfte. Die Lorbeerbüsche hinter dem Zaun waren dafür umso höher. Sie hechtete über die Gitterstäbe geradewegs in die Hecke. Hinter ihr rumpelten Reifen über das Kopfsteinpflaster, dann war der Range Rover vorbei. Sie riss ihr Handy aus der Tasche.

»Osemi kommt Ihnen entgegen!«

»Wo ist das Mädchen?«

»Noch im Haus, mit Oke-Williams.«

»Verstanden.«

Sie hörte, wie sich das Rolltor wieder schloss. Sie kämpfte

sich aus der Hecke und stand plötzlich einer älteren Dame mit Sonnenhut und Gartenhandschuhen gegenüber, die sie erschrocken anstarrte.

»Kripo Berlin.« Zehra zückte ihren Ausweis. »Haben Sie eine Leiter?«

# KEIN AUSWEG

Dr. Oke-Williams hatte seinem Neffen befohlen, Adeola in den Konferenzraum zu bringen. Mit einem Faustschlag in den Magen hatte Bayo Osemi ihren letzten Widerstand gebrochen, sie in die Villa gezerrt und in der hintersten Ecke des Konferenzraums zu Boden gestoßen. Oke-Williams hatte sich seine Pistole geben lassen und ihm seinen nächsten Auftrag erteilt. Osemi war sofort in den Range Rover gestiegen und weggefahren.

Oke-Williams öffnete das Notebook, das sein Neffe ihm aus dem Auto gebracht hatte, und schaltete es an. Er tippte den Zugangscode für das lokale Netzwerk ein und verband sich mit dem Internet. Dann wandte er sich Adeola zu. Sie hockte zusammengekrümmt auf dem Boden und presste ihre gefesselten Hände gegen den Magen.

Er nahm die Pistole vom Tisch. »Steh auf!« Mit schmerzverzerrtem Gesicht quälte sich Adeola auf die Beine und starrte ihren Peiniger hasserfüllt an.

Er blieb so dicht vor ihr stehen, dass sein übel riechender Atem sie zwang, die Luft anzuhalten.

»Schrei ruhig. Dann werde ich dich schlagen. Dafür brauche ich meinen Neffen nicht. Aber es hört dich sowieso niemand. Keiner wird kommen, um dich zu retten.«

»Sie hatte nichts damit zu tun.« Adeolas Stimme war fest, als sie sprach.

»Wovon redest du?«

»Warum haben Sie sie getötet?«

»Sie hat in meinen Angelegenheiten herumgeschnüffelt! Drecksjournalisten.«

»Ich habe ihr erzählt, was Sie mir angetan haben! Deshalb war sie da!« Adeola schrie. In ihrer Stimme mischte sich ihre ganze Verzweiflung mit einer Wut auf alle Grausamkeiten und jede Ungerechtigkeit, die sie in ihrem kurzen Leben erlitten oder miterlebt hatte.

Oke-Williams trat einen Schritt zurück. Adeolas Gefühlsausbruch hinterließ in seinem Gesicht außer einem Hauch von Überraschung keine Spur. »Tatsächlich? Was wollte sie dann?«

»Ich weiß es nicht«, sagte sie leise. Ihre Energie war aufgebraucht.

Oke-Williams zog verächtlich die Mundwinkel nach unten. »Egal. Sie hat den Vertrag fotografiert. Das war ein Fehler. Aber wir sind hier, um ihn in Ordnung zu bringen. Die Kamera lädt die Bilder automatisch in einen Cloud-Speicher, das weiß ich. Und du kennst das Passwort.«

Adeola schüttelte den Kopf. »Kenne ich nicht.«

Sie drehte das Gesicht weg, aber die fleischige Faust traf sie trotzdem mit voller Wucht. Der goldene Ring mit dem Diamanten hinterließ einen blutigen Riss auf ihrer Wange. Sie musste sich an der Wand abstützen, um nicht hinzufallen.

Als er ihr das Handy vors Gesicht hielt, erkannte sie zuerst nicht, dass es ihr eigenes war.

»Du kennst das Passwort, sonst hättest du die Fotos nicht hier drauf.« Er hatte ihr die Worte förmlich ins Gesicht gespuckt. Im nächsten Moment war er wieder völlig ruhig. »Du gehst in die Cloud und löschst sie. Dann lasse ich dich vielleicht gehen.«

»Ich glaube Ihnen nicht.«

»Du hast mein Wort.«

»Lügner!«

Diesmal drehte Adeola das Gesicht nicht weg. Der Ring traf dieselbe Stelle, die Wunde riss weiter auf.

»Du tust es, oder ich lasse meinen Neffen auf dich los. Er freut sich schon drauf.«

Er packte sie an den Haaren, zerrte sie vor das Notebook und drückte sie auf einen Stuhl.

»Fang an!«

Adeola rührte sich nicht. Er packte ihr Handgelenk und bog es brutal nach hinten. Adeola schrie vor Schmerz auf.

»Los.« Er gab ihre Hand frei.

Adeola begann zu tippen. Sie rief die Internetseite des Cloud-Anbieters auf und öffnete das Log-in-Fenster. Ins erste Feld gab sie Itchys E-Mail-Adresse ein, ins zweite Feld den Namen des Schlägers mit dem rasierten Schädel, von dem Bart Simpson regelmäßig verprügelt wurde – Kearney Zzyzwicz.

## EXEKUTION

Der Baum, auf den Zehra, Brandt und die alte Dame zueilten, war mindestens fünf Meter hoch. Die Obstleiter reichte bis in die Krone.

»Bis vor drei Jahren ist mein Mann da immer noch rauf.«

Seitdem schien die Leiter nicht mehr bewegt worden zu sein. Am rissigen Holz der Holme kletterten Rankpflanzen empor.

»Dann habe ich es ihm verboten. Auch wenn es eine echte Schande ist.«

Das vertrocknete Gras unter dem Baum war übersät mit gelbroten Kirschen. Als Brandt darüber lief, platzten sie auf. Blut und Fleisch, dachte Zehra.

»Große Prinzessin.« Seit die Oberkommissarin aus der Hecke geklettert war, hatte die alte Dame nicht aufgehört zu reden. Jetzt war sie außer Atem, aber das stoppte ihren Redefluss nicht. »Eine ganz alte Sorte. Honiggelbe Früchte. Sie werden nur auf der Sonnenseite rot, schmecken aber wundervoll! Wenn Sie gleich noch Zeit haben –«

Zehra unterbrach sie: »Sie sollten jetzt besser ins Haus gehen, Frau Hardenberg.«

Die Augen in ihrem faltigen Gesicht weiteten sich. »Wieso? Sie ... Sie werden doch nicht schießen?«

»Es ist nur eine Vorsichtsmaßnahme. Bitte, gehen Sie!«

Erschrocken und ohne ein weiteres Wort drehte die alte Dame sich um und hastete davon. Brandt zog die Leiter aus der Baumkrone. Kirschen und kleinere Äste regneten herab. Er nahm das eine Ende, Zehra das andere. Sie liefen, so schnell sie konnten, an der Gartenmauer entlang, bis sie auf einer Höhe mit dem Tagungshaus waren. Seit Brandt aus dem Omega gesprungen war, hatte er das MEK mit keinem Wort erwähnt. Offenbar war es auch für ihn keine Option, auf die Sondereinheit zu warten.

»Sie ist zu lang«, stieß Zehra hervor. »Da können wir auch gleich eine Fahne hissen.«

»Wir legen sie auf den Rand.«

Gemeinsam brachten sie die Leiter in Position. Sie hatte nun die Steigung einer Spielplatzrutsche.

Zehra kam Brandt zuvor. »Ich bin leichter.«

Gebückt kletterte sie auf den Sprossen nach oben. Das alte Holz knackte. Die Leiter bog sich bedenklich unter ihr durch, aber sie hielt. Kurz bevor sie oben ankam, legte sie sich flach auf den Bauch und sah über die Kante. Sie hatten Glück. In der Hauswand direkt vor ihr gab es statt Fenstern nur ein paar schießschartenähnliche Sichtschlitze.

Die Oberkommissarin nickte Brandt kurz zu, zog sich hoch, schwang ein Bein über die Mauer, glitt flach darüber hinweg und ließ sich fallen. Sie landete weich auf dem dichten Rasen, rollte sich ab, zog noch im Aufspringen ihre Waffe und ging hinter einem in Kugelform geschnittenen Buchsbaum in Deckung. Über den Lauf ihrer Pistole hinweg scannte sie den Garten. Es war niemand zu sehen. Auf dem See tuckerte ein Motorboot vorbei. Hinter sich hörte sie einen dumpfen Aufprall. Gleich darauf stand Brandt neben ihr. Sie war erleichtert, als sie die Waffe in seiner Hand sah. Diesmal hatte er seine SIG Sauer nicht im Schreibtisch gelassen.

Zehra spurtete zur Hauswand und drückte sich am glatten, warmen Beton entlang. Brandt folgte zwei Schritte hinter ihr. An der Hausecke hielten sie inne. Ein schneller Blick. Wie die Front war auch die Rückseite des Gebäudes auf ganzer Breite verglast. Schiebetüren führten auf eine hüfthohe Terrasse hinaus. Sie waren geschlossen. Von ihrer Position aus hatte Zehra nur Sicht auf einen kleinen Teil des Raums dahinter.

Sie gab Brandt ein Zeichen, dann huschte sie tief geduckt bis zur Mitte der Terrasse. Sie wartete, bis Brandt aufgeschlossen hatte, und hob den Kopf.

Adeola Monsumola saß, den Kopf über ein Notebook gebeugt, am Ende eines Konferenztisches. Hinter ihr stand, wie ein Geschäftsmann, der seiner Sekretärin einen Brief diktierte, Dr. Dada Oke-Williams. Eine Hand hatte er in seine Hosentasche gesteckt, in der anderen, die lässig neben seinem massigen Körper baumelte, hielt er eine schwere, silbern glänzende Waffe.

Adeola sagte etwas. Oke-Williams blickte über ihre Schulter. Er sah zufrieden aus, Zehra glaubte sogar, ein Lächeln über sein Gesicht huschen zu sehen. Was dann passierte, erlebte sie wie in Zeitlupe.

Oke-Williams setzte die Mündung der Pistole auf Adeolas Hinterkopf, mitten zwischen die liebevoll geflochtenen Cornrows. Im nächsten Moment platzte eine rote Fontäne aus ihrem Gesicht, und ihr Oberkörper schlug auf die honiggelbe Tischplatte. Durch die Schallschutzfenster klang der Schuss nicht lauter als das Ploppen eines Champagnerkorkens.

Mit einem Satz war Zehra auf der Terrasse, zielte auf Oke-Williams und schrie ihn an.

»Fallen lassen!«

Oke-Williams blickte in ihre Richtung. Zehra schrie erneut, bereit, jeden Moment zu feuern. Oke-Williams zögerte, doch dann ließ er die Waffe langsam sinken.

Im selben Augenblick, als sie ihren Zeigefinger vom Abzug nahm, explodierten direkt neben ihr zwei Schüsse. Die Kugeln durchschlugen das Glas der Terrassentür, trafen Oke-Williams in der Brust und rissen ihn zu Boden. Sie fuhr herum.

Einen Schritt hinter ihr stand Hauptkommissar Brandt. Seine rauchende SIG Sauer war auf die Stelle gerichtet, an der Oke-Williams gerade noch gestanden hatte. Brandts Gesicht zeigte keine Emotion.

## KEINE FRAGEN

Zwei Tage nahm Zehra die Welt wahr wie durch Schallschutzglas. Brandts Schüsse hatten ihr Leben in einen Stummfilm verwandelt, mit einem hochfrequenten Dauerton als Begleitmusik.
Am dritten Tag schienen sich die Pfropfen in ihren Gehörgängen aufzulösen. Hinter dem allgegenwärtigen Pfeifen hörte sie wie durch Watte eine Melodie – ihr Handywecker war angesprungen. Sie hätte ihn nicht gebraucht, sie saß schon seit zwei Stunden auf ihrem Balkon.
Mit der einsetzenden Morgendämmerung waren die alten Bäume im Hinterhof aus dem Dunkel der Nacht getreten. Gerade kletterte die Sonne über die Hausdächer, ihre Strahlen erreichten schon die Wipfel. Zehra war froh, dass in den Bäumen keine gelbroten Früchte hingen. Sie liebte Kirschen. Hatte sie geliebt. Das war vorbei. Sie zündete sich ihre vierte Zigarette an, sah dem Rauch nach und versuchte, das Pfeifen in ihren Ohren zu ignorieren.
Der Arzt hatte bei ihr ein Knalltrauma diagnostiziert. Einmal am Tag ging sie zur Infusionstherapie. Ihre Prognose war positiv. Sie würde ihr Hörvermögen vollständig wiedererlangen. Dass der Tinnitus auch verschwinden würde, konnte ihr allerdings niemand versprechen.
Zehra schaltete den Weckton aus und überprüfte ihr Handy. Noch immer keine Antwort von Brandt. Sie hatte ihn mindestens zehnmal angerufen und ihm Textnachrichten geschickt. Er hatte nicht reagiert.
Er war vorläufig vom Dienst freigestellt worden. Es war das übliche Vorgehen nach einem Schusswaffengebrauch mit Todesfolge, keine Disziplinarmaßnahme. Eine interne Ermittlung sollte klären, wie es zu den Schüssen gekommen war. Zehra war zu einer informellen Befragung gebeten worden. In der Adresszeile der Nachricht stand auch Hauptkommissar Brandt.

Der Termin war für heute neun Uhr angesetzt und sollte in der Direktion stattfinden.

Seit dem Einsatz war Zehra nicht mehr im Büro gewesen. Die erste Nacht hatte sie im Krankenhaus verbracht. Danach war sie mit einer Krankmeldung entlassen worden und direkt nach Hause gefahren. Dort hatte Dirkes sie angerufen. Die 6. Mordkommission hatte die laufende Ermittlung übernommen. Das Telefonat scheiterte an Zehras Knalltrauma. Seitdem hielt Dirkes sie mit E-Mails auf dem aktuellen Stand.

Die Verhaftung von Bayo Osemi hatte sie noch selbst miterlebt. Er war, keine Stunde nach Brandts tödlichen Schüssen, wieder vor der Villa aufgekreuzt. So war das MEK-Team doch noch zum Zuge gekommen. Den Männern, die gerade abrückten, war vor der Villa das eilige Wendemanöver eines Range Rovers aufgefallen. Nach einer kurzen Verfolgung hatten sie den Wagen gestoppt und den Fahrer überwältigt. Im Wagen hatte man Reisegepäck gefunden, das Osemi, offenbar im Auftrag des Gouverneurs, aus dem Hotel geholt hatte.

Seitdem saß Osemi in Untersuchungshaft. Ihn erwartete eine Anklage wegen des Mordes an Erika Sander und der Beihilfe zum Mord an Adeola Monsumola. Herzfelds Leute hatten die DNA der Fotografin sowohl im Kofferraum des Range Rovers als auch in Oke-Williams' Hotelzimmer sichergestellt.

Der Minister hatte inzwischen das Land verlassen. Zwar waren er und sein persönlicher Assistent, Tayo Fashula, von der Bundespolizei am Flughafen gestoppt worden. Doch da der Minister diplomatische Immunität genoss, musste man ihn ausreisen lassen. Fashula war verhaftet worden. Schon bei seiner ersten Vernehmung hatte er im Beisein eines Anwalts ein vollumfängliches Geständnis für die Morde an Tarek Gencerler und Babatunde Dawodu abgelegt. Er hatte jegliche Beteiligung des Ministers an den Taten bestritten. Sein Rechtsbeistand war von der nigerianischen Botschaft gestellt worden.

Man hatte auch Oke-Williams' Fahrer vernommen. Osemi wurde vom selben Anwalt vertreten wie Fashula, räumte jedoch nur die Beihilfe ein, den Mord an Erika Sander legte er allein seinem toten Chef zur Last. Er hatte Oke-Williams als gewalttätigen, machtbesessenen Psychopathen dargestellt und bestätigt, was Zehra über den Gouverneur herausgefunden hatte: seine Verbindungen zu afrikanischen Terrormilizen und einem Hexenkult, der Menschen opferte. Darüber hinaus hatte Osemi ein weiteres dunkles Kapitel aus der Vergangenheit enthüllt. Vor seiner politischen Karriere war Oke-Williams als Beschneider tätig gewesen.

Es war das fehlende Puzzleteil, die Verbindung zwischen dem Flüchtlingsmädchen und dem Gouverneur, nach der Zehra gesucht hatte. Sie würde ihre Theorie nie beweisen können. Wozu auch?

Adeola musste in Berlin dem Mann wiederbegegnet sein, der sie in Nigeria verstümmelt hatte. Ein sinnloser, bitterer Zufall. Das Land, in dem sie Schutz gesucht hatte, hatte sie nicht beschützt. Das SD Fremdkultur hatte sie nicht retten können. Brandt hatte ihren Mörder hingerichtet.

Die Oberkommissarin sah auf ihr Handy. Keine neuen Nachrichten. Noch zwei Stunden bis zur Befragung. Sie drückte ihre Zigarette aus.

In einem der Briefkästen steckten die letzten drei Ausgaben des Tagesspiegels. Über dem Briefschlitz klebte ein Post-it mit Brandts Namen. Zehra drückte auf die Klingel. Der Summer ertönte. Die Tür im ersten Stock war nur angelehnt.

»Hallo?«, rief sie in die Wohnung.

Eine weibliche Stimme antwortete ihr: »Hier. Im Schlafzimmer.«

Vor dem offenen Kleiderschrank stand, eine Handtasche über ihrer Schulter, Brandts Freundin. Entweder wollte sie gerade gehen, oder sie war eben erst gekommen.

»Er ist weg«, sagte Saada und deutete auf den Schrank. Mehrere Kleiderbügel waren leer, und in den Wäschefächern klafften Lücken. »Zahnbürste und Rasierzeug fehlen auch.«

»Was meinen Sie mit ›weg‹?«, fragte Zehra. »Wissen Sie nicht, wo er ist?«

Sie schüttelte den Kopf.

»Wann haben Sie sich denn das letzte Mal gesehen?«

»Vor vier Tagen, bei mir. Seitdem habe ich nichts von ihm gehört.«

Seltsamerweise schien es Saada nicht zu beunruhigen. Sie wirkte eher wie jemand, der die Bestätigung für etwas bekommen hatte, das er schon lange wusste und akzeptierte.

»Vielleicht ist er bei diesem Schamanen?«, fragte Zehra. Brandt hatte ihr von dem Mann erzählt, der sein Freund war und der irgendwo in Sachsen auf dem Gelände einer ehemaligen LPG lebte.

»Nein, da ist er nicht. Tut mir leid.« Sie sah auf ihre Uhr. »Ich muss weiter.«

Sie ging.

Die Oberkommissarin fuhr in die Direktion. Da hatte auch niemand etwas von ihm gehört.

Sie schloss die Tür des Terrariums hinter sich und war wieder allein mit dem Pfeifen in ihren Ohren. Auf Brandts Schreibtisch lagen noch die Unterlagen von vor vier Tagen. Obenauf die Liste mit den Fluggastdaten von Oke-Williams und Bayo Osemi.

Zehra sah auf die Uhr: Eine Viertelstunde blieb ihr noch. In der Mail hatte nicht gestanden, in welchem Büro die Befragung stattfinden sollte.

Sie fuhr ihren Computer hoch, loggte sich ins Intranet ein und stellte eine Verbindung zum Rechenzentrum der Fluggastdatenzentrale in Wiesbaden her. Sie gab ihre Anfrage ein und drückte auf »Enter«. Im nächsten Moment tippte ihr jemand auf die Schulter. Zehra fuhr herum. Hinter ihr stand Gunnar Siegrist.

»Herr Innensenator!«

Dass der oberste Chef der Berliner Polizei persönlich zu der Befragung erschien, konnte nichts Gutes bedeuten.

»Guten Morgen, Frau Erbay. Ich wollte Sie nicht erschrecken. Mein Referent hat angeklopft.« Er deutete auf Antes, der sich neben der offenen Tür postiert hatte. »Aber Sie waren so vertieft in Ihre Arbeit ...«

»Ich habe Sie nicht gehört. Wegen des Knalltraumas«, erklärte Zehra.

»Verstehe.« Er blickte zu dem verwaisten Schreibtisch. »Wo ist Hauptkommissar Brandt?«

Sie zuckte mit den Achseln. »Ich bin selbst gerade erst gekommen.«

»Kein Problem. Dann rede ich mit Ihnen.« Er blickte sich um. »Harald? Lässt du uns bitte allein?«

Der Angesprochene verließ das Büro und schloss die Tür hinter sich. Die Kollegen im Großraumbüro wandten sich eilig wieder ihrer Arbeit zu.

Siegrist zog sich den Besucherstuhl heran. Er war zu niedrig für ihn.

»Frau Erbay, ich habe heute früh mit dem Leiter der Dienststelle für interne Ermittlungen telefoniert«, begann er ernst.

Sie hatte die ganze Nacht überlegt, was sie sagen sollte. Und war zu keiner Entscheidung gekommen. Nun platzte es einfach aus ihr heraus.

»Es war Notwehr!«

Siegrist reagierte befremdet. »Bitte?«

»Dr. Oke-Williams hat seine Waffe auf uns gerichtet.« Sie wunderte sich, wie glatt ihr die Lüge über die Lippen kam. »Hauptkommissar Brandt hatte keine andere Wahl.«

»Daran zweifelt niemand. Ich am allerwenigsten.« Er sah sie scharf an. »Oder sollte ich?«

Was wollte Siegrist hier? Zehra hoffte, dass er ihr die Irritation nicht anmerkte. »Nein. Es war eine klare Notwehrsituation.«

»Gut. Dann schreiben Sie das so in Ihren Bericht.«

»Ich dachte, die Kollegen von der Internen nehmen gleich meine Aussage auf.«

»Dem Dienststellenleiter reicht Ihre schriftliche Darstellung. Und die von Hauptkommissar Brandt.«

Zehra schwieg. Sie begriff nicht, was hier vor sich ging.

»Sie haben gute Arbeit geleistet. Auch wenn Sie vermutlich enttäuscht sind, dass Minister Ogbeh niemals für seine Taten zur Verantwortung gezogen wird.« Er erhob sich. »Grüßen Sie Heiko von mir.«

Er ging. Zehra saß da wie betäubt. Auf ihrem Monitor öffnete sich ein Dokument. Es war das Ergebnis ihrer Anfrage bei der Fluggastdatenzentrale. Der Passagier Heiko Brandt war vor zwei Tagen auf dem Ninoy Aquino International Airport aus einer Maschine der Thai Airways gestiegen.

Brandt war auf den Philippinen. Dort hatte er vor zehn Jahren seine Karriere als Ethnologe von einem Tag auf den anderen beendet. Zehra hatte nie herausgefunden, warum.

Nun war er dorthin zurückgekehrt.

# EPILOG

Die Stewardessen der Thai Airways waren so schön wie eh und je.

Brandt tauschte seinen Fensterplatz mit einem zehnjährigen Jungen in Designerjeans und Hosenträgern, der ihm ungefragt erzählte, dass sein Vater Bauingenieur war und in Bahrain ein paar Sportstadien in die Wüste setzte. Nach der Zwischenlandung in Rom gab es Hühnchen in Curry-Madeira-Soße und den dritten Cognac. Über Zypern war es bereits Nacht, und die Sterne zogen klar und schimmernd am Kabinenfenster vorbei. Über dem Harrat al Uwairid funkelten zehn Kilometer unter ihnen vereinzelte Lichter. In Bahrain verließ der Junge mit seiner Mutter die Maschine, und zwei Araber in weißen Dschalabahs mit massiv goldenen Rolex-Uhren nahmen die frei gewordenen Plätze ein. Brandt trat für ein paar Minuten auf die Gangway hinaus. Das Flughafengebäude glitzerte wie ein exotisches Raumschiff, er fühlte Nachtkühle und trockenen Wüstenwind auf seiner Haut, während er den philippinischen Gastarbeitern beim Warten der Maschine zuschaute. Zwischen Kalkutta und Bangkok wurde ein Imbiss serviert, den Zwischenstopp in Singapur verschlief er.

Nach fünfzehn Stunden landeten sie planmäßig auf dem Ninoy Aquino International Airport. Als er aus der klimatisierten Abflughalle in den Tropennachmittag hinaustrat, fühlten sich seine Beine an wie Gummi. Die abgasgeschwängerte Luft legte sich auf sein Gesicht wie ein feuchtwarmer Putzlappen. Während der Regenzeit erreichte die Luftfeuchtigkeit neunzig Prozent, die Durchschnittstemperatur während des Tages lag bei über dreißig Grad, und im Monat fiel mehr Regen als in Berlin im ganzen Jahr. Bis zum Taxistand waren es fünfzig Meter, aber als er auf dem Rücksitz eines der gelben Taxis Platz nahm, klebte ihm das dünne Leinenhemd schon auf der Haut. Er ließ sich direkt nach Ermita fahren. In Manilas Rotlichtviertel gab es jede Menge billige Hotels und Pensionen.

Das Yasmin Pension House existierte noch. Der Backsteinbau aus den Fünfzigern war noch genauso heruntergekommen wie vor elf Jahren, nur der Neonschriftzug über dem Eingang war neu, allerdings nicht neu genug, als dass noch alle Buchstaben intakt gewesen wären.

Inhaber des Hotels war Herr Chang. Ende des 19. Jahrhunderts war sein Großvater mit einer Handvoll geliehener Kupfermünzen und unerschütterlichem Arbeitsfleiß auf einer Dschunke aus Südchina nach Manila gekommen. Jetzt gehörte ihm praktisch die ganze Straße. Manchmal saß der Fünfundsiebzigjährige, Oberhaupt eines vielköpfigen Clans, in fleckigen Hosen und einem löchrigen T-Shirt auf den Stufen eines der Häuser. Man hätte ihn für einen Bettler gehalten.

Ein arthritisches Rappeln kündigte das Eintreffen des altersschwachen Aufzugs an.

Brandts Zimmer lag im vierten Stock. Wer bei Verstand war, mied die Stockwerke oberhalb der ersten Etage. Die Hotels in diesem Viertel waren chronisch feuergefährdet. Ihre Besitzer bestachen lieber die kontrollierenden Beamten, als in teure Sicherheitstechnik zu investieren.

Er schloss die Tür auf und schaltete das Licht ein. Die Vierzigwattbirne tauchte das Zimmer in ein fahles Gelb. Der Deckenventilator setzte sich langsam in Bewegung, eine Klimaanlage gab es nicht, aber das war Brandt sowieso lieber. Er fuhr sich mit den Fingern durchs Gesicht. Unter den Nägeln blieben schwarze Ränder zurück.

Er zog sich aus, schob den mürben Plastikvorhang, der das Badezimmer vom Schlafbereich trennte, zur Seite, trat unter die Dusche und drehte den Kaltwasserhahn auf. Es rieselte lauwarm aus den verstopften Düsen des Duschkopfs. Als er mit einem fadendünnen Badetuch um die Hüften aus dem Badezimmer kam, war draußen vor dem Fenster bereits die schwüle Tropennacht hereingebrochen. Brandt lauschte dem Prasseln der Insekten, die vom Licht angelockt gegen die schmutzigen Scheiben prallten.

Er zog sich an und verließ das Hotel. Die Nachtluft hatte sich über offenen Kloaken, Müllhaufen und blütenschweren Hecken aufgeladen. Sein Körper erinnerte sich, er kannte den Geruch. Vor ihm sackte die Sonne blutrot in das Gassengewirr von Quiapo.

Sein erster Weg führte ihn zu den Geldwechslern beim Central Post Office. Wie fette Spinnen hockten sie in kleinen vergitterten Verschlägen, bewacht von mürrischen Männern mit Maschinenpistolen und verspiegelten Sonnenbrillen. Der Wechselkurs war hier früher immer besser gewesen als bei den Banken und etwas schlechter als bei den Freelancern, die Touristen aus dunklen Hauseingängen ansprachen und übers Ohr hauten. Kurz darauf schob er mehrere Bündel speckige Geldscheine in seine Taschen und machte sich auf den Rückweg nach Ermita.

An den Straßenkreuzungen umschwirrten halbwüchsige Jungen die haltenden Wagen und boten für ein paar Pesos einzelne Kaugummis, Zigaretten und Eukalyptusbonbons an. Das Nachtleben war noch nicht angelaufen. Die Opfer und Täter der globalisierten Sexindustrie lagen noch in den Betten oder erledigten Angelegenheiten, wie sie jeder zivilisierte Mensch bisweilen zu erledigen hatte.

Vor dem Hobbit House, einem von Kleinwüchsigen betriebenen Folkclub, bettelten ihn zwei kleine Jungen halbherzig um ein paar Pesos an. Er gab jedem einen Hundert-Peso-Schein. Auf der Del Pilar Street pfiffen ihm drei unternehmungslustige Transvestiten hinterher.

Er aß im Barrio Fiesta junge Ziege, nichts als ein Haufen winziger Knochen. Einem Jungen mit schmutzigen Beinen und hungrigen Augen gelang es, sich unbemerkt an seinen Tisch zu schleichen. Er verkaufte Kränze aus Sampaguitablüten. Bevor Brandt ihm einen abnehmen konnte, hatte der Kellner das barfüßige Kind bemerkt und scheuchte es mit wüsten Beschimpfungen weg.

Brandt kehrte ins Hotel zurück und legte sich aufs Bett. Vier Stunden später weckte ihn das Heulen einer Polizeisirene irgendwo draußen in der Nacht. Seine Zunge fühlte sich pelzig an, sein Schädel brummte. Er brauchte Bewegung.

Jetzt, eine Stunde nach Mitternacht, hatte sich der Charakter des Viertels völlig verändert. Die Straße dampfte noch von der Tageshitze. Die beinah schmerzhafte Helligkeit des Tages war den unzähligen Neonschriften über den Clubs und Bars und dem Licht der Girlanden aus farbigen Glühbirnen in den Biergärten und Freiluftdiscos gewichen.

Er tauchte in das Schieben und Drängen ein, driftete durch die Menschenmenge, die sich durch die Gassen schob, überließ sich den unabsichtlichen Berührungen, dem Lachen und Rufen um ihn herum. Von überallher tönte Musik. Es waren die Schlager und Discohits, die die Mädchen und Frauen, die hier als Bardamen oder Prostituierte arbeiteten, liebten, kaum mehr als ein Dutzend Titel, die sie wieder und wieder hören wollten.

Menschlicher Überlebenswille prallte auf das Treibgut der globalisierten emotionalen Verelendung, blutjunge Prostituierte auf mittelalte Männer mit gierigen Augen. In Dreier- und Vierergruppen zogen sie herum, in knappen Röcken, engen Shorts und winzigen Oberteilen, verwandelt in exotische Früchte von knisternder Sinnlichkeit. In Wirklichkeit waren sie nur kleine Mädchen aus elenden Dörfern zwischen Zuckerrohr- und Bananenplantagen, auf Inseln mit Namen wie Mindoro, Romblon und Panay, die Millionären und Aktionären in Manila, New York und Tokio gehörten, Mädchen mit nutzlosen Schulabschlüssen und wertlosen Ausbildungen, die ihre Haut zu Markte trugen, um daheim große Familien mit großen Hoffnungen zu ernähren.

Plötzlich verschwamm ihm alles vor den Augen. Er musste runter von der Straße, einen festen Punkt finden. Zwischen hupenden Jeepneys stolperte er auf die andere Straßenseite. Direkt vor ihm erschien der nachtblaue Baldachin und Neonschriftzug des Blue Hawaii. Der livrierte Türsteher grinste ihm einladend entgegen, murmelte »*best girls in Manila*« und öffnete die Tür. Brandt tauchte in das kühle Halbdunkel der Bar ein.

Es dauerte ein paar Sekunden, bis sich seine Augen an das Dämmerlicht gewöhnt hatten. Es war, als treibe man durch ein sich bewegendes Puzzle aus halb nackten Körpern, die von neonbunten Stretchtrikots in Stücke geschnitten wurden. Von Spiegelwand zu Spiegelwand wimmelte es von Mädchen und jungen Frauen, keine älter als zwanzig. Die winzige Tanzfläche am hinteren Ende des Raums war verwaist. Der eigentliche Tanz fand auf der zehn Meter langen Theke statt, einem anderthalb Meter breiten Laufsteg, wegen der Stöckelschuhe der Mädchen mit Metall verkleidet. Ständig liefen dort ein gutes Dutzend von ihnen auf und ab und ließen zur Musik lasziv die Becken kreisen. Sie wurden von den Männern, die auf den Barhockern saßen und übertreuerte Cocktails schlürften, gierig angestarrt. Manche hatten schon ein Mädchen auf dem Schoß oder im Arm, das sich an sie schmiegte und ihnen eine perfekte Illusion von Zuneigung und Zärtlichkeit lieferte.

Er bahnte sich einen Weg zur Bar, wurde hier und da angesprochen, weiche Hände legten sich auf seinen Arm, versuchten ihn festzuhalten, aber ihre Besitzerinnen spürten intuitiv, dass er nicht interessiert war. Er umrundete den Laufsteg und steuerte einen freien Hocker an. Das war der feste Punkt, den er gesucht hatte. Er gab dem Barkeeper ein Zeichen, ein eiskaltes Bier materialisierte sich auf dem Tresen. Er stellte seinen Blick auf unnahbar. Es funktionierte, er blieb von weiteren Annäherungsversuchen verschont.

Viele Plätze waren von Männern mit Crewcuts und Tätowierungen besetzt. Manche von ihnen waren selbst noch blutjung. Sie lachten besonders laut, um ihre Nervosität zu überspielen. Der DJ blendete den Discohit aus, der gerade lief, und sprach in sein Mikrofon.

»*The management and girls on board of the ›Blue Hawaii‹ are happy to greet all men of the ›U.S.S. Missoula‹!*«

Dann blendete er mit hundertdreißig Phon und allen Bässen, die ihm zur Verfügung standen, in einen alten Siebziger-Jahre-Hit über. Alle Mädchen und Frauen begannen ihre Becken im simplen Rhythmus des Songs zu bewegen und den Refrain in leicht abgewandelter Fassung mitzusingen.

»*We will, we will fuck you!*«

Brandt hatte genug. Er ließ das Bier stehen und machte sich auf den Rückweg zum Hotel.

Am nächsten Morgen saß er im Bus nach Norden. Die Fahrt würde fast acht Stunden dauern. Er hatte sich für den klimatisierten Überlandbus entschieden, ein Fehler, wie sich schnell herausstellte. Im Bus war es so kalt, dass er alles, was er an Kleidung in seine Reisetasche gestopft hatte, übereinander anzog.

In Mabalac legte der Busfahrer einen Stopp ein, damit die Passagiere rauchen, zur Toilette gehen und sich bei den Straßenhändlerinnen mit Snacks eindecken konnten. Brandt entschied sich für vier gegrillte Hühnerfüße, von den Filipinos mit dem ihnen eigenen Humor »*adidas*« genannt. Zwei Stunden später erreichten sie die ersten Ausläufer der Cordillera. Ab hier schlängelte sich die Straße stetig aufwärts.

Baguio lag tausendfünfhundertvierzig Meter über dem Meer, und Brandt hatte sich für seine Reise den Höhepunkt der Regenzeit ausgesucht. Als er an der Station der Dangwa Bus Company aus dem Bus stieg, fiel der Regen in senkrechten Fäden.

Er sprintete zum überdachten Wartebereich, wurde aber trotzdem bis auf die Knochen durchnässt. Die Mehrzahl der Busreisenden, die dort Schutz gesucht hatten, waren Igorot aus den Bergen, überwiegend junge Leute mit den typischen schwarzen Haaren und offenen Gesichtern, die meisten eher klein und stämmig. Man sah ihnen an, dass sie immer noch an stundenlange Fußmärsche auf steilen Bergpfaden gewöhnt waren, auch wenn sie jetzt Trekkingschuhe und Rucksäcke von Jack Wolfskin trugen und ihre Smartphones nicht weniger souverän bedienten als ihre Altersgenossen in Berlin oder New

York. Unter den Wartenden waren nur wenige Tiefland-Filipinos und jahreszeitlich bedingt noch weniger Touristen.

Er brauchte Regenkleidung, aber die Shoppingmall neben der Busstation schien nur aus Smartphone-Läden zu bestehen. Das Tempo, in dem sich die digitale Kommunikation über den Globus verbreitete, war schwindelerregend. Nur noch wenige Jahre, dann würde auch noch der letzte Flecken Erde auf dem Planeten von Sendemasten und Satelliten abgedeckt werden, und niemand entkäme mehr der totalen Verfügbarkeit.

Schließlich fand er doch noch einen Trekking-Laden und kaufte Regenjacke und -hose, Gummistiefel und einen wasserdichten Rucksack. Seine Reisetasche schenkte er einem Bettler, der seine Habseligkeiten in drei Plastiktüten mit sich herumtrug.

Eine Motorradriksha brachte ihn zu seinem Hotel. Es war ein unverputzter Betonklotz am falschen Ende der Session Road. Die Zeitung, für die Teddy arbeitete, lag nicht weit entfernt in einer Nebenstraße. Brandt hatte sein Kommen nicht angekündigt, darum war er nicht überrascht, dass Teddy nicht an seinem Schreibtisch saß. Brandt setzte sich. Er musste nicht lange warten. Teddy kam mit einer Papiertüte von Dunkin' Donuts durch die Tür, blieb verblüfft stehen, dann lachte er. Sie umarmten sich.

Teddy Fayufay war ungefähr in seinem Alter. Er trank zu viel, schlief zu wenig und rauchte zwei Päckchen Mentholzigaretten pro Tag. Brandt hatte Gerüchte gehört, wonach er früher in einer Guerillagruppe gegen das Militär gekämpft hatte. Jedenfalls kannte er die Cordillera wie seine Westentasche. Sein Haar war bereits grau, bei einem Igorot in seinem Alter ungewöhnlich.

Sie wechselten in eine Spelunke direkt hinter dem Baguio City Market. Nach dem zweiten Bier fragte Teddy ihn, warum er zurückgekommen war.

Brandt erklärte es ihm und bat ihn um seine Hilfe.

Teddy zündete sich eine weitere Zigarette an und rauchte schweigend. Schließlich warf er die Kippe auf den Boden und sah Brandt an. »Bist du sicher, dass du das tun willst? Niemand kann sagen, wie es ausgeht.«

Brandt wusste das. Nichts ließ sich vorhersagen. Nicht einmal, dass er die Cordillera lebend wieder verlassen würde. Aber er wollte es nicht anders. Er war lange genug weggelaufen.

Am nächsten Morgen waren sie auf dem Weg nach Bontok. Für die hundertvierzig Kilometer brauchte der Bus gewöhnlich fünfeinhalb Stunden, in der Regenzeit auch schon mal einen Tag. Die Schotterpiste, großspurig »Halsema Highway« getauft, nach dem amerikanischen Ingenieur, der sie vor fast hundert Jahren in die steilen Bergflanken geschnitten hatte, war mittlerweile zwar asphaltiert, gehörte aber immer noch zu den ersten zehn der weltweit gefährlichsten Straßen. Die Fahrbahn war schmal und rutschig, von der einen Seite drohten Steinschlag und Erdrutsche, auf der anderen Seite ging es ein paar hundert Meter in die Tiefe. Gegenverkehr bedeutete für die Fahrer Zentimeterarbeit am Abgrund. Ausgebrannte Wracks bezeugten, dass diese Manöver nicht immer gut ausgingen.

Sie sprachen nur wenig. Wie die meisten Einheimischen verschlief Teddy trotz des Schaukelns, abrupten Bremsens und Rangierens den größten Teil der Fahrt. Brandt hing seinen Gedanken nach.

Er hatte einen Mann getötet, der seine Waffe bereits gesenkt hatte. Es war kein Versehen gewesen. Er hatte nicht nachgedacht, bevor er geschossen hatte. Aber etwas in seinem Inneren hätte es einfach nicht länger ertragen, zu wissen, dass dieser Mann mit Sicherheit seiner gerechten Strafe entgehen würde. Es war auch die Antwort auf eine Frage, die er sich immer wieder gestellt hatte, seit er Hals über Kopf die Philippinen verlassen hatte. Damals war das Bild, das er von sich selbst hatte, von einem Augenblick auf den anderen zerbrochen. Seitdem hatte er sich gefragt, wer er wirklich war. Vor einigen Tagen hatte er es herausgefunden, und er war hier, um dafür geradezustehen.

Es begann zu regnen. Sie erreichten ihr Ziel mit zwei Stunden

Verspätung. Bei seiner ersten Reise in die Cordillera vor über dreizehn Jahren war ihm Bontok noch vorgekommen wie eine Westernstadt in Indianerland. Von hier aus ging es nur noch zu Fuß weiter, in entlegene Bergdörfer, deren Bewohner im Rest der Philippinen als primitive Wilde und blutrünstige Kopfjäger galten. Jetzt wimmelte es in dem Ort von japanischen Autos, es gab Zebrastreifen und markierte Parkplätze. Zu den Häusern aus unverputztem bröckelnden Beton und den Buden aus rostendem Wellblech waren da und dort schmucke mehrstöckige Neubauten getreten.

Brandt war erschöpft. Er ging zu Fuß in sein Boarding House, während Teddy sich sofort auf den Weg nach Galig-an und Talucong machte, die beiden Dörfer, die in die Blutfehde verwickelt waren. Galig-an war die Siedlung, in der Brandt über zwei Jahre gelebt hatte. Teddy würde die Dorfältesten zusammenrufen und versuchen, sie zu dem Treffen zu überreden, das der Grund für Brandts Reise war.

Er schlief kaum in dieser Nacht. Er dachte an Saada, Zehra, an das Sonderdezernat und an Adeola. Alles kam ihm merkwürdig fremd und unwirklich vor. Als es dämmerte und sich der Himmel verfärbte, ging er hinunter in den kleinen Frühstücksraum. Ein höchstens zwölfjähriges Mädchen stellte ihm Kaffee und Spiegeleier mit Toast hin.

Am Nachmittag kehrte Teddy zurück. Er hatte mit den *amam-a* in beiden Dörfern gesprochen. Sie waren die Ältesten. Sie wurden respektiert, auf ihre Weisheit und Urteilskraft vertraute man im Dorf. Dass Teddy bereits eine Antwort mitbrachte, überraschte Brandt. Das drohende Aufflammen der mehrere Generationen alten Blutfehde bereite allen große Sorgen, erklärte Teddy, mit Ausnahme der Hitzköpfe und derjenigen, die öffentlich beschämt worden waren, weil sie ihre Toten nicht rächten. Brandts Wunsch, zu den Männern beider Dörfer zu sprechen, hatte sie verwundert, sie sahen darin aber ein Omen, ob ein gutes oder ein schlechtes, würde sich zeigen.

Das Zusammentreffen war für den nächsten Mittag vereinbart. Es war gefährlich, denn für jemanden, der darauf versessen war, Rache zu nehmen, war die Gelegenheit verlockend.

Brandt und Teddy gingen auf den Markt. Sie kauften ein, was für das Treffen gebraucht wurde – mehrere Kisten San-Miguel-Bier und Gin, dicke Bündel Tabakblätter, ein paar Hühner und eins der schwarzen Bergschweine. Teddy organisierte ein paar junge Männer, die ihnen helfen würden, alles zu transportieren. Bontok lag auf neunhundert, der Ort, an dem das Treffen stattfinden würde, auf tausendsechshundert Metern.

Am nächsten Morgen luden sie alles in einen gemieteten Jeepney. Die schmale asphaltierte Straße wand sich den Berg hinauf und verschwand dann in einem der Seitentäler. Mehrere Regenzeiten hatten den Asphalt bereits an vielen Stellen zerstört. Dennoch war die Straße für die meisten Bewohner der entlegenen Dörfer eine große Entlastung. Statt der früheren mehrstündigen strapaziösen Fußmärsche über ausgetretene Bergpfade und schlüpfrige Reisterrassen erreichte man das eigene Dorf jetzt in weniger als einer Stunde.

Am Morgen hatte es aufgehört zu regnen, und noch hielten sich die dunklen Wolken über ihren Köpfen zurück. In einer Kurve stoppte der Fahrer. Von hier aus mussten sie zu Fuß weiter. Ein Pfad war nicht zu sehen, aber die jungen Männer kannten den Weg. Durch offene Kiefernwälder stiegen sie weiter aufwärts. Hier oben lagen die Quellen, die das komplexe Bewässerungssystem speisten, durch das die weltberühmten Reisterrassen mit Wasser versorgt wurden.

Der Ort des Treffens war eine kreisförmige, mit kurzem Gras bewachsene, von Felsen und Bäumen umgebene Weide. Sie lag genau auf der Grenze zwischen den beiden Territorien. Die jungen Männer stellten das Bier, den Gin und die Pakete mit dem Tabak ab. Die an den Füßen zusammengebundenen Hühner und das Schwein, das sie an einer Tragestange bis hierher geschleppt hatten, legten sie auf den Boden. Es quiekte. Die geflochtene Bambusschnur, mit dem die Schnauze zugebunden war, hatte sich gelöst. Teddy befestigte sie wieder. Die jungen Männer nahmen von Brandt den vereinbarten Lohn zuzüglich eines großzügigen Trinkgeldes entgegen und machten sich auf den Rückweg zum wartenden Jeepney.

Er und Teddy portionierten die Tabakblätter. Jeder, der an dem Treffen teilnahm, würde etwas Tabak erhalten, ein traditionelles Begrüßungsgeschenk. Bevor Igorot eine Grenze überquerten, rauchten sie an der Stelle und vergossen etwas Reiswein oder Gin. Sie erwiesen den Natur- und Ahnengeistern, die den Ort bewohnten, ihren Respekt und hofften, dass die Geister ihnen im Gegenzug keinen Schaden zufügten.

Als sie fertig waren, öffnete Teddy eine der Ginflaschen, goss etwas Gin auf den Boden und nahm einen Schluck. Dann reichte er die Flasche an Brandt weiter. Teddy zündete eine seiner Mentholzigaretten an. Er hielt Brandt die Packung hin. Brandt zog eine Zigarette heraus, Teddy gab ihm Feuer.

Sie rauchten schweigend.

Die Männer aus Talucong trafen zuerst ein. Insgesamt waren es etwa zwanzig, Frauen waren keine dabei. Nur erwachsene Männer mit eigenen Familien und die Ältesten – manche von ihnen Greise, die gestützt werden mussten – durften an dem Treffen teilnehmen, das einer bilateralen Konferenz zwischen souveränen Staaten entsprach. Einige der Männer erkannte Brandt wieder.

Die meisten trugen Jeans, T-Shirts, Regenjacken und Gummistiefel. Nur die *amam-a* trugen das traditionelle, in den Farben der Bontok gewebte Lendentuch. Sie hatten auf den Köpfen auch die traditionellen geflochtenen Kappen, in die sie ihre Tabakspfeifen steckten, wenn sie nicht rauchten, und nicht Basecaps der New York Yankees oder der Dodgers. Alle trugen ihre scharfen, meist aus den Blattfedern verschrotteter Lastwagen geschmiedeten Haumesser bei sich. Einige auch die Speere mit blattförmigen Spitzen, die in den Familien weitervererbt wurden. Sie kamen bei der Kopfjagd, beim Kampf und bei der Jagd auf Wasserbüffel zum Einsatz.

Die Gruppe blieb am Rand der Lichtung stehen. Teddy ging zu ihnen und verteilte den Tabak. Die Männer steckten ihre Speere in den Boden, legten ihre Rucksäcke ab und hockten sich auf ihre Fersen. Routiniert befühlten die *amam-a* ihre Tabakblätter, suchten die besten heraus und entfernten die Blattrippen. Sie drehten den Tabak zu einer Art grober Zigarre und steckten sie in die Tabakspfeifen. Alles geschah bedachtsam und mit höchster Konzentration. Brandt sah, wie einige der jüngeren Männer ihren Tabak an einen der Älteren weitergaben und sich selbst Zigaretten ansteckten.

Kurz darauf trafen die Abgesandten aus Galig-an ein. Die Gruppe war etwa so groß wie die aus Talucong. Brandt erkannte jeden Einzelnen von ihnen wieder. Sie waren zehn Jahre älter, manche von ihnen waren damals noch unverheiratete Teenager gewesen. Sie blieben am gegenüberliegenden Rand der Lichtung stehen, Teddy verteilte den Tabak, auch sie hockten sich hin und rauchten.

Als sie fertig waren, gab einer der *amam-a* Teddy ein Zeichen. Daraufhin brachte er jeder Gruppe eine Flasche San Miguel, Gin und eines der Hühner. Je ein *amam-a* begann, mit einem Holzstöckchen gleichmäßig und systematisch auf die Flügel des zappelnden Tieres zu schlagen. Es diente dazu, das Blut in den Muskeln zu verteilen. Dann schnitt er dem Huhn die Kehle durch. Er öffnete den Brustkorb und legte Leber und Gallenblase frei. Gemeinsam mit den anderen *amam-a* begutachtete er die beiden Organe. Ihr Aussehen und ihre Beschaffenheit gaben Auskunft darüber, ob einer geplanten Aktivität Erfolg beschieden war oder sie ein unglückliches Ende nehmen würde.

Aus der Entfernung konnte Brandt die Mienen der Männer nicht lesen, aber niemand machte Anstalten, aufzustehen und den Besuch abzubrechen. Er sah, dass einer aus jeder Gruppe sich mit der Ginflasche in der Hand an die Geisterwelt wandte, etwas von dem Gin für sie auf den Boden goss und danach selbst trank. Zumindest war das Omen nicht negativ ausgefallen. Die

Flasche wurde weitergegeben. Teddy verteilte mehr Flaschen, alle tranken. Eine weitere Stunde verging mit Rauchen und Trinken. In der Ferne donnerte es, und um sie herum entluden die Wolken ihre Wasserlast.

Teddy stieß ihn an und deutete zum Himmel. »Nur hier regnet es nicht. Ein gutes Omen.«

Wie auf ein Zeichen hin erhoben sich alle. Sie zogen ihre Haumesser aus den Gürteln und legten sie auf den Boden. Die *amam-a* begaben sich ohne Eile zur Mitte der Lichtung, die anderen folgten ihnen. Die beiden Gruppen ließen sich einander gegenüber in zwei Halbkreisen nieder.

Brandt stand auf. Es war so weit. Jetzt war er an der Reihe. Er trat in die Mitte. Teddy folgte ihm. Er würde übersetzen, denn für das, was Brandt zu sagen hatte, reichten die Reste seiner Kenntnisse des Bontok nicht aus.

Er begann mit einer formellen Begrüßung. Er brachte seinen Respekt und seinen Dank für ihr Kommen zum Ausdruck. Dann schilderte er, was vor elf Jahren in den Bergen zwischen Galig-an und Talucong geschehen war.

Er war an dem Tag weit entfernt vom Dorf allein unterwegs gewesen. Er wollte Orte fotografieren, an denen nach Aussagen der *amam-a* Wasser- und Baumgeister leben sollten. Er hatte bereits eine Kiefer und einen Findling fotografiert, als ihm Fatuyog und dessen zehnjähriger Sohn Kevin begegnet waren. Er wohnte nur ein paar Häuser von ihnen entfernt und hatte häufig mit Fatuyog vor dem Männerhaus gesessen, geredet und getrunken. Kevin stromerte oft mit seinen Cousins und Freunden im Dorf herum. Ab und zu besuchten sie ihn in seinem Haus. Dann gab er ihnen Papier und Buntstifte und ließ sie auf dem Boden zeichnen.

Fatuyog war unterwegs zu seinen Wasserbüffeln. Jemand hatte sich beschwert, dass sie Süßkartoffelfelder verwüstet hatten, die er eine Stunde vom Dorf entfernt angelegt hatte. Brandt hatte spontan beschlossen, die beiden zu begleiten, eine gute

Gelegenheit, mehr über die Bedeutung der Wasserbüffel als Opfertiere in Dorfritualen zu erfahren.

Unterwegs passierten sie einen Bambushain mit einer Quelle, in der ein Wassergeist leben sollte. Brandt war stehen geblieben, hatte seine Kamera aus der Umhängetasche geholt. Fatuyog und Kevin waren weitergegangen. Sie fühlten sich in der Nähe von Geistern nicht wohl in ihrer Haut. Er hatte noch das Objektiv gewechselt, darum hatten sie bereits einigen Vorsprung, als er sich wieder auf den Weg machte.

Er fürchtete schon, sie verloren zu haben, als er aus einem dichten Gehölz auf ein von Bergkiefern umstandenes Felsplateau trat. Was er sah, ließ ihn erstarren. Fatuyog und sein Sohn lagen auf dem Boden. An ihren Armen und Beinen klafften tiefe Wunden, überall war Blut. Sie waren tot. Zwei mit Blut besudelte Männer mit Haumessern in den Händen beugten sich über die Toten und waren dabei, ihnen die Köpfe und Hände abzuschneiden. Kevins Kopf lag schon abgetrennt neben seinen Füßen.

Er versuchte erst gar nicht zu beschreiben, was in diesem Augenblick in ihm vorgegangen war. Bis dahin war es ihm während seiner Feldforschungen mehr oder weniger gelungen, die distanzierte Position des wissenschaftlichen Beobachters beizubehalten. Wie ein japanischer Wandschirm aus Shoji-Papier trennte sie ihn von den Menschen, deren Leben und Kultur er erforschte. Es war eine Form der Selbsttäuschung, mit der er nie glücklich gewesen war. Jetzt war der Moment da, in dem die Täuschung zusammenbrach.

Wie glühende Lava hatte der Hass jede Zelle seines Körpers geflutet.

Er schilderte, wie er mit zwei Sätzen bei den Angreifern war, wie er einen der beiden Männer zurückriss und über die Felskante stieß, wie der zweite sich aufrichtete und ihn verblüfft anstarrte.

Wieder stockte Brandt. Wie sollte er den Männern, die vor ihm saßen, verständlich machen, was er in der Millisekunde in den Augen seines Gegenübers gesehen hatte? Wie der Mann versucht hatte, den Weißen, der vor ihm stand, in dem mehrdimensionalen Koordinatensystem aus Blutrache, Fehde, Dorfzugehörigkeit, Verwandtschaft und Status einzuordnen, das Teil seiner DNA war. Sollte er diesen Weißen auch noch töten? Er wusste es nicht.

Sein Nachdenken hatte zu lange gedauert. Brandt packte den blutigen Speer, der neben den Getöteten auf dem Boden lag, und schleuderte ihn mit aller Kraft. Er würde die Verblüffung im Gesicht des Mannes niemals vergessen. Der Speer bohrte sich in seine Brust. Er brach zusammen. Er war tot.

Die Männer aus Galig-an und Talucong hatten unbewegt zugehört. Sie stellten keine Fragen. Motive oder psychologische Gründe spielten für sie keine Rolle. Sie wussten, was passiert war. Zwei Männer aus Talucong hatten im Rahmen einer Blutfehde zwei Männer aus Galig-an getötet. Brandt war zufällig dazwischengeraten und hatte seinerseits sie getötet. Sie stellten sich nur eine Frage: Musste Brandt, ein Nicht-Igorot, der in Galig-an lebte und ihren Reis aß, als I-Galig-an betrachtet werden, als Teil der Dorfgemeinschaft? Wenn es so war, war er durch seine Tat Teil des Systems der Blutrache geworden und seinen Regeln unterworfen. Einen derartigen Fall hatte es noch nie gegeben.

»Ich bin zurückgekommen, weil ich nicht will, dass wegen dem, was ich getan habe, die Blutfehde und das wechselseitige Töten wieder beginnt.« Dann fügte er noch etwas hinzu. »Ich werde hierbleiben – bis die *amam-a* und die tapferen Männer von Galig-an und Talucong zu einem Ergebnis gekommen sind, was immer es auch sein wird.«

Es hatte angefangen zu regnen. Die Männer rührten sich nicht von der Stelle. Brandt und Teddy zogen sich zurück. Es würde lange dauern. Bontok sprachen überlegt und mit Bedacht. Wer sprechen wollte, erhob sich, wenn er fertig war, setzte er sich wieder. Niemand, der gerade das Wort hatte, wurde unterbrochen. Sie würden die Geschichte der Blutfehde zwischen den

Dörfern rekapitulieren, ganz gleich, wie viele Generationen sie zurückreichte. Auch die Familien der von Brandt getöteten Männer würden zu Wort kommen. Alles würde eingehend erwogen. Sie würden erst aufhören, wenn alle gesprochen hatten.

Es war bereits dunkel, als die *amam-a* Teddy zu sich riefen.

Brandt saß seit drei Stunden in einem der Fast-Food-Restaurants im Abflugbereich des Manila International Airports. Er hatte eingecheckt, sein Ticket Manila–Frankfurt mit Anschlussflug Frankfurt–Berlin und seine Boardingcard lagen vor ihm auf dem Tisch. Der Flug war bereits viermal aufgerufen worden. Gleich würden sie den Passagier Heiko Brandt auffordern, sich dringend am Gate 34 einzufinden.

Von da, wo er saß, hatte er die große Anzeigetafel genau im Blick. Seit drei Stunden sah er zu, wie Flugziele auf der Tafel erschienen, nach erfolgtem Abflug der Maschine wieder verschwanden und durch neue ersetzt wurden. Tokio, Seoul, Guangzhou, Hongkong, Singapur, Melbourne, Shanghai, Bangkok, Bahrain, Kuala Lumpur, Los Angeles, Jakarta, Sydney, Istanbul, Taipeh, San Francisco.

Warum wollte er ausgerechnet nach Frankfurt fliegen?

Ein Teil von ihm war ohnehin noch auf dem Felsplateau und wartete auf das Urteil, das die alten Männer sprechen würden.

Jemand hatte ein Feuer gemacht, dann hatten die Männer ihn gerufen. Er hatte sich zwischen ihnen auf den Boden gesetzt. Nacheinander waren die ältesten *amam-a* von Galig-an und Talucong aufgestanden und hatten gesprochen. Der Inhalt ihrer Reden unterschied sich kaum voneinander. Sie hatten sich nicht an ihn gerichtet, sondern an alle Anwesenden. Was Brandt betraf, waren sie zu keinem Ergebnis gekommen. Einen solchen Fall hatte es noch nie gegeben. Sie hatten eingestanden, dass ihre Weisheit nicht ausreiche, um zu entscheiden, ob er die beiden Männer als Angehöriger Galig-ans und damit innerhalb des Regelwerks der Blutfehde getötet hatte. Die Frage konnte offensichtlich nur von den Ahnen beantwortet werden.

Ein weiteres Huhn wurde geschlachtet, Lage und Aussehen der Gallenblase wurde eingehend untersucht. Das Omen war erfolgreich. Die *amam-a* kamen zu dem Ergebnis, dass die Ahnen von ihnen verlangten, einen Friedensvertrag zu schließen, der die Fehde endgültig beenden würde. So ein Vertrag würde diese Last der Blutrache von ihren Kindern nehmen, es würde keine neuen Toten mehr geben.

Bereits am nächsten Tag war der *peden* mit zahlreichen Ritualen und einem Fest in Galig-an besiegelt worden. Niemand hatte Einspruch erhoben, als Brandt anbot, für die Wasserbüffel und Schweine aufzukommen, die bei diesem Fest geschlachtet und verzehrt werden würden. Außerdem war vereinbart worden, dass er die Familien der von ihm getöteten Männer mit einer Zahlung in Höhe des Wertes von sechs Wasserbüffeln entschädigen würde. Das würde auch Teddys Cousin akzeptieren, schließlich war auch er Igorot. Es würde keine weiteren Ermittlungen geben.

Ihn selbst hatte man in Galig-an gedrängt, zum Schutz vor den Geistern der Getöteten ein Tumo-Ritual durchzuführen. Er hatte eingewilligt. Am Ende des Rituals hatte man ihm mit Bambusnadeln das große *sakrag*-Tattoo in Brust und Schultern geschlagen. Er hatte es akzeptiert. Er würde nie mehr in ein Schwimmbad gehen. Aber es würde ihn jeden Tag an das erinnern, was er getan hatte, und an das, was er war.

**Bei Ullstein Taschenbuch erschienen:**
*Beide Titel sind auch als eBook erhältlich.*

Peter Gallert | Jörg Reiter
**Glaube Liebe Tod**
Ein Martin-Bauer-Krimi 1
Kriminalroman
Broschur, 416 Seiten
ISBN 978-3-548-28891-8

Peter Gallert | Jörg Reiter
**Tiefer denn die Hölle**
Ein Martin-Bauer-Krimi 2
Kriminalroman
Broschur, 400 Seiten
ISBN 978-3-548-29035-5

Peter Gallert|Jörg Reiter
**KOPFJAGD**
Broschur, 336 Seiten
ISBN 978-3-95451-940-8

Heiko Brandt hat als Ethnologe unter südostasiatischen Seenomaden und philippinischen Bergstämmen gelebt, bis ihn ein traumatisches Ereignis aus der Bahn warf. Jetzt leitet er beim Berliner LKA das Sonderdezernat für Tötungsdelikte mit fremdkulturellem Hintergrund. Die enthauptete Leiche eines arabischen Geschäftsmanns führt ihn in eine Verschwörung um illegalen Waffenhandel – und auf die Spur eines Täters, dessen Rachedurst noch nicht gestillt ist ...

»Karg. Grausam. Brillant.«   Neues Deutschland

»*Peter Gallert und Jörg Reiter legen ein fesselndes Krimidebüt vor.*«
Lesart

www.emons-verlag.de